Weiterer Titel des Autors:

Ein Elefant für Karl den Großen

Dirk Husemann

DIE SEIDENDIEBE

Historischer Roman

BASTEI LÜBBE TASCHENBUCH
Band 17381

Dieser Titel ist auch als E-Book erschienen

Originalausgabe

Copyright © 2016 by Bastei Lübbe AG, Köln
Lektorat: Lena Schäfer
Kartenillustration: © Markus Weber, Guter Punkt München | Thinkstock
Titelillustration: © iStockphoto/ fotofritz16; © iStockphoto/André Maslennikov;
© 2006 TASCHEN GmbH; © shutterstock/Vladimir Wrangel;
© shutterstock; © shutterstock/Eniko Balogh;
© shutterstock/Dennis van de Water; © shutterstock/Kaspri
Umschlaggestaltung: Kirstin Osenau
Satz: two-up, Düsseldorf
Gesetzt aus der Caslon
Druck und Verarbeitung: GGP Media GmbH, Pößneck
Printed in Germany
ISBN 978-3-404-17381-5

1 3 5 7 6 4 2

Sie finden uns im Internet unter www.luebbe.de
Bitte beachten Sie auch: www.lesejury.de

Ein verlagsneues Buch kostet in Deutschland und Österreich jeweils überall
dasselbe. Damit die kulturelle Vielfalt erhalten und für die Leser bezahlbar bleibt,
gibt es die gesetzliche Buchpreisbindung. Ob im Internet, in der Großbuch-
handlung, beim lokalen Buchhändler, im Dorf oder in der Großstadt – überall
bekommen Sie Ihre verlagsneuen Bücher zum selben Preis.

DIE SEIDENDIEBE

Teil 1

DAS HAAR
DER GÖTTER

Juli 552 n.Chr.

Kapitel 1

DAS HÜHNERORAKEL verkündete Unheil. Umringt von einer Horde halbnackter Seefahrer scharrten zwölf schwarze Hennen über die Planken der *Poseidonia*. Die Köpfe der Vögel ruckten aufmerksam in alle Richtungen. Nur die Brotkrumen, die man ihnen hingeworfen hatte, ignorierten sie mit der Verachtung ptolemäischer Prinzessinnen.

Die Mannschaft sonderte ein Schweigen ab, das jedem Totenschiff zur Ehre gereicht hätte. Nicht einer der Seefahrer scheuerte sich die ledrige Haut, knackte mit den Fingerknöcheln oder knirschte mit den Zähnen. Alle Blicke waren auf die Glucken gerichtet, die sich jedoch nicht beeindrucken ließen. Gemächlich stolzierten sie an dem üppig ausgelegten Futter vorüber, ohne einen einzigen Brocken aufzupicken.

Ein dürrer Mann mit Stoppelhaar stieß sich vom Dollbord ab, zerbrach den Kreis des Orakels und den des Schweigens. Sein Gesicht war bleich wie Gischt, als er der Mannschaft zurief, sie solle die verfluchten Hühner endlich wieder in die Käfige sperren. Doch niemand rührte sich, um dem Befehl nachzukommen.

Stattdessen trat ein stämmiger Kerl mit stechendem Blick nach vorn und fasste den Dürren am Arm. »Kapitän, das Unglück hat sich an unseren Kiel geheftet. Wir dürfen nicht auslaufen.« Er deutete auf die Vögel. »Die Hühner sprechen die Sprache der Götter. Lässt du den Anker lichten, wird sich das Meer gegen uns erheben. Schwarze Wogen werden uns verschlingen und unsere entseelten Körper an die Strände speien.«

Der Kapitän wischte die Hand des Seemanns beiseite. »Still, Ruderknecht! Denkst du, ich weiß nicht, was es bedeutet, wenn die Hennen das Futter verschmähen? Hätte ich das Kommando, ich würde das Schiff bis zum Isisfest vor Anker liegen lassen, und wenn es mich einen Arm kosten würde.«

»So lass uns verschwinden! Dieser Taurus wird ein anderes Schiff auftreiben für seine unglückselige Fahrt in den Osten. Schau dich um! Der Hafen ist voller Seeleute, die Kuriere aus Byzanz für einen halben Solidus bis ans Ende der Welt fahren würden.«

»Aber nicht bis in den Hades.« Eine tiefe Stimme donnerte vom Anleger her über die Köpfe der Mannschaft hinweg, als käme sie geradewegs vom Olymp herab.

Ein Mann war dort aufgetaucht, gekleidet in das tiefe Blau und Rot der byzantinischen Emissäre, der Gesandten des Kaisers. Zwar wiesen ihn auch die Streifen auf seiner bis zu den Waden fallenden Tunika als Kaiserlichen aus, doch war seine Weste persischer Herkunft. Er mochte an die vierzig Jahre zählen. Sein langer schwarzer Bart war mit Ringen behangen und ebenso mit Olivenöl zum Glänzen gebracht worden wie das lange Haar, das den Kopf des Hochgewachsenen schmückte. Was ihn jedoch am stärksten von den Menschen im Hafen abhob, war ein schwarzes Stirnband, von dem Fransen herabhingen – ein Mandili, wie die Kreter es trugen.

»Taurus!« Der Kapitän beugte das Haupt. »Kommt an Bord. Die *Poseidonia* steht Euch zur Verfügung.«

»Was nutzt mir ein Schiff ohne Mannschaft, Triarch? So wenig wie ein Haus ohne Sklaven, nicht wahr?«

Die Seeleute, die endlich wieder zum Leben erwachten,

durchbohrten Taurus mit Blicken. Fingerknöchel knackten, und von Salzluft zerfressene Zähne knirschten wie Wracks auf einer Sandbank.

Der Kapitän strich sich über den Bürstenschnitt und schielte zu seinen Männern hinüber. »Kein Haus, ein Palast soll die *Poseidonia* für Euch sein. Wer braucht schon Sklaven, wenn Fürsten ihm zu Diensten sind? Bitte, kommt an Bord, Taurus!«

Dieser deutete mit einem beringten Finger auf die Hühner. »Euer sogenannter Palast ist ein Hühnerstall. Soll ich unterwegs Eier ausbrüten?«

»Das ist das Hühnerorakel unseres Schiffes. Die Tiere wollen nicht fressen. Das bedeutet Unheil. Deshalb sind die Männer so nervös.«

»Das Hühnerorakel? Nun, wenn die Tiere nicht fressen wollen und das ein Problem ist, so kann ich Euch weiterhelfen.« Mit einem Satz sprang Taurus an Bord und packte mit flinken Fingern eine träge Henne. Der Vogel protestierte gackernd. »Habt Ihr schon daran gedacht, dass Eure Hühner nicht fressen, weil sie durstig sind?« Ohne eine Antwort abzuwarten, warf Taurus die Henne in hohem Bogen ins Hafenbecken.

Die Mannschaft stürzte nach Steuerbord, einige brüllten vor Wut, andere riefen dem rasch versinkenden Huhn Kommandos zu, die das verzweifelte Tier jedoch weder verstand noch befolgte. Wild schlug es mit den Flügeln und erreichte damit, dass das Hafenwasser umso schneller in sein Gefieder eindrang.

Als einer der Ruderknechte über Bord sprang, um die Henne zu retten, war es bereits zu spät. Der Vogel war ertrunken. Wie schwarzer Tang hing er in der Hand des Mannes.

»Und jetzt an die Ruder, ihr Hühnerhelden!« Taurus'

Stimme übertönte die aufgebrachte Mannschaft. »Sonst lernt das übrige Federvieh auch noch schwimmen. Und ihr dazu! Besser, ihr kocht aus euren Glucken ein Suppenorakel, damit sie den Gesandten des Kaisers nicht noch einmal von wichtigen Geschäften abhalten. Beim feurigen Pfuhl, der mit Schwefel brennt! Wo steckt mein Begleiter?« Mit einer Geste der Verachtung wischte sich Taurus eine Hühnerfeder von der Schulter.

Flüche auf Ägyptisch drangen vom Pier herüber, wo der Ruderknecht gerade aufgetaucht war. Wasser tropfte von seinem Körper herab und vermischte sich mit den Tränen, die ihm über das Gesicht rannen, als er das Schiff wieder betrat. In seinen Händen lag schlapp der Kadaver der ertrunkenen Henne, den er Taurus entgegenstreckte.

»Diese Henne«, hob er an, »habe ich selbst aus Delphi geholt, als sie noch ein Küken war. Sie war, wie ihre Schwestern, ein Liebling der Pythia, des delphischen Orakels höchstselbst. Vor meinen Augen hat die Seherin die Tiere nach dem Willen des Apoll gesegnet, dem Sohn des Osiris. So ein Huhn wirft man nicht einfach über Bord.« Die letzten Worte erinnerten an das Knurren eines Hundes.

Langsam wandte sich der Byzantiner dem Ägypter zu. »Eine Tragödie. Doch deine Kümmernis hat gerade erst begonnen.«

Kleine Wogen schwappten gegen das Schiff und ließen es schaukeln.

Taurus blickte den Ruderknecht finster an. »Das Orakel von Delphi ist vor mehr als hundertfünfzig Jahren von Kaiser Theodosius verboten worden. Ich habe bereits davon gehört, dass die alten Riten dort im Geheimen noch immer abgehalten werden. Solltest du also tatsächlich in Delphi gewesen sein und an einem Götzendienst teilgenommen haben, so hast du damit gegen das Gesetz verstoßen und gehörst bestraft – und zwar härter als deine teuflischen Hühner. Denn die sind immerhin nicht so dumm, dem Bruder des Kaisers ungefragt ein Verbrechen zu gestehen. Und jetzt an die Arbeit, bevor ich die Hafenwache rufen lasse!«

Der Ägypter ließ den Hühnerkadaver sinken. Einen Augenblick lang zögerte er, dann warf er das triefende Bündel zurück ins Hafenbecken.

»Seht!«, rief in diesem Augenblick der Kapitän. »Die Hühner fressen. Die Götter meinen es gut mit uns.«

Tatsächlich pickten die Hennen etwas von den Planken auf. Doch was zwischen den Schnäbeln verschwand, war nicht das Futter der Seeleute. Die Vögel fraßen Würmer und Schnecken, die sich auf den Schiffsplanken wanden. Eine der Glucken hielt triumphierend eine fette Nacktschnecke im Schnabel und machte sich mit ihrer Beute davon, um sie ungestört verschlingen zu können. Berauscht von ihrem Fang wäre sie beinahe gegen die Beine eines Mannes gerannt, der am Achterdeck lehnte. Seine Kleidung war ebenso kostbar und prunkvoll wie die des Taurus. Seinen Kopf zierte dünnes helles Haar, seine jugendliche Gestalt war wohlgenährt und von einem ausschweifenden Leben im Überfluss gezeichnet. Gerade schüttete er das letzte Gewürm aus einem Holzeimer auf das Deck.

Taurus legte dem Kapitän eine mächtige Hand auf die Schulter. »Die Götter, Triarch? Wenn die Götter Euch meinen Neffen Lazarus Iulius Olympiodorus zu Hilfe schicken, so müssen sie Teufel sein.«

Wenig später glitt die *Poseidonia* durch die Dünung des Kaspischen Meeres. Die Ruderzüge der Besatzung übertrugen sich auf den Rumpf des Schiffes und brachten das Holz zum Vibrieren. Von Osten her wehte den Männern ein heißer Wind entgegen, der sie ebenso zum Schwitzen brachte wie die Tatsache, dass er das Setzen der Segel verhinderte. Nur von der Muskelkraft ihrer fünfzig Ruderer angetrieben, schoss die Dromone in Richtung Asien.

Die beiden Byzantiner standen am Bug, wo der Vordersteven die Wellen teilte. Taurus hatte sich ein Tuch aus Seide um den Kopf geschlungen, um das sorgfältig gepflegte Haar zu schützen. Der Stoff zeigte den byzantinischen Greifen, ein Ornament, das allerorten Schrecken hervorrief und Taurus Respekt einbrachte. Nur hier nicht. Kreischend schwebte ein Dutzend Möwen über dem Deck und schien das Bild des mythischen Artgenossen auf dem Tuch zu verhöhnen.

Taurus taxierte die Vögel mit unheilvollem Blick. »Das Land der Barbaren«, sagte er. »Selbst die Möwen sind hier wild und dumm. Wenn wir doch schon wieder in der Kaiserstadt wären.« Er kniff die Augen zusammen. Der Horizont war eine ungebrochene Linie zwischen dem tiefen Blau des Wassers und dem nur geringfügig helleren Blau des Himmels. Taurus seufzte.

»Um genau zu sein«, hob sein Begleiter an, »befinden wir uns in einem von Byzanz abhängigen Gebiet. Erst am jenseitigen Ufer beginnt die Fremde. Der Kaiser selbst ist demnach Herr dieses kleinen Meeres und«, er blickte nach oben, »damit auch dieser Möwen.« Olympiodorus hatte die Arme um den Leib geschlungen, um zu verhindern, dass der Wind an seinen Kleidern riss. Seine Hände waren rot angelaufen, so als hätten sie zu lange in warmem Wasser gelegen.

»Herr der Möwen!« Taurus schürzte die Lippen. »Wenn wir wieder in Byzanz sind, kannst du meinem Bruder diesen Titel zu Füßen legen. Beim feurigen Pfuhl, ich bin sicher, er wird ihn originell finden.«

Olympiodorus stieß ein meckerndes Lachen aus, das Taurus an das Klappern von Blechnäpfen erinnerte. In den dreiundzwanzig Jahren, die er seinen Neffen nun kannte, hatte er viele Menschen bei diesem Laut zusammenzucken sehen. Auch ihm selbst stellten sich noch immer die Haare auf den massigen Unterarmen auf, wenn Olympiodorus lachte. Genau so würden Käfer lachen, wenn sie es könnten, dachte Taurus.

»Vielleicht können sie es«, sagte er laut. Olympiodorus warf ihm einen fragenden Blick zu, aber Taurus schüttelte den Kopf. »Was hast du ausgeheckt, um die Hühner zum Fressen zu bewegen?«, fragte er. »Nie zuvor habe ich Hühner Schnecken fressen sehen. Sie waren unersättlich wie Löwen.«

»Wenn der Hunger die Speise nicht würzt, dann muss der Koch nachhelfen. Ich habe Schnecken und Würmer, die in jenem Eimer wohl als Fischköder auf ihr Ende warteten, mit Salz bestreut. Ein Faktor, zwei Resultate.« Olympiodorus hielt ebenso viele Finger in die Höhe. »Erstens scheint die salzige Kost den gefiederten Gästen gut geschmeckt zu haben, jedenfalls besser als das harte Brot, das der Ägypter ausgestreut hatte – vermutlich hatte er es aus einem Pharaonengrab gestohlen. Zweitens allerdings werden die Hühner an der Würze verenden, denn Salz in einer solchen Menge ist reines Gift für ein Hühnerhirn. Glaub mir, mein Freund, die schwarzen Hennen dieses Schiffes werden bald im finsteren Fluss der Unterwelt treiben.«

Taurus hoffte, dass diese Prophezeiung erst eintrat, wenn sie wieder an Land waren – außer Reichweite der Seeleute.

Was jedoch zählte, war, dass diese abergläubischen Tölpel mit dem Schiff abgelegt hatten. Dank des Einfallsreichtums seines Neffen.

»Wenn du bitte darauf achtgeben würdest, mich auf der Reise nicht mit einer deiner Schnecken zu verwechseln«, sagte er, während über ihnen noch immer die Möwen lärmten.

»Den Weg nach Serinda werden wir ohnehin kaum schneller als Kriechtiere zurücklegen«, erwiderte Olympiodorus. »Die Nordroute! Unbekanntes Gebiet ohne Karawanenstraßen, eine Strecke frei von Handelsposten, dafür voller armer Wilder, die schon für dein Kopftuch ihre Mütter erschlagen würden. Hättest du nur die Südroute gewählt! Wir könnten bald schon das Tarimbecken sehen und uns von einer Karawane nach Osten bringen lassen.«

Taurus überließ es dem Wind, seinem Begleiter zu antworten. Zu oft schon hatten sie den Plan erörtert.

Der Kaiser, das gesamte Reich, brauchte Seide aus Serinda. Von jenem legendären Land im Osten floss der kostbare Stoff seit Jahrhunderten die alten Handelswege entlang nach Westen. Mehrere Tausend Kamele, viele Hundert Schiffe und ein Heer von Händlern trugen die Seidenballen bis an den Bosporus. Dort war der Hunger nach dem glänzenden Gewebe unstillbar. Frauen wie Männer hüllten sich in das kostbare Tuch, die Wände der Patrizierhäuser zierten Seidenbahnen, und auch das einfache Volk gierte nach Seide. Denn der Wert der Ballen diktierte die Preise im gesamten Reich, sogar die von Brot und Milch. Kaiser Justinian hatte seinen Palast bis in den hintersten Winkel mit dem Stoff auslegen lassen, um seinen Füßen zu schmeicheln.

Andere Völker standen der byzantinischen Seidensucht in

nichts nach. Alanen, Gepiden, Ostgoten, Vandalen, Langobarden und Ägypter verzehrten sich nach dem Gewebe, das sie Engelswolle oder Haar der Götter nannten. Doch nur Byzanz konnte es liefern. Seide war das Blut, das durch die Adern des Reiches floss und den Koloss am Bosporus am Leben erhielt.

Doch nun hatte dieses Herz aufgehört zu schlagen. Um von seiner Quelle im Lande Serinda nach Byzanz zu gelangen, mussten die kostbaren Ballen durch feindliche Länder reisen. Eines davon war Persien, ein Riesenreich, regiert von einem Trinker. König Khosrau war unberechenbar, ein unbarmherziger Feind Kaiser Justinians und ein Kriegstreiber aus Tradition – immerhin hatten seine Vorgänger die Welt des Mittelmeeres tausend Jahre lang in Angst und Schrecken versetzt.

Als der Konflikt zwischen Persien und Byzanz vor acht Monaten wieder einmal aufgeflammt war, hatte Khosrau alle Handelsstraßen sperren lassen. Statt seinen Truppen zu befehlen, gegen den Feind anzurennen, nahm er diesem einfach die Lebensgrundlage. Ohne Seide war Byzanz nichts weiter als ein Bettler, der von den Almosen Persiens zehren sollte. Doch Justinian war noch nicht bereit, Khosrau die Füße zu küssen.

Seide musste her, wollte das Reich am Bosporus, der einzig legitime Erbe Roms, nicht zu einem Vasallen der Perser verkümmern. Da jedoch der Warenstrom aus dem Osten in den persischen Zollämtern versickerte, blieb den Byzantinern nur eins: Sie selbst mussten Seide herstellen. Die Frage war nur, wie.

Schon seit Jahrhunderten beherrschten die Handwerker der Hauptstadt die Kunst, aus Seidenfäden delikate Gespinste zu weben. Auch das Färben von Seide gelang den Meistern der Zunft fast so gut wie ihren Vorbildern in den Ländern des Ostens. Doch nie war es gelungen, die Fäden selbst herzustellen oder gar zu spinnen.

Nicht dass Byzanz es unterlassen hätte, zu experimentieren. Ein Aufgebot an Gelehrten, Handwerkern und Priestern hatte versucht, das Geheimnis der Seide zu lüften. In ihren Werkstätten und Laboratorien war es zugegangen wie bei jenen Verrückten, die seit Menschengedenken versuchten, Gold zu erzeugen: Herden von Wollschafen, Pflanzen exotischster Herkunft und ein Heer von Sklaven waren darin verschwunden. Herausgekommen waren schließlich Forscher mit leeren Händen und halbseidenen Ausflüchten. Als Justinian einen Schlussstrich zog, hatten die Experimente die Reichskasse ein Viertel der Steuereinnahmen und viele Forscher den Kopf gekostet. Seide aber konnte noch immer niemand herstellen.

Doch Justinian gab nicht auf. Er ließ die Hafenstädte Kleinasiens nach Reisenden durchkämmen, die das Land der Serer kannten – ein aussichtsloses Unterfangen. Keine der Handelskarawanen legte jemals die volle Strecke von Serinda bis nach Byzanz zurück. Stattdessen war die gewaltige Route, die Asien mit Europa verband, ein Tau, das aus Hunderten kurzer Stücke geknüpft war. Jeder Kaufmann reiste stets nur einen kleinen Teil dieses Strangs entlang, lud an einem Punkt Waren auf seine Kamele, um sie ein Stück weiter wieder abzuladen und umzukehren. Kaum jemand aus dem Land der Serer hatte jemals die Gestade des Mittelmeeres gesehen. Ebenso wenig war in Tyros, Merw oder Damaskus ein Reisender aufzutreiben, der die Steppen Serindas kannte, geschweige denn jene geheimen Höhlen, in denen die Serer der Legende nach ihre Seide gewannen.

Kein Reisender, sondern eine alte Schrift ließ in Byzanz schließlich Hoffnung keimen. Eine Gesandtschaft aus

Ägypten war an den byzantinischen Hof gekommen, als die Verzweiflung und der Zorn Justinians ihren Höhepunkt erreicht hatten. Als Geschenk legten die Ägypter dem Kaiser einen brüchigen Papyrus zu Füßen. Wie jedermann in Europa und Africa wussten auch die Herrscher am Nil von der Besessenheit des byzantinischen Kaisers, das Geheimnis der Seide entschlüsseln zu wollen. Deshalb überreichten sie ihm statt einer Schiffsladung Damast, Perlen und Gewändern aus dem Fell des Wüstenfuchses nur eine unscheinbare und beinahe verblasste Schrift. Fünfhundert Jahre, so die ägyptischen Gesandten, sollte der Text alt sein und aus der Feder des berühmten römischen Naturkundlers Plinius stammen. Nur dem Wüstenklima Ägyptens sei es zu verdanken, dass der Papyrus noch erhalten sei.

Dass die Ägypter sich damit auf geradezu unverschämte Weise als die von der Natur auserkorenen Hüter alten Wissens bezeichneten, kümmerte Justinian wenig. Er hatte nur Augen für die Schrift des Plinius, die versprach, ihm über den Abgrund eines halben Jahrtausends hinweg das Geheimnis der Seide zuzuflüstern.

Doch Plinius erwies sich als Spitzbube. Wie der Text verriet, war sein Verfasser niemals im Osten gewesen und hatte weder Serinda noch die Meister der Seidenproduktion gekannt. Wo der Quell seines Wissens gesprudelt hatte, verschwieg der Römer. Es mochte ein Reisebericht oder die Fantasie eines betrunkenen Veteranen gewesen sein, das Spottlied eines Kindes oder die Fabulierlust einer Hetäre auf dem Lotterbett. Und doch blieb Justinian keine Wahl, als den alten Worten Glauben zu schenken.

Seide, so schrieb Plinius, wachse auf Bäumen. Deren Holz und Laub seien von weißer Farbe, deshalb sei der Name dieses absonderlichen Gewächses »Schäumende Medusa«. Ihre Farbe verdankten die Medusen einer Art Wolle, die auf ihnen wachse. Dreimal im Jahr würden die Serer die Bäume mit Wasser besprengen und die nassen Fasern abkämmen. Aus dieser Ernte werde Seide hergestellt, schloss Plinius seinen Bericht.

Das war alles.

Die Gelehrten des Kaiserhofs verkrochen sich in Studierstuben und versammelten sich in Vortragssälen, Soldaten schwärmten aus und brachten Schösslinge aus allen Teilen des Reiches nach Byzanz. Justinian ließ das aramäische Viertel der Stadt räumen, um dort Bäume pflanzen zu können. Jeder, der die Hintergründe des Treibens nicht kannte, erklärte den Kaiser für verrückt. Seine politischen Gegner im Senat frohlockten. Schon machten Namen wie »Bäumemelker« und »Wurzelkaiser« die Runde. Dankbar griffen Redner die Thematik auf und schleuderten Schmähungen von den Tribünen, in denen das »morsche Holz des Reiches« und die »gefällten Stämme der alten Herrscher« eine Rolle spielten. Auch für die Potenz des Kaisers fanden sich vielfältige Vergleiche aus dem Pflanzenreich.

Gedüngt mit Spott, wuchs mitten in der Hauptstadt ein Forst heran, der mit Gelehrten so bevölkert war wie ein Wald mit Rotwild. Die Schäumende Medusa aber zeigte sich nicht.

Die Reichskasse leerte sich zusehends, der Druck aus dem Senat wuchs. »Krieg!«, riefen die Senatoren, und ihre Forderung hallte lauter und lauter aus dem Senatsgebäude am Augustaion. Das Echo auf den Märkten und in den Mietskasernen der Stadt verstärkte die Forderung tausendfach. Justinian aber stellte sich taub. Ein Waffengang gegen Persien war ohne Geld zum Scheitern verurteilt.

Doch als der Kaiser eines Abends die Fensteröffnungen des Palasts mit Brettern verrammeln ließ, um die Rufe der Menge auszusperren, trat sein Neffe Olympiodorus, der Sohn seines jüngsten Bruders, an ihn heran und flüsterte dem Herrscher der Welt etwas ins Ohr.

Kapitel 2

PINNEN!« Taurus' Hand donnerte auf die Landkarte. Vor Schreck verschüttete Garnisonskommandant Marcellus etwas von dem schlechten Wein. Ein roter Fleck breitete sich auf dem Netz aus Linien und Kreuzen aus. »Bei den sieben Höllen, Kommandant! Wir suchen Spinnen, keine Perser.«

Olympiodorus räusperte sich. »Was mein Begleiter sagen will, ist, dass wir nach Serinda reisen, um friedlich Handel zu treiben. Euer Angebot, uns Söldner an die Seite zu stellen, ist ehrenhaft, und wir danken Euch dafür. Aber Ihr könnt Euch Eure Soldaten in den Anus stecken.«

Der Kommandant goss sich aus einer tönernen Kanne neuen Wein ein. Seine Hände zitterten.

Taurus blickte voller Verachtung auf das Gefäß. Konnte er erwarten, dass der letzte Außenposten des Reiches ihm mit Silbergeschirr aufwartete? Wohl kaum. Aber selbst hier, am Südostufer des Kaspischen Meeres, musste es doch Menschen mit Verstand geben. Rom, dachte er, wird sich nie ändern. Ganz gleich, ob die Hauptstadt am Tiber liegt, an der Mosel oder am Bosporus. Rom wird für alle Probleme der Welt stets dieselben Lösungen parat haben: Geld und Krieg.

»Aber Ihr seid Verwandte des Kaisers. Wenn Euch unterwegs etwas zustößt, werde ich zur Verantwortung gezogen«, wandte der Kommandant ein.

Taurus' Hand klatschte erneut auf die nasse Karte. »Den Sarkophag meines Großvaters gegen eine koptische Holzkiste: Wenn wir mit einem Aufgebot von einhundert Mann nach Serinda ziehen, werden die Perser an uns kleben wie Fliegen an Pferdemist. Und ich ziehe es vor, nicht wie Mist behandelt zu werden.«

Olympiodorus nahm einen Holzbecher und füllte ihn bis zum Rand mit Wein. Dann trank er ihn in einem Zug leer. »Widerlich! Vergib mir, Bacchus!«, grunzte er und schenkte sich nach. »Hört zu, Marcellus! Das Reich braucht Seide.«

Der Kommandant nickte.

»Der Kaiser und wir beide sind die Einzigen, die wissen, wie die Serer Seide herstellen.«

»Wir glauben, es zu wissen«, warf Taurus ein.

Doch sein Neffe ließ sich nicht beirren. »Die Seidenfäden entstehen auf Bäumen, wo Spinnen sie herstellen. Genauso wie unsere Spinnen, wenn sie ihre Netze weben. Nur dass die Tiere in Serinda Rohseide aus den Drüsen schießen. Begreift Ihr? Wir werden die Spinnen von den Serern kaufen und nach Byzanz bringen, wo sie für uns Seide machen sollen. Keine Perser, keine Schlachten, kein Aufsehen.« Er zog die Augenbrauen in die Höhe. »Einfach, nicht wahr?«

Kommandant Marcellus schüttelte den Kopf. »Trotzdem ist die Reise nach Serinda weit, und die Wege sind voller Gefahren. Falls Ihr überhaupt den richtigen Weg findet. Sonst reist Ihr für nichts quer durch Asien.«

Taurus grinste. »Falls die Serer uns die Spinnen überhaupt überlassen. Sonst reisen wir für nichts quer durch Asien.«

»Falls wir die Spinnen überhaupt lebendig bis an den Bosporus bringen können. Sonst reisen wir für nichts quer durch Asien«, pflichtete Olympiodorus ihnen bei.

»Falls du mit deiner Spinnen-Idee überhaupt richtig liegst. Sonst ...«, brummte Taurus.

Marcellus errötete bis zu den Spitzen seiner schütteren Haare. Er wandte den Byzantinern den Rücken zu und blickte aus dem Fenster. Unter der Villa des Tribuns plätscherte das Hafenwasser an die Molen. In Abaskan, dem östlichsten Außenposten des Oströmischen Reichs, herrschte die Ruhe der Grenzlande. In Marcellus tobte dagegen ein Sturm. »Warum habt Ihr mich dann überhaupt aufgesucht?«

»Gewiss nicht wegen Eures Weins, Kommandant«, antwortete Taurus. »Hört genau zu!«

Der alte Steppenreiter, zu dem Marcellus die beiden Byzantiner geführt hatte, lachte mit den Möwen. Er saß auf dem Rand einer gemauerten Kameltränke und reparierte ein Seil aus Hanffasern. Über seinem Kaftan trug er einen knielangen Mantel aus Filz. Auch seine Mütze war aus Filz, und sein grauer Bart so verschlungen, dass er dem Gewebe von Mütze und Mantel ähnelte. Wind und Sonne hatten seine Haut gegerbt und das Antlitz mit tiefen Furchen überzogen. Aus seinen Ohren wuchs das Haar der alten Männer.

»Wie steht es? Willigst du ein, Wusun?« Kommandant Marcellus hatte sich mit Taurus vor dem Alten aufgebaut.

Olympiodorus stand etwas abseits bei den Kamelen und pflückte den Tieren etwas aus dem Fell, das er untersuchte und in den Sand warf, nur um sofort wieder nach neuen Funden zu fischen.

»Ich habe schon Leute mit den verrücktesten Ideen durch Steppen, Berge und Wüsten geführt«, sagte der Alte. »Aber für ein Nest voller Spinnen bis nach Serinda zu reiten, das ist der Gipfel der Torheit. Na, jedenfalls bringt ihr mich zum Lachen. Der Tag begann ernst genug.« Er zeigte ihnen das Seil, das in zwei Hälften gerissen war.

Taurus schob Marcellus zur Seite und ließ einen Faden mit Münzen in die schwielige Hand des Kameltreibers gleiten. Dann hielt er ihm einen weiteren Faden vor die Nase. »Der erste Faden für den Weg nach Osten, der zweite für den zurück nach Westen. Sollten deine Dienste so wertvoll sein, wie Kommandant Marcellus behauptet, wird man dich so reich belohnen, dass du nie wieder Fremde durch dein Land wirst führen müssen.«

Wusun lachte und entblößte einen fast zahnlosen Schlund, in dem eine bleiche Zunge zuckte. »Nie wieder mit Kamelen durch das Land ziehen?«, fragte er in gebrochenem Griechisch. »Nein, mein Freund. Ich werde ihnen neue Glocken kaufen und gutes Futter, damit sie noch viele Male mit mir auf die Reise gehen können.« Er hustete.

Taurus fragte sich, ob der Alte das Geld nicht besser in die eigene Gesundheit investieren sollte. Doch die Steppenreiter, denen er bislang begegnet war, hatten alle wie das Gras gewirkt, über das sie hinwegritten: leblos und verbrannt auf den ersten Blick, aber bei näherem Hinsehen zäh und ausdauernd. Taurus strich sich über das frisch geölte Haar.

Olympiodorus trat zu ihnen. »Diese Kamele sind voller Zecken und Flöhe. Ich muss wohl nicht aufzählen, wo wir uns überall kratzen werden, wenn wir zwei Wochen auf ihnen geritten sind.«

»Zwei Wochen?« Der alte Wusun schnaubte. »Ihr glaubt wohl, Kamele könnten fliegen.«

»Wie weit ist es bis ins Land der Serer?«, fragte Taurus.

Wusun wiegte den Kopf auf seinem faltigen Hals. »Hängt davon ab.«

Taurus streckte ihm zwei weitere Fäden voller Münzen entgegen, und der Steppenreiter griff zu. »Das hilft gegen die

Zecken. Aber die Strecke bis nach Serinda macht ihr mit Geld nicht kürzer. Ich bringe euch in drei Monaten dorthin und in weiteren drei Monaten wieder zurück.«

Olympiodorus verzog das Gesicht und machte einen bedrohlichen Schritt auf den Kameltreiber zu, doch Taurus hielt ihn zurück. Der Alte gefiel ihm. »Schlag ein!«, sagte er und hielt dem Führer die ausgestreckte Hand entgegen.

Doch der Steppenreiter lachte nur. »Nein, nein, Byzantiner! So geht das hier nicht. In diesem Land zeigst du mir die offene Hand, wenn du mir drohst. Aber Wusun ist schlau. Wusun weiß, was du sagen willst. Deshalb zieht Wusun auch nicht den Dolch und schneidet dir die Kehle durch.«

»Bisher hatte ich auch noch keinen Grund anzunehmen, dass du ein Halsabschneider bist«, brummte Taurus.

»Schweig, und hör zu, wenn ich spreche. Willst du einen Handel geltend machen in dieser vertrockneten Weltgegend, spuck auf die Füße deines Handelsfreundes.«

Taurus inspizierte die gewickelten Lederriemen um Wusuns Füße und Waden, um den Wahrheitsgehalt dieser Behauptung zu ermessen. An dessen Fußkleidern aber hatten die Zeit und die Steppe bereits so stark genagt, dass Speichelspuren nicht auszumachen waren. Während Taurus noch überlegte, ob Wusun ihm einen Bären aufbinden wollte, traf etwas seinen linken Stiefel. Der Alte hatte das Geschäft besiegelt.

Noch am selben Abend stellte Wusun in der Stadt sein Talent als Führer unter Beweis. Der Steppenreiter kannte nicht nur den Verlauf des Oxus und des Tienschan-Gebirges so genau wie die Linien auf seinen Handflächen. Er wusste überdies, welche Karawanserei in Abaskan die besten Seile, Decken und

Lampen verkaufte und wo man das saftigste Fleisch und den trockensten Zunder erstand. Bassus, der Hammelschlächter, Theon, der Hehler, Grifo, der Sklavenhändler – jeder, der etwas zu verkaufen hatte, rief Wusun einen Gruß oder einen Fluch hinterher.

Besonders laut keiften die Huren, sobald der Steppenreiter in Sicht kam. Während das Trio durch die engen Gassen strich und Taurus' runde Schultern an den Hauswänden entlangschliffen, hörte er immer wieder das Pfeifen und Kichern von Weibern, die der Alte mit einem Zuruf auf Sogdisch zum Schweigen brachte. Könnte er doch nur mehr von dieser Sprache verstehen! Den Flügel eines byzantinischen Greifen hätte Taurus dafür gegeben.

Leise schaukelten die Laternen im kühlen Wind. Je dunkler es wurde, umso mehr Leben rührte sich in der Stadt. Die Händler schlugen die schweren Planen ihrer Stände zurück, die sie in der Mittagshitze darüber ausgebreitet hatten. Darunter kam gleichermaßen Gewöhnliches wie Absonderliches zum Vorschein. Die Auslage des Gemmenschleifers erinnerte Taurus noch an die Juwelenläden von Byzanz, doch für die Nasenprothesen aus Bronzeblech oder Alabaster fehlte ihm jeder Vergleich. Olympiodorus zeigte hierhin und dorthin, bald erregt, bald belustigt. Die Stunden verflogen mit dem letzten Licht, und Taurus fragte sich, wie exotisch die Länder sein mochten, in die zu reisen sie beabsichtigten, wenn schon die erste Station ihrer Reise mit einem solchen Gemenge aus Schrullen und Haarsträubereien aufwartete.

Unter seinem Stiefel aus Fohlenleder knirschte etwas. Taurus sah zu Boden und sah Glassplitter, die den Schein der Öllampen reflektierten. Er machte Olympiodorus darauf aufmerksam. »Hier steht die Welt kopf. Der Tribun unserer Garnison muss seinen mistigen Wein aus Irdenware trinken. Und zwei Straßen weiter werfen sie die kostbarsten Gefäße aus den Fenstern.«

Wusun hob eine der Scherben auf. Der Glasstaub ließ seine Fingerkuppen glitzern. »Was ist das?« fragte er.

»Es ist Gold, das jemand auf die Straße geworfen hat«, sagte Taurus.

Wusun schickte sich an, seine Finger in den Mund zu stecken. Doch Taurus packte seinen Arm und zog ihn mit sich fort.

Olympiodorus lachte. »Es ist die Schönheit, die von innen kommen soll, mein Guter, nicht der Reichtum. Besser, wir finden etwas Bekömmlicheres zu essen.«

Die Taverne *Zum Hyrkanischen Schwein* lockte sie mit bunten Fresken an der Fassade, die ankündigten, welche Freuden den Gast im Innern erwarteten. Dort bat der wulstlippige Wirt die Neuankömmlinge, sich auf die Teppiche um das Feuer zu setzen. Auf niedrigen Schemeln richtete er Dampfbrot, Rosinen und Wein an.

Olympiodorus starrte auf das Essen und packte den Wirt am Kittel. »Sehen wir aus wie Bettler? Bring uns das hyrkanische Schwein, nach dem du deinen Schuppen benannt hast. Oder bist du damit etwa selbst gemeint?«

Der Wirt zog sich unter Verbeugungen zurück. Weiter hinten im Haus, dort, wo die Küche liegen mochte, erklang kurz darauf Geschrei.

Taurus musterte die Schemel der anderen Gäste. »Warum sehe ich nirgendwo Braten, Wusun? Ist dies eine Garküche für die Armen?«

»Holz«, sagte Wusun, der an einer Rosine lutschte, »gibt es

hier nicht. Keine Wälder. Einen Braten zu rösten dauert lange und ist teuer.«

Das Schwein ließ auf sich warten. Die drei Männer tranken schweigend ihren Wein und beobachteten die anderen Gäste bei Spiel und Schwatz. In einer Ecke würfelten Männer in abgenutzten grauen Schafpelzen mit Hammelknochen. Unversehens stand einer von ihnen auf und hob einen Krug in die Höhe. Dann ging er um seine Gefährten herum und goss ihnen Schnaps ins Haar. Nur wer rechtzeitig den Kopf in den Nacken legte und den Strahl mit dem Mund auffing, entging dem scharfen Schauer.

Als der tolle Mundschenk seine Freunde beglückt hatte, hielt er auf die Byzantiner zu. Taurus erhob sich und stellte sich dem Stumpfnasigen in den Weg. »Wir sind nicht für deine Späße zu haben. Verschwinde!«

Der Mann schaute zu seinem wuchtigen Gegenüber auf, schien zu zögern und drehte dann ab, um sich andere Mitspieler zu suchen.

»Diese Spinnen«, sagte Wusun, als Taurus sich wieder gesetzt hatte. »Wieso sollten die Serer sie euch überlassen?«

»Sei nicht blöd, Alter!«, entgegnete Olympiodorus. »Wir kaufen sie natürlich! Wir haben genug Münzfäden dabei, um alle Kamele Serindas zu kaufen, und die Schweine noch dazu.« Sein Blick flatterte zur Hintertür, wo der Wirt mit dem Braten auftauchen sollte.

Wusun schob sich ein Stück Brot in den Mund.

Taurus kniff die Augen zusammen. »Raus mit der Sprache! Worauf kaust du herum?«

»Brot?« Der Steppenreiter hielt ihnen einen Brocken entgegen.

Aus einem Winkel des *Hyrkanischen Schweins* war irres Lachen zu hören. Der Schnapsgießer hatte neue Freunde gefunden.

Unversehens packte Taurus Wusuns Kaftan und zog ihn zu sich heran. »Wenn du etwas weißt, was unsere Mission vereiteln könnte, rückst du besser gleich mit der Sprache heraus! Das Überleben Roms hängt von uns ab. Verstehst du? Wenn wir scheitern, wird ein Reich untergehen, das seit tausendzweihundert Jahren die Welt regiert. Möchtest du dafür verantwortlich sein?«

Sacht strich Wusun die Hand des Byzantiners von seinem Überwurf. »Rom? Ich dachte, ihr kommt aus Byzanz.«

Olympiodorus stöhnte auf.

»Schon gut«, sagte Wusun. »Erklärt mir das ein anderes Mal. Jetzt bringe ich euch etwas bei. Passt auf: Da, wo wir hingehen, ist euer Geld etwa so viel wert.« Er nahm eine Rosine und zerdrückte sie zwischen zwei Fingern. »An manchen Orten sogar noch weniger.«

Taurus räusperte sich. »Willst du uns weismachen, die Serer handeln nicht mit Geld?«

»Doch, gewiss. Für Geld bekommt ihr viel in Serinda. Schinken, Schafdärme, den Duft des Schlafmohns, sogar Seide, wenn ihr welche wollt.«

»Die wollen wir«, erwiderte Olympiodorus.

»Oh«, brummte Wusun. »Ich dachte, ihr wolltet Spinnen kaufen.«

»Du kennst die Spinnen, nicht wahr? Es gibt sie! Ich wusste es!« Olympiodorus sprang auf. »Wie groß sind sie? Wie viel Seide stellen sie am Tag her? Wie viele werden wir benötigen, um fünfzig Ballen Rohseide in der Woche zu erhalten? Wie lange leben sie? Und wie schnell pflanzen sie sich fort?«

Der Steppenreiter zog die Augenbrauen hoch. »Du stellst die falschen Fragen.«

Taurus schaltete sich wieder ein. »Womit können wir die Tiere von den Serern kaufen?«

Wusun nickte.

Taurus und Olympiodorus warteten gespannt. Aber der Alte sprach nicht weiter.

»Nun?«, fragte Taurus.

»Ja«, sagte Wusun, »das war die richtige Frage.«

»Und die Antwort?«

Der Alte zuckte mit den Schultern. »Woher soll ich das wissen? Ich kaufe kein Geschmeiß.«

»Wenn die Serer kein Geld wollen, müssen wir wohl Tauschwaren mitnehmen«, sagte Olympiodorus und nahm wieder Platz. »Die Garnison wird uns damit ausstatten. Bunte Damaste, Teppiche aus Wolle, Gewirke mit Goldfäden, irgendetwas wird diese Serer schon betören. Und dann gehören die Spinnen uns.«

»Für solchen Tand wirst du kaum das Geheimnis der Seidenherstellung bekommen«, entgegnete Wusun.

»Dann vielleicht für Lapislazuli, Smaragde und Perlen?«, fragte Taurus. »Aber die führen wir nicht mit uns, und in der Garnison wird auch keine Truhe voller Geschmeide auf uns warten.«

Gerade als Wusun zu einer Antwort ansetzen wollte, spürte Taurus ein Prickeln auf seinem Kopf. Etwas Feuchtes rann seine Wange herab. Mit einem Satz war er auf den Beinen und packte den Betrunkenen, der sich ihm geräuschlos von hinten genähert hatte, bei der Gurgel. Er achtete nicht auf Olympiodorus' Feixen, nicht auf das Johlen der anderen Gäste und nicht auf das Röcheln des Mannes in seinem Griff. Dem fiel der Krug aus den Händen und zerschellte auf dem Boden. Der Schnaps schwappte auf Taurus' teure Lederstiefel und tränkte sein kaiserliches Gewand.

Angewidert blickte der Byzantiner an sich herab, sah die dunklen Flecken auf dem kostbaren Stoff, die Lache zu seinen Füßen und die Scherben des Krugs. Schlagartig ließ er den Trunkenbold los, der sich die Kehle massierte und ein paar Schritte zurückwich. Doch Taurus dachte nicht daran, ihn zu verfolgen. Seine Aufmerksamkeit galt voll und ganz der Bescherung zu seinen Füßen.

Im Durchgang zur Küche erschien der Wirt mit einer fetten Frau. Auf einer ausgehängten Tür trugen sie einen dampfenden Haufen Fleisch herein. Doch die drei Männer, die so begehrlich nach dem Braten gebrüllt hatten, waren verschwunden.

Taurus kniete im Schmutz der Gasse. Die Nacht hatte sich vollends auf Abaskan herabgesenkt, und die Laternen funkelten wie paarungsbereite Glühwürmchen.

Er hielt seinen Gefährten die glitzernden Hände entgegen. »In dieser Stadt liegt die Rettung des Reichs auf der Straße. Glas! Das ist es, was wir den Serern anbieten werden.«

»Der Schnaps ist dir wohl zu Kopf gestiegen und hat deinen Verstand verwässert«, sagte Olympiodorus.

»Wachgeküsst hat er ihn«, erwiderte Taurus. »Die Scherben des Schnapskrugs haben mich an die Glassplitter auf der Straße erinnert. Wir tauschen Glas gegen Spinnen! Wusun, glaubst du, die Serer können Glas herstellen?«

Der Steppenreiter schüttelte den Kopf. »Ich bin schon oft in Serinda gewesen, aber dieses Zeug habe ich dort noch nie gesehen.«

»Buchstäblich eine Schnapsidee!«, sagte Olympiodorus. »Der Weg ist viel zu weit. Wenn das Glas unterwegs zerbricht, war alles umsonst.«

Taurus schüttelte den Kopf. »Du denkst nur in eine Richtung – wie ein Insekt. Natürlich werden wir ihnen keine Sturzbecher und Glaskannen bringen. Sondern das Geheimnis der Glaskunst selbst. Verstehst du? Wir tauschen Wissen gegen Wissen.«

Olympiodorus kniete neben seinem Onkel nieder und tauchte die Hände in die Splitter. »Ich glaube, du hast soeben mit einem einzigen Gedanken das gesamte Reich gerettet. Au! Verflucht!« Er zog die Hände zurück und sah erschrocken, wie Blut über seine zerschnittenen Finger rann.

»Vielleicht kann uns der Besitzer dieser Scherben weiterhelfen«, sagte Taurus. »Wir sollten ihn ausfindig machen. Zeig uns den Basar, Wusun!«

Der nächtliche Markt von Abaskan lag unter einer gemauerten Kuppel und war das Fettstück einer mageren Stadt. Ein Teppichknüpfer arbeitete an vier Teppichen gleichzeitig. Männer mit Säcken auf der Schulter schoben sich an dem Trio vorbei. Die Stände rochen nach billiger Ware und schnellem Geld. Wie Musik aus einer anderen Welt klangen die Stimmen der Feilschenden zu ihnen herüber, übertönt von einem metallischen Klopfen.

»Was ist das für ein Lärm?« fragte Taurus.

»Geröstete Nüsse«, sagte Wusun.

»Ziemlich laut für Nüsse«, wandte Olympiodorus ein.

Doch Wusun zeigte auf seine Ohren. »Nussverkäufer schlagen ihren eigenen Rhythmus auf den Pfannen. Andere Rhythmen, andere Waren. Hört! Die Rassel dort hinten. Dort findet ihr gesalzene Gänseeier.«

Taurus legte den Kopf schief. Zunächst hörte er nur das Gewirr der Stimmen. Dann begannen seine Ohren, einzelne Laute zu unterscheiden. Eine Mutter rief nach ihrem Kind. Metall lief über einen Schleifstein. Eine Flöte spielte eine lebhafte Melodie. Der warme Wind ließ die Planen der Marktstände knattern.

Taurus blieb stehen und lauschte noch aufmerksamer auf die Klänge des Basars, erkannte die Rhythmen, die Hungrige herbeilocken sollten, das Schlagen, Trommeln und Klatschen der Händler. Und noch etwas erklang in der Ferne: das Klirren von Glas.

Dem Geräusch zu folgen war nicht einfach. Unablässig spielte die Musik, und die Nussverkäufer schlugen pausenlos auf die Pfannen. Nur ein einziges Mal noch hörte Taurus den hellen Klang von Glas, das gegen Glas stieß. Doch dank Wusuns Spürsinn, der auch in seinen Ohren zu wohnen schien, fanden sie sich wenig später vor einem Marktstand mit ungewöhnlicher Auslage wieder.

Teller, Schalen, Kümpfe – die Profanitäten des Alltags glitzerten in gläserner Pracht. Raunend drängten sich Schaulustige vor der Bude und deuteten auf die Waren. Die Welt war vor ihren Augen durchsichtig geworden. Nur die Kinder wagten sich nach vorn und versuchten, die Wunderwerke zu berühren. Doch die Frau des Glashändlers stand mit verschränkten Armen in dem Verschlag und drohte allzu Vorwitzigen mit der Sklaverei. Um ein zerbrochenes Trinkhorn aus dem kostbaren Material zu ersetzen, hätte ein gewöhnlicher Schauermann zwei Leben lang arbeiten müssen. Wieder erklang das Klirren. Seine Quelle lag hinter dem Marktstand, wo Taurus zwei Männer im Streit entdeckte. Der eine, in blau gestreiftem Gewand und mit einem Tuch auf dem Kopf, holte gerade einen Glasbecher aus einem Korb. Er schöpfte damit Wasser aus einem Eimer und schüttelte das gläserne Behältnis, das daraufhin zersprang. Eine beträchtliche Lache und ein Haufen Scherben hatten sich bereits zu Füßen der beiden Männer gebildet. Taurus, Olympiodorus und Wusun näherten sich den Streitenden.

»Betrüger!«, keifte der Mann mit dem Tuch.

Der andere zuckte mit den Schultern. »Nur weiter! Für jedes Stück, das du zerschlägst, wirst du zahlen.«

Taurus kniff die Augen zusammen. Die Stimme, die ungeschlachte Erscheinung – es war der Ruderknecht von der Poseidonia, jener Ägypter, dessen Hühnerorakel um ein Haar die Überfahrt verhindert hätte.

Taurus trat zu den Männern. »Was ist hier los?«, bellte er. »Soll ich die Hafenwache holen? Dieser Spitzbube hat erst vor drei Tagen die Gesetze gegen das Heidentum gebrochen. Die Gesetze des großen Theodosius, falls euch das ein Begriff ist. Ein Wort von mir, und er landet im Kerker.«

Der Ägypter fuhr herum. Als er Taurus erkannte, weiteten sich seine in dunklen Näpfen liegenden Augen. »Du!«, zischte er dem Byzantiner entgegen. Doch was ihm der Zorn auch auf die Zunge gelegt haben mochte, er schluckte es hinunter. »Wie gut, dass du kommst!«, sagt er stattdessen. »Ein Mann des Gesetzes. Sieh her! Dieser Händler hat bei mir Gläser in Auftrag gegeben. Ich habe sie geliefert. Jetzt zerschlägt er eins nach dem anderen, will aber nicht dafür zahlen.« Er zeigte auf den Kaufmann.

»Seid Ihr von der Garnison?«, fragte der Händler. Er musterte Taurus und seine Begleiter skeptisch. Die edle Kleidung und der byzantinische Greif schienen ihm Respekt einzuflößen.

»Nicht aus der Garnison, aus dem Kaiserpalast«, sagte Taurus. »Stimmt es, was der Götzenanbeter dir vorwirft?«

Der Händler sah ihn ungläubig an, beschrieb jedoch nun die Dinge aus seiner Sicht. Der Ägypter sei gelegentlich in der Stadt und würde im Schuppen seines Schwagers Glas blasen. Seine Fähigkeiten seien zwar beschränkt, doch bislang habe er ein Auge zugedrückt und ihm die Ware stets abgekauft.

»Ein Auge zugedrückt? Nach Strich und Faden hast du mich ausgenommen, Schakal!«, keifte der Ägypter.

Unbeeindruckt fuhr der Händler fort. Die Ware sei immer schlechter geworden, und die heutige Lieferung stelle den Tiefpunkt ihrer Geschäftsbeziehung dar. Die Becher des Ägypters seien so dünnwandig, dass sie schon barsten, wenn man nur eine halbe Kotule Wasser hineinfülle. Er bewies seine Behauptung, indem er das Phänomen erneut vorführte.

Taurus frohlockte. Die Götter waren auf seiner Seite. »Dann weißt du also, wie man Glas macht?«

»Ja«, sagte der Ägypter.

»Nein«, sagte der Händler.

»Wenn du es kannst, wirst du uns nach Serinda begleiten«, sagte Taurus. »oder ins Loch der hiesigen Kommandantur. Entscheide selbst.«

»Bei der Mumie meiner Mutter! Daraus wird nichts«, rief der Seemann.

Er wollte davonrennen, doch Taurus hielt ihn fest. Da holte der Ägypter aus und schlug seinem Gegner mit der Faust ins Gesicht. Der Kopf des Byzantiners ruckte, aber weder fiel er, noch wich er einen Schritt zurück. Noch einmal schlug der Ägypter zu. Dann lag er auf dem Boden, das Gesicht in der Pfütze. Taurus saß auf seinem Rücken und richtete sein Mandili.

»Wie heißt du, Ägypter?«

»Ur-Atum«, krächzte es vom Boden herauf.

»Ur, du wirst dabei helfen, das Römische Reich zu retten.«

Kapitel 3

MIT DER AUFGEHENDEN SONNE erwachte die Seidenplantage Feng zum Leben, und der Tag brachte dasselbe wie Tausende Tage zuvor: Baumhirten maßen die Triebe
der Gewächse, Gärtner karrten Dung herbei, Seidenwebe-
rinnen besserten die Gewichte ihrer Webstühle aus, und Kö-
chinnen erhitzten die Wasserbassins. Noch vor Mittag sollten
einige Hundert Seidenspinner darin ihr Leben lassen, um
den Reichtum der Familie Feng zu mehren. Von den Feu-
ern schlängelten sich Rauchfahnen in Ställe, Badehäuser und
Schlafgemächer und würzten die Räume mit harzigem Duft.

Die Menschen nahmen ihre Arbeit dort wieder auf, wo sie
sie bei Sonnenuntergang niedergelegt hatten. Und wie jeden
Morgen schien es, als wäre der Schlaf der vergangenen Stunden nichts weiter gewesen als ein Traum. Doch an diesem Tag
ging ein Riss durch das Gefüge der Gewohnheit.

»Du willst was?« Die Stimme Nong Es zerriss die Harmonie des Ankleideraums mit seiner atemberaubenden Aussicht
auf die Felder. Das Bambusrohr in ihrer Faust pfiff durch die
Luft und zerschmetterte das Teegeschirr auf dem lackierten
Tischchen. Tee floss dampfend über das Lackbild eines Lie-
bespaares unter Mandelblüten und verströmte seinen Jasmin-
duft in einem einzigen Augenblick im ganzen Raum.

Guan, die alte Dienerin, hatte bislang gesenkten Hauptes
in einem Winkel gehockt. Jetzt kroch sie auf allen vieren auf
das Tischchen zu, um die Scherben einzusammeln. Nong E

hieb ihr mit dem Stock auf den Rücken, und die Alte hielt inne.

»Wiederhole mir das!«, schnaubte Nong E an den jungen Mann gewandt, der in der Mitte des Raumes kniete. »Wiederhole mir, was du soeben gesagt hast, damit ich den Irrsinn auf der Zunge meines Sohnes erkennen kann.«

»Ich werde sie heiraten«, sagte Feng. Der vergossene Tee tränkte sein rotes Seidengewand und verbrühte seine Knie. Er zwang sich zu der Unhöflichkeit, seine Mutter direkt anzusehen. Eine Strähne ihres kunstvoll hochgesteckten Haars hatte sich gelöst und fiel ihr in das breite, erst zur Hälfte geschminkte Gesicht. Wie alt sie geworden ist seit Vaters Tod, dachte er.

»Du bist erst fünfzehn«, sagte Nong E. »Dein Geist ist der eines Kindes.«

»Aber mein Körper ist der eines Mannes. Ich bin der Erbe der Plantage, und es steht mir zu, eine Frau zu nehmen.«

»Eine Frau? Sie ist eine Streunerin. Wer weiß, womit sie ihr Geld verdient.«

»Sie ist Buddhistin. Sie verdient kein Geld, sondern lebt von den Almosen und der Wohltätigkeit ihrer Mitmenschen.«

»Eine Bettlerin also! Mein Sohn will eine Bettlerin heiraten! Verschwinde in deine Gemächer! Ich verbiete dir, dich vor Ende des Zyklus der Ratte wieder blicken zu lassen.« Wieder pfiff das Bambusrohr durch die Luft, diesmal ohne Schaden anzurichten.

Feng erhob sich und strich sein feuchtes Gewand glatt. Seine Kehle war wie ausgetrocknet. Schließlich sagte er leise: »Aber der Kaiser ist doch auch Buddhist. Er ist konvertiert. Erinnert Ihr Euch?«

»Ob ich mich erinnere? Glaubst du etwa, deine Mutter

39

sei eine vergessliche Greisin? Einfältiger Bursche! Ich bin in einem Alter, in dem ich noch Kinder gebären könnte. Also sei vorsichtig, mein Sohn! Sonst könnte es geschehen, dass ich einen anderen Erben in die Welt setze.« Sie griff sich ins Haar und versuchte, die lose Strähne zu bändigen.

»Um ein Kind zu zeugen, braucht eine Frau einen Mann«, murmelte Feng und biss sich auf die Lippen.

»Was sagst du?«

»Damit wollte ich sagen, dass Ihr ebenso wie ich …«

Der Stock zeichnete einen Striemen auf Fengs Wange.

Er floh hinaus auf die Plantage. Aus dem Fenster gellten das Keifen seiner Mutter und die Schläge, die an seiner statt wohl die alte Guan einstecken musste. Feng fragte sich, ob der Zorn Nong Es sich nicht irgendwann wie eine Krankheit auf die Seidenraupen übertragen und die Qualität der Seide verringern würde. Zornseide, sagte er sich. Wir werden schwere Zornseide herstellen. Dabei sind wir doch für die zarteste Seide im Reich der Mitte berühmt. Seide, hatte sein Vater stets gesagt, muss so leicht sein wie der Wind, der die Reisfelder kämmt. Seine Mutter hingegen fegte wie ein Taifun über die Plantage.

Feng schlug den Weg zum Gästehaus ein. Es war das schönste Gebäude auf dem Besitz der Familie. Hier schliefen die hohen Besucher, die vom Kaiser aus Chang'an entsandt wurden, um Seide für den Sohn des Himmels zu kaufen. Angeblich hatte der Herrscher einmal persönlich in diesem Haus übernachtet, doch das musste sich vor Fengs Geburt ereignet haben. Sein Vater hatte das Gebäude seither stets gepflegt und wie einen Schatz gehütet. Und jetzt wohnte dort ein Gast, für den Feng sogar den Kaiser abgewiesen hätte.

Er fand sie im Garten, wo sie einer ihrer rätselhaften Be-

schäftigungen nachging. Diesmal legte sie Steine aus. Als sie
Feng herannahen hörte, stand sie auf, klopfte sich den Schmutz
von den Händen und verbeugte sich vor ihm. Wie immer trug
sie ein weißes Gewand aus Baumwolle. Ihr schwarzes Haar
war kurz geschnitten und verweigerte jede Art von Frisur. Ihre
Augen waren grün. Nie zuvor hatte Feng einen Menschen mit
grünen Augen gesehen.

»Helian Cui«, sagte er mit belegter Stimme und räusperte
sich. »Wieso arbeitet Ihr? Ihr seid mein Gast, nicht meine
Gärtnerin.«

»Gäste machen Geschenke, nicht wahr? Leider bin ich zu
arm, um Euch etwas Wertvolles zu geben. Deshalb schenke
ich Euch dies.« Sie deutete auf eine Rinne im Boden, die mit
Kieselsteinen ausgelegt war. Sie verlief in Windungen durch
den Garten und verschwand unter einem Busch. »Es ist ein
Bach. Er ist noch nicht vollendet. Aber er wird fertig sein,
bevor ich weiterreise. Das verspreche ich Euch.« Ihr Lächeln
ließ den Ärger über seine Mutter verblassen.

»Bitte, Helian Cui, bleibt noch bei uns!« Die Worte kamen
ihm schwer von den Lippen.

»Lieber Herr Feng, habt Dank für Eure Gastfreundschaft!
Aber ich reise im Dienste Buddhas. Und der ist so schwer
zufriedenzustellen.« Sie seufzte theatralisch. Dann fasste sie
ihn bei der Hand und zog ihn mit sich, tiefer in den Garten hinein. »Wollt Ihr das Geschenk denn gar nicht sehen?«,
fragte sie.

Feng war sprachlos, als er entdeckte, dass der Bachlauf den
ganzen Garten durchzog. Dabei war Helian doch erst seit fünf
Tagen hier – fünf Tage und vier Nächte, in denen er keine
Ruhe gefunden hatte.

Sie führte ihn zu einem der Bäume, die nachts anders dufteten als tagsüber – ein Geheimnis der Gartenkunst seines Vaters. Unter einer moosbehangenen Baumwurzel entsprang der seltsame Bach.

»Aber er führt kein Wasser«, sagte Feng.

»Seid Ihr sicher?« Helian Cui setzte sich ins Gras und schlug die Beine in einer Art übereinander, die Feng schon beim Zusehen Schmerzen bereitete.

Er ging in die Knie und ergriff ihre Hände. Sie ließ es zu. Er begann zu schwitzen. Warum hatte sie ihn an diesen verborgenen Ort geführt?

Helian schloss die Augen. »Senkt Eure Lider, junger Herr Feng.«

Bereitwillig gehorchte er.

Dann sagte sie: »Dies lehrt uns Buddha in seiner endlosen Weisheit: Leben ist Leiden. Unser Leiden entsteht durch unsere Wünsche. Erst das Ende der Wünsche bedeutet das Ende des Leidens. Haltet Eure Augen geschlossen, ich bin noch nicht fertig.«

Feng presste die Lider fester auf die Augen.

»Was wir uns wünschen, ist unbedeutend. Alles, was wir brauchen, lebt bereits in uns. So wie dieser Bach. Ihr meint, er führe kein Wasser. Aber das stimmt nicht. Vertraut nicht auf das, was Ihr zu sehen meint. Öffnet Eure Ohren und Euren Geist, und hört, wie das Wasser fließt.« Feng wusste nicht, wie man die Ohren öffnete. Sie standen doch die ganze Zeit über offen. War das bei Frauen etwa anders? Er kniff die Augen noch angestrengter zusammen, um besser hören zu können. Seine Stirn legte sich in Falten.

»Ja, ich kann es deutlich hören«, log er.

Dann spürte er Helians Finger, die über seine Stirn strichen. »Das ist keine Prüfung, Feng. Ihr müsst weder der Beste noch der Schnellste sein. Verfolgt keinen Zweck, entledigt Euch aller Absicht, und legt die Geräusche der Welt auf dem Grunde Eures Gehörs ab.«

Er blinzelte. Drei Fingerbreit vor seinem Gesicht schwebten ihre grünen Augen. Sein Herz bellte. Langsam streckte er eine Hand nach ihrem Gesicht aus.

Sie erhob sich. »Vielleicht ist es noch zu früh. Aber der Bach wird bleiben, und Ihr könnt noch lernen, ihm zuzuhören, wenn ich fort bin.«

Noch zu früh? Was meinte sie damit?

»Ich bin der Erbe dieser Plantage«, stieß er hervor. »Bleibt bei mir! Dann müsst Ihr nie wieder betteln gehen.«

Sie lachte. »Aber junger Herr Feng! Habe ich nicht gesagt, Ihr sollt lernen zuzuhören? Habe ich Euch denn nicht gerade erzählt, dass ich im Dienste Buddhas unterwegs bin? Ich fürchte, Eure Mutter muss Euch die Ohren waschen.«

Die Hitze, die ihn durchströmte, fühlte sich mit einem Mal unangenehm an. »Meine Mutter?« Fengs Stimme zitterte wie ein gefangener Vogel. »Meiner Mutter muss ich nicht länger gehorchen.«

Mit glühenden Wangen sprang er auf, trat dabei versehentlich in den Bach und wäre beinahe gestürzt. »Wartet hier! Ich will Euch auch etwas schenken«, rief er und eilte über einen der überdachten Fußwege des Gartens auf das Badehaus zu.

Als er sich noch einmal umblickte, sah er, wie Helian sich zum Bach hinabbeugte und die Kieselsteine berührte. So verharrte sie einen Augenblick. Dann streifte sie mit den Fingern ihre Wangen und ihre Stirn.

Als Feng zurückkehrte, rollte Helian Cui gerade ihre Decken im Gästehaus zusammen. Das Tragegestell war gepackt. Ein

Stock mit einem Glöckchen ragte über die Kiepe, um jeden Schritt der Trägerin mit einem hellen Ton zu begleiten. Auf dem Boden lagen zwei Wanderstecken aus Bambus, so gelb wie die Sonne. Die einzig verbliebene Spur von Helians Besuch war ein kleiner Buddhaschrein. Auf einem gelben Stück Stoff saß eine Messingstatuette des Weisen, umrahmt von sieben Opferschalen. In diesen erkannte Feng Flüssigkeiten, Blumen und kleine Glocken. Die Reste verbrannten Weihrauchs lagen auf einem Reisbett.

»Für Euch!«, sagte Feng und hielt ihr eine Halskette entgegen.

Sie nahm den Schmuck und betrachtete die Tierfiguren aus Jadestein, die daran hingen. Ihre Finger glitten über die gravierten Nasen und Ohren, Krallen und Schwänze. Warum sagte sie nichts?

»Der Stein hat die Farbe Eurer Augen«, erklärte er unnötigerweise.

»Oh nein! Meine Augen sind stumpfe Kugeln gegen diese meisterliche Arbeit. Die Kette ist so wunderschön, dass nur eine Königin sie tragen kann.« Sie gab ihm den Schmuck zurück. »Aber keinesfalls eine Bettlerin, wie ich es bin. Woher habt Ihr sie?« Sie hielt einen Augenblick inne. »Ihr tragt doch nicht etwa Frauenschmuck, junger Herr Feng?«

Er errötete. »Natürlich nicht. Die Kette gehörte meiner Mutter. Aber nun soll sie Euer sein. Seht Ihr jetzt, dass ich Herr über die Plantage bin?«

Sie trat einen Schritt zurück. »Feng, Ihr bringt mich in Gefahr. Geht und legt diese Kostbarkeit dorthin zurück, woher Ihr sie genommen habt.«

Feng schaute auf die Halskette in seinen Händen. Leblos hingen die Jadetiere an dem Seidenfaden – Abbilder seiner unerfüllten Liebe. Tränen traten ihm in die Augen. »Warum könnt Ihr denn nicht hierbleiben?«

»Wisst Ihr von den großen Schriften des Konfuzius, Feng?« Er nickte.

»Ohne diese Schriften wäre der Konfuzianismus undenkbar, oder?«

Wieder nickte er geistesabwesend. Seine Nase füllte sich mit Flüssigkeit.

»Gleiches gilt für meine Religion. Der Buddhismus ist neu in diesem Teil der Welt, und viele Schriften Buddhas und seiner Nachfolger liegen in Klöstern und Höhlen verborgen. Es ist meine Bestimmung, diese Texte zu suchen.«

»Und wenn Ihr sie gefunden habt?«

»Sobald ich weiß, wo die Asanga-Texte aufbewahrt werden, muss ich zu jenem Ort wandern, sie kopieren und dem Kaiser persönlich die Abschrift zu Füßen legen.«

Eine Vision erschien vor seinen Augen. »Nehmt mich mit! Ich werde Buddhist und begleite Euch. Als wanderndes Paar würden wir Buddha dienen.« Er deutete vage auf die Figur des gut genährten Mannes.

Buddha lächelte. Doch Helian Cui sah Feng ernst an. »Ihr meint, was Ihr sagt. Das weiß ich. Doch der Weg zu Buddha ist kein Spaziergang für Verliebte, Feng. Und Euer Schicksal ist mit der Seide verwoben. Seid Ihr nicht der einzige Erbe Eures Vaters? Wenn Ihr nicht hierbleibt und lernt, die Plantage zu führen, wird sie untergehen. Was soll dann aus den Arbeitern werden, die von der Seide leben, aus ihren Familien, aus Eurer Mutter und den anderen Witwen Eures Vaters? Wenn Ihr wirklich in Armut leben wollt, so seid ein Bettler der Liebe und bittet Eure Nächsten um Almosen.«

Feng presste die Lippen aufeinander. Sie hatte recht. Aber

diese Erkenntnis half nicht gegen die Schlaflosigkeit und die Erschöpfung, gegen die Krämpfe im Bauch und die Schmerzen im Kiefer, die von seinen mahlenden Zähnen herrührten.

Helian hob den Buddha von seinem improvisierten Altar und hielt Feng die Statuette entgegen. »Behaltet ihn! Er wird Euch an das erinnern, was ich gesagt habe, und Euch Trost spenden, wenn Ihr ihn nötig habt. An guten Tagen kann er Euch sogar zum Lachen bringen.« Sie lächelte die Figur mit einer solchen Hingabe an, dass Feng sich wünschte, ein Erleuchteter aus Messing zu sein.

Er nahm das Geschenk entgegen. Die Figur wog schwer in seinen Händen. Wie konnte diese zierliche Frau ein solches Gewicht auf dem Rücken tragen?

Helian leerte die Schalen, wischte sie mit einem Tuch aus und stellte sie aufeinander. Als sie die letzten Reste ihres spärlichen Besitztums verstaut hatte, hob sie das Gepäck an, geriet ins Taumeln und ließ es wieder sinken.

Feng war sofort zur Stelle. Er hob die Kiepe auf die Höhe ihrer Schultern. Sie angelte nach den schwarz gescheuerten Lederriemen und schob sie sich über die Arme. Während sie den Sitz prüfte, inspizierte Feng die Beutel und Fächer. Sie waren fadenscheinig und mit so vielen Flicken versehen, dass das Gestell seine Trägerin in einen bunten Vogel verwandelte. Ein Einfall zwickte ihn.

Noch eine Weile nestelte Helian Cui an Gurten und Gestängen, dann griff sie nach den beiden Wanderstöcken aus Bambus. Die Kiepe ragte über ihren Kopf hinaus. Sie klappte eine Art Segel aus, das die Trägerin wie ein Dach beschirmte. Schließlich schlug sie gegen das Glöckchen.

Der Moment des Abschieds war gekommen.

Feng rang mit sich. Er wollte sie in seine Arme reißen und ihr Gesicht mit seinen Lippen berühren. Doch er stand nur da und umklammerte den Buddha.

»Lernt zuzuhören, junger Herr Feng.« Sie kniff ihn in den Arm und zwinkerte. »Und hinzuschauen solltet Ihr auch üben.« Dann ging sie hinaus und verschwand. Zurück blieb nur der herbe Geruch des Weihrauchs.

Er blickte ihr noch lange nach. Wohin sollte er auch sonst schauen? Seine Finger fuhren über die Statue und ertasteten etwas an ihrer Rückseite. Neugierig drehte er das Geschenk herum. In das Messing waren Schriftzeichen graviert. Feng hielt sie ins Licht. Auf Buddhas Kehrseite entzifferte er die Worte: *Die Liebe ist ein scheuer Vogel, der den Schlüssel deines Gefängnisses um seinen Hals trägt.*

Feng schmunzelte. Diesen Vogel würde er zu fangen wissen.

⚭

Als sie die Halskette fand, hatte Helian Cui bereits den Rand der Wüste erreicht. Es geschah in den Stunden ohne Gefälle, wenn der Tag nicht mehr jung und noch nicht alt ist. Die Plantage lag schon längst außer Sichtweite, da strauchelte sie, und das Gewicht der Kiepe verschob sich. Sie stürzte, doch der Sand einer Düne fing sie auf. Gewiss hatte Buddha dafür gesorgt, dass sie nicht auf einen Felsen fiel.

Als sie das Gepäck neu ordnete, um das Gewicht besser zu verteilen, hielt sie plötzlich die Kette mit den Jadetieren in Händen. Nun war sie sich sicher, dass Buddha seine Finger im Spiel hatte. Nicht nur, weil er ihren Sturz gedämpft hatte. Er musste es überdies gewesen sein, der sie überhaupt zu Fall gebracht hatte. Dieser Schelm! Doch die Angelegenheit, auf die der Weise sie hatte aufmerksam machen wollen, war alles andere als erheiternd.

Feng hatte ihr die Halskette ins Gepäck gesteckt. Seine Absicht war klar: Sie sollte nach ihrer Reise zu ihm zurückkehren, um ihm das Kuckucksei zurückzugeben, und dann bei ihm bleiben. Wie gerissen er mit seinen fünfzehn Jahren war! Und doch dachte er wie ein Kind.

Ja, sie wollte ihm den Schmuck zurückbringen. Aber nicht erst in einigen Monaten, während derer sich Feng das Herz zermartern würde, sondern gleich heute. Dazu war es noch nicht zu spät. Mit etwas Eile würde sie den Weg zur Plantage zurücklegen und sich noch vor Sonnenuntergang wieder von ihr entfernen können. Um nichts in der Welt wollte sie eine weitere Nacht im Gästehaus verbringen. Wer ahnte schon, welche Fangeisen Feng aufstellen würde, wenn er sie wieder in seiner Reichweite wähnte? Nein! Sollte der junge Seidenfabrikant doch an seinem eigenen Vogelleim kleben bleiben.

Die Kiepe geschultert, machte sich Helian auf den Weg zurück zur Plantage. Im Abendlicht erreichte sie die Oase, in der Fengs Plantage lag. Die Torwachen staunten zwar über die Rückkehr der Besucherin. Da sie Helian Cui kannten, ließen sie sie jedoch ohne Weiteres passieren. Die Hände unter die Trageriemen geschoben, marschierte sie an Gärtnern und Webern, Köchen und Trägern vorbei. Das Tuscheln der Arbeiter war kaum lauter als das Rascheln der Maulbeerbäume bei Regen.

Wo war Feng?

Ein Kind, das einen Wassereimer trug, wies ihr den Weg zum Haupthaus, eine mit Steinen gepflasterte Straße, die von mehr Füßen blank gelaufen war, als Helian in ihrem Leben hätte zählen können. Wenn ich so etwas jemals vorhaben sollte, dachte sie und fragte sich, welche Prüfungen Buddha ihr noch auferlegen mochte.

Sie hatte das Haupthaus fast erreicht, als ihr Nong E entgegenkam. Helian hielt inne. Sie wollte Fengs Mutter nicht begegnen. Nicht mit dem Diebesgut im Gepäck – und ohne auch nicht. Doch es war bereits zu spät. Die Herrin des Haushalts schritt in Begleitung dreier Frauen den Hauptweg entlang, direkt auf Helian Cui zu. In der tiefstehenden Sonne warfen die Gestalten lange Schatten.

Helian Cui stellte die Kiepe ab und verneigte sich tief vor der Hausherrin.

Nong E blieb stehen. »Willkommen zurück auf meinem Besitz«, sagte sie und verbeugte sich ebenfalls, jedoch nur so weit, wie es ihr höherer Stand erforderte. »Oder wart Ihr noch gar nicht fort, Xiao Helian?«

Die Anrede »junge Helian« stellte eine Beleidigung im Rahmen der Anstandsregeln dar. Doch Helian beschloss, sich über den Beinamen zu freuen. Immerhin zählte sie schon mehr als dreißig Jahre.

»Ihr seid scharfsichtig, Lao Nong«, sagte sie und betonte die Anrede *Lao* für »alt« bewusst so, als zolle sie der Älteren damit nur Respekt.

»Und was ist meinem Scharfblick dann entgangen? Denn wenn ich richtig sehe, seid Ihr hier, obwohl Ihr fort seid.«

Hinter Nong E kicherten ihre drei Begleiterinnen. Nong E hob eine Hand, und sie verstummten.

»Mein junger Verstand ist noch ungeübt. Er hat vergessen, dass ich Meister Feng zum Abschied einen Strauß grüner Pappelzweige schenken wollte. Das bringt Glück. Deshalb suche ich ihn. Könnt Ihr mir sagen, wo ich ihn finde?«

»Mein Sohn ist mal hier, mal da.« Nong E schielte auf die

Zweige, die tatsächlich an den Bändern der Kiepe befestigt waren. »Gebt mir das Gesträuch, ich werde es Feng in Eurem Namen bringen. Das Glück wird ihn trotzdem finden.«

»Oh, das wäre so gütig von Euch, Lao Nong. Aber ich gebe ihm die Zweige lieber selbst. Sie sind harzig und würden Eure Hände beschmutzen. Und das Glück soll doch besser an den Händen des jungen Herrn Feng kleben.«

»Das ist töricht. Der Irrsinn der Buddhisten.« Nong E stemmte eine Hand in die Hüfte.

»Keineswegs. Seht nur, wie die Pappeln wirken: Sie schenkten mir das Glück, Euch noch einmal zu begegnen. Doch nun muss ich gehen, denn ich muss mich noch vor Sonnenuntergang wieder auf den Weg machen.«

Behände schulterte Helian das Tragegestell.

Doch Nong E verstellte ihr den Weg, und die Schatten der vier Frauen fielen auf sie. »Mein Sohn ist krank, seit Ihr auf die Plantage gekommen seid. Er will Euch nicht sehen.«

»Das wird er mir selbst sagen wollen. Glaubt mir, Nong E, ich hege keinerlei Absichten, Euren Sohn zu verstören.«

Die blasse Hand Nong Es legte sich um Helians Arm. »Das würde ich auch zu verhindern wissen.« Sanft strich Helian die Finger der Älteren beiseite, so wie sie es mit einer Spinne getan hätte, die versehentlich auf ihr gelandet war. Nong E ließ sie los.

»Es gibt eine Angelegenheit zwischen ihm und mir, die erledigt werden muss«, erklärte Helian. »Glaubt mir: Bevor die Sonne untergegangen ist, werde ich fort sein. Diesmal für immer. Wenn Ihr mich aber nicht zu ihm gehen lasst, werde ich wiederkommen müssen.«

Ohne sich noch einmal umzusehen, setzte Helian ihren Weg fort. Sie würde Feng schon finden. Die Plantage war groß, aber er hielt sich am Abend oft unter den Bäumen auf und sah den Faltern zu, die zwischen den Blättern umherschwirrten. Dort wollte sie es zuerst versuchen.

»Bleibt stehen, oder ich rufe die Wache und lasse Euch entfernen!« Nong Es Stimme war nun ebenso farblos wie ihre Haut.

Ohne sich umzusehen, schritt Helian voran. Die Maulbeerbäume schäumten im Abendlicht. Sie hörte die Rufe, die schweren Schritte, spürte die Aufregung in der Ferne. Viel Zeit würde ihr nicht bleiben.

Feng war nicht dort, wo sie ihn vermutet hatte. Helian huschte unter den Kronen der Bäume hindurch und spähte zwischen die Stämme. Nirgendwo leuchtete ein Zipfel seines roten Seidengewands. Das Glück zeigte ihr die Kehrseite. Es wäre klug gewesen, auch einen Pappelzweig für mich selbst zu schneiden, dachte sie.

Da streifte etwas ihren Kopf. Als sie aufblickte, sah sie einen Schwarm jener weißen Falter, denen die Plantage die Seide verdankte.

Vor zwei Tagen hatte Feng Helian hierhergeführt und ihr den Zyklus der Seidenspinner beschrieben: Wie die Falter Hunderte von Eiern legten; wie aus den Eiern Larven schlüpften; wie die Larven ihren Hunger an den Blättern der Maulbeerbäume stillten; wie sie sich verpuppten und so lange in ihren Nestern schliefen, bis sie sich daraus freibissen und als weiße Falter aufflogen, um wiederum Eier zu legen. Doch die Seidenköche ließen nur wenige Kokons unberührt. Die meisten sammelten sie von den Bäumen und warfen sie mitsamt ihren Bewohnern in kochendes Wasser. Denn Seide war nichts anderes als das Baumaterial jener Hüllen, ein Gespinst, so fein wie sonst nichts auf der Welt.

Helian blickte mit leuchtenden Augen auf die hellen Schmetterlinge über ihrem Kopf und wagte weder zu atmen noch zu blinzeln. Dies war zugleich ein Ort des Todes und der vollendeten Schönheit. Buddha hatte recht: Die Welt war voller Wunder. Und sie, Helian Cui, war fest entschlossen, viele davon zu sehen.

Als sie aus dem Schutz der Pflanzen heraustrat, hörte sie die schweren Schritte der Soldaten. Zwei Wachen kamen auf sie zu und packten sie bei den Armen. Sie nahmen ihr die Wanderstöcke ab. Helian sah in ihre Gesichter unter den nietenbeschlagenen Lederhelmen. Sie waren kaum älter als Feng und bellten mit ihren Knabenstimmen herrische Befehle, denen Helian widerstandslos gehorchte.

Nong E und die drei Frauen erwarteten sie am hohen Westtor der Plantage. Mit großen Augen trank die Hausherrin ihren Triumph. Zwischen ihren Begleiterinnen flogen wissende Blicke hin und her.

»Ihr könnt sie jetzt loslassen«, wies Nong E die Soldaten an. »Wenn sie aber zurück in die Plantage läuft, schlagt ihr sie nieder.«

Die Griffe lösten sich von Helians Armen. Ihre Gliedmaßen schmerzten, und sie massierte sie, um den Energiefluss wieder in Gang zu bringen.

»Ihr verlasst uns jetzt, Helian Cui. Danach werden diese Tore für immer für Euch verschlossen sein«, sagte Nong E. Auf ihrem Gesicht erschien ein boshaftes Lächeln. »Und für jeden Eurer buddhistischen Freunde, der nach Euch kommen mag.«

Helian stockte der Atem. Ihretwegen sollte hier kein schutzsuchender Anhänger der Lehre mehr Aufnahme finden? Sie hatte Buddha einen Bärendienst erwiesen.

»Verzeiht meine Sturheit, Nong E. Ich werde gehen und nicht wiederkehren. Aber bitte lasst Euren Zorn nicht an meinen Brüdern und Schwestern aus. Sie sind gute Menschen. Selbst der Kaiser hat sich unserem Glauben zugewandt. Weist niemanden ab, der Euch um Hilfe bittet!«

»Dass der Kaiser den Lehren des Konfuzius abgeschworen haben soll, ist eine Lüge der Buddhisten«, fauchte die Hausherrin. »Eine von vielen. Verschwindet jetzt, oder ich lasse Euch geißeln!« Damit wandte sie sich von Helian ab.

Diesmal war es Helians Hand, die Nong E aufhielt. »Nur eines noch.« Sie streifte das Gestell von den Schultern und zog die Halskette hervor. »Diese Kette hat mir Euer Sohn zugesteckt. Ich wusste nichts davon. Nur um sie zurückzubringen, bin ich hier. Bitte, gebt sie dem jungen Herrn Feng. Sie kann mir nicht gehören.«

Nong E streckte eine zitternde Hand nach den grünen Tieren aus. »Dies ist die Kette, die mein Gatte mir am Tag unserer Hochzeit auf das Kopfkissen legte. Gestern war sie noch in meinem Schmuckkästchen. Willst du etwa behaupten, mein Sohn habe seine Mutter bestohlen, um einer Bettlerin Familienschmuck zu schenken? Erdreistest du dich auch noch, meinen Verstand zu beleidigen? Werft sie in den Brunnen!«

Helian wirbelte herum. Einer der Soldaten wollte nach ihr greifen. Sie streckte einen Arm aus, fing seine Hand ab und lenkte sie auf die Höhe ihres Brustbeins. Der Mann stemmte sich dagegen, kam aber keinen Schritt voran. Als die Spannung seines Körpers groß genug war, trat Helian beiseite und ließ die Energie des Gegners an sich vorüberfließen. Der Angreifer fiel in den Staub.

Helian duckte sich unter der Pranke des zweiten Wachmanns hinweg. Der Griff des Bedauernswerten ging fehl, und er packte stattdessen eine von Nong Es Brüsten. Die Hausherrin heulte auf und ließ die Halskette fallen.

Helian pflückte den Schmuck vom Boden, warf einen letzten Blick auf ihre schwere Kiepe, dann rannte sie durch das offen stehende Tor davon. Das Kapitel Feng, so hoffte sie, war damit abgeschlossen.

Kapitel 4

DIE ERSTEN TAGE des kurzen Steppensommers beobachteten sie vom Kamelrücken aus. Das Land war unerträglich grün, und der Himmel trug das tiefste Blau, das Taurus jemals gesehen hatte. Wusun führte die Gruppe an. Er war ebenso stolz auf die Schönheit seiner Heimat wie auf die seiner Kamele, deren Glocken den endlosen Tagen den Rhythmus schlugen.

Die Byzantiner seien Kinder des Glücks, hatte Wusun erklärt. Denn seine Baktrischen Kamele seien für diese Reise die am besten geeigneten Lastenträger. Die kleinen, stämmigen Tiere hätten zwei Paar Augenlider und könnten die Nüstern zum Schutz gegen den Sand verschließen. Auch pries er ihr langes, dichtes Winterfell. Denn nur dadurch seien die Tiere in der Lage, die eisigen Pässe des Tienschan unbeschadet zu überqueren.

Taurus dachte an die Flöhe und Zecken, die zwischen den Zotteln am Hals der Kamele so zahlreich waren, dass sie ein zweites Byzanz hätten gründen können. Hin und wieder unternahm dieses Reich Kriegszüge gegen den Reiter.

Nach etwa einem Monat in der Steppe führte Wusun sie nach Süden, ins Gebirge. Die ersten Granithügel waren durchlöchert – Spuren von Goldsuchern, wie ihr Führer erklärte. Auch Wind und Wetter nagten an der Substanz der Berge und spien Felsen von den Höhen herab. In Bächen und Strömen lagen die Brocken verstreut wie das zerbrochene

Spielzeug eines übermütigen Kindes. Mehr als einmal hörten die Reisenden in der Ferne das Donnern von Felsen, die von den Wänden brachen.

Olympiodorus tat sein Staunen über die unendliche Schönheit der Landschaft mit den glänzend weißen Schneefeldern und den blau schimmernden Gletscherzungen immer wieder kund. Nie zuvor war er an Bergen, die bis in den Himmel ragten, vorbeigeritten. Ständig wies er die anderen auf Sonderbarkeiten am Wegrand hin, auf Gipfel, die in den Wolken ruhten, auf kletternde Wildschafe und äsende Yaks. Mal verglich der Byzantiner jene dreiköpfige Bergspitze mit dem Dreizack des Neptun, mal diesen monumentalen Grat mit der scharfen Nase des Kaisers.

Taurus und Wusun lachten über die Einfälle ihres Begleiters. Nur Ur-Atum, der ägyptische Glasmacher, schaukelte mürrisch und schweigsam auf seinem Reittier hinter ihnen her.

Als die Bergwelt sie auf der anderen Seite des Tienschan wieder freigab, stach der Südwind in ihre Gesichter. Unter ihnen lag die Kaiserstraße, die Lebensader Asiens. Taurus atmete tief ein. Konnte man sie riechen, all die Kostbarkeiten, die über diesen Weg in den Westen flossen – Seide und Goldstaub, Weihrauch und Pelze, Jade, Jaspis und kostbare Häute? Perser wie Römer tranken gleichermaßen von dem Warenstrom, der unablässig aus dem Osten in ihre Reiche floss. Die Kaiserstraße selbst aber war den Menschen des Mittelmeeres nur aus Legenden bekannt. Wie die Geschichten wollten, reihte sich entlang des sagenhaften Weges Königreich an Königreich. Die Straße selbst sollte mit Lapislazuli und Bernstein gepflastert sein. Viele Kaufleute hatten hier ihr Glück gemacht, und gemessen an ihrem Reichtum, so hieß es, glichen die Fürsten Europas Bettlern. Diesen flößte schon der Name der Route Respekt ein, war sie doch nach dem Herrscher aller Herrscher, dem Kaiser von Byzanz, getauft.

Letzteres war ein Irrtum, um den nur wenige wussten, denn nicht der römische Kaiser war ihr Namensgeber. Taurus hatte genug Informationen gesammelt, um zu wissen, dass es fernab im Osten einen weiteren Kaiser gab, an dessen Hof die legendäre Handelsroute entsprang. Wer der wirkliche Herrscher aller Herrscher war, würde sich erst noch herausstellen müssen.

So viel jedenfalls war bekannt: Die Kaiserstraße existierte seit über vierhundert Jahren. Taurus fragte sich, warum die Römer sie nicht schon längst unter ihre Kontrolle gebracht oder es zumindest versucht hatten. Zu verlockend waren die Reichtümer, die sie versprach. Aber die Politik Roms war schon immer ein Rätsel gewesen, vor allem für die Römer selbst.

Der erste Erforscher der Strecke war jedoch kein Römer gewesen, sondern ein syrischer Weber. Er hieß Maes Titianus und lebte etwa hundert Jahre nach der Geburt des Herrn in Tyros. Seinerzeit war diese Stadt der größte Umschlagplatz für Waren aus Persien gewesen, und so waren es persische Kaufleute, die dem Syrer von der Kaiserstraße erzählten. Maes wurde hellhörig und forschte nach. Er fand heraus, dass die legendäre Route tatsächlich existierte und dass an ihrem Ende *sera metropolis*, die Hauptstadt der Seide, liegen sollte.

Maes Titianus hinterließ der Nachwelt eine Kiste voller Papyri, die seine Aufzeichnungen über die Kaiserstraße enthielten. Doch keinem seiner geistigen Erben gelang es, daraus schlau zu werden, geschweige denn seine Forschungen fortzusetzen. Selbst der berühmte Geograf Claudius Ptolemaios scheiterte bei dem Versuch, die Landkarte Asiens mit einer unvorstellbar breiten und prächtigen Handelsstraße zu durchziehen – allein schon deshalb, weil nicht einmal er wusste, wie das Innere Asiens aussah. Zudem gab jeder, der von der Handelsroute hörte, dieser einen neuen Namen, machte sie mal länger, mal kürzer, schmückte seine Erzählungen aus oder kürzte sie ab, ohne die Route jemals selbst gesehen zu haben. *Sera metropolis* blieb eine Luftspiegelung hinter dem Horizont des Oströmischen Reiches.

Bekannt und berüchtigt waren hingegen die Preise der Waren, die auf der Kaiserstraße bis ans Mittelmeer gelangten. Ein einfacher Grundsatz bestimmte den Handel: Je weiter die zurückgelegte Entfernung, umso höher der Preis. Seide, Yakwolle, Teppiche, Edel- und Halbedelsteine mussten über die verschneiten Pässe von fünf großen Gebirgszügen, durch drei Wüsten, über ein Dutzend Flüsse und ein Meer gebracht werden. Nur die Reichsten konnten sich leisten, was aus dem fernen Osten schließlich am Mittelmeer anlangte.

Nun lag die Handelsroute direkt unterhalb der Byzantiner. Wie ein Seidenfaden schlängelte sie sich durch das dunstige Land. Der Passweg würde sie am folgenden Tag mitten auf die Kaiserstraße führen, zwischen Kamele, Krieger und Könige. Von dort, das hatte Wusun errechnet, waren es noch vier Wochen bis zu ihrem Ziel – der westlichsten Seidenplantage Serindas. Bisher war alles nach Plan verlaufen. Doch gerade das machte Taurus nervös. Er zerdrückte eine Zecke, die vergebens versuchte, sich durch die Schwielen seiner mächtigen Hände zu bohren. Dann gab er das Zeichen zum Abstieg.

Die Zecken waren nicht das Schlimmste. Auch nicht die Hitze, die südlich des Gebirges das Atmen erschwerte. Selbst den Sand hätte Taurus ertragen, auch wenn er sich in seinen geölten Haaren verfing und seine Haut spröde machte, die er für gewöhnlich mit den exquisitesten Ölen der Welt geschmeidig hielt. Nein, es waren die Karawanen, die ihn zur Verzweiflung trieben. Die Kaiserstraße war voll von ihnen. Nicht dass Taurus etwas anderes erwartet hatte. Doch als sie zum ersten Mal einen Zug von fünfhundert Kamelen an sich vorüberziehen lassen mussten und erst nach Stunden weiterkamen, ahnte er, dass die größte Gefahr bei einer Reise auf der Kaiserstraße von einem übermächtigen Gegner ausging: der Zeit.

Wusun schien das nicht zu stören. Im Gegenteil: Begierig, einen Schwatz zu halten, stoppte er jeden Karawanenführer, den er kannte. Man tauschte Neuigkeiten aus und unterhielt sich so ausdauernd, dass anschließend niemand mehr weiterreiten mochte. Also verbrachte man die Nacht gemeinsam am Feuer, ein Dutzend Männer auf einer Insel aus Licht, umringt von einem Meer aus Kamelen.

So flogen die Tage und Nächte dahin. Die Byzantiner aber krochen die Kaiserstraße entlang, mit der Geschwindigkeit einer Lotosblüte, die über einen Teich treibt. Taurus stöhnte jedes Mal auf, wenn er aus der Ferne den Klang nahender Kamelglocken und die Rufe von Kameltreibern hörte.

Zwar stahlen ihnen die Karawanen die Zeit, doch dafür schenkten sie die Sicherheit der Gemeinschaft. Die Kaiserstraße, so raunte man ihnen zu, sei ein Pfuhl des Todes. An den Lagerfeuern erzählten die Händler Geschichten von wilden Tieren, unbezwingbar und riesig, die Reisende mit Haut und Haar verschlingen konnten. Die einen wollten monströsen Bären und blutrünstigen Tigern begegnet sein, die anderen konnten das Schicksal Verirrter und Verdurstender aufs Grausigste ausmalen.

Eines Abends fasste Olympiodorus Taurus beim Arm und fragte ihn mit leiser Stimme, ob sie nicht besser umkehren sollten. Doch Taurus ließ sich nicht beirren. Er wusste um die Langeweile von Männern, die ihr Leben im Sattel verbrachten und die endlosen Tage damit ausfüllten, Schauergeschichten zu erfinden.

Als sie kurz hinter Hami waren, geschah jedoch etwas, das selbst Taurus den Schrecken in die Glieder trieb.

Es war eine sternklare Nacht, und sie lagerten an einem natürlichen Brunnen. Im Verlauf des Abends trafen zwei Karawanen ein, beide mit demselben Ziel: Turfan, das zwei Tagesreisen in Richtung Osten lag. In Gesellschaft der Kameltreiber verging die Zeit am Feuer wie im Flug. Doch als der Morgen die Schläfer weckte, war eine der Karawanen fort. Der Führer des zurückgebliebenen Zugs war außer sich vor Zorn. Sein Konkurrent war vor ihm aufgebrochen, um den Basar in Turfan als Erster zu erreichen und dort die besseren Preise auszuhandeln.

Die Byzantiner zogen weiter und holten die vorwitzige Karawane nach einem halben Tag ein. Die Leichen der Kameltreiber lagen mit Pfeilen gespickt in einem Hohlweg. Ihre Kehlen waren durchschnitten. Eine Räuberbande musste den Unglücklichen aufgelauert haben. Von den Lasttieren und dem Handelsgut fehlte jede Spur.

Fortan fühlten sich die Byzantiner wohler, je mehr Kamele und Reisende sie um sich hatten. Selbst Taurus respektierte nun die jahrtausendealten Gepflogenheiten der Händler: Suche die Geborgenheit der Gruppe, aber gehe deinen eigenen Weg, wenn du ein gutes Geschäft abschließen willst. Wer zu weit von diesem Pfad abkam, landete mit durchbohrtem Leib am Fuß eines Felsens.

Den Schlüssel zu diesem Land besaß, wie überall auf der Welt, wer seine Sprache kannte. Schon in Byzanz hatten Taurus und Olympiodorus ein unscharfes Sogdisch erlernt, jene Sprache, von der sie gehört hatten, sie diene als Verkehrssprache entlang der Kaiserstraße. Wusun jedoch belehrte sie eines Besseren: Sogdisch, Tocharisch, Kirgisisch, Uighur und Serind seien die Zungen der Länder, die sie zu bereisen gedachten. Und ihr Sogdisch, attestierte der Steppenreiter, sei so schlecht wie das Griechisch ihres ägyptischen Begleiters. Ur-Atum quittierte diese Bemerkung mit dem mürrischen Schweigen eines Pharaonensohns.

Wusun erwies sich nicht nur als scharfsichtiger Kritiker, sondern auch als scharfzüngiger Lehrer. Er nutzte die Wochen im Sattel, um zunächst das Sogdisch der Byzantiner zu schleifen. Danach begann er, ihnen einige Brocken Serind beizubringen. Dass Wusuns Methode jedem Sprachlehrer in Byzanz das Herz hätte stillstehen lassen, bezweifelte Taurus nicht. Flüche und Schmähungen waren es, die die Byzantiner eingetrichtert bekamen, denn Wusun war überzeugt, dass sie damit mehr würden ausrichten können als mit schlecht gedrechselten Höflichkeiten. Zudem bestanden Wusuns Lieblingsphrasen aus schlichten Worten und verzichteten auf jedwede Grammatik.

Einen derart vergnüglichen Unterricht ließen sich Taurus und Olympiodorus gefallen. Und als es eines Morgens darum ging, die fantasievollsten Kränkungen für die Mutter eines Feindes zu formulieren, ließ sogar Ur-Atum den Mantel des Schweigens fallen und erwies sich als Mann mit Ideen. Taurus zwickte der Zweifel, ob der Ägypter tatsächlich nur Wusuns Anweisungen folgte oder doch die Gelegenheit nutzte, seine Begleiter mit Flüchen in mehreren Sprachen zu bedenken.

Eines Nachmittags erreichten sie das Gerippe eines Dorfes. Die Lehmmauern der Häuser waren eingestürzt, das Stroh der Dächer hatte der Wind schon vor Jahren davongetragen. Über die Straßen zogen nur noch die Wanderdünen. Die Gespensterbäume eines ehemaligen Pappelwaldes verrieten, dass hier einmal Wasser geflossen sein musste. Doch das schien vor langer Zeit gewesen zu sein, und mit dem Wasser waren auch die Menschen verschwunden.

Die Ruinen beunruhigten Taurus, und als der Wind auf den Überresten der Mauern ein Lied pfiff, schaute sich auch Olympiodorus ängstlich um. Doch inmitten des Verfalls schien aus einem Fenster schwaches Licht. Darüber schaukelte ein schäbiges Schild im Wind: Ein Gasthaus hatte dem Zahn der Zeit widerstanden. Es musste von den Durchreisenden zehren, die noch immer des Wegs kamen. Da die Nacht heraufzog und sie nicht unter den Sternen schlafen wollten, entschied Taurus, der Herberge einen Besuch abzustatten. Überdies schien die Taverne auch andere Gäste zu beherbergen, denn in einem Schuppen waren ein Pferd und ein gutes Dutzend Esel untergebracht. In der Hoffnung, nicht mitten im Nest einer Räuberbande zu landen, zwang Taurus sein Kamel in die Knie.

Es war die armseligste Herberge, die er jemals betreten hatte. Sie bestand aus nur einem Raum, in dem alles von Ruß und Rauch geschwärzt war. Selbst die Wirtsleute waren finstere Gestalten: der Mann ein knotiger Zwerg mit dünnem weißen Bart und stechenden Augen, seine Frau eine Riesin in Kleidern, aus denen sie schon vor Jahren herausgewachsen war. Die Wangen der Wirtin waren von Trauernarben gezeichnet, Überresten von Wunden, wie sie sich Frauen zufügten, die einen Angehörigen verloren hatten.

Die Wirtsleute hießen die Gäste nur mit Blicken willkommen.

Taurus atmete tief ein. »Koriander«, sagte er.

Olympiodorus nickte. »Der Geruch von Wanzen.« Er deutete auf einen Winkel des Raumes, in dem geflickte Strohsäcke aufgestapelt waren – wohl die Gästebetten des Nachtquartiers. Die Wände dahinter waren vom Boden bis zur Decke von schwarzen Streifen überzogen. Erst bei näherem Hinsehen bemerkte Taurus, dass das Muster sich bewegte.

»Ich würde trotzdem bleiben, wenn ich an eurer Stelle wäre«, sagte jemand auf Griechisch.

Taurus sah sich um und entdeckte in einem Winkel einen Mann auf einem der Strohsäcke. Er trug Wollkleider, die mit Blumenmustern bestickt waren. Seine Unterlippe hing herab wie die eines Kamels.

»Was sollte uns davon abhalten, dieses Wanzennest wieder zu verlassen?«, wollte Taurus wissen.

»Wölfe streichen in der Nacht um diese Geisterstadt. Wölfe auf zwei Beinen.«

Taurus bemerkte, dass Olympiodorus erbleichte.

»Seid ohne Sorge! Ich bin Tokta Ahun, ein einfacher Händler. Vielleicht habt ihr meine Esel vor der Tür bemerkt?« Der Fremde zuckte mit den Schultern. »Eines Tages werde ich mir Kamele leisten können und in gemütlichen Karawansereien nächtigen. Doch bis dahin müssen mir Quartiere wie dieses hier genügen.« Er deutete mit weltmännischer Geste auf die Schlafstatt.

Taurus stellte sich und seine Begleiter vor. Er nahm einen Faden mit Kupfermünzen und zerriss ihn in zwei Hälften. Eine davon warf er den Wirtsleuten zu. »Wir bleiben eine Nacht. Die andere Hälfte gibt es, wenn wir morgen unversehrt weiterziehen können und uns das Ungeziefer bis dahin nicht aufgefressen hat.«

Tokta Ahun hob ein Bein und zeigte den anderen seine rindsledernen Stiefel. Die Schäfte waren fest um die Waden verschnürt. »Das solltet ihr mit eurem Schuhwerk ebenfalls tun, wollt ihr es nicht mit tausend kleinen Füßen teilen.«

Die Byzantiner befolgten seinen Rat, bevor sie sich auf den Strohballen niederließen. Die Wirtin brachte ihnen Wasser und Wein, die sich nur durch die Farbe voneinander unterschieden.

Als Taurus wissen wollte, wieso sie in der Baracke sicher sein sollten, erklärte Tokta Ahun, Herbergen wie diese würden von den Herrschern der Oasenstädte beschützt. Die Kleinkönige sorgten dafür, dass die Karawanen wenigstens an einigen Punkten entlang der Kaiserstraße in Sicherheit waren. Denn die Städte nährten sich aus zwei Quellen: Wasser und Geld, das die Händler ihnen einbrachten. Versiegte eine davon, verkam auch die prachtvollste Siedlung zu einem Ort der Geister. »So wie die Stadt dort draußen«, schloss der Eseltreiber.

Dann entschuldigte er sich und zog sich mit dem Wirt in den hintersten Winkel des Raumes zurück. Er habe mit dem Zwerg noch Handel zu treiben, erklärte er.

»Handeln! Das ist eine gute Idee«, sagte Ur-Atum, und seine dunklen Augen leuchteten. Er beugte sich über das Licht der nach ranzigem Bohnenöl riechenden Lampe. »Wir haben immer noch nicht darüber gesprochen, was euch meine Dienste wert sind.«

Taurus beugte sich ebenfalls nach vorn und fixierte im Lichtschein der Funzel das verschlagene Gesicht des Ägypters. »Dem Kaiser von Byzanz helfen zu dürfen ist deine größte Belohnung. Aber ich will großzügig sein. Du bekommst Straferlass für deine Verfehlungen. Außerdem musst du nicht für die Reisekosten aufkommen: dein Kamel, dein Essen, deine Unterkunft.« Taurus lehnte sich zurück und verschränkte die Arme vor der Brust.

Ur-Atums Gesicht verharrte über dem Lichtschein wie eine altersschwache Motte. »Ich will ein eigenes Schiff. Das müsst ihr mir versprechen. Für den Kaiser ist das doch eine Kleinigkeit.«

Taurus wollte sich wieder aufrichten. Doch Olympiodorus legte ihm eine Hand auf den Arm und sagte: »Wenn uns deine Dienste gut genug erscheinen, sollst du dein Schiff bekommen.«

»Und eine Mannschaft dazu. Ich will Sklaven, starke Sklaven, die rudern können«, forderte der Ägypter.

Taurus stöhnte auf, aber Olympiodorus stimmte auch diesmal zu.

Die Wirtin brachte Schüsseln mit dampfender Suppe und stellte sie zwischen den Männern auf dem Boden ab. Für jeden legte sie einen Laib Brot daneben.

Ur-Atum griff als Erster zu. Seine Hand langte nach dem größten Brot, und er löffelte die Suppe hastig in sich hinein. Wusun, Taurus und Olympiodorus betrachteten ihn schweigend, aßen selbst jedoch nichts.

Als Ur-Atum fertig war, stieß er einen Seufzer aus, ließ sich auf den Strohsack zurückfallen und furzte. Mit dem Handrücken wischte er sich über die Mundwinkel. »Gut!«, stöhnte er.

»Tatsächlich?«, fragte Olympiodorus. Dann nahm auch er eine Schüssel und schaute hinein. Mühevoll riss er ein Stück Brot ab und inspizierte auch dieses. Dann tunkte er das Brot in die Suppe und wartete.

Ur-Atum schaute ihn fragend an. »Willst du das Brot ertränken?«.

»Nicht das Brot …« Olympiodorus zog den Brocken aus der Suppe, ließ ihn abtropfen und schaute wieder in die Schüssel. Dann zeigte er sie seinen Begleitern. Auf der Oberfläche der heißen Brühe schwammen schwarze Punkte. Einige bewegten sich. »… aber seine Bewohner«, schloss Olympiodorus. Er stellte die Schüssel beiseite und verzehrte das eingeweichte Brot.

Ur-Atum fasste sich an die Kehle.

»Um auf deine Bezahlung zurückzukommen«, sagte Olympiodorus zwischen zwei Bissen. »Ich habe Arzneien, die gegen Parasiten helfen. Wenn du sie benötigen solltest, gebe ich dir gerne davon. Im Tausch gegen dein Schiff. Ein guter Handel für dich. Denn das Schiff hast du ja noch gar nicht. Die Parasiten schon.«

Der Ägypter fluchte in seiner Muttersprache, sprang auf und eilte ins Freie. Unter dem Türsturz wäre er um ein Haar mit dem Wirt zusammengestoßen, der drei große Bündel auf den Schultern balancierte. Schwankend trug er sie zu Tokta Ahun hinüber und ließ sie fallen. Taurus machte seine Gefährten auf das Geschehen aufmerksam.

»Die Wolle, die du kaufen willst«, sagte der Wirt.

Der Händler beugte sich über die Ballen. Sie waren in Leinentücher eingeschlagen und mit Seilen verschnürt. Tokta Ahun drückte prüfend auf die Ware. Dann holte er ein Messer hervor, ritzte das Leinen auf und zupfte ein paar Flocken Wolle heraus. Er roch daran und zerpflückte sie.

»Vom fettschwanzigen Dumbaschaf«, grunzte der Wirt. »Ein Ballen wiegt fünfzehn Jin. Du bekommst zwei für einen Faden.«

»Drei Ballen«, brummte der Eseltreiber. Jetzt rieb er die Wolle über seine Wange und tupfte sie gegen seine Zunge.

»Zweieinhalb«, sagte der Wirt.

Taurus fühlte sich an ein Theaterstück erinnert, dessen Schauspieler zum tausendsten Mal ihre Dialoge leiern. Doch die Komödie drohte, sich in eine Tragödie zu verwandeln.

Mit fleißigen Fingern inspizierte Tokta Ahun weiter die Ballen. Er hob sie an, schien ihr Gewicht zu prüfen. Dann kniff er die Augen zusammen und untersuchte die Leinentücher, in die die Pakete eingeschlagen waren. Ein ausgestreckter Zeigefinger drückte gegen die Ware – und verschwand darin.

Die Augen des Eseltreibers weiteten sich. »Betrüger!«, rief er.

Die Worte, die nun zwischen den Männern hin und her flogen, waren derber als die in Wusuns Sprachunterricht.

»Was ist geschehen?«, wollte Taurus wissen.

»Ein alter Trick«, sagte Wusun. »Wenn sie Wolle durch die Wüste transportieren, ritzen diese Halunken die Ballen an. Sehr kleine Schnitte. Wer nichts von ihnen weiß, wird sie niemals finden.«

»Wozu soll das gut sein?«, fragte Olympiodorus. Taurus glaubte, die Antwort bereits zu kennen.

»Sand«, erklärte Wusun, »ist wie Wasser. Er dringt unterwegs überall ein. Der kleinste Spalt genügt.«

»Sand?«

»Er macht die Ballen schwerer. Verstehst du, Byzantiner? Mehr Gewicht, höherer Preis.«

In der Hand des Wirts blitzte plötzlich ein Messer auf. Es war nur ein Küchenmesser, doch eine Klinge, die Hammelfleisch zerteilt, lehrt auch Eseltreiber das Fürchten. Tokta Ahun wich zurück.

Wusun übersetzte das immer schnellere Sogdisch, dem die Byzantiner nicht mehr folgen konnten. »Der Wirt behauptet, die Ballen schon so bekommen zu haben. Der Eseltreiber will ihn den Behörden melden. Jetzt scheint es nur noch ein Argument zu geben.« Der Alte schaute gebannt auf die beiden Streithähne und knetete seinen Bart.

Doch an diesem Abend sollte das Messer des Wirts kein Menschenblut trinken. Olympiodorus erhob sich und rief den Streithähnen zu: »Wenn dieses Geschäft platzt, schließt doch ein anderes ab.«

Zuerst reagierten weder Tokta Ahun noch der Wirt. Es war, als hätte niemand etwas gesagt. Doch dann zuckte der Blick des Eseltreibers in Richtung des Byzantiners. Zugleich versuchte er, das Messer nicht aus den Augen zu lassen. »Was meinst du damit?«, presste er zwischen den Zähnen hervor.

Olympiodorus deutete auf einen dunklen Winkel unter dem Dach der Baracke. »Der Wirt könnte dir einige der Hornissen verkaufen, die unter seinem Dach leben. Dort oben hängt ein imposantes Nest, groß genug, dass mein Onkel Taurus darin verschwinden könnte.«

Tokta Ahun schnaubte verächtlich. »Willst du mich zum Narren halten, Byzantiner?«

Der Wirt, der die griechischen Worte nicht verstand, warf nervöse Blicke zwischen den Männern hin und her. Er fuchtelte mit dem Messer und keifte.

»Keineswegs, keineswegs«, sagte Olympiodorus und schob die Daumen unter seinen Gürtel. »Ich sehe hier bloß ein gutes Geschäft für dich. Doch wenn es deinem Verständnis von Handel eher entspricht, mit einem Messer im Bauch auf einem Ballen Wolle zu enden – nur zu!«

Der Wirt schaute noch immer ratlos. Niemand übersetzte für ihn. Die Messerspitze entfernte sich langsam von Tokta Ahun.

Noch einmal zeigte Olympiodorus in Richtung Dach. »Wir nennen sie Spatzenwespen. Weil sie so groß sind wie ein kleiner Vogel. Wo ich herkomme, sind sie selten. Hier jedoch … Nie zuvor habe ich ein ganzes Nest gefunden.«

»Yaktöter«, sagte Tokta Ahun, der nun ebenfalls versuchte, im Dunkel des Dachwinkels das Hornissennest auszumachen. »So heißen sie bei uns.«

»Ein guter Name. Man sagt, ihr Stich fühle sich an, als würde einem ein heißer Nagel ins Bein getrieben. Doch muss ich mich dabei auf die Berichte anderer berufen. Ich selbst hatte allerdings Gelegenheit, einige von ihnen in meiner Studierstube zu untersuchen. Und dabei fand ich Nektar und Ambrosia.«

Mit leuchtenden Augen erzählte Olympiodorus von dem Sekret, das die Hornissen in ihren Stichen hinterließen und das andere Hornissen anlocke, bis das Opfer von einem ganzen Schwarm angegriffen und getötet werde. Und er berichtete von einer weiteren Flüssigkeit, einem Elixier, das den Larven aus dem Mund rinne. Er habe beobachtet, wie die erwachsenen Tiere die Larven küssten und dabei das Elixier aufnähmen. Anschließend seien sie sehr leistungsstark. »Sie legen dann unglaublich weite Distanzen im Flug zurück, sind angriffslustig und wie toll«, sagte er.

»Warum erzählst du mir das alles?«, fragte der Eseltreiber ungeduldig.

»Weil ich das Elixier der Larven geerntet und seine Wirkung geprüft habe.«

Tokta Ahuns Augen wurden groß. »Was ist geschehen?«

»Mir sind Flügel gewachsen, und ich bin über die Dächer von Byzanz hinweggeflogen«, erwiderte Olympiodorus.

Der Eseltreiber schielte auf den Rücken des Byzantiners. Als dieser anhob zu summen, zuckte Tokta Ahun zusammen. Alle lachten.

»Was tatsächlich geschehen ist, hat beim Pferderennen in Byzanz für einen Skandal gesorgt. Gib diesen Stoff einem Pferd zu trinken, und es verwandelt sich in einen Drachen. Etwas ist in diesem Gift, das Tiere zu einzigartigen Leistungen befähigt. Die Pferde der von mir bevorzugten Mannschaft gewannen jedes Rennen. Sie begannen Blut zu schwitzen und flogen förmlich durch das Hippodrom.«

»Was gehen mich Pferderennen an? Ich treibe Esel.« Tokta Ahuns Gesicht war ein Meer aus Falten, über das ein Sturm tobte.

»Esel, Pferde und Kamele halten dieses Land am Leben. Stell dir vor, du wärst der Einzige, der Lasttiere zu ungeahnten Leistungen bringen könnte.«

Jetzt erhellte sich das Gesicht des Eseltreibers. Der Streit mit dem Wirt schien vergessen. Dem baumelte das Messer nutzlos in der Hand, und er starrte mit offenem Mund unter das Dach seiner Herberge, konnte dort jedoch nichts Außergewöhnliches entdecken.

Tokta Ahun spielte mit seiner dicken Unterlippe. »Ich verstehe«, sagte er zögerlich. »Aber wie komme ich an dieses Elixier heran?«

»Das will ich dir erklären. Aber sei gewarnt: Niemals darfst du selbst davon kosten. Dieser Trank ist nicht für Menschen.«

Damit zog Olympiodorus den Eseltreiber zu den Strohsäcken. Dort begannen die Männer ein Gespräch, das – da war sich Taurus sicher – einige Zeit in Anspruch nehmen würde.

Immerhin ging es um das Lieblingsthema seines Neffen: Insekten.

Taurus hörte noch, wie Olympiodorus sagte: »Nur ihre Größe hält sie davon ab, die Welt zu erobern.« Dann öffnete er die Tür und verschwand zusammen mit Wusun in der eiskalten Wüstennacht.

∽✺∾

Ur-Atum biss in seine Faust. Was war er doch für ein Glückspilz! Erst hatte er geglaubt, Schai, die Schlange des Schicksals, habe ihn strafen wollen und ihn zum Gefangenen der Byzantiner gemacht. Doch er war nicht der Prügelknabe der alten Götter, er war ihr Günstling.

Endlich, endlich! Er hatte herausgefunden, was die Römer vorhatten. Beim Satteln der Kamele hatte es der Alte verraten. Es hatte nur einiger geschickt gestellter Fragen bedurft, schon waren die Informationen aus Wusun herausgesprudelt. Spinnen also wollten sie kaufen und damit das Geheimnis der Seide lüften. Um gegen die Perser bestehen zu können. Ein kluger Plan. Doch sein eigener war klüger.

Oh ja! Er wollte dabei helfen, die Spinnen zu finden. Doch nicht die Byzantiner sollten sie bekommen, sondern er selbst, Ur-Atum, Sohn des Edfu, dessen Vorfahren den großen Alexander gekannt hatten. Er fühlte sich vom Geist des berühmten Feldherrn beseelt. Die Spinnen würden ihm gehören, ebenso wie das Geheimnis der Seide. Auch was er damit anstellen würde, wusste er schon genau. Für den Untergang von Byzanz würden die Perser jeden Preis zahlen.

Kapitel 5

DIE OASE KÜNDIGTE SICH AN, zwei Tage bevor die Byzantiner sie erreichten. Wo zuvor kein Pfad zu sehen gewesen war, grub sich nun eine dünne Spur in den schwarzen Grus, die bald deutlicher wurde und sich schließlich als graues Band durch die Ebene schlängelte. Wusun deutete die Zeichen auf dem Boden richtig. Die Wege der Händler und Karawanen, der Bauern und Handwerker liefen hier zusammen. Sie alle hatten ein gemeinsames Ziel: die Seidenplantage Feng, die westlichste Bastion der Seidenkultur im Lande Serinda.

Taurus hatte keineswegs erwartet, schon hier auf *sera metropolis* zu stoßen. Als er jedoch auf der Schulter einer Düne stand und sah, wie betriebsam das Leben in der Oase unter ihm summte, wollte er kaum glauben, dass es weiter im Osten eine noch größere Seidenplantage, sogar eine Hauptstadt der Seide geben sollte. Die Berichte darüber konnten nichts weiter als Mythen sein.

Wie eine kleine Garnison war die Oase befestigt. Mauern von doppelter Mannshöhe hielten ungebetene Besucher fern. Auf Wachtürmen standen Soldaten neben großen Holzstößen, die sie als Alarmsignal anzünden konnten, war Gefahr im Verzug.

Taurus staunte. Er hatte ähnliche Systeme bei den Langobarden gesehen, bei den Ostgoten und den Vandalen. Wie es schien, brachte das Bedürfnis nach Sicherheit überall auf der Welt dieselben Erfindungen zutage. Die Bewohner dieses exotischen Landes dachten und handelten wie die Völker, die ihm bekannt waren. Allerdings sahen sie anders aus.

Die Wachen am Tor, die man in schwere Uniformen gesteckt hatte, waren von beeindruckend kleinem Wuchs. Während Taurus mit Olympiodorus und Ur-Atum im Staub wartete, der von den vorbeiziehenden Menschen und Tieren aufgewirbelt wurde und sich unter dem Tor verfing, sprach Wusun auf einen der Soldaten ein. Taurus rechnete mit einer schwierigen Verhandlung. Doch schon nach wenigen Augenblicken winkte der Wachposten die vier Fremden mit herrischer Geste durch.

Taurus kniff die Augen zusammen. Irgendetwas stimmte nicht. Als hochgewachsene Männer in fremdartiger Kleidung mussten sie doch auffallen wie rote Kamele und ebensolches Misstrauen erregen. Dass sie stattdessen wie lang erwartete Gäste hineingebeten wurden, konnte nur eines bedeuten: Jemand hatte ihr Kommen angekündigt. Wer das gewesen sein könnte, ahnte Taurus bereits.

Die Karawanen, denen sie auf der Kaiserstraße begegnet waren, lieferten nicht nur Seide, Wolle und Teppiche. Sie überbrachten auch Neuigkeiten und meldeten, wenn ihnen unterwegs etwas Ungewöhnliches begegnete – zum Beispiel Männer von riesigem Wuchs mit fremdartigen Gesichtern.

Was mochte noch alles auf dieser immensen Strecke zwischen Ost und West transportiert werden?, fragte sich Taurus und verstand mit einem Mal, was die römischen Kartografen in ihren Studierstuben nicht hatten erkennen können: Die Kaiserstraße war ein Machtinstrument, weil auf ihr Informationen in Windeseile weite Wege zurücklegen konnten.

Die ausgeklügelte Schlachtaufstellung eines Feindes? Sie blieb nicht lange geheim. Der Tod eines Herrschers? Die

Nachricht machte schneller die Runde, als der Verstorbene bestattet werden konnte. Die Heirat zweier Königskinder, die von einem Erdbeben verwüstete Stadt, die Angriffspläne eines Konkurrenten – jede Art von Information raste über diese Straße und wurde mit klingender Münze bezahlt. Das wichtigste Handelsgut lag nicht auf den Rücken der Esel, Kamele und Yaks. Es steckte in den Köpfen der Karawanenführer. Davon haben wir eine Menge zu bieten, dachte Taurus. Er wandte sich um und ritt durch das Tor ins Innere der Seidenplantage hinein.

Dort stießen die vier Reiter auf ein Treiben, das eher an die Straßen von Byzanz erinnerte als an die Wüsteneien, die sie gerade erst verlassen hatten. Orientalische Farben, Geschäftigkeit, Lärm und roter Staub vermengten sich zu einem einzigartigen Gespinst. Bauern trugen an schwankenden Bambusrohren Körbe mit Kohlköpfen und anderem Gemüse, das Taurus nicht kannte. Soldaten ritten ohne Sattel oder führten ihre Pferde zur Tränke, einem Fluss, der von den Bergen herabzukommen schien und der Oase Leben schenkte. Überall wimmelte es von Karren, Schweinen, Hunden und Menschen.

»Schau, der Hain dort!« Olympiodorus wies auf einen Wald aus fremdartigen Bäumen. Sie waren in gleichmäßigen Reihen gesetzt und erstreckten sich, so weit das Auge sah. »Die Kaiserkette meines Onkels gegen einen zerdrückten Mistkäfer, dass dort die Schäumenden Medusen stehen.« Er kniff die Augen zusammen. »Bloß Spinnweben kann ich nicht auf ihnen erkennen.«

Taurus taxierte den Hain. »Leider habe ich keinen Mistkäfer bei mir. Wenn du mir einen leihen würdest? Die Kette meines Bruders wäre mir die Unbilden wert, bei dir Schulden zu machen.«

Doch sein Neffe war bereits von seinem Kamel gestiegen und ging auf die Bäume zu. Da stellte sich ihm einer der Soldaten in den Weg und herrschte ihn an. Olympiodorus sah auf den Gepanzerten hinab und schob ihn beiseite. Gerade wollte er sich anschicken, seinen Weg in Richtung des Hains fortzusetzen, als der Wachposten sich erneut vor ihm postierte – diesmal mit der Lanze vor der Brust. Was der Soldat brüllte, verstand Taurus zwar nicht, doch es war unmissverständlich, dass es Fremden verboten war, sich den Bäumen zu nähern.

Olympiodorus kehrte um und nickte Taurus stumm zu. Sie waren am Ziel ihrer Reise angekommen.

»Ah, Seide.« Der junge Mann im rotglänzenden Gewand ließ sich das Wort auf der Zunge zergehen. »Sie ist unser Brot und unser Bett. Ohne sie hätten wir kein Dach über dem Kopf und müssten wie stinkende Nomaden in Zelten leben. Doch die Seide hat uns die Zivilisation gebracht – und den Reichtum, wenn Ihr versteht, was ich meine. Ihr wollt doch Seide kaufen?«

War dieser Knabe Herr über die Plantage? Sein Bart war nicht mehr als ein Flaum und seine Stimme die eines Mädchens.

Taurus spielte mit der dreifarbigen Kamee an einem seiner Ringe. Die Serer hatten sie in ein niedriges Holzhaus geführt. Das Brokatkissen, auf dem er saß, war winzig, und er rutschte ungelenk darauf herum – ebenso wie Wusun, Olympiodorus und Ur-Atum neben ihm. Den Gastgebern dagegen schien die Körperhaltung keineswegs unbequem zu sein. Kerzengerade saßen die Serer auf der anderen Seite des niedrigen Podestes: der junge Mann und eine Frau mittleren Alters mit weiß geschminktem Gesicht und einer Frisur, für die die Kaiserin von

Byzanz zu Fuß nach Serinda gegangen wäre. Sie lächelten und nickten, lächelten und nickten.

Taurus schüttelte den Kopf. »Nein. Das wollen wir nicht.«

Das Nicken endete. Der junge Mann, der sich als Feng vorgestellt hatte, griff nach einer gelbroten Frucht, die neben anderen Köstlichkeiten in einer tönernen Schale lag. Die Früchte waren mit Wasser besprengt. Das erzeugte die Illusion, das Obst sei frisch gepflückt. Täuschung, dachte Taurus, scheint bei den Serern eine Kunst und ein Gebot der Höflichkeit zu sein. Er aber war Byzantiner.

»Wir suchen das Geheimnis der Seide selbst«, fügte er hinzu.

Die runde Frucht rotierte in der Hand des Jünglings. »Was soll das sein?«, fragte er. »Das Geheimnis der Seide?«

»Um das zu erfahren, sind wir hier. Ihr kennt es. Die Frage ist: Was ist es Euch wert?«

Feng setzte zu einer Antwort an. Doch die Hand der Frau legte sich auf seinen Arm. »Ich bin Nong E, Witwe des Feng Li, der Herr dieser Plantage war. Einst sagte mein Mann zu mir: ›Die Menschen aus dem Westen sagen, was sie denken, und ihre Ohren sind taub für die Welt. Aber noch vom Grunde des Meeres können sie das Klingen einer einzelnen Münze vernehmen.‹ Was Ihr von uns wollt, ist tatsächlich ein Geheimnis. Wisst Ihr, wie Geheimnisse entstehen? Man spricht sie bei Vollmond in einen leeren Brunnen hinein, damit niemand sie erreichen kann.«

»Dann erlaubt uns, diesen Brunnen zu füllen, damit das Geheimnis an die Oberfläche steigt«, sagte Olympiodorus.

Nong E lachte auf. »So ist es wahr: Ihr seid taub. Was ich sagte, bedeutete: Ich verkaufe Euch nichts.«

Taurus bemerkte, dass der junge Mann seiner Mutter wütende Blicke zuwarf und die Lippen zusammenpresste. Er richtete das Wort an ihn. »Meister Feng, wie ist Eure Meinung dazu?«

Der erschrockene Blick Fengs bestätigte Taurus in seinem Verdacht. Er setzte nach: »Ich kann verstehen, dass Eure Mutter das Geheimnis nicht verkaufen will. Geld scheint Ihr genug zu haben. Doch auch sie scheint im Zuhören keine Meisterin zu sein. Denn von Geld haben wir nie gesprochen.«

Fengs Mundwinkel zuckten. »Was würdet Ihr denn sonst für das Geheimnis der Seide bieten?«

»Feng!«, rief seine Mutter.

Doch er zuckte mit den Schultern und warf die gelbrote Frucht spielerisch in die Höhe, um sie geschickt wieder aufzufangen. »Ich bin nur neugierig, was diese Männer uns mitgebracht haben, Mutter.«

»Ein Geheimnis gegen ein Geheimnis«, sagte Taurus.

»Welches Geheimnis könntet Ihr schon kennen, von dem wir nichts wissen?«, zischte Nong E.

»Das Geheimnis der Glaskunst.« Taurus deutete auf Ur-Atum, der sich an einer der Früchte zu schaffen machte. »Dieser dort beherrscht diese Kunst und wird sein Wissen mit Euch teilen. Vorausgesetzt, Ihr teilt Eures mit uns.«

»Glas!«, rief Feng. »Mutter! Niemand im gesamten Reich der Mitte weiß, wie Glas entsteht. Nicht einmal die Gelehrten am Hof des Himmelssohns.«

Taurus atmete auf. Es stimmte also. Die Serer schätzten Glas, mussten es jedoch importieren. Das würde alles zu ihren Gunsten verändern.

Doch Fengs Begeisterung prallte von seiner Mutter ab. »Glas ist zerbrechlich, Seide dauerhaft«, orakelte sie. »Ein schlechter Handel.«

»Die Alte ist schlüpfrig wie ein Fass voller Aale«, sagte Olympiodorus auf Griechisch und hielt Wusun davon ab, das zu übersetzen. »Aber wir wissen, wie man Aale fängt, oder nicht?«

Taurus nickte. Es musste einen Weg geben, den Widerstand dieser Frau zu brechen.

Die Gewänder der beiden Gastgeber waren prunkvoller als alles, was er jemals im Kaiserpalast zu Byzanz zu sehen bekommen hatte. Daheim trugen selbst die höchsten Adeligen Seidenkleider aus einfarbigem Gewebe. Nur die Kaiserin konnte sich gemusterte Seide leisten. Doch waren auch die Muster auf ihren Gewändern nur aufgestickt. Die Serer hingegen trugen mehrfarbige Seidengewänder. Blau, Rot, Gelb, Weiß und Grün wechselten sich auf einem einzigen Kleidungsstück ab. Das lang fallende Gewand Nong Es zeigte Wolkenbänder und Fabeltiere. Taurus erkannte Drachen und Schildkröten, Hirsche und Hasen. Nie zuvor hatte er etwas derart Prächtiges gesehen. Die Muskeln in seinem Nacken versteiften sich. Die byzantinische Kaiserin war schon stolz auf ein Gewand mit einem Zickzackmuster.

Und noch etwas fiel ihm auf. Der linke Ärmel von Nong Es Gewand war länger als der rechte. Der Stoff straffte sich am Saum. Etwas war darin verborgen.

»Wir kennen Euer Geheimnis bereits. Wir wissen, dass Ihr die Seide mithilfe von Spinnen herstellt. Wir wissen, dass Ihr die Weben der Spinnen von den Bäumen kämmt, nachdem Ihr sie mit Wasser besprengt habt oder nachdem es geregnet hat. Ihr seht: Dank unserer Gelehrten ist Euer Geheimnis längst kein Geheimnis mehr. Was uns fehlt, sind die Spinnen«, erklärte Olympiodorus.

»Und etwas zu essen«, sagte Nong E. Sie schickte Feng hinaus, er möge nachsehen, wo das Gastmahl bleibe. Der junge Mann gehorchte widerstrebend.

Taurus ballte die Hände zu Fäusten. Feng war der weiche Lehm, den er nach seinen Wünschen hätte formen können. Seine Mutter hingegen war hart wie eine hundertjährige Rosine.

»Spinnen?«, fuhr Nong E fort. »Ihr scheint die klügsten Köpfe Eures Reiches versammelt zu haben. Doch Ihr hättet sie herbringen sollen, damit sie Euch vor Dummheit bewahren. Was hält mich davon ab, Euch einsperren zu lassen, damit Ihr unser Geheimnis nicht ausplaudert?«

»Andere würden kommen, um nach den Spinnen zu suchen – und nach uns obendrein. Wir sind Verwandte des Kaisers«, erwiderte Taurus ruhig.

»Des Kaisers?«, stieß Nong E aus, und Gelächter platzte aus ihr heraus wie ein Strahl Wein aus einem angeschlagenen Fass. »Es gibt nur einen Kaiser: den Sohn des Himmels. Er ist die Säule der Welt und ihr Mittelpunkt. Ohne ihn würde das Firmament einstürzen. Eure Worte zeigen einmal mehr, wie einfältig Ihr seid.«

Es war genug. Taurus war des Spiels müde, und es verlangte ihn nach Resultaten. »Verkauft uns die Spinnen, und wir werden das Geheimnis nicht weitergeben. Byzanz wäre das einzige Reich des Westens, das Seide herstellen könnte. Warum also sollten wir diesen Vorteil aufs Spiel setzen? Dann wären wir tatsächlich so dumm, wie Ihr sagt.«

Mit Bedacht wählte Nong E eine der Früchte aus der Schale aus und schälte sie mit ihren langen, blau gefärbten Fingernägeln. Dann brach sie ein halbmondförmiges Stück aus dem Innern der Frucht heraus und schob es sich in den Mund. Als sie vier Stücke gegessen hatte, tupfte sie sich die rot geschminkten Lippen mit einem Schwamm. Dann sagte sie: »Die Spinnen gegen das Geheimnis des Glases. Und gleich morgen früh verlasst Ihr die Plantage meines Sohnes.«

»Wir taufen sie Serische Äpfel«, schlug Olympiodorus vor. Der Saft der Frucht lief seine Mundwinkel hinab.

Der Byzantiner hatte sich die Taschen mit dem süßen Obst vollgestopft und es mit ins Gästehaus genommen – und das, obwohl beim Gastmahl siebenundzwanzig Gänge aufgetragen worden waren. Die meisten Speisen waren ihnen fremd gewesen. So fremd wie die Sitten der Serer beim Essen. Drei junge Frauen in prächtiger Kleidung hatten dampfende Töpfe hereingetragen, indem sie sie auf ihren Köpfen balancierten. Wusun hatte erklärt, dass auf diese Weise der Atem der Frauen den Geschmack der Speisen nicht verunreinige. Mit einem Rollen seiner Augen hatte der Steppenreiter zu verstehen gegeben, was er von derartigen Gebräuchen hielt.

Jetzt hockten die vier Männer im Gästehaus, einem großzügigen Gebäude, das inmitten eines kunstvoll angelegten Gartens lag. Nie zuvor hatte Taurus Teiche gesehen, in denen Fische von der Farbe der sinkenden Sonne schwammen. Auch die winzigen Brücken über die Teiche gaben ihm Rätsel auf. Wahre Meister der Holzschnitzkunst mussten an den Geländern gewirkt haben. Dennoch waren die Brücken so klein, dass sie unter dem Gewicht eines Mannes zusammenbrechen würden. Bauten die Serer Paläste für Frösche und Enten?

Das Merkwürdigste an diesem Garten der Absonderlichkeiten aber war ein Bach, der kein Wasser führte. Er entsprang unter einer Baumwurzel und war mit grauen und weißen Kieseln gefüllt. Während Taurus rätselnd auf die Steine gestarrt hatte, waren deren Konturen vor seinen Augen verschwommen. Vor Schwindel hatte er am Stamm einer Kiefer Halt suchen und mehrmals blinzeln müssen, bis sein Blick wieder klar war. Etwas musste in dem Essen gewesen sein – etwas, das sein Inneres aufwühlte. Der Byzantiner hatte den Kopf geschüttelt und gehofft, damit alles wieder an Ort und Stelle zu bringen. Dann hatte er sich in die Sicherheit des Gästehauses zurückgezogen.

Wusun schenkte heißen Wein aus einer sogdischen Silberkanne in die Becher. Das Gefäß war mit der Figur eines geflügelten Kamels verziert. Auch die seidenen Wandteppiche, die Lotosblumen und Fische zeigten, und der Wohlgeruch der kostbaren Hölzer, die in kleinen Kohlenbecken an den Wänden verglommen, verströmten eine Atmosphäre von Überfluss. Einzig das geflickte Tragegestell, das neben zwei Wanderstöcken aus Bambus an der Wand lehnte, stach heraus wie ein Schimpfwort in einem Gedicht über die Liebe.

Ur-Atum war das merkwürdige Gepäckstück ebenfalls aufgefallen. Während Olympiodorus über die Serischen Äpfel räsonierte und Wusun Wein verteilte, machte sich der Ägypter an der Kiepe zu schaffen. Er öffnete die Fächer und holte hervor, was hineingestopft worden war: Feuerstein und Zunderschwamm in einer Spanschachtel, ein kleines Messer, dessen einst breite Klinge zu einem schmalen Stück Eisen heruntergeschliffen war, eine Handvoll Nüsse, einige Holzschalen, Glöckchen und getrocknete Pflanzen sowie ein paar große Stücke Stoff von der Farbe des Safran. Enttäuscht ließ Ur-Atum von der Kiepe ab.

»Wo habt Ihr sie gefunden?« Unversehens stand Feng in der offenen Tür. Sein rotes Seidengewand strahlte im Abendlicht, doch sein Gesicht hatte alle Farbe verloren.

Die vier Männer sahen ihn erstaunt an. Olympiodorus

erhob sich und streckte Feng einen Becher Wein entgegen. »Meister Feng. Kommt herein und leistet uns Gesellschaft. Diese Herberge ist viel prachtvoller, als wir es verdienen.«

Feng ging an den Männern vorbei und kniete vor dem Tragegestell nieder. Seine Hände betasteten die Schalen, Schellen und Pflanzen, die der Ägypter kurz zuvor gierig herausgezogen hatte. Fengs Finger hingegen strichen darüber, als fürchte er, die Dinge könnten zerbrechen.

Taurus ging neben dem jungen Mann in die Knie und sah ihn fragend an.

Als Feng den Blick erwiderte, schwammen seine Augen in Tränen. Mehrfach schluckte er, bevor er seine Frage wiederholen konnte. »Woher habt Ihr diese Kiepe?«

Taurus zuckte mit den Schultern. »Wir sehen sie zum ersten Mal. Sie stand bereits hier, als wir hereinkamen. Unser Begleiter hat seine Neugier nicht zügeln können. Falls er etwas zerstört hat, werde ich ihn bestrafen.«

Aber Feng schien etwas anderes zu beunruhigen. Er knetete eines seiner Ohren und räusperte sich mehrfach. Dann stand er auf, nahm den Becher aus Olympiodorus' Hand und leerte ihn in einem Zug. Der Wein spülte das Wasser aus seinen Augen.

»Sie war hier«, sagte er zu Wusun. Doch er hätte ebenso gut zu dem geflügelten Kamel auf der Silberkanne sprechen können. Wusun nickte bedächtig, aber verständnislos.

Die Satzfetzen, die nun aus Fengs Mund flogen, ergaben zunächst keinen Sinn. Dann erkannte Taurus in dem Wirrwarr aus Worten ein Muster, das sich zu einem Gewebe verdichtete. Es ging um eine Frau. Eine Frau, die Feng liebte. Ihr musste das Gestell gehören. Sie schien damit fortgegangen zu sein. Aber jetzt war das Gestell wieder da, die Frau hingegen nicht.

Feng geriet mehr und mehr außer sich. »Dahinter kann nur meine Mutter stecken!«, rief er.

Olympiodorus schenkte ihm Wein nach, den Feng so schnell hinunterstürzte, wie er anschließend Flüche ausstieß. Wusun kam mit dem Übersetzen nicht mehr mit, aber Taurus verstand Feng auch so.

Schließlich legte der Serer die Hand auf seine bewegte Brust und sah die Fremden an, als sähe er sie zum ersten Mal. »Was hat meine Mutter mit Euch vereinbart?«, fragte er.

Taurus erklärte den Tauschhandel, der für den nächsten Morgen vorgesehen war.

»Danach sollt Ihr gleich abreisen, nicht wahr?«, wollte Feng wissen.

Als Taurus das bestätigte, lachte der junge Serer auf. »Damit Ihr nicht herausfindet, dass sie Euch betrogen hat.« Er betrachtete einen Moment lang ihre fragenden Gesichter, dann erklärte er: »Es gibt keine Spinnen, die Seide machen. Ihr werdet wertloses Ungeziefer kaufen.«

»Aber Plinius!«, rief Olympiodorus. »Was ist mit Plinius?«

Im Hintergrund lachte der Ägypter voller Häme.

»Genug davon!« Taurus nahm dem Plantagenherrn den Becher aus der Hand. »Sagt mir, wo die Seide herkommt, Feng!«

Die Blicke des Jünglings schwirrten über die groben Züge des Byzantiners.

»Sagt es mir, und ich schließe ein Geschäft mit Euch ab. Mit Euch allein. Und diesmal wird es keinen Betrug geben.«

Feng nagte an seiner Unterlippe. »Ihr verratet mir das Geheimnis des Glases?«

»Nein«, sagte Taurus. »Ich werde Euch helfen, diese Frau zu finden, und wenn ich sie aus dem Palast des Perserkönigs entführen muss.«

Kapitel 6

MIT EINSTUDIERTEN GESTEN entzündeten die drei Dienerinnen die Weihrauchstäbchen exakt zur selben Zeit. Der Rauch schlängelte sich in die Luft und wurde vom heißen Morgenwind davongetragen. Zunächst wunderte sich Taurus, dass die Serer das kostbare Holz im Freien verbrannten, wo der Wohlgeruch nur den Vögeln in die Schnäbel stieg. Dann verstand er: Die Stäbchen waren keine Nasenschmeichler, sondern Zeitmesser – und ihre Lebensdauer war genauso begrenzt wie Nong Es Geduld.

Die Herrin der Plantage saß auf einem Podest, das in der Nähe des großen Hains errichtet worden war. Feng hatte neben ihr Platz genommen. Den Byzantinern war es erlaubt worden, neben den beiden zu sitzen. Doch ihre Kissen waren noch unbequemer als die vom Abend zuvor. Taurus drückte prüfend darauf. Diesmal waren sie nicht mit Brokat bezogen und überdies nur mit Häcksel gefüllt. Er beschloss, sein Gesäß nicht demütigen zu lassen, und nahm unmittelbar auf dem hölzernen Podest Platz.

Auch Olympiodorus rutschte auf seinem Sitz hin und her. Doch das mochte seiner Aufregung geschuldet sein. Die Blicke des Byzantiners waren auf sechs kleine Tonbecher geheftet. Darin steckten die Spinnen – wertloses Gezücht, das Nong E ihnen als das Geheimnis der Seide zu verkaufen im Begriff war. Olympiodorus hatte darauf bestanden, dass jedes der Tiere in einem eigenen Becher geliefert wurde, da sich die Spinnen andernfalls, zusammengepfercht in einem engen Gefäß, gegenseitig auffressen würden.

Taurus klopfte sich den Flugsand von den Händen und strich seine dunklen Haare glatt. »Ich hoffe, Eure Spinnen sind ertragreich. Gewiss wollt Ihr nicht, dass wir zurückkehren müssen, um neue zu holen.« Er labte sich an Nong Es erschrockenem Blick.

In diesem Moment gab eine der Dienerinnen ein Zeichen, und die Vorführung begann.

Vor ihnen ragte die Kuppel eines Töpferofens auf. Ur-Atum stieg auf einer Leiter an der Lehmglocke hinauf, um an den Rauchabzug zu gelangen. Mit gestrecktem Arm hielt er einen Bronzespiegel, den eine der Dienerinnen ihm missmutig zur Verfügung gestellt hatte, über den Rauch, der aus dem Ofen stieg. Er zog den Spiegel zurück, fuhr mit den Fingern über die glatte Oberfläche und rieb die Fingerspitzen aneinander. Dann rief er Wusun am anderen Ende des Ofens zu, dass noch zu viel Feuchtigkeit in der Kuppel sei und er stärker anheizen müsse.

Schließlich trat Ur-Atum vor das Podest. In seinen Händen trug er drei Lederbeutel. »Das Geheimnis des Glases«, verkündete er, »steckt in diesen Säcken. Nimm sechzig Teile Sand, einhundertachtzig Teile Asche aus Meerespflanzen, fünf Teile Kreide – und du erhältst Glas.«

Ein Schreiber neben dem Podest machte sich eifrig Notizen. Feng beugte sich vor. Nong E hingegen starrte grimmig auf den Ägypter hinab. »Weiter, weiter!«, rief sie. »Mit Rezepten kannst du meine Diener langweilen. Ich will Glas sehen.«

Ur-Atum öffnete die Säcke und schüttete ihren Inhalt in eine tönerne Wanne. Das Behältnis schob er durch eine Öffnung in den Ofen hinein.

Der Ofen musste zunächst eine Temperatur erreichen, die Ton zu Keramik brennen würde. Danach musste Wusun ihn weiter anfeuern, so lange, bis die Hitze Keramik in Steinzeug verwandeln konnte. Doch erst in noch heißerer Glut würde Glas entstehen. Das war eine große Belastung für eine Tonkuppel. Gleich würde sich zeigen, ob der Ofen platzte – und mit ihm ihr Plan, mit dem Geheimnis der Seide von der Plantage zu entkommen. Alles hing vom Geschick des Ägypters ab.

Während er Ur-Atum beobachtete, versuchte Taurus, mit kleinen Holzstäben Reis aus einer Schale zu essen. Neben ihm schlürfte Nong E heißen *lücha*, ein merkwürdiges Getränk aus Wasser und Kräutern. Dabei hielt die Herrin der Plantage den kleinen Finger abgespreizt. Eine Angewohnheit, die Taurus nie zuvor gesehen hatte.

Daran könne man die edlen Töchter der Wüste erkennen, hatte Wusun erklärt. Denn denen flogen oft Sand und Staub in die Nase. Das erfordere häufiges Schnäuzen – ein Problem insbesondere für höhergestellte Damen. Wenn diese versuchten, ihre Nasen auf den Boden zu entleeren, befleckten sie dabei ihre Seidenkleider.

An dieser Stelle war Taurus' Blick unweigerlich zu Wusuns Kaftan gewandert, dessen eigentliche Farbe er noch immer nicht hatte bestimmen können.

Deshalb, so hatte der Steppenreiter weiter ausgeführt, schnäuzten sich die Damen lieber auf die Hand. Dafür sei der rechte kleine Finger reserviert. Praktisch, meinte Wusun, denn dann habe man ja immer noch neun weitere, die sauber blieben. Und den beschmutzten könne man mit etwas Übung einfach abspreizen, damit er nicht etwa teures Tuch beschmiere. Oder das Essbesteck eines Gastes, dachte Taurus und stellte die Schale mit dem Reis beiseite.

Als der Ägypter die Wanne wieder aus dem Ofen zog, zündeten die Dienerinnen zum dritten Mal Zeitstäbchen an. Die Tonkuppel zeigte an einigen Stellen feine Risse, hielt der Belastung aber stand. Ur-Atum tunkte ein Eisenrohr in die Wanne. Als er es wieder herauszog, klebte gelbroter Brei an seinem Ende. Wie eine Kriegstrompete hielt sich Ur-Atum nun das andere Ende des Rohrs an den Mund. Taurus fiel auf, dass es mit Leder umwickelt war, vermutlich, um die Lippen vor der Hitze zu schützen. Scheinbar hatte sich Ur-Atum schon oft genug den Mund verbrannt.

Nun zog der Ägypter die Aufmerksamkeit aller Anwesenden auf sich. Er blies in das Rohr, und die Masse am anderen Ende dehnte sich wie eine Schweinsblase. Noch einmal holte Ur-Atum Luft und blies. Aus der Blase wurde eine Kugel. Sie baumelte an dem Rohr, unschlüssig, ob sie fest oder flüssig sein wollte.

Feng klatschte in die Hände. »Weiter! Mach sie größer!«, rief er dem Ägypter zu.

Doch der achtete nicht auf sein Publikum. Stattdessen nahm er eine Zange zur Hand und zwickte die Kugel, zupfte an ihr herum, bog und zerrte. Als er mit seinem Werk zufrieden war, hielt er das Rohr mit der Kugel am Ende wieder in den Ofen, drehte es in der Hand, zog es heraus, schob es wieder hinein.

Zwei der Weihrauchstäbchen verglühten. Nong E seufzte und schlürfte.

Schließlich kniff Ur-Atum das gläserne Gebilde vom Rohr ab und ließ es vorsichtig in einen Sandhaufen fallen. Vor den Zuschauern stand eine Flasche aus grün schimmerndem Glas.

»Es hat Blasen«, sagte Nong E. »Schlechte Qualität!«

»Es ist ein Wunder!«, rief Feng. Er sprang vom Podest und umrundete die Flasche. »Mutter! Ich wette, wenn man an ihr reibt, wird sich ein Geist aus ihrem Hals erheben und all unsere Wünsche erfüllen.«

Doch der Geist, der erschien, kam nicht aus der Flasche. Krachend brach der Ofen auseinander. Zunächst fiel die Kuppel in sich zusammen, dann stürzten die Wände ein.

Taurus beobachtete das Schauspiel, erleichtert, dass das Glas gerade noch rechtzeitig fertig geworden war. Dann aber sah er, wie glühender Brei aus dem Innern des Ofens hervorkroch. Schon leckten Feuerzungen an den Balken des Podestes, und Flammen züngelten am Holz empor.

Mit einem Satz sprang Taurus vom Gerüst hinunter. Hinter sich hörte er Nong E aufschreien. Die Treppe, die sie hinabeilen wollte, führte in den heißen Schlamm. Taurus streckte ihr die Arme entgegen, um sie herunterzuheben, doch sie trat nach ihm und kletterte unbeholfen in Sicherheit.

»Holt Wasser!«, rief sie den Wachen zu, die sich jedoch längst in Bewegung gesetzt hatten.

Einige der Bewaffneten versuchten, Sand auf die Flammen zu schaufeln. Doch ebenso gut hätten sie in die Hölle pinkeln können. Überall fand das Feuer Nahrung. Linkerhand entdeckte es ein kleines Lagerhaus – Taurus hoffte, dass es nicht bis unters Dach mit leicht brennbaren Stoffen gefüllt war –, rechterhand fraß es sich durch einen großen Stapel Gehölz, das die Gärtner aus den Bäumen geschnitten haben mussten. Die Schäumenden Medusen selbst standen in sicherer Entfernung. Doch schrumpfte diese mit jedem Bissen, den sich der Brand einverleibte.

Diener brachten Eimer voller Wasser. Jeder Schwall, der auf Flammen und Glut traf, entfachte ein wütendes Zischen. Als das Feuer bewiesen hatte, dass es sich von den Versuchen der Menschen nicht würde beeindrucken lassen, ließen die Helfer die Arme hängen. Inmitten der Rauchschwaden stand Feng und rang die Hände.

Taurus trat zu ihm. »Meister Feng. Die Leute warten darauf, dass Ihr ihnen sagt, was zu tun ist.«

Feng starrte ihn an.

Taurus winkte Wusun herbei, damit der Alte seine Worte übersetzen konnte. Doch auch nachdem Feng verstanden hatte, was Taurus ihm riet, bewegte er weder die Lippen noch die Beine.

Nong Es Stimme hingegen war ebenso gewaltig wie das Feuer. Unentwegt forderte sie, man solle mehr Wasser holen. Den Wachen, Dienern und Arbeitern, die entmutigt herumstanden, machte sie Beine, Unschlüssige schob sie hierhin und dorthin, und Soldaten in Plattenpanzern schlug sie mit der flachen Hand auf den Kopf, als wären sie Kinder.

»Kein Wasser!«, rief Taurus. »Ihr seht doch, dass Wasser nicht hilft.«

Nong E beachtete ihn nicht.

Da nahm er eine Reisschale und benutzte sie als Schaufel, indem er eine kleine Rinne um ein loderndes Fass zog.

Feng sah ihm erstaunt zu und verstand. »Holt Schaufeln, kein Wasser!«, rief er. »Wir schneiden dem Feuer den Weg ab.«

»Nein«, schrie Nong E. »Holt Wasser! Wir müssen das Feuer ertränken. Mehr Wasser!« Das Prasseln der Flammen klang wie Applaus.

Als eine alte Dienerin ein Dutzend kleiner Holzspaten herbeischleppte, hörten auch die letzten Soldaten auf, Wasser in die Flammen zu gießen. Bisher hatten sie nichts bewirkt.

Stattdessen kroch das Feuer weiter in die Plantage hinein und näherte sich den Wohnhäusern.

Taurus drückte Wusun, Feng und einigen kräftigen Serern Spaten in die Hand und suchte nach einer vielversprechenden Stelle, wo sie den Flammen mit einer Rinne den Weg abschneiden konnten. Dann begannen sie zu graben.

Schon war die Luft mit Ruß und Rauch durchsetzt, und das Atmen fiel schwer. Wusun erlahmte als Erster. Taurus wollte ihm den Spaten abnehmen, um einen anderen Helfer zu finden. Doch der Steppenreiter hielt den Stiel fest umklammert wie ein störrisches Kind und fluchte auf Sogdisch. Feng erwies sich dank seiner Jugend als ausdauernder. Und seine Anwesenheit schien die Wachen und Diener zu Höchstleistungen anzuspornen. Der Knabe war der General, dem die Truppe auch in die aussichtsloseste Schlacht gefolgt wäre.

Ruß vermischte sich mit Schweiß. Bald waren die Gesichter der Männer schwarz, und einzig ihre Augen glänzten weiß und entschlossen. Offenbar waren sie genauso überzeugt, den Kampf gegen das Feuer gewinnen zu können, wie Taurus. Doch dann schrie einer der Helfer auf und warf den Spaten beiseite. Das Holz des Blattes hatte Feuer gefangen, und die Flammen leckten am Schaft empor. Einem anderen erging es bald darauf ebenso, und ehe der Graben vollendet war, waren nur noch zwei Spaten übrig. Feng befahl, neue zu holen, doch die Dienerinnen hatten bereits den gesamten Vorrat herbeigeschafft. Die Rinne war noch nicht vollendet und damit nutzlos. Erschöpft mussten die Männer zusehen, wie die Flammen Wege fanden, das Hindernis zu umrunden.

Wo war Olympiodorus?

Als Taurus seinen Neffen zwischen den rufenden und rennenden Serern nicht ausmachen konnte, erschrak er. Dann aber entdeckte er ihn abseits der Flammen, wo er sich an einem Gebüsch zu schaffen machte. Taurus kniff die Augen zusammen. Er wollte nicht glauben, was er sah: Sorgfältig zog Olympiodorus die Lederhäute von den kleinen Tonkrügen und schüttelte Spinne um Spinne aus ihren Gefängnissen. Dann setzte er jedes Insekt einzeln auf ein Blatt des Tamariskenstrauchs. Seine Lippen bewegten sich. Er sprach zu den Spinnen! Während die Menschen rings um ihn gegen eine Katastrophe kämpften!

Taurus fühlte Zorn in sich aufwallen, der heißer brannte als die Flammen. »Olympiodorus!«, rief er. Doch der Insektennarr hörte nur, was seine Spinnen ihm zu sagen hatten.

»Offenbar seid Ihr nicht länger an den Seidenspinnen interessiert«, sagte Nong E. Plötzlich stand sie neben Taurus. Ihre weiße Schminke war mit dem Ruß eine grässliche Allianz eingegangen. »Ich frage mich, warum Euer Gefährte die Tiere freilässt. Wo Ihr doch einen so weiten Weg dafür auf Euch genommen habt.«

Taurus sparte sich eine Antwort. Die Plantagenherrin hatte sie ertappt. Es war nicht zu leugnen: Die Byzantiner wussten, dass die Spinnen niemals Seide herstellen würden.

»Wenn Ihr von Anfang an wusstet, dass die Spinnen wertlos sind, so frage ich mich, warum Ihr überhaupt hergekommen seid.«

Taurus presste die Lippen zusammen. Die Schuld der anderen lähmte seine Zunge. Feng hatte seine Mutter verraten, indem er auf den Handel mit den Byzantinern eingegangen war. Der Ägypter hatte die Byzantiner verraten und sich für die aufgezwungene Reise gerächt, indem er das Risiko eines Brandes absichtlich hoch gehalten hatte. Und Gott hatte Byzanz verraten.

»Euer Schweigen ist Euer Geständnis. Von vornherein hattet Ihr nur eins im Sinn: Die Seidenplantage zu vernichten. Aber Euer Plan wird scheitern, ebenso wie Ihr selbst.« Nong E rief nach den Soldaten, aber ihre Rufe verhallten ungehört. Stattdessen antwortete ein Krachen und Bersten, das von Zerstörung kündete.

Nong E und Taurus fuhren herum. Das Feuer hatte den Hain erreicht. Die Bäume brannten.

◈

Unbeirrt glommen die Weihrauchstäbchen, rauchten und zählten die Zeit. Wie schwarze Zähne ragten die verkohlten Stümpfe der Maulbeerbäume auf. Von jedem der verbrannten Stämme stieg eine Rauchfahne in den Himmel. Es war, als schwebten die Geister der Bäume zu den Göttern hinauf, um ihnen ihr Leid zu klagen. Wie gern hätte Nong E sich zu ihnen gesellt – in Gesellschaft der verfluchten Männer aus dem Westen. Doch die hatten sich ebenso in Luft aufgelöst wie Nong Es Lebensinhalt.

Woher sie plötzlich die Kamele gehabt hatten, war Nong E noch immer ein Rätsel. Der alte Steppenreiter mit dem lüsternen Blick war wie aus dem Nichts mit den gesattelten Tieren aufgetaucht. Es war ihm nicht leichtgefallen, die Kamele unter Kontrolle zu halten. Das Feuer ängstigte sie und brachte sie an den Rand der Panik. In die Knie ließen sich die Reittiere nicht zwingen, sodass der große Byzantiner seinen Gefährten auf ein Kamel hatte heben müssen. Er selbst und der Steppenreiter waren aus eigener Kraft behände hinaufgeklettert. Dann hatten sie sich aus dem Staub gemacht. Zurück blieben die Zerstörung, der Rachedurst – und der Ägypter.

Ur-Atum lag vor Nong E im Staub. Der Fuß einer Wache lastete auf seinem Kopf, die Spitze einer Lanze bohrte sich in sein Genick.

»Du warst es, der das Feuer gelegt hat«, sagte Nong E.

Der Ägypter reagierte nicht. Sie befahl dem Soldaten, dem Gefangenen etwas Spielraum zu gewähren. Ur-Atum hob vorsichtig den Kopf und sah sie fragend an.

»Wer hat euch wirklich hierhergeschickt?«, fragte Nong E. »War es der Großkhan? Will er das Reich des Himmelssohnes schwächen, damit er es angreifen kann?«

Ur-Atum starrte sie froschäugig an.

Bei der grenzenlosen Weisheit des Konfuzius! Dieser Tor verstand ihre Sprache kaum. Wie sollte sie ihn strafen, wenn sie ihn nicht einmal schmähen konnte? Er war doch der Krug, der ihren Rachedurst stillen sollte!

Nong Es Hände wedelten eine Rauchfahne entzwei. »Feng!«, schrie sie aus voller Kehle. »Feng! Komm hierher!«

Der Gefangene starrte sie noch immer an. Offenbar wusste er nicht, ob er angesprochen war und was man von ihm erwartete.

Feng kam nicht. In Nong E keimte Sorge auf. Erst jetzt fiel ihr auf, dass sie ihren Sohn seit einiger Zeit nicht mehr gesehen hatte. Zuletzt hatte sie beobachtet, wie er mit den Byzantinern den verfluchten Graben zu schaufeln versucht hatte. Jenen Graben, ohne den die Bäume vielleicht noch leben würden.

»Feng!« Ihr Ruf schrillte jetzt wie der Ton eines Kesselgongs über die Reste der Plantage. Der Rauch kroch in ihre Kehle, und sie hustete. Bald konnte sie den Namen ihres Sohnes nur noch bellen.

Es war der Ägypter, der sie schließlich von der Ungewissheit befreite. In seiner brutalen Sprache versuchte er, etwas zu erklären. Sie verstand seine Worte nicht, doch die Botschaft seiner Hände war deutlich. Ihr Sohn war auf und davon.

Nong E ließ die Wachposten antreten. Die Männer waren zu einem jämmerlichen Haufen verkommen. Ihre Rüstungen hatten sie bei den Löscharbeiten abgeworfen. Ihre Gesichter waren so schwarz wie die Haare, die ihnen versengt vom Kopf abstanden. Aber sie waren vollzählig. Das bedeutete: Feng war allein unterwegs. Was für einen Narren hatte sie nur großgezogen?

Stumm starrte Nong E die Reihe der vom Feuer gezeichneten Gestalten an. Dann ließ sie den Blick über das schweifen, was von der Seidenplantage übrig geblieben war. Das Feuer hatte die meisten Gebäude verschont. Zuletzt war es an dem Fluss, der die Plantage durchquerte, gescheitert. Natürlich konnten sie weiter hier leben, aber die Seidenraupen waren mit den Bäumen verbrannt. Es würde Jahre dauern, bis hier wieder Karawanen verkehrten. Doch das war jetzt ihr geringstes Problem.

Ihr Sohn ritt allein durch die Wüste, um Rache zu üben. Wie sollte er es mit drei Männern gleichzeitig aufnehmen?

Sie überlegte noch, wie viele Soldaten sie entbehren konnte, um sie Feng zu Hilfe zu schicken. Da rissen sie die fremdartigen Worte des Gefangenen aus ihren Gedanken. Dreimal musste er seine Erklärung wiederholen. Dann war sich Nong E sicher, richtig verstanden zu haben.

Die Byzantiner waren nicht einfach verschwunden. Sie hatten die letzten lebenden Seidenraupen der Plantage im Gepäck. Mit zitternder Stimme befahl Nong E den Wachen, ihr das schnellste Kamel zu satteln.

Teil 2

DIE VIERUNDZWANZIG KÖNIGREICHE

September 552 n. Chr.

Kapitel 7

ENN IHR WOLLT, dass die Schale voll ist, dann ist sie es auch«, sagte Helian Cui. »Wer mit der Welt eins ist, der vermag aus einer leeren Schale Tee zu trinken.« Sie lächelte.

Tokta Ahun starrte in das Gefäß in seiner Hand. Dann griff er zum Weinschlauch und ließ einen Strahl in seinen Mund regnen. Einer der Esel schnarchte.

»Beeindruckend«, sagte der Händler. »Aber satt seid Ihr davon nicht geworden. Wenn ich Euch nicht aufgelesen hätte, würdet Ihr jetzt verdurstet am Rand der Kaiserstraße liegen, und die Karawanen würden über Euren Leichnam hinwegreiten.«

»Danke«, sagte Helian.

Tokta Ahun brummte.

Der Abend war still, so still, dass kein Lufthauch die Kerzen des Eseltreibers zum Flackern brachte. Helian konnte ihre Augen nicht vom Horizont abwenden, bevor die letzten Farben erloschen waren. Die Wüste war eine Schönheit mit vielen Gesichtern. Tagsüber freizügig und mit so üppigen Reizen, dass einem die Augen überliefen. Nachts geheimnisvoll und verschleiert, eine Meisterin im Spiel von Verhüllung und Offenbarung. Schon spürte Helian, wie die Hitze des Tages aus dem Sand verdampfte und die Kälte kam. Sie legte eine der bunten Decken des Eseltreibers um ihre Schultern.

»Und Ihr wollt bestimmt nicht mit mir ziehen?«, fragte der Sogdier. »Ich würde Euch zu essen und zu trinken geben, und im Gegenzug könntet Ihr mich mit Euren Geschichten über unsichtbaren Tee unterhalten.«

Helian seufzte. »Das wäre wunderbar. Aber wie wir schon feststellten, führt Euer Weg in die falsche Richtung.«

»Zur Seidenplantage Feng.«

»Von der ich gerade komme. Mein Ziel liegt jenseits des Jadetors.« Sie deutete mit der Hand unbestimmt in Richtung der sterbenden Sonne.

»So zieht Ihr geradewegs in die vierundzwanzig Königreiche. Ihr werdet sehr vorsichtig sein müssen, Xiao Helian.« Und dann erzählte Tokta Ahun von den Städten, die hinter ihm lagen – und vor ihr.

Königreiche, so nannten sich die Oasenstädte des Tarimbeckens. Wie Perlen an einer Schnur waren sie entlang der Kaiserstraße aufgereiht, und für Perlen hielten sie sich auch. Doch Kaufleute und Reisende sahen das anders. Glich Zentralasien einem Körper, dessen Blut die Seide war, so waren diese Städte die Parasiten darin. Ihre Rüssel senkten sich in jede Karawane, ihre Zöllner sogen das Leben aus jedem Kaufmann und ließen gerade so viel übrig, dass die Händler nicht zugrunde gingen. Tokta Ahun fluchte einfallsreich. Dann schwieg er eine Weile.

»Vierundzwanzig Oasenstädte«, sagte der Kaufmann schließlich und tippte eine Reihe kleiner Punkte in den Sand. »Jede Stadt hat einen Herrscher. Jeder Herrscher hält sich für einen König.« Er schüttelte den Kopf. »Aber jeder König gehorcht einem der wirklich Mächtigen.«

Helian ahnte, von wem der Eseltreiber sprach. »Entweder dem Himmelssohn im Osten oder dem Großkhan der Turkvölker im Westen.«

Tokta Ahun nickte. »Ja, und wer heute dein Verbündeter

ist, der ist morgen dein Feind.« Er ließ seine Hand über der Zeichnung schweben. »Für Karawanen ist dieser Weg zwar kostspielig, aber ungefährlich. Für Euch hingegen ...« Er wiegte den Kopf.

Vier Tage später tauchte der große Lop-See vor Helian Cui auf. Sie sah ihn vom Rücken eines Esels aus. Tokta Ahun hatte ihr das Tier überlassen – im Tausch gegen Fengs Jadekette. Noch immer amüsierte Helian der Zwiespalt, in dem der Karawanenführer gesteckt hatte. Er hatte ihr helfen wollen und hätte ihr den Esel am liebsten einfach geschenkt. Dann hatte sie ihm die Kette angeboten. Die Steine waren mehr wert als Toktas gesamte Karawane – das hatten sie beide gewusst und verschwiegen. Jetzt gehörte Tokta der Schmuck, und Helian Cui kraulte den Esel am Ansatz seiner wunderschönen Ohren. War dieses lebendige Tier nicht weit mehr wert als ein paar gravierte Tiere an einer Schnur?

Zweifellos war es unterhaltsamer. Zwar hatte die Halskette aus Jadetieren Helian staunen lassen, der Esel aber brachte sie zum Lachen. Wenn sie eine Rast einlegten, Helian von dem Wasser trank, das Tokta Ahun für sie abgefüllt hatte, und sie sich im Sand ausstreckte, ging etwas mit dem Reittier vor sich. Es tanzte. Zu einer nur für ihn hörbaren Musik schlenkerte der Esel den Kopf hin und her. Gelegentlich stampfte er auch von seinem linken Vorderhuf auf den rechten.

Zunächst war Helian Cui erschrocken. Hatte das Tier schlechtes Wasser getrunken? War es dämpfig, oder litt es unter Dasselfliegen?

Erleichtert hatte sie schließlich festgestellt, dass das Tier die Angewohnheit hatte, sich im Schlaf zu bewegen. Sie beschloss, den Esel Traumtänzer zu nennen. Bald war ihr, als flöge sie auf seinem Rücken über die Dünen und an den Karawanen vorüber, als wären ihm Flügel gewachsen.

Der Lop-See lag im Sterben. Durch Wolken von Mücken erkannte Helian Cui, dass das Gewässer verlandete. Zwar war seine Fläche gewaltig und sein südliches Ende lag hinter dem Horizont. Doch das Ringen mit der Wüste hatte das Gewässer ausgelaugt. Der Wasserpegel war so niedrig, dass Fischer mitten im See standen und ihre Netze durch das Wasser zogen. Bis weit über die Ufer war ein Wald aus Schilf gewachsen, wie ihn Helian nie zuvor gesehen hatte. Zwei Mannslängen ragten die Halme empor. Als sie näher heranritt, sah sie, dass das Schilf so dick war, dass sie einen einzelnen Halm mit einer Hand nicht hätte umfassen können. Dennoch war die Mauer aus Schilf an einigen Stellen durchbrochen. Stürme hatten Schneisen hineingeschlagen. Mancherorts war das Schilf niedergedrückt und hatte Brücken gebildet, auf denen ein Mensch weite Strecken über das Wasser gehen konnte. Helian beschloss, den See auf diesem Weg zu überqueren.

Sie war nicht allein im Schilfwald. Immer wieder hörte sie etwas rascheln oder sah, wie sich die Spitzen der Schilfhalme in ihrer Nähe bewegten. Doch nur selten bekam sie die Bewohner dieser Zauberwelt zu Gesicht. Einmal fiel ihr Blick auf ein Wildschwein, das bei ihrem Anblick in den Tiefen des Dickichts verschwand. Bald darauf kam ein Schwan aus Richtung des offenen Wassers auf sie zugeflogen. Seine Flügelspitzen ritzten den Spiegel des Sees. Zwei Männer in einem flachen und langen Boot verfolgten ihn. Mit gestrecktem Hals schoss das Tier in das schützende Schilf hinein. Doch damit war der Vogel in die Falle gegangen. Das Boot lief auf Grund, die Jäger sprangen heraus und rannten hinter dem Schwan her. Kurze Zeit später sah Helian, wie sie zurückkamen. Der majestätische Vogel hing mit umgedrehtem Hals in ihren Händen. Die schmutzigen Männer winkten ihr im Triumph zu und riefen Anzüglichkeiten. Mit unsicherer Hand strich sich Helian über ihr weißes Gewand. Dann trieb sie, stärker als beabsichtigt, dem Esel die Fersen in die Flanken.

Kanäle verbanden den sterbenden See mit der dahinter liegenden Stadt. Entlang dieser Wasseradern standen Obsthaine, in denen Aprikosen wuchsen. Der Hunger ließ Helian den Kopf nach den Köstlichkeiten wenden. Doch die Bäume wurden ebenso streng bewacht wie die auf der Seidenplantage der Familie Feng. Nur dass es hier galt, Früchte zu beaufsichtigen, während die Wachen dort Raupen und Falter hatten hüten müssen.

Zu viel an Reichtum ist die Quelle aller Beschwerden, rief sich Helian die Worte Buddhas in Erinnerung.

Bizarre Früchte baumelten unter dem Gewölbe des Stadttors: Käfige, klein wie Vogelbauer, mit drei Menschenköpfen darin. Die Käfige schaukelten im Wind, und die Köpfe rollten in ihnen umher. Im heißen Luftzug, der unter dem Tor hindurchfegte, trockneten die Schädel aus, und die Haut der Gesichter straffte sich und glänzte wie die Schale einer Zwiebel.

Obwohl Helian mit der Sitte vertraut war, Diebesgesindel abzuschrecken, zuckte sie zusammen. Als ihr Esel unter den Käfigen hindurch in die Stadt trabte, duckte sie sich auf seinem Rücken, um nicht von den wütenden Geistern der Geschändeten bemerkt zu werden. Dennoch war ihr, als streife sie ein kühler Hauch, der Atem Maras, des Versuchers.

Lou-lan war die östlichste Oasenstadt im Tarimbecken und die erste, die Helian Cui betrat. Innerhalb der Stadtmauern wimmelte es von Karren, Kühen und Kälbern, von Schweinen, Hunden und Menschen. Kamele reckten die Köpfe und schauten unter dicken Wimpern gelassen auf das Treiben herab. Doch auch sie mussten die Köpfe senken, wenn die engen Straßen unter einem Torbogen hindurchführten. Helians Blicke wanderten die Wände der Häuser hinauf. Sie ragten zwei- oder dreigeschossig empor, lehnten sich über die Straßen und verstellten die Sicht zum Himmel.

Am Rand des Gewimmels hockten Männer in Hauseingängen oder lehnten an den Auslagen der Läden. Was sie von den anderen unterschied, war zum einen ihre Untätigkeit und die lauernde Ruhe ihrer Gesten. Zum anderen trugen sie spitze Hüte aus Filz, deren Rand ein Ring aus Pelz schmückte. Diese Hüte wiesen sie ebenso als Nomaden aus wie ihre fremdartigen Züge. Die Wangenknochen hoch, die Augen schmal, die Lippen kräftig. Sie mochten zu den Uighuren gehören, den Yuezhi oder den weißen Xiongnu. Eines aber waren sie nicht: Kaufleute. Denen warfen sie verächtliche Blicke zu, rempelten sie an, schnitten ihnen Grimassen oder lachten sie aus. Das also waren die Menschen, die als die größten Feinde des Reichs der Mitte galten.

Als Helian sich ihnen näherte, im weißen Kleid und ohne Begleitung, zog sie die Blicke der Nomaden auf sich. Einer deutete auf sie, sein Kumpan lachte. Helian schoss das Blut in die Wangen. Dem Impuls, einen anderen Weg einzuschlagen, um den Gestalten auszuweichen, wollte sie nicht nachgeben. Ohnehin wäre es dazu zu spät gewesen. Der Strom der Straße schob sie vorwärts, auf die Nomaden zu. Helian fiel der Schwan ein, der sich im dichten Schilf verfangen hatte. Doch sie legte ihre Furcht in Fesseln. Es gab keinen Grund, Angst zu haben. Jedenfalls nicht für sie.

Bevor einer der Nomaden Gelegenheit hatte, ihr den Weg zu verstellen, lenkte sie den Esel direkt auf die Männer zu und blickte auf die Pelzringe ihrer Hüte hinab. Der Geruch von Leder und Schweiß stieg von ihnen auf.

Sie drückte die Faust gegen die flache Hand und deutete eine Verbeugung an. »Wissen die Tapferen, wo ich in dieser Stadt einen Buddha-Schrein finden kann?« Sie versuchte es auf Uighur, der Sprache der nördlichen Nomaden, die sie am Hofe ihres Vaters hatte lernen müssen.

Als einer der Männer eine Antwort zu ihr herüberkrähte, verstand sie ihn nicht sogleich. Das Gelächter seiner Gesellen ließ an der Bedeutung seiner Worte jedoch keinen Zweifel. Eine behaarte Hand schloss sich um das Ohr des Esels und hielt das Tier fest. Der Kopf Traumtänzers ruckte unwillig, musste sich dem schmerzhaften Griff aber beugen.

»Es ist nicht nötig, die Antwort in das Ohr meines Esels zu flüstern«, sagte Helian. »Meine Ohren sind zwar kleiner, aber sie hören ebenso gut.« Es kostete sie Kraft, doch sie schenkte dem Mann ein Lächeln.

Dafür erntete sie ein entstelltes Grinsen.

Traumtänzer zuckte zusammen, und Helian fuhr herum. Einer der Nomaden zerrte am Schweif des Esels. Das Tier schrie. Ein anderer Uighure imitierte den Ruf. Haarige Hände packten Helians Arme und versuchten sie von dem Tier hinunterzuziehen. Wie sie es im Kloster gelernt hatte, stemmte sie sich für die Dauer eines Lidschlags dagegen. Dann gab sie der Kraft plötzlich nach, ließ sich in Richtung der Männer zerren und stieß sich vom Rücken des Esels ab.

Helian flog in den Trupp hinein. Zwei Männer gingen mit ihr zu Boden. Einer taumelte zurück und versuchte, sein Gleichgewicht an einem der Hauseingänge wiederzufinden. Doch seine Hand fand nur einen Vorhang, und er polterte mitsamt dem trügerischen Halt ins Innere eines Teehauses.

Helian wusste, dass ihr Vorteil erschöpft war. Sie fand sich auf dem Rücken liegend im Schmutz der Straße wieder und trat blindlings nach jedem, der in ihre Reichweite kam. Doch gegen ein halbes Dutzend Männer war sie hilflos wie ein lahmer Bettler.

Hände griffen ihre Arme, Rufe drangen in ihre Ohren. Unversehens war sie wieder auf den Beinen, suchte nach Orientierung. Ihr Baumwollkleid klebte an ihrer Haut, und ein Zeh schmerzte. Sie würde sich darauf konzentrieren müssen, nur mit der Ferse zuzustoßen, sollten die Nomaden sie noch einmal zu packen versuchen. Doch die drängten sich im Eingang des Teehauses zu einem nervösen Pulk zusammen.

Vor den Nomaden hatten sich Bewaffnete aufgebaut. Soldaten im Dienst des Kaisers. Zwar waren ihre Uniformen zerschlissen und wurden vermutlich schon seit Generationen vom Vater an den Sohn weitergegeben. Aber das Zeichen des Drachen auf der Brust war deutlich zu erkennen und beeindruckte die Uighuren offenbar ebenso wie die Lanzen, deren Spitzen auf sie gerichtet waren.

Die Soldaten brüllten die Nomaden an. Die Nomaden schrien zurück. Unbeeindruckt floss der Strom der Straße an den Kontrahenten vorüber. Entweder bemerkte niemand, dass sich die Zerrissenheit dieses Landes auf der Bühne der Straße widerspiegelte, oder das Schauspiel war bereits hinlänglich bekannt.

Während Nomaden und Soldaten Drohungen und einfallslose Schmähworte hin und her warfen, suchte Helian Cui den Esel. Das Tier war ein Stück weitergelaufen und versuchte, sich mit einem Aprikosenhändler anzufreunden. Mit etwas Mühe konnte sie Traumtänzer davon überzeugen, den Mann wieder seinen Geschäften nachgehen zu lassen.

Da trat einer der Soldaten zu ihr und sprach sie an. »Ist Euch etwas geschehen?« Er war groß und hager und hatte schon viele Atemzüge seines Lebens verbraucht.

Helian bewegte prüfend den schmerzenden Zeh und inspizierte ihr Gewand. Es hatte keine Blutflecken. »Mir geht es gut, danke. Werdet Ihr mit ihnen fertig?«

Während sie sprach, warf er rasche Blicke über seine Schulter. Noch immer flogen zwischen Soldaten und Nomaden schmutzige Worte hin und her, aber die Waffen waren gesenkt.

»Die Uighuren sind nur mutig, weil sie gehört haben, dass der Großkhan einen Feldzug vorbereitet und Lou-lan angreifen will«, erklärte der Soldat. »Ausgerechnet Lou-lan! Diese Stadt stirbt mit dem See vor ihren Toren. Wollte der Großkhan uns tatsächlich angreifen, wäre er ein ebensolcher Dummkopf wie seine Anhänger.« Er ruckte mit dem Kinn in Richtung der Streithähne und wollte sich abwenden.

Doch Helian legte ihm eine Hand auf die Schulter. »Wartet! Ich suche einen Buddha-Schrein. Gibt es einen in dieser Stadt?«

Der Soldat wandte sich ihr wieder zu. »Buddha? Von diesen Dingen verstehe ich nichts. Wir Soldaten verehren den weisen Konfuzius. Aber es gibt einen Händler auf dem Basar dort vorne«, er deutete die Straße hinauf, »der verkauft Papier mit Schriftzeichen und behauptet, sie würden Krankheiten heilen. Als ich drohte, ihn aus der Stadt zu werfen, sprach er von diesem Buddha. Vielleicht kann er Euch helfen.«

Helian Cui verbeugte sich. »Danke. Wieso wolltet Ihr ihn denn hinauswerfen?«

»Seine Zeichenmalerei ist fauler Zauber. Besser, Ihr traut ihm nicht. Einer meiner Männer war bei ihm, wegen seines Haarausfalls.«

»Und jetzt hat er eine Glatze«, vollendete Helian Cui die Geschichte. Sie lachte und erwartete, dass der Soldat einstimmen würde. Doch er starrte sie ernst an.

»Etwa nicht?«, fragte sie.

»Doch«, sagte er und wiederholte das Wort noch dreimal. Sein Blick hing an ihren Augen.

»Ich werde ihn fragen, ob er meine Haare rascher wachsen lassen kann. Die Leute schauen mich so merkwürdig an, seit ich aus dem Kloster fort bin.«

Der Soldat wandte den Blick ab. »Warum kommt Ihr nicht mit mir in die Garnison? Ich könnte Euch dem Stadtoberen vorstellen. Er ist mein Vater.«

Er hat meine Augen erkannt, dachte Helian. Er weiß, wer ich bin. Aber woher? Laut sagte sie: »Dann würde sich eine Bettlerin in das Haus eines Königs stehlen.«

Sie schwang sich auf den Rücken des Esels. Der Soldat machte einen Schritt auf sie zu. In diesem Moment schob sich ein Mann im blauen Kaftan zwischen sie, der drei Kamele hinter sich herzog. Als die Tiere vorüber waren, hatte Traumtänzer seine Reiterin im Fluss der Menge verschwinden lassen.

Ein dürrer, junger Mann starrte den Mönch in der tiefgelben Robe an. Gerade tauchte der Geistliche einen Pinsel in einen Tiegel mit Zinnoberpaste und versah die Schönseite eines quadratischen Stücks Papier mit einem verschlungenen Muster. Eine Weile wartete der Mönch, um die Farbe trocknen zu lassen, während der Kunde seine schweißnassen Hände an seinem Hanfkleid rieb. Endlich überreichte er ihm das Papier und nahm dafür einen halben Faden Kupfermünzen entgegen. Als der junge Mann davoneilen wollte, hielt ihn der Mönch am überlangen Ärmel seines Gewands fest. Wenn der Zauber wirken solle, erklärte der Mönch, müsse das Ritual peinlich genau eingehalten werden. Der Kunde nickte und versuchte, sich loszureißen, doch der Geistliche war noch nicht fertig. Er müsse sieben Kopien des Zeichens anfertigen, sagte er eindringlich. Wieder nickte der Kunde ungeduldig. Jeweils am Tag der Ratte müsse er eine der Kopien zusammen mit Weihrauch verbrennen, während er die Worte sang, die ihn der Mönch gelehrt habe, und zwar – das sei der wichtigste Teil – im Angesicht der Person, um die es sich handele. Der Käufer nickte und nickte. Als der Mönch ihn schließlich gehen ließ, verschwand er im Treiben des Basars wie eine Maus, die ein Stück Speck erbeutet hatte.

»Was für ein Zauber war das?«, fragte Helian Cui, die den Handel beobachtet hatte. »Gemessen an seiner Erregung, habt Ihr ihm das Geheimnis ewigen Lebens anvertraut.«

»Ein unglücklich Verliebter. Der Zauber wird ihm helfen. Wenn auch auf andere Art, als er es sich erhofft. Die Frau, die er begehrt, wird ihn für verrückt halten und sich endgültig von ihm abwenden. Danach wird er einige Wochen leiden, doch schließlich geheilt sein.«

Helian fühlte sich an Feng erinnert. »Eure Patienten kehren wohl nicht oft zurück, um Euch zu danken.«

Jetzt erst schien der Mönch sie richtig wahrzunehmen. Er war groß und muskulös. Uneingeweihte mussten ihn für einen Wasserträger halten. Doch Helian Cui kannte das Leben in den Klöstern gut genug, um zu wissen, dass dort nicht nur der Geist geschult wurde. Sie selbst war als Mädchen mit weichem Körper dem Kloster beigetreten und hatte die Drachenpforte als Frau mit klarer Gestalt hinter sich geschlossen.

Daran schien auch der Mönch sie zu erkennen. Er grüßte sie förmlich und lächelte. »Eine Tochter des Weisen. Was führt dich vom Kloster in diesen Pfuhl? Überdies noch an den Marktstand eines Scharlatans?«

»Ich suche nach den Asanga-Texten«, sagte sie.

Er schaute sie fragend an.

»Kennst du das *Chusangzan jiji*?«, fragte sie ihn.

»Den Katalog aller buddhistischen Texte? Natürlich.«

»Verzeih, wenn ich dich korrigiere. Das *Chusangzan jiji* ist das Verzeichnis aller buddhistischen Texte, die aus dem Sanskrit in die Sprache des Reichs der Mitte übersetzt worden sind.«

Der Mönch wedelte ungeduldig mit der Hand.

Helian fuhr fort: »Der große Sengyou hat es vor etwa zwanzig Jahren zusammengestellt. An einer Stelle schreibt er, dass auch die Asanga-Texte bereits übertragen sein müssten. Doch sind sie verloren gegangen. Ich bin ausgezogen, um sie zu finden.«

»Ich habe sie leider auch nicht.« Der Mönch griff in die Tasche seiner Robe und fischte eine kleine Glocke an einem Band heraus. »Vielleicht hilft dir das weiter? Ein Fußglöckchen.« Er schüttelte es. Der Ton war silbrig und klar.

»Danke. Ich brauche es nicht«, sagte Helian. »Gibt es ein Kloster in der Nähe?«

»Ich schenke es dir.« Beharrlich hielt er ihr das Glöckchen entgegen.

Sie verbeugte sich. »Gib es besser jemandem, der es verwenden will. Er wird dir im Tausch dafür etwas geben.«

»Nein. Du sollst es tragen. Mein Glück wäre groß, wüsste ich es am Fuß einer meiner Schwestern. Bitte! Es ist ein Geschenk.«

Helian zögerte. Ihm schien tatsächlich daran zu liegen. »Aber ich kann es nicht bezahlen.«

»Wenn du mir versprichst, es gelegentlich zu tragen, ist dieser Tausch gut genug für mich.«

Sie streckte die Hand aus, und er ließ die Kette mit dem Glöckchen hineinfallen.

»Das macht dann einen Viertelfaden Kupfermünzen«, sagte er.

Helian erschrak. »Aber du hast es mir doch geschenkt.«

Der Mönch zuckte bedauernd mit den Schultern. Jetzt war er es, der ihr die offene Hand entgegenhielt.

Unversehens fielen Münzen hinein, und die Finger schlossen sich darum. »Passt besser auf, wem Ihr Glauben schenkt! Ein Geschäft mit Scharlatanen wie diesem könnte Euch mehr kosten als etwas Kupfer.« Der Mann von der Stadtwache war neben Helian aufgetaucht. Er musste ihr zum Basar gefolgt sein. »Besser, Ihr begleitet mich zum Stadtoberen«, sagte er.

Hinter ihm sah Helian den Trupp Bewaffneter auftauchen. Ihre Füße suchten die Flucht, doch sie krallte die Zehen in die Erde. Der Schmerz darin erwachte und half ihr, sich zu beherrschen. Der Mönch mochte ein Betrüger sein, aber er war Buddhist und wusste vielleicht etwas.

»Ein Kloster«, sagte sie. »Rasch, beim Nabel Buddhas! Gibt es ein Kloster in der Nähe?«

Der Mönch ließ die Münzen in einem Lederbeutel verschwinden. Mit nervösen Blicken auf die Wachmannschaft begann er, Papier, Farbe und Pinsel zusammenzuräumen. Als er seine Habseligkeiten in den Armen hielt, sagte er: »In den Bergen zwischen Sulo und Kumo. Das Kloster der Großen Wildgans.« Dann eilte er davon.

Der Wachmann achtete nicht auf ihn. Stattdessen verbeugte er sich vor Helian Cui. »Bitte, begleitet mich zum Stadtoberhaupt. Ich kann Euch nicht zwingen. Aber wenn Ihr mir nicht folgt, wird man mich bestrafen.«

Damit war der letzte Zweifel ausgeräumt. Der Mann hatte sie erkannt. Die Scharade löste sich in Luft auf. »Woher wisst Ihr, wer ich bin?«, fragte sie.

»Meine Frau. Sie war Sklavin im Palast Eures Vaters. Als ich sie dort kaufte, konnte ich einen Blick in einen der verbotenen Gärten werfen.« Er verbeugte sich so tief, dass seine Stirn seine Knie berührte. »Bitte folgt mir jetzt, Helian Cui, lieblichste Tochter des Himmelssohnes!«

Kapitel 8

DIE SONNE GING AUF und sandte Taurus ihre Strahlen geradewegs in die Augen. Trotzdem konnte er den Blick nicht von den Dünengürteln abwenden, von den Wellen aus Flugsand, die der Wind aufgetürmt hatte.

Quer durch die Landschaft zog sich die Spur eines Fuchses. Das Tier musste vor langer Zeit hier entlanggestrichen sein, denn eine Sanddüne war über seine Fährte hinweggewandert. Dennoch bewahrte die Wüste die Abdrücke, so wie die Haut eines Menschen eine Narbe behielt. Dies war ein Land, in dem die Zeit machtlos war.

»Man wird ihrer nie müde, bekommt nie genug.« Wusun war neben Taurus aufgetaucht. Geräuschvoll kaute der Steppenreiter auf einem Streifen Trockenfleisch. Er streckte die Hand aus und wedelte mit dem Gepökelten in Richtung Sonne. »Nach der Wüste sehnt man sich stets zurück. Wenn du sie zu lange anschaust, wirst du dich verlieben.«

Taurus wandte sich ab. Die Liebe zu einer Frau hatte ihn einmal beinahe den Verstand gekostet. Wie würde es ihm erst ergehen, wenn er einer Landschaft verfiel? »Darauf muss die Wüste verzichten«, sagte er und griff sich in den sandigen Bart.

Wusun nickte. Hartnäckig kämpften seine zahnarmen Kiefer mit dem Trockenfleisch. Gemeinsam gingen sie zu den Kamelen hinüber, wo Olympiodorus auf einem Haufen Sand thronte. Um ihn herum lagen seine Haare, verstreut wie Blütenblätter nach dem ersten Frost. Gerade rasierte Feng die letzten Strähnen von Olympiodorus' rundem Schädel. Taurus erstarrte und tastete nach den Spitzen seines wallenden Haars. In wenigen Augenblicken würde er selbst der König auf diesem Thron sein.

Feng führte das Messer mit wenig Geschick. Immer wieder nahm die Klinge Haut mit, sodass Olympiodorus einem Krieger nach der Schlacht ähnelte. Als er sich schließlich erhob, lief Blut über seine Stirn.

Wusun reichte ihm einen Tiegel mit nussbraunem Mus. »Reib das auf deinen Schädel, damit die Sonne sich von dir abwendet.«

»So, wie ich aussehen muss, wendet sie sich aus freien Stücken ab«, stieß Olympiodorus hervor. Aber er nahm den Tiegel entgegen, schaufelte mit der Hand etwas von der Paste auf seine Kopfhaut und verteilte sie. Seine Züge verzerrten sich, als der Brei mit den frischen Wunden in Berührung kam.

Taurus sah Wusun fragend an.

»Kamelmilch, Kamelhaar und Kameldung«, sagte der Steppenreiter.

Taurus nickte. Etwas anderes gab ihre Lage nicht her.

Seit sie von der brennenden Seidenplantage geflohen waren, hatten die Kamele Tag und Nacht laufen müssen. Wie groß war die Überraschung gewesen, als Feng sie dennoch eingeholt hatte. Er war allein gewesen, hatte eines der teuren Rennkamele seines Vaters fast zuschanden geritten und Taurus atemlos an sein Versprechen erinnert.

»Ich finde diese Frau für Euch, Feng«, hatte Taurus ihn zu beruhigen versucht. »Ich werde sie finden und zu Euch schicken. Mit uns ziehen könnt Ihr jedoch nicht. Kehrt um!«

Doch so einfach hatte sich der liebestolle Jüngling nicht abschütteln lassen. Die Plantage sei ihm ein Gefängnis gewesen, aus dem er dank der Byzantiner habe ausbrechen können. Seine Mutter werde ohne ihn besser zurechtkommen – und er ohne sie.

Taurus wusste gegen alles einen Einwand. Nur in einem Punkt musste er Feng recht geben: Selbst wenn es ihm gelingen sollte, die unbekannte Schönheit aufzuspüren, würde er sie kaum davon überzeugen können, zu einem verliebten Halbwüchsigen auf eine verkohlte Seidenplantage zurückzukehren.

Das Argument, das die Byzantiner endgültig davon überzeugt hatte, Feng in ihre Reihen aufzunehmen, hing am Sattel seines Rennkamels. Es war die Kiepe, jenes Tragegestell, das im Gästehaus der Plantage gestanden und den jungen Mann aus der Fassung gebracht hatte. Zunächst glaubte Taurus, Feng habe es mitgenommen, um es seiner Besitzerin zurückzubringen. Doch als Feng Gewänder daraus hervorzog, ahnte Taurus, dass der Jüngling etwas anderes im Sinn hatte.

Nur verkleidet würden sie vor den Häschern aus der Plantage sicher sein, sagte Feng. Seine Mutter werde auf Rache sinnen: für die Verwüstung und das Feuer, für das Vernichten des Andenkens ihres toten Gemahls. Olympiodorus' Einwand, dass die Byzantiner keine Schuld an der Katastrophe treffe, entkräftete Feng mit einem Fingerschnippen. Seine Mutter, sagte der junge Serer, habe Fremde schon die Peitsche spüren lassen, nur weil sie in ihrer Unwissenheit an einen Seidenbaum uriniert hatten. Welche Kräfte die Verwüstung der Plantage in ihr entfesseln mochten, wollte sich Feng nicht einmal ausmalen.

Taurus begriff, dass der Zorn Nong Es vermutlich heller loderte als die Flammen, die ihren Besitz verzehrt hatten. Denn zu allem Überfluss musste Fengs Mutter glauben, die Byzantiner hätten ihren Sohn entführt. Eine Wölfin war ihnen auf der Fährte – und diese Spur galt es zu verwischen.

Gerade schlüpfte Olympiodorus in eine der Kutten. Es waren lange, fließende Gewänder von der Farbe des Safrans. Das leuchtende Gelb konnte nicht verbergen, dass der Stoff Flickwerk war, zusammengenäht aus Fetzen, Lappen und Lumpen. Diese jedoch waren so großzügig verwendet worden, dass selbst der füllige Olympiodorus bequem in sein Gewand hineinpasste. Als seine Metamorphose abgeschlossen war, stand Taurus einem gelben Kahlkopf mit einer Kruste Kamelmist auf dem Kopf gegenüber.

»Jetzt ist die Reihe an dir«, sagte Olympiodorus, und Taurus nahm auf dem Sessel aus Sand Platz.

Ebenso gut hätte er sich zur Hinrichtungsstätte begeben können. Während seine langen schwarzen Haare vor seinen Augen herabregneten, dachte er an sein Domus in Byzanz, die Symposien mit den Freunden, die kostbaren Kleider, die Düfte und Frauen. Es hatte ihn gedauert, diesen Luxus am Bosporus zurücklassen zu müssen. Doch bislang hatte er noch immer so viel Geschmeide und anschmiegsame Stoffe am Körper getragen, dass er die Aura seiner Heimat zu spüren vermeinte. Jetzt aber musste er sich davon trennen, und das letzte Zeichen seines Wohlstands landete vor seinen Füßen im Sand.

»Immerhin sind wir keine fanatischen Christen«, sagte Olympiodorus. »Sonst würden wir uns kaum mir nichts dir nichts in Anhänger eines anderen Glaubens verwandeln.«

Taurus wollte etwas erwidern, doch kaum hatte er den Mund geöffnet, regneten Haare hinein. Er spie aus und schwieg. Olympiodorus hatte recht. Zwar war in Byzanz das Christentum zu Hause, aber es war nicht mehr als ein Spielzeug der Kaiserin, die damit das Volk betörte. Der Kaiser und viele seiner Höflinge beteten noch zu den alten Göttern, brachten Jupiter und Apoll Opfer auf marmornen Altären dar, feierten tagelange Orgien im Namen des Bacchus und schlachteten dutzendweise Stiere in den geheimen Höhlen des Mithras. Christus hingegen war ein Gott für die einfachen Menschen, einfach an Besitz und einfach im Gemüt. Erlösung! Wovon sollte er, Flavius Sabbatius Taurus, denn erlöst werden? Von einem Leben in der prächtigsten Stadt der Welt? Wie er sie vermisste! Wenn er auf dem Dach seines Hauses stand, auf die Wellen des Bosporus blickte und sich von der Sonne blenden ließ, wusste er, wohin er gehörte.

»Gib her!«, sagte Taurus, als Feng die unsanfte Rasur beendet hatte, und griff nach dem gelben Gewand der Buddhisten.

Er tauchte durch den Stoff, sein kahler Kopf mit dem buschigen Bart kam daraus hervor, und er schnappte nach Luft. Der Geruch, mit dem das Gewand getränkt war, ließ ihn innehalten. Weihrauch sog er ein, Erde und noch etwas – den unverwechselbaren Duft eines Menschen.

Als Wusun ihm den Tiegel entgegenhielt, schob Taurus den Arm des Alten beiseite. Eher sollte sein Haupt verbrennen, als dass er es aus freien Stücken mit dem Unrat eines Kamels krönte. Überdies behagte ihm der Gedanke nicht, das Aroma des Gewands zu übertönen.

Taurus zog sich die Kapuze über den Kopf. Das würde als Schutz vor der Sonne genügen müssen. Außerdem wurden seine für diesen Erdteil fremdartigen Augen und seine griechische Nase darunter verborgen. Missmutig pflückte er sich die Ringe aus dem Bart und steckte sie in eine der Taschen. Auch das Mandili, sein Stirnband, verstaute er sorgfältig. Zuletzt drückte ihm Feng eine Holzschale aus der Kiepe in die Hand. Eine Bettelschale, wie er erklärte. Ohne sie sei die Verkleidung als Wandermönch im Namen Buddhas unglaubwürdig. Taurus packte das Gefäß und stopfte es in eine der ausgebeulten Taschen des Überwurfs.

»Jetzt kommst du unters Messer, Feng«, sagte er. Er hatte sich bewusst dafür entschieden, den Jüngling von nun an weniger förmlich anzureden. »Wenn du uns begleiten willst, musst du uns gleichen!«

»Mimikry«, ergänzte Olympiodorus. »So heißt das im Reich der Insekten. Die eine Art passt sich der anderen an, damit sie von der nächsten nicht entdeckt wird. Es ist ein Wunder.«

Feng lächelte. »Wunder sind nicht nötig. Sie locken nur Neugierige an. Ich werde mich einfach als euer Führer ausgeben.«

»Aber diese Rolle spielt doch schon Wusun«, sagte Olympiodorus.

»Wie ein Meister«, ergänzte Taurus.

Wusun spie ein Stück Trockenfleisch in den Sand.

»Dann könnte ich doch euer Diener sein«, schlug Feng vor. »Diener müssen nicht wie Mönche aussehen. Sie tragen normale Kleider, und ihre Haare sind …«

»Nein«, schnitt Taurus ihm das Wort ab. »Wie sollen wir glaubhaft betteln, wenn uns ein Diener begleitet? Das Messer her!«

Als Feng sah, dass es seinen Haaren ebenso zu ergehen drohte wie seinen Argumenten, wich er zurück. »Aber Helian!«, rief er. »Wie soll sie mich erkennen? Wie soll sie mich lieben, wenn ich aussehe wie ein Ungeheuer?«

»Du findest, wir sehen aus wie Ungeheuer?«, fragte Taurus drohend. Er verbarg seine Belustigung hinter einer finsteren Miene. »Dabei warst du doch selbst der Barbier.«

»Und die Maskerade war deine eigene Idee«, fügte Olympiodorus hinzu.

Wusun musste sich umdrehen, um seine Heiterkeit zu verbergen. Taurus hingegen blieb ernst. Dies war ein Spaß unter Männern. Ein Scherz auf Kosten eines Knaben, für den die Zeit gekommen war, erwachsen zu werden.

Er sprang auf Feng zu und umklammerte den Hals des Jungen. Alles Winden war vergebens. Olympiodorus zerrte das Messer aus Fengs Hand und ging damit auf dem Kopf des Serers zu Werke. Als der erste Schnitt fehlging, hielt Feng still. Kurz darauf lagen seine glänzenden Haare im Sand und wehten in Büscheln davon. Taurus ließ sein Opfer los. Feng keuchte und strich sich mit der Hand über den Schädel.

»Olympiodorus versteht mehr davon als du«, sagte Taurus. »Ich hätte ihn besser auch an meine Kopfhaut heranlassen sollen. Auf deiner zähle ich gerade mal acht Schnitte. Wie viele habe ich davongetragen?«

Feng antwortete nicht. In seinen Augen schwammen Tränen. »Warum habt ihr das getan? Das Haar ist bei uns ein Zeichen des Standes und der Würde. Jetzt bin ich ehrlos.«

»Für deinesgleichen vielleicht. Aber für mich bist du jetzt vertrauenswürdig«, erwiderte Taurus. Auf Fengs fragenden Blick hin fügte er hinzu: »Weil unsere Verfolger dich ebenso wenig erkennen werden wie uns. Wir sind gleich. Deine Konkubine wird sich an deine Hässlichkeit gewöhnen. Du bist reich, das genügt den Frauen.«

Feng sprang auf. Mit großen Sätzen rannte er auf die Kamele der Byzantiner zu. Er hatte bereits die beiden Wanderstöcke aus Bambus in der Hand, als Taurus ihn erreichte. Seine behaarte Pranke presste sich auf Fengs frisch geschorenen Schädel, und der Serer schrie auf.

»Tollköpfiger Knabe!«, brummte Taurus. »Lass die Stöcke los!«

Schließlich kühlte Fengs Blut ab. Schweigend ließ er die Stöcke sinken, hockte sich in den Sand und vergrub den kahlen Schädel in seinen weichen Händen – nicht nur zum Schutz vor der Sonne, wie Taurus bemerkte.

Er atmete auf und klaubte die Wanderstöcke aus dem Sand. Sie waren so lang, dass sie bis an seine Schulter reichten, der Bambus so dick, dass eine Frauenhand ihn gerade noch umfassen konnte. Aber trotz ihrer Größe waren die Stecken leicht, denn ihr Inneres war hohl.

Feng hatte seinen Teil der Abmachung eingehalten. Im Gästehaus der Plantage hatte er die Stöcke präpariert, indem er mit geschickten Fingern eine Öffnung hineingesägt hatte, die sich auf- und zuklappen ließ, unsichtbar für Nichteinge-weihte. Es war das perfekte Versteck für Münzen, geheime Botschaften – oder für Seidenraupen.

Vorsichtig öffnete Taurus die Klappen. Es war an der Zeit, nachzusehen, ob die Insekten die wilde Flucht von der Plan-tage überstanden hatten. Im Inneren der Stöcke befanden sich Blätter der Schäumenden Medusa, noch grün und frisch, von Feng mitsamt Zweigen gepflückt, damit sie aus dem Holz noch eine Weile Feuchtigkeit trinken konnten. Über die Blät-ter krochen helle Raupen, träge wie eine Karawane, die jed-wede Orientierung verloren hatte.

»Ihr Daseinszweck ist das Fressen«, sagte Olympiodorus, der sich nun ebenfalls über die kleine Welt im Innern der Stö-cke beugte. In seinen Worten schwang Ehrfurcht mit.

»Und dann? Sie werden fett und platzen?«

»In gewisser Weise. Jedenfalls ergeht es anderen Raupen so. Und ich glaube nicht, dass sich diese Art grundsätzlich von jenen unterscheidet, aus denen in Byzanz Motten und Schmetterlinge entstehen.«

Taurus sah ihn fragend an.

»Diese wundersamen Tiere können aus ihrer Haut heraus. Sie fressen und fressen – darin gleichen sie uns, nun, einigen von uns –, und wenn ihre Haut so stark spannt wie die einer Stachelbeere, dann schlüpfen sie einfach daraus hervor, in einer neuen Hülle, die noch schöner ist und strahlend glänzt.«

»Erinnert mich an den fetten Bischof von Byzanz«, brummte Taurus. Die Fresslust der fahlen Tiere beindruckte ihn weit weniger als seinen Neffen.

»Ihr werdet es niemals rechtzeitig schaffen.« Fengs Stimme drang gedämpft zwischen seinen Händen hervor.

Taurus klappte die Öffnungen wieder zu, um die kostbare Fracht vor dem wirbelnden Sand zu schützen. »Was werden wir nicht schaffen?«, fragte er und fuhr mit den Händen über die glatte Oberfläche des gelben Holzes.

Feng tauchte aus dem Gehäuse seiner Hände auf. Er sah gespenstisch verändert aus. Den Kopf kahl und voller Striemen, das Gesicht verquollen und die Augen gerötet, erinnerte er Taurus an einen Trunkenbold nach einer Tavernenschlägerei. Feng würde alle Kniffe in der Kunst der Liebeständelei anwenden müssen, um diese Helian für sich zu gewinnen.

»Binnen eines Mondes werden sich die Raupen einspinnen. Einen weiteren halben Mond wird es dauern, bis die Falter schlüpfen. Dann müssen sie fressen, um Eier zu legen. Sonst sterben sie. Wie lange, sagtet ihr, habt ihr für die Reise nach Serinda gebraucht?« Ein bitteres Lächeln umspielte die Lippen des Serers.

Drei Monate, dachte Taurus. Aber er sagte nichts. Sollte Feng recht haben, blieb ihnen gerade einmal halb so viel Zeit für den Rückweg. Unmöglich. Damit wäre das Unterfangen gescheitert.

Er wandte sich wieder an den jungen Serer. »Wenn du willst, dass wir deine kleine Freundin finden, muss das Ungeziefer überleben. Sonst lassen wir dich zurück.«

Feng starrte ihn erschrocken an.

»Wenn du dein Leben im Wohlstand wieder aufnehmen willst, muss das Ungeziefer überleben. Deine Bäume sind abgebrannt. Vermutlich sind diese Seidenraupen dein gesamter Besitz.«

»Was erwartet ihr denn von mir?«, rief Feng. »Ich kann doch die Zeit nicht anhalten.«

»Vielleicht doch«, sagte Olympiodorus. »Wir sind zwar im fernen Asien, und deine Welt ist uns fremd. Doch das Leben gehorcht hier denselben Gesetzen wie überall.«

»Das stimmt«, warf Wusun ein. »Wenn du etwas willst, musst du dafür bezahlen. Gilt für Raupen, Schnaps und Weiber.«

Olympiodorus ließ sich nicht ablenken. »Wachstum braucht Wärme«, setzte er seine Ausführungen fort. »Wir sind in der Wüste, und es ist heiß. Die Raupen fressen und wachsen schnell. Optimale Verhältnisse für einen Seidenproduzenten. Für uns hingegen schlecht.«

»Können wir ihr Wachstum denn verlangsamen?« Taurus kannte seinen Neffen gut genug, um zu ahnen, worauf er hinauswollte.

»Das können wir. Dein Bruder, der Kaiser, hat einmal ein Geschenk des Königs von Nubien erhalten. Es waren Schmetterlinge, die genau in dem Augenblick schlüpften, als Justinian das Kästchen entgegennahm und öffnete. Es war das perfekte Geschenk. Du hättest den Empfangssaal sehen sollen! Überall schwirrten blau-rote Falter umher. Die Kaiserin hat vor Begeisterung Tränen vergossen.«

»Beeindruckend!«, sagte Feng. »Aber das bringt uns nicht weiter.«

Olympiodorus nahm eine Handvoll Sand auf und ließ die Körner langsam zwischen den Fingern hindurch zu Boden rinnen. »Vielleicht doch. Die Gesandten aus Nubien hatten für ihr Kunststück einen mächtigen Artisten an ihrer Seite, einen Seiltänzer und Jongleur, einen Possenreißer und Scharlatan.«

Feng schaute ihn ratlos an.

»Die Zeit«, erklärte Olympiodorus. Noch immer rieselten die Körnchen aus seiner Faust. Eine unendliche Menge Sand schien darin eingeschlossen zu sein. »Wie mir einer der Nubier erklärte, konnten sie den Augenblick, in dem die Falter schlüpften, genau bestimmen, indem sie die Puppen mit Eis kühlten. Nicht so viel, dass die Tiere erfroren. Aber doch genug, um ihre Entwicklung ein wenig zu verzögern. Das könnte uns mit den Seidenraupen ebenfalls gelingen.«

Taurus verschränkte die Arme vor der Brust. »Vorausgesetzt, wir finden Eis in der Wüste.«

Olympiodorus öffnete seine Faust. Sie war leer.

Kapitel 9

DIE ESEL SCHRIEN. Unter toten Pappelbäumen drängten sich die Tiere im spärlichen Schutz gegen den umherfliegenden Sand aneinander. Ein kleines Zelt blähte sich im Wind. Tokta Ahun trat daraus hervor. Als er erkannte, wer den Lagerplatz mit ihm teilen wollte, eilte er auf die vier Männer zu und umarmte die Hälse ihrer Kamele.

Olympiodorus zwang sein Reittier in die Knie, glitt von ihm hinunter und wollte seinerseits den Eseltreiber umarmen. Doch Wusun hielt ihn zurück. Immer wieder vergaßen die Byzantiner die Gepflogenheiten der Menschen dieses Erdteils. Berührungen, auch solche freundschaftlicher Art, waren unerwünscht. Taurus fragte sich, wie sich die Asiaten wohl fortpflanzen mochten. Doch er legte seiner Fantasie Zügel an.

Bald saß die Gruppe um ein Reisigfeuer, genährt vom Geäst toter Pappeln. Der Wind fachte die Flammen an und ließ sie tanzen. Auszublasen vermochte er sie nicht.

Ihre Verkleidung hatte die Feuertaufe nicht bestanden. Im selben Moment, in dem Tokta Ahun die Bettelmönche erblickt hatte, hatte er erkannt, wer sich unter den gelben Kutten verbarg. Taurus war besorgt. Hatten sie sich für nichts und wieder nichts verunstalten lassen? Dies war eine harmlose freundschaftliche Begegnung. Doch was würde geschehen, wenn ihre Häscher sie einholten?

»Es ist eine gute Verkleidung«, versuchte Tokta Ahun Taurus zu beruhigen. »In den vierundzwanzig Königreichen wird sich niemand nach euch umwenden«, versicherte der Händler. »Bettelmönche in gelben Kitteln sind eine Landplage. Schüttelt nur kräftig die Bettelschalen, dann schauen die Leute von selbst in eine andere Richtung.«

Taurus war nicht überrascht gewesen, den Eseltreiber auf der Kaiserstraße wiederzutreffen. Tokta Ahun zog noch immer nach Osten, sie selbst hingegen waren auf dem Rückweg, Richtung Westen. Da es am Rand der Schwarzen Gobi nicht viele Routen gab, hatten sie sich zwangsläufig wieder begegnen müssen.

Gern hätte Taurus die ganze Nacht Geschichten, süße Birnen und Brot mit Tokta Ahun geteilt. Doch der Wind schoss Garben von Sand und Rauch in ihre Gesichter, und so beeilten sie sich, die wichtigsten Informationen auszutauschen, um alsbald im Windschatten der Kamele Schutz suchen zu können.

Taurus berichtete von ihrem Besuch auf der Plantage, stellte diesen jedoch als normales Zusammentreffen zwischen Kunde und Kaufmann dar. Kein Wort über die Seidenraupen und die Wanderstöcke kam ihm über die Lippen. Auch den Brand der Plantage verschwieg er. Dass der Eseltreiber weder nach dem Grund ihrer Verkleidungen und kahlen Köpfe noch nach dem Ägypter forschte und auch nicht wissen wollte, wer Feng sei, entsprach den Gebräuchen der Kaisertraße: Nimm, was man dir gibt, und frage nicht nach mehr.

Als sich die Gruppe auflöste und Tokta Ahun noch einmal nach seinen Eseln sehen wollte, trat Taurus zu ihm. »Dir muss eine junge Frau begegnet sein«, sagte er.

Der Eseltreiber rieb die Stricke der Tiere mit Fett ein. Er schob seine ausladende Unterlippe noch weiter nach vorn. »Sehe ich so verliebt aus?«, fragte er.

Taurus schüttelte den Kopf. »Im Vergleich zu unserem jungen Gefährten siehst du so verliebt aus wie eine Katze vor einer Schale Senf.«

»Sie ist mir begegnet«, bestätigte der Händler. »Eine Frau, allein unterwegs, lag halb verhungert und verdurstet am Fuß einer Wanderdüne. Ich habe ihr zu essen und zu trinken gegeben und ihr einen Esel geschenkt.«

Taurus ahnte, dass der Esel nicht umsonst den Besitzer gewechselt hatte, aber er ging nicht darauf ein. »Sie trug kein Gepäck bei sich?«

Tokta Ahun schüttelte den Kopf. »Nein, nichts. Nur ihr weißes Gewand. Verrückt. Sie erzählte mir von Buddha, einem der Weisen, die gerade in Mode kommen. Wollte nach Lou-lan.«

»Wann war das?«

»Vor fünf Tagen.« Tokta Ahun zählte sie an den Fingern ab. »Wenn sie den Esel nicht weiterverkauft hat, könnte sie jetzt schon in der Stadt sein.«

Taurus hatte genug erfahren. Es war Zeit, das Thema zu wechseln, bevor Feng etwas aufschnappte. »Und du selbst?«, fragte er. »Wie läuft der Handel mit den Yaktötern?«

»Ich will sie zu den Serern bringen. Das mag ein gutes Geschäft werden. Tödliche Insekten und ihr Wunderspeichel gegen einen Beutel Gold oder einige Ballen Seide. Vielleicht werde ich dank deines Freundes dort«, er deutete auf Olympiodorus, der sich eng an die Flanke eines Kamels geschmiegt hatte, »ein reicher Mann. Dann schenke ich euch auch einen meiner Esel. Nein! Ich schenke sie euch alle.«

Tokta Ahuns Begeisterung ließ sein Gesicht aufleuchten. Taurus brachte es nicht über sich, dem Eseltreiber von der verbrannten Seidenplantage zu berichten. Der Kaufmann würde wohl tiefer ins Land Serinda hineinziehen müssen, bevor er ein gutes Geschäft abschließen konnte.

»Lou-lan«, sagte Taurus am nächsten Morgen. Soeben hatten sich die Gefährten von Tokta Ahun verabschiedet. Die Kehrseiten seiner Esel wackelten in Richtung der aufgehenden Sonne davon. »Wir reiten nach Lou-lan, das muss etwa hier liegen.« Taurus zeichnete ein Oval in den Sand und steckte einen Finger hinein. »So jedenfalls hat es mir Tokta Ahun erklärt.«

»Stimmt«, sagte Wusun. Sein Bart war von der Nacht im Freien ebenso sandig wie seine Augen. »Aber dort ist es nicht nur heiß, sondern auch feucht. Sie haben da einen riesigen See. Sehr schlecht für die Raupen.«

»Dann suchen wir eine andere Route. Eine, die an den Bergen entlangführt«, sagte Olympiodorus.

Doch Taurus schüttelte den Kopf. »Das geht nicht«, brummte er.

»Weil diese Route ungefährlicher ist?«, wollte Olympiodorus wissen.

»Weil wir ein Versprechen einzulösen haben«, sagte Taurus. »Fengs kleine Freundin ist nach Lou-lan gezogen. Tokta Ahun hat sie gesehen.«

Als Wusun die Worte übersetzte, schien Fengs Zorn auf Taurus mit dem Wind zu verfliegen. Wortlos beeilte er sich, die Reitdecken auf dem Rücken seines Kamels festzuzurren. Die anderen schauten ihm zu und rührten sich nicht.

»Bist du von Sinnen?« Olympiodorus' fleischiges Gesicht glühte so rot wie die aufgehende Sonne. Ein reizvoller Kontrast zu seiner schneeweißen Kopfhaut. »Vor drei Tagen erst haben wir beschlossen, die Larven mit Eis zu kühlen. Und jetzt willst du sie zu einem dampfenden See bringen, mitten in einen warmen Nebel, der sogar Felsen ausbrüten könnte?«

Taurus verschränkte die Arme vor der Brust. Der Safranstoff spannte über seinen mächtigen Schultern. »Es war die Sonne, mein Freund. Sie hat meinen kahlen Schädel versengt.«

»Dann tauche ihn in kaltes Wasser! Unsere Mission ist es, ein Reich zu retten. Liegt dir das Liebesglück eines Knaben mehr am Herzen als die Menschen deiner Heimat?«

»Das eine ist so eng mit dem anderen verwoben wie die Fäden eines kostbaren Stücks Jin-Seide. Wenn du den Kettfaden fahren lässt, löst sich das Gewebe auf wie ein Stück Eis in einem Sommermeer.«

Doch Olympiodorus war nicht zu beruhigen. Er stapfte zu den Kamelen, sein Gewand schwang in gelber Wut, und er zog einen der Wanderstöcke aus dem Gepäck. Die Stäbe waren gut gesichert, und er brauchte einige Zeit, bis er die Bänder gelöst hatte. Dann trat er mit dem Stab in der Hand vor Taurus.

»Bislang habe ich dir stets vertraut. Diesmal jedoch steht zu viel auf dem Spiel. Nenne mir Gründe: Warum sollen wir nach Lou-lan ziehen und nicht ins Gebirge, wo wir Eis finden können? Wenn du mich überzeugen kannst, werde ich dir folgen. Wenn nicht, werde ich diesen Stock nehmen und die Nordroute allein einschlagen.« Zornig ging Olympiodorus auf und ab.

Nie zuvor hatte Taurus seinen Neffen so erlebt. Stets war Olympiodorus zu versunken in seine Studienobjekte, um die Entscheidungen seines Onkels anzuzweifeln. Meist nahm er nicht einmal wahr, dass Taurus über Geld, Ausrüstung oder den nächsten Schlauch Wein für Wusun räsonierte. Diesmal jedoch musste Taurus seine Pläne offenbaren, auch wenn es ihm nicht gefiel. Noch weniger aber gefiel ihm die Vorstellung, Olympiodorus allein durch dieses Land ziehen zu lassen.

Taurus löste seine verschränkten Arme und nickte zu Feng hinüber. »Begleiten wir ihn, wird er seine Helian finden. Dann kann er mit ihr auf die Seidenplantage zurückkehren. Dort wird er seine Mutter beruhigen und allen Verfolgern befehlen, uns in Ruhe ziehen zu lassen.«

Feng rief etwas, das Taurus nicht verstand. Er saß bereits auf dem Rennkamel und ließ das Tier im Kreis gehen.

»Wenn wir ihm aber nicht helfen, wird das Gegenteil eintreten. Er wird uns hassen und uns alle Schweißhunde dieses Landes auf den Hals hetzen. Wir werden verfolgt werden wie Käfer von einem Schwarm Vögel.« Taurus hoffte, dass sein Gefährte die Nöte eines Insekts nachempfinden konnte.

Jetzt war die Reihe an Olympiodorus, die Arme vor der Brust zu verschränken. »Ich verstehe. Aber das sind nur die Gründe, mit denen du mich zu überzeugen hoffst. Ich kenne dich. Was steckt wirklich hinter deinem Plan, nach Lou-lan ziehen zu wollen?«

»Du glaubst mir nicht? Dann zieh allein nach Norden. Wie weit wirst du wohl kommen?«

»Vielleicht bis nach Byzanz, vielleicht nur bis in die Berge, und vielleicht werde ich gleich an der nächsten Oase von Banditen erschlagen. Aber immerhin werde ich versucht haben, das Reich zu retten.«

Taurus senkte die Stimme. »Das will ich auch versuchen. Aber ich habe Feng mein Wort gegeben.«

Olympiodorus blickte in den Himmel. Dann reichte er Taurus den Wanderstock. »Also gut. Reiten wir nach Loulan«, sagte er. »Zusammen.«

Die Pappelholzboote schossen über den See. In der hellen, blanken Wasserfläche spiegelten sich die Wolken, und es schien Taurus, als flögen sie im Sonnenwagen über den Himmel statt in Booten übers Wasser. Die Kähne waren so schmal, dass nur zwei Männer auf dem Boden Platz fanden. Vor Taurus saß Feng. Olympiodorus hockte in einem zweiten Boot, das mit ebenso hoher Geschwindigkeit dahinglitt. Im Achterteil standen je zwei Fischer und trieben die Fahrzeuge mit einem breiten Ruder an. Der Fahrtwind strich über Taurus' wunde Kopfhaut, Wasser schwappte ins Boot und auf seine Füße, Gischt durchnässte seinen gelben Umhang. Er schloss die Augen und stellte sich vor, er würde den Bosporus überqueren, um in den Basaran auf der kleinasiatischen Seite nach Wandbehängen für seine Villa zu suchen.

Wandermönche reiten nicht, hatte Feng gesagt. Wusun war mit den Kamelen am Ufer des Sees zurückgeblieben, in einem Fischerdorf inmitten eines mannshohen Schilfwaldes. Die Menschen dort lebten in Hütten aus Schilf, nährten ihre Feuer mit Schilf und aßen Schilf. Wie sie den Besuchern gezeigt hatten, eigneten sich die jungen Halme der allgegenwärtigen Pflanze als Gemüse, und aus den Rispen ließ sich eine zähe braune Masse kochen, die süß schmeckte. Die Fischer hatten gegen eine geringe Bezahlung zugestimmt, die Kamele zu bewachen. Doch Taurus war sich nicht sicher, ob die Reittiere bei ihrer Rückkehr noch am Leben sein würden, so ausgezehrt wie die Gestalten in den Hütten wirkten. Schon das Fett aus einem einzigen Kamelhöcker mochte diese Menschen eine Woche lang ernähren. Deshalb war Wusun bei den Kamelen geblieben. Taurus hoffte, dass sie Lou-lan noch am selben Tag wieder verlassen konnten, um den Steppenreiter und die Reittiere auszulösen.

Der Lop-See war unüberschaubar in seiner Ausdehnung, aber nur knietief. Einmal fuhren sie an einer Herde wilder Pferde vorbei, die ein Bad nahm. Die Tiere prusteten und schnaubten und sprangen ausgelassen durch das Wasser. Häufig sahen sie Wasservögel. Die wahren Herrscher dieses Gewässers aber waren die Mücken. In schwarzen Wolken tanzten sie über dem Wasser und erfreuten sich ihres kurzen Lebens in der warmen, feuchten Luft. Taurus dachte mit Unbehagen an die Seidenraupen, die bei diesen Temperaturen viel zu schnell wuchsen, und hielt den Wanderstock fest, der quer über seinen Beinen lag.

Taurus war sich sicher, einige Dutzend Insekten geschluckt zu haben, als am anderen Ufer die Stadt auftauchte. Die Fischer verabschiedeten sich und waren, ihrer Passagiere ledig, schneller als die Gischt wieder außer Sichtweite gerudert. Vor den drei falschen Mönchen lag Lou-lan.

Tokta Ahun sollte recht behalten. Niemand wollte sich mit den drei Gestalten in ihren gelben Überwürfen abgeben. Schaute doch einmal jemand neugierig in ihre Richtung, streckten die Byzantiner ihm die Bettelschale entgegen, und die kurze Begegnung endete sofort. Ohne aufgehalten zu werden, schritten sie durch die Menge. Doch bald zeigte sich, dass Lou-lan groß war. Und die Wahrscheinlichkeit, einen einzelnen Menschen darin zu finden, klein.

»Wo sollen wir suchen?«, wandte sich Taurus an Feng. Er wünschte sich Wusun herbei, der in Städten wie dieser lesen konnte wie ein christlicher Priester in der Heiligen Schrift.

»Sie ist Buddhistin«, rief Feng gegen den Lärm der Straße an. »Vielleicht gibt es einen Tempel.« Immerhin verstand Taurus den Serer mittlerweile so gut, dass er ohne Wusuns Übersetzung auskam.

Doch alles Fragen blieb fruchtlos. Niemand hatte eine weiß gekleidete Frau mit kurzem Haar gesehen. Von einem Tempel in Lou-lan oder Umgebung wusste ebenfalls niemand etwas. Viele hatten noch nicht einmal vom Buddhismus gehört. Statt Antworten erhielten sie drei klingelnde Kupfermünzen. Ein schmutziges Mädchen legte einen angebissenen Apfel dazu. Taurus vermachte den Inhalt seiner Bettelschale einem beinlosen Bettler im Schatten eines Torbogens.

Nachdem sie einer Straße hügelaufwärts gefolgt waren und einen großen Platz erreicht hatten, leuchtete zwischen dem Forst aus Leibern gelbes Tuch auf. Taurus schob sich durch den Strom der Kaufleute und Kamele, zwängte sich an Karren voller weicher Aprikosen vorbei, auf denen die Fliegen Feste feierten, und erblickte schließlich einen kahlen Kopf über einem Gewand von der Farbe des Safrans. Als seine Gefährten zu ihm aufschlossen, stand er bereits vor dem Verkaufsstand eines kräftigen Mönchs und verbeugte sich so, wie Feng es ihm gezeigt hatte.

Auch der Buddhist verneigte sich. Aber seine Verbeugung wirkte neben der von Taurus wie eine gepflegte Hecke neben einem verkrauteten Wald. Statt beide Hände aneinanderzulegen, bildete er mit einer eine Faust. Statt den Blick zu Boden zu senken, hielt er den Kopf aufrecht. Statt sich augenblicklich wieder aufzurichten, verharrte er drei Atemzüge lang in gebeugter Haltung.

Zorn auf Feng stieg in Taurus auf. Noch stärker aber war der Zorn auf sich selbst. Einem Halbwüchsigen zu vertrauen war ein Fehler, den er nicht noch einmal begehen würde.

Feng vergaß die Verbeugung vollends. Er sprach den Mönch in der Sprache der Serer an. Olympiodorus kniff die Augen zusammen, doch Taurus bezweifelte, dass er dadurch besser verstehen konnte, was gesprochen wurde. Er selbst versuchte, unter seinem Bart zu lächeln. Das schien in diesem Land in jeder Situation zu helfen.

Der Mönch zuckte mit den Schultern und erwiderte einige Worte auf Serind, zu rasch für ungeübte Ohren. Dann hielt er Feng etwas entgegen, das wie ein quadratisches Stück Stoff aussah. Darauf war mit roter Farbe ein Zeichen gemalt. Aber das Quadrat war nicht aus Stoff. Es schien fester zu sein. Nie zuvor hatte Taurus etwas Ähnliches gesehen. Er zügelte den Drang, die Hand danach auszustrecken. Wer wusste schon, ob nicht ein Zauber darin wohnte?

Olympiodorus hingegen riss dem Mönch das Quadrat aus der Hand und betastete es staunend. »Papier«, sagte er laut auf Griechisch. »Das ist Papier. Dieses Volk ist gesegnet.« Er bemerkte nicht, dass Taurus ihn zornig anstarrte. An dessen Hand, die den Wanderstab hielt, traten die Knöchel hell und groß hervor wie Wachteleier. »Wenn ich doch Papier in Byzanz hätte!«, fuhr Olympiodorus unbeirrt fort. »Nie wieder müsste ich alte Tinte von Pergamenten schaben oder zwei Tage lang Pflanzenfasern pressen, bevor ich überhaupt ein einziges Wort niederschreiben kann. Diese klugen Menschen hier schreiben einfach auf, was sie denken. Glückliches Asien!«

»Ihr kommt aus Byzanz?«, fragte der Mönch.

Taurus schüttelte den Kopf.

»Wie seid ihr zur Liebe Buddhas gekommen?«, wollte der Geistliche wissen, der immerfort lächelte.

»Wir sind Wandermönche«, sagte Feng.

Taurus verwünschte sich selbst. Wieso stand er in einem lächerlichen Kostüm am falschen Ende der Welt und vertraute sein Leben einem Knaben an? Es war an der Zeit, die Situation selbst in die Hand zu nehmen. Ohnehin war das

Ansinnen des Mönchs offensichtlich. Er interessierte sich keineswegs für ihre Spiritualität.

»Wie viel willst du für das Papier?«, fragte Taurus.

Die Mundwinkel des Mönchs erreichten seine Ohren. »Dafür? Oh, das ist gar nichts wert. Ich schenke es euch.«

Olympiodorus tastete noch immer die Oberfläche des Quadrats ab, als suche er eine geheime Pforte zu einer anderen Welt.

»Gut«, sagte Taurus, »und ich schenke dir das hier.« Damit fischte er einen Faden Münzen unter seinem Umhang hervor und warf ihn dem Buddhisten zu. Der fing das Geld mit einer Hand geschickt auf und ließ es in einem Beutel verschwinden, den er am Gürtel trug.

»Wir suchen eine Frau. Kurze Haare, weißes Gewand.«

Der Buddhist lächelte erneut. »Sie war hier. Genau dort, wo ihr jetzt steht.«

Feng sondierte den Boden mit seinen Blicken. »Und wo ist sie jetzt?«

»So genau kann ich das nicht sagen. Aber«, er kehrte weitere Münzen vom Tisch, die Taurus dorthin gelegt hatte, »die Stadtwache hat sie mitgenommen. Die Soldaten waren überaus freundlich zu ihr. Um ehrlich zu sein«, er beugte sich zu Taurus vor und flüsterte, »so liebenswürdig sind sie noch nie mit einem unserer Brüder oder einer unserer Schwestern umgesprungen.«

Taurus pries im Stillen Tokta Ahun. Der Eseltreiber hatte sie ein Sandkorn in der Wüste finden lassen. »Ich habe dir noch ein Geschäft vorzuschlagen«, sagte Taurus. »Sozusagen unter Brüdern im Geiste.«

Kapitel 10

KOMMANDANT SANWATZE hatte genug. Diesmal würde er den verfluchten Buddhisten mitsamt seinen Zauberformeln aus der Stadt prügeln lassen. Er hörte den Mönch über den Basar schreien. Dabei versank er gerade in einem warmen Kissen im Hinterzimmer des teuersten Teehauses der Stadt und sog den Duft von Kampfer und Dill aus einem Holzbecher ein. Der Geruch erinnerte ihn an Helian Cui. Die Tochter des Himmelssohns! Hier in Lou-lan! Beharrlich versuchte er, das Geschrei zu ignorieren, den Gedanken an die Prinzessin festzuhalten und sich in die Blume des Tees zu versenken. Doch gerade, als das Aroma des kostbaren Aufgusses seinen Geist erfüllte, schrie der Mönch erneut. Vor dem Teehaus hörte Sanwatze Schritte und Stimmen. Er ahnte, was folgen würde.

»Kommandant! Es ist wieder dieser Buddhist.« Der dicke Mantsuk brüllte, obwohl er schon direkt vor ihm stand.

Sanwatze öffnete die Augen. Mit einer behutsamen Geste stellte er den Becher ab und blickte zu seinem Untergebenen auf. Wie gelang es diesem Kerl nur jeden Morgen, seinen Wanst in diese viel zu kleine Uniform zu zwängen?

»Dann sorg dafür, dass er still ist«, sagte Sanwatze resignierend. Dennoch erhob er sich. Seine Soldaten waren Bauern, von den umliegenden Obstfeldern rekrutiert. Sie prügelten sich gern mit den Nomaden. Aber der Zauberhändler mit dem gelben Gewand flößte ihnen Furcht ein. Einmal mehr musste er die Angelegenheit selbst in die Hand nehmen. Nicht jeden Tag konnten einem Prinzessinnen begegnen.

Diesmal waren es stattdessen vier Buddhisten. Gleich vier! Der Mönch hinter seinem schäbigen Verkaufsstand warf die Arme in die Luft, seine Ärmel rutschten herunter und gaben ausgeprägte Sehnen und Muskeln preis. Sanwatze fragte sich, was diese Buddhisten in ihren Klöstern trieben, dass ihre Geistlichen so kräftig waren. Die Mönche in den Schreinen des Konfuzius waren weiche weiße Schnecken mit verfilzten Bärten. Dieser hier hingegen glich einem Bären. Und sein Bruder, mit dem er offenbar aneinandergeraten war, stand ihm in nichts nach.

Falsch, dachte Sanwatze, er ist sogar noch kräftiger. Er trug einen langen schwarzen Bart, der sein Gesicht halb verdeckte. Seine Augenbrauen waren dunkle Striche über klaren und erstaunlich großen Augen. Darüber leuchtete das Weiß eines frisch geschorenen Schädels.

Auch die anderen beiden Mönche hatten anscheinend erst vor wenigen Tagen Haare gelassen. Einer war fast noch ein Knabe, der dritte hatte die unförmige Gestalt eines Menschen, der im Überfluss lebte. Seine Augen waren ebenso groß wie die des Bärtigen, und die Gesichter der beiden waren merkwürdig flach. Doch dafür ragten Nasen daraus hervor, für die Sanwatze keinen Vergleich wusste. Wären diese Männer Spaßmacher am Rand des Basars gewesen, er hätte allein wegen ihrer Nasen innegehalten, um ihrem Spiel zuzusehen. Hier jedoch ging es alles andere als vergnüglich zu.

Wenn er es richtig verstand, beschuldigte der Verkäufer die anderen Kahlköpfe, keine Buddhisten zu sein. Als Sanwatze den Stand erreicht hatte, keifte der Händler sie gerade an, und Speicheltropfen flogen von seinen Lippen. Das wäre Sanwatze in der Regel einerlei gewesen. Sollten diese Buddhisten ihre Querelen doch unter sich ausmachen. Solange sie nur Ruhe gaben. Doch dann hörte er das Wort *Spione*.

»Was sagtest du gerade?«, fragte Sanwatze den Händler.

»Sie sind Spione des Großkhans. Sieh sie dir doch an! Sehen so Menschen aus unserer Gegend aus?« Der Mönch zeigte mit spitzem Finger auf die anderen, als wollte er sie aufspießen. Dabei stieß er Verwünschungen aus.

Die drei Beschuldigten blickten sich nervös um. Kein Wunder, dachte Sanwatze. Ich wäre auch verunsichert, wenn mich jemand mitten auf dem Basar als Spion des Großkhans denunzieren würde. Er legte die Strenge des obersten Wachkommandanten von Lou-lan in seine Stimme. »Stimmt es, was euer Bruder sagt?«

»Das sind keine Brüder!«, fuhr der Spruchverkäufer dazwischen. »Keine Buddhisten! Sie sind Scharlatane. Nimm sie fest!«

Wäre dies ein Schauspiel, dachte Sanwatze, würde dieser Mann seine Rolle übertreiben. Aber das Leben war eine Bühne mit eigenen Regeln. Und er hatte gelernt, darauf zu spielen. »Unsere Kerker sind voll mit Strolchen wie dir. Wenn du nicht einer von ihnen sein willst, halte den Mund und lass diese da«, er vermied diesmal den Begriff *Brüder*, »sagen, was zu sagen ist.«

Der Händler verbeugte sich und zog sein Haupt zurück wie eine Schildkröte. Stattdessen trat der jüngste der drei Verdächtigten vor. »Was dieser Mönch sagt, ist eine Lüge. Er ist es, der nicht den Geist Buddhas ehrt. Wie könnte er sonst seine Brüder verleumden?«

Sanwatze blickte sich um. Der Koloss mit dem dunklen Bart nickte bestätigend und grunzte. Der dritte der Männer kniete auf dem Boden und wühlte im Staub. Wenn diese Spione des Großkhans waren, stand es schlecht um den Erzfeind des Himmelssohns.

»Wir sind rechtschaffene Diener des Weisen auf Wanderschaft«, beteuerte der Jüngling erneut.

Wenn Sanwatze die Männer laufen ließ, ging er ein Risiko ein. Ein geringes zwar, aber groß genug, um Lou-lan in Gefahr zu bringen. Hieß es nicht, die Nomaden würden einen Angriff auf die Stadt vorbereiten? Vielleicht bot sich hier Gelegenheit, dem Gerücht auf den Zahn zu fühlen. Wahrscheinlich aber wartete nur ein langweiliges Verhör auf ihn, wie er es schon tausendfach erlebt hatte. Wenn er doch nur ins Teehaus zurückkehren könnte, um seinen Träumen von der Prinzessin nachzuhängen. Es war erst wenige Tage her, dass sie an genau dieser Stelle gestanden hatte.

»Ihr kommt mit mir«, sagte Sanwatze, einem Einfall folgend. »Zum Stadtoberen. Dort werdet ihr euch einer Prüfung unterziehen. Wenn ihr euch als Buddhisten erweist, könnt ihr wieder gehen. Leistet keinen Widerstand, denn sonst lasse ich die Halseisen holen!«

Wider Erwarten folgten ihm die drei Männer augenblicklich. Vorsichtshalber gab Sanwatze fünf seiner Wachleute ein Zeichen, ihn zu begleiten und darauf achtzugeben, dass keiner der Gefangenen entkam. Dann setzte sich der merkwürdige Zug in Bewegung. Nicht ein einziges Mal wandte sich Sanwatze um. So bemerkte er auch nicht, dass der zurückgebliebene Mönch seine Hände schüttelte wie eine Rassel. Das Geräusch, das daraus hervordrang, war das Lachen vieler Kupfermünzen.

Das Haus des Stadtoberen musste einst ein Palast gewesen sein. Es lag inmitten verschachtelter Höfe, von denen jeder ein eigenes Gesicht zeigte, mal mit einem Teich, mal mit Mandelbäumen, von denen Laternen hingen. Ein weiterer wirkte wie ein kleines Museum für Waffen und Rüstungen vergangener Zeiten. Doch der Prunk war in die Jahre gekommen, und niemand schien sich darum zu kümmern. Auf dem Teich trieb Entengrütze, das Papier der Lampions war zerrissen und angebrannt, die Rüstungen rostig.

Taurus atmete auf. Ein Stadtoberhaupt mit zerrissenen Laternen mochte sich leicht hinters Licht führen lassen. Er legte sich die wenigen Brocken Serind zurecht, die Wusun ihn gelehrt hatte, und trat durch eine Tür mit zwei Flügeln in eine Halle.

Vier rot lackierte Holzsäulen trugen das Dach des Gemachs. So jedenfalls schien es. Als Taurus den Blick nach oben wandern ließ, stellte er jedoch fest, dass die Säulen das Dach nicht erreichten. Es waren bloß Schmuckpfeiler, hölzerner Tand, dessen greller Anstrich von seiner Sinnlosigkeit ablenken sollte. Fleckige Felle und Kissen lagen auf dem Boden verstreut. Auf einem davon lag ein Mann in Wusuns Alter. Allerdings waren die Gemeinsamkeiten damit erschöpft. Einst mochte der Asiate ein kräftiger Kerl gewesen sein, jetzt aber hatten sich seine Muskeln in Fett aufgelöst. Seine Augen lagen unter schweren Lidern, und seine wulstigen Lippen waren nach vorn gestülpt

Als sie eintraten, rollte der Dicke herum und richtete sich ächzend in eine sitzende Position auf. Er strich sich über seinen zerschlissenen Kaftan und ordnete sein schütteres Haar mit geringem Ehrgeiz.

»Was?«, fragte er unwillig.

Der Wachmann deutete eine Verbeugung an. »Verzeiht die Störung, Ban Gu, Gebieter Lou-lans! Diese Männer sorgten für Unruhe auf dem Basar. Angeblich soll es sich um Spione des Großkhans handeln. Sie behaupten aber, buddhistische Mönche zu sein.«

»Na und?«, wollte das Stadtoberhaupt wissen und tastete Decken und Felle ab. Schließlich zog seine Hand das Mundstück einer Wasserpfeife hervor, und er steckte es zwischen seine Lippen, wo es seinem Aussehen zufolge schon viele Jahre verbracht hatte.

Das Gesicht des Wachmanns wurde hart. »Ich hielt es für klug, sie befragen zu lassen, Vater. Entweder werfen wir sie aus der Stadt oder in den Kerker.«

»Klug«, urteilte der Stadtobere, während er Rauchwölkchen paffte. Er schien zu überlegen. »Ja, das war klug.« Er wedelte mit der Hand durch die Luft. »Dann befrage sie doch. In deiner Wachstube. Warum muss ich damit belästigt werden?«

»Weil wir wissen müssen, ob sie Hochstapler oder Buddhisten sind. Ihr wisst doch, dass unser Gast auch Buddhist ist.«

»Was hat das damit zu tun?«

»Sie wird rasch herausfinden können, ob es sich hier um echte Anhänger ihrer Religion handelt oder nicht«, erklärte der Wachmann.

Der Stadtobere runzelte die Stirn. Eine Schweißperle rann in seine Augenbrauen. »Dann lass die Besucherin holen. Nein, warte: Frage sie sehr höflich, ob sie uns in dieser Angelegenheit beistehen würde.« Die Pfeife wanderte zurück zu seinen Lippen, doch dann senkte sie sich wieder. »Wir haben auch noch immer nicht entschieden, welchen Gewinn sie uns bringen kann«, sagte der Alte und glotzte erwartungsvoll zu seinem Sohn hinauf.

»Darüber sollten wir später beraten«, presste der zwischen den Zähnen hervor und warf einen raschen Blick auf die vermeintlichen Buddhisten. Dann wandte er sich um und verschwand im Labyrinth der Höfe.

Fortuna schenkt uns diesen Moment, dachte Taurus. Solange der Wachmann fort war, war dieser Ban Gu seinen Fragen ausgeliefert. Die beiden Wachleute an der Tür würden seinen holperigen Sätzen keine Bedeutung beimessen.

»Eure Felle sind sehr schön«, sagte er und deutete auf die ehemaligen Kostbarkeiten.

Ban Gu schaute gelangweilt zu ihm herauf.

Jetzt war es an der Zeit, den Geist dieses Schläfers wachzurütteln. »Gefleckter Hase und Hermelin. Gerade bequem genug für Euch. Oder für eine …«, Taurus brach ab, weil sein Wortschatz versagte. Er beugte sich zu Feng hinüber, zum ersten Mal dankbar, den Serer an seiner Seite zu haben, und ließ sich den Begriff ins Ohr flüstern. »Bequem genug für Eure kostbare Geisel.«

Der Stadtobere zuckte zusammen und stieß grünen Rauch aus wie ein magenkranker Drache. »Geisel?«, wiederholte er. Taurus sah die Angst in seinen Augen. »Die Prinzessin ist weder unsere Gefangene noch unsere Geisel. Sie ist unser Gast, und wir sind glücklich, sie unter unserem bescheidenen Dach beherbergen zu dürfen. Niemals würden wir jemanden von so hohem Rang gegen seinen Willen in Lou-lan festhalten.«

Die Frau, die sie suchten, war eine Prinzessin? Taurus versuchte, sich seine Überraschung nicht anmerken zu lassen. Feng war erblasst wie eine Kerze im Sonnenschein.

»Und doch ist sie unsere Schwester. Deshalb solltet Ihr auch uns gut behandeln«, sagte Taurus.

»Gut eingefädelt«, erwiderte Ban Gu und hob den Zeigefinger. »Aber darauf falle ich nicht herein. Ob ihr tatsächlich Buddhisten seid, muss sich ja erst noch herausstellen. An dieser Prüfung werdet ihr nicht vorbeikommen. Und solange bleibt ihr, wo ihr seid. Ihr bekommt nichts zu trinken und dürft euch nicht einmal setzen.« Er lachte triumphierend. Dann sog er wieder an seiner Pfeife.

Olympiodorus fasste Taurus am Arm. »Glaubst du das?«, fragte er auf Griechisch, sodass nur sein Onkel ihn verstehen konnte, »dass Fengs Geliebte eine Prinzessin ist?«

»Was ich glaube, ist ebenso unbedeutend wie die Wahrheit. Was zählt, ist einzig, was dieser Fettwanst und sein Zerberus glauben. Für sie hat unsere buddhistische Schwester offenbar einen enormen Wert, einen ebenso hohen wie für Feng. Unser junger Freund scheint einen exklusiven Geschmack zu haben.« Taurus warf dem Serer einen Seitenblick zu. »Die Frage ist also, wie wir das Juwel in unsere Hand bekommen. Denn dem Drachen den Schatz zu stehlen soll noch keinem Dieb gut bekommen sein. Auch wenn das Ungeheuer nicht so aussieht, als könne es Feuer spucken.«

Olympiodorus rieb sich die Wange. »Erst stehlen wir Raupen, jetzt eine Prinzessin. Bist du sicher, dass wir nicht besser verschwinden sollten? Früher oder später wird Feng seinen Liebeskummer schon vergessen.«

Taurus schüttelte den Kopf. »Sie muss zunächst einmal mit uns kommen. Dann sehen wir, welche Wege sich uns eröffnen.«

Als der Wachmann zurückkehrte, lag der Stadtobere noch immer in seinen Kissen und blies Rauch gegen die Decke. Die Sonne stand bereits tief und fiel durch ein vergittertes Fenster in den Raum. Den Soldaten begleitete eine kleine Frau in weißem Gewand. Sie war älter als Feng, aber von jugendlicher Schönheit. Zwar waren ihre Mundwinkel von feinen Linien gezeichnet, aber noch hielt das Alter Abstand. Taurus, der viele Hundert Knaben in der Palästra trainiert und ebenso viele Männer im Gymnasion bezwungen hatte, erkannte die Beweglichkeit einer Tänzerin in ihrem Körper – oder die einer Kämpferin.

»Helian Cui, die Tochter des Himmelssohns«, stellte der Wachmann seine Begleiterin vor, um einem Protokoll zu folgen, das so sinnlos war wie die Holzpfosten in diesem Raum.

Dennoch zeigten seine Worte Wirkung. Ban Gu richtete sich auf seinen Kissen auf. Feng wollte auf seine Geliebte zugehen. Doch Taurus packte sein Handgelenk.

»Warte und sei still!«, raunte er Feng zu.

Der Wachmann richtete das Wort an die Prinzessin. »Gongzhu Helian, Blüte vom Baum, der das Himmelsdach stützt, Herrin über alle Herren dieses Landes, wir danken Euch, dass Ihr zu uns gekommen seid.«

Taurus stöhnte auf. Stets hatte er geglaubt, klebrige Höflichkeitsbezeugungen seien ein Fluch der Vandalen und Gepiden.

Doch die junge Frau ließ sich von den Floskeln nicht beeindrucken. »Eure Zunge ist giftiger als die aller Schlangen des Lop-Sees. Eure Fantasie ist die eines blinden Kamels. Weder bin ich die Tochter des Himmelssohns noch aus freien Stücken in diesem Kerker.«

Taurus stutzte. Wenn dieses Backofenweib eine Prinzessin war, wusste sie es gut zu verbergen.

»Wo ist Traumtänzer?«, fragte sie nun. Als der Stadtobere fragend die Unterlippe vorschob, fügte sie die Worte »mein Esel« hinzu. Doch der König der lumpigen Kissen schaute stumm und ratlos in die Runde.

Erst jetzt fielen die Blicke der Besucherin auf die drei Männer in den gelben Gewändern. Taurus wusste nicht zu sagen, ob sie den Stoff aus ihrer Kiepe wiedererkannte oder ob es Fengs Gesicht war, das sie erstarren ließ. Der dünne Arm des Plantagenherrn ruckte in seinem Griff.

Helian Cui schüttelte den Kopf und wandte sich wieder dem Wachmann und seinem Vater zu. »Ihr habt noch mehr von uns gefangen? Wollt Ihr ein Gehege eröffnen, in dem arme Buddhisten Kaiserhaus spielen sollen? Wer von denen soll der Himmelssohn sein?« Die serischen Worte flogen so schnell aus ihrem Mund, dass Taurus kaum folgen konnte.

»Bitte, Gongzhu.« Der Stadtobere erhob sich schwerfällig. Als er sich auf Helian Cui zubewegte, wich diese zurück. »Wir sagten doch bereits: Ihr seid bei uns, weil wir Euch vor den Nomaden beschützen wollen. Versteht bitte! Wenn der Tochter des Himmelssohns in meiner Stadt ein Leid geschähe, würde Euer Vater sich an mir rächen. Nicht nur an mir – an ganz Lou-lan. Und das mit Recht. Hattet Ihr denn nicht bereits Händel mit den Nomaden, bevor mein Sohn Euch zu Hilfe kam?«

»Mit denen wäre ich selbst fertig geworden«, erwiderte sie. Taurus hätte eine der Seidenraupen dafür gegeben, diese Auseinandersetzung miterleben zu können. »Warum also jetzt weitere Diener Buddhas gefangen nehmen?«, wollte Helian Cui wissen.

Ban Gu wedelte beschwichtigend mit den Händen. »Noch sind sie keine Gefangenen. Aber vielleicht sind sie ebenso wenig Buddhisten. Man sagt, dass sie für den Großkhan spionieren. Aber ich will diese drei Männer nicht aufgrund einer Verleumdung bestrafen. Bitte, seid das Werkzeug des Rechts, und prüft sie in ihrem Glauben.«

»Aber ich wurde genauso verleumdet, ohne dass Ihr die Wahrheit herausfinden wollt.«

Der Stadtobere runzelte die Stirn. »Niemand dürfte in meinem Beisein eine Lüge über die Gongzhu aussprechen und weiterleben. Das schwöre ich.«

»Dann tötet Euch selbst. Ihr sagt, ich sei eine Prinzessin. Aber woher wollt Ihr das wissen? Habt Ihr die jüngste Tochter des Himmelssohns jemals mit eigenen Augen gesehen?«

»Ich nicht. Aber mein Sohn Sanwatze war einmal im Palast in Chang'an und konnte einen Blick in jenen Garten werfen, in dem die Töchter des Kaisers spielten. Er war es, der Euch erkannt hat.«

Helian Cui stemmte die Fäuste in die Hüften. »Wann soll das gewesen sein?«

Ban Gu gab die Frage mit einem Blick an seinen Sohn weiter. »Vor etwa fünfzehn Jahren, Gongzhu«, antwortete dieser. »Ich sah Euch mit Euren Zofen und einer Eurer Schwestern. Ihr trugt eine schwarze Jacke aus Seide, bestickt mit einem roten Drachen, und einen passenden Hut auf dem Kopf. Ihr wart noch kleiner, etwa so.« Seine Hand wanderte auf die Höhe seiner Brust. »Aber Euer Gesicht war dasselbe. Wie könnte ich es jemals vergessen?«

»Und was soll ich dort getan haben?«, wollte Helian wissen.

»Zwei Zofen spielten auf den Flöten *Das Freilassen des Habichts* und Ihr tanztet den Wirbeltanz dazu.«

»Aber diesen Tanz beherrsche ich gar nicht. Überdies ist es ein frivoler Tanz, der einem Mädchen gewiss verboten worden wäre.«

Sanwatze zuckte mit den Schultern.

Helian Cui verdrehte die Augen. »Wenn Ihr wollt, dass ich

diese Männer auf ihren Glauben prüfe, müsst Ihr zunächst Traumtänzer zu mir bringen. Erst, wenn ich weiß, dass es ihm gutgeht, werde ich Euch helfen. Mein Esel ist weniger störrisch als Ihr es seid. Und klüger ist er allemal.«

Ban Gu winkte einem der Wachmänner, und dieser verschwand.

»Also gut.« Helian verschränkte die Arme. »Wie soll diese Prüfung vor sich gehen? Was, glaubt Ihr, unterscheidet einen echten Buddhisten von einem falschen?«

Mit einem Siegerlächeln auf den Lippen klatschte sich Ban Gu auf die Schenkel. Eine Wolke aus Staub flog auf. »Das bleibt ganz Euch überlassen. Wie könnten wir der Gongzhu etwas vorschreiben?«

Helian Cui wandte sich den drei Männern zu. Langsam schritt sie vor ihnen auf und ab, musterte ihre Gesichter und rieb prüfend über den Stoff ihrer Gewänder. »Der Stoff ist echt. Sie haben ihn aus Flicken geschneidert. Keine gekaufte Ware vom Basar.«

Sie blieb vor Feng stehen und schaute ihm in die Augen. Der Mund des Serers ließ unhörbare Laute frei. »Dieser hier sieht nicht aus wie ein Spion. Aber ein Mönch ist er auch nicht. Er hat das Gesicht eines Novizen, kaum klug genug, um Wasser für die Mönche zu tragen, geschweige denn, mit dem Wissen Buddhas vertraut zu sein.«

Sie ging zu Taurus hinüber und musterte ihn. Ihr Kopf reichte nur bis zu seinem Brustkorb. Wäre sie näher herangetreten, sein Bart hätte ihr Haupt eingehüllt. Taurus sehnte sich danach, gebadet, geölt und in seine bunt bedruckte Dalmatica gekleidet zu sein. Am meisten aber wünschte er sich seine Haarpracht zurück.

»Dieser hier«, sagte Helian, »sieht anders aus als die Menschen unseres Landes. Seht Ihr seine Nase und den schlecht rasierten Kopf? Ihn will ich prüfen.«

Taurus' Gesicht war wie versteinert. Er suchte in ihrem Blick nach Argwohn, fand aber nur Belustigung.

Wieso sie plötzlich den Wanderstock in der Hand hatte, wusste er nicht. Noch einen Lidschlag zuvor hatte er selbst den Stab gehalten. Sie inspizierte den Bambus, strich mit den Fingern darüber und verharrte an der Stelle, an der die Klappe eingearbeitet worden war.

»Der Weise sagt: Ein guter Wanderstock ist die erste Säule des Glaubens. Ach, Buddha muss ein geistreicher Mann gewesen sein, meint Ihr nicht auch?« Ohne eine Antwort abzuwarten, tippte Helian mit den Fingerspitzen sanft gegen die verborgene Klappe. »Doch was selbst er nicht wusste: Sind wir es, die mit dem Stock wandern, oder wandert der Stock mit uns?«

Taurus langte nach dem Stock, doch Helian wich damit zurück. An den Stadtoberen gewandt sagte sie: »Sein Stecken ist so echt wie sein Gewand. Aber das beweist gar nichts. Er könnte beides gestohlen haben, nicht wahr?«

Ban Gu nickte zustimmend.

Helian Cui schritt im Kreis um Taurus herum, den Stock noch immer in der Hand. »Jeder Initiand kennt die Sutra der Guanshiyin, der weiblichen Boddhisattva des Mitgefühls. Bitte, lasst uns einen Teil ihrer Lehre hören.«

Taurus wusste: Was er zu ihr sagen würde, war gleichgültig. Längst hatte sie Feng erkannt und vermutlich auch ihre eigenen Gewänder und Wanderstecken. Die Frage war, ob sie die drei falschen Mönche ans Messer liefern würde. Taurus könnte es ihr nicht verdenken. Sie hatten den Glauben Helian Cuis entehrt und ihre Habseligkeiten gestohlen, und ein liebestoller Halbwüchsiger drohte sie zu belästigen. Er kannte Männer, die wegen geringerer Gründe ihre Mütter in die Sklaverei verkauft hatten.

»Ihr wisst doch, wie der Text beginnt, oder?« Ihre Stimme riss Taurus aus seinen Gedanken. Helian Cui war vor ihm stehen geblieben. »So wie alle unsere Sutren. Mit den Worten: *So habe ich es gehört.*«

Taurus räusperte sich und wiederholte mit tiefem Bass: »So habe ich es gehört.« Dann überlegte er einen Moment und fuhr in gebrochenem Serind fort: »Gegrüßet seist du, Maria, voll der Gnade, der Herr ist mit dir. Du bist gebenedeit unter den Frauen, und gebenedeit ist die Frucht deines Leibes, Jesus. Heilige Maria, Mutter Gottes, bitte für uns Sünder, jetzt und in der Stunde unseres Todes. Amen.« Einer Eingebung folgend fischte er die Bettelschale aus der Tasche und schüttelte sie im Rhythmus der Worte.

Helian Cui schaute fasziniert auf die Schale. Vermutlich, dachte Taurus, ist dies ein heiliges Gefäß, geschnitzt aus dem Holz eines uralten sakralen Baums, und ich entweihe es gerade wie ein Barbar, der in eine Kirche pisst. Helian nahm ihm die Schale aus der Hand und begann nun selbst, sie zu schütteln. Dann sagte sie: »Deshalb biete ich diese Schale als Opfer an, um von dem Missgeschick zu künden, das auf mich niederfuhr wie der Blitz, den der Gott Luling schickt. Ich bitte, dass meine Gebete die Ohren des Sternengottes erreichen mögen und dass unter seiner Gewalt die hundert dämonischen Kräfte, die mich bedrängen, verschwinden. Er möge die Macht der guten Geister verstärken und meine Krankheit heilen, Jahr für Jahr. Ich flehe ihn an um Glück und Gnade, um das Ende meines Missgeschicks und die Vergebung meiner Sünden.«

»So habe ich es gehört«, schloss Taurus. Die Worte flogen ihm wie Vögel aus dem Mund.

Helian gab ihm die Schale zurück, und er ließ sie in der Tasche des Umhangs verschwinden. »Diese Männer«, sagte sie an Ban Gu gewandt, »sind wahre Buddhisten. Die Worte des Weisen mögen ihnen nicht so geläufig sein wie einem vollends Ordinierten – und gewiss würden einige Monate in Versenkung vor einer Felswand Wunder wirken –, aber ihr Geist ist offen, und ihr Herz spricht die Wahrheit.«

»Das ist schade«, sagte der Stadtobere. »Ich hatte gehofft, sie wären tatsächlich Spione und könnten dem Großkhan eine Nachricht von uns überbringen. Sehr schade! Wie sollen wir jetzt dem Großkhan unser Angebot unterbreiten?«, fragte er seinen Sohn.

Der blickte ihn fragend an. »Was für ein Angebot?«

»Dass wir ihm die Tochter des Himmelssohns schenken und er dafür den Überfall auf Lou-lan vergisst oder auf eine andere Stadt lenkt. Schan-Schan, zum Beispiel, ist seit Jahren nicht mehr überfallen worden. Der Stadtobere dort sitzt auf einem Berg aus Gold, so hoch, dass er vom Gipfel aus den Lop-See überblicken kann.«

Sanwatze stieß ein bellendes Lachen aus. »Ihr wollt die Prinzessin an die Nomaden verschachern, Vater?«

»Ich will das Leben der mir anvertrauten Bewohner Loulans schützen. Dafür ist kein Preis zu hoch. Finde einen Weg, mit dem Großkhan in Kontakt zu treten. Und nun verschwinde!« Er wedelte mit einer Hand und ließ sich wieder auf eines der Felle fallen. »Und entferne diese Buddhisten aus meinem Haus. Sie sind so nutzlos wie ein Knopfloch ohne Knopf.«

»Lasst mich ebenfalls gehen!«, rief jetzt die vermeintliche

Prinzessin. »Ich bin nur eine einfache Buddhistin. Was Ihr mit mir vorhabt, ist ein Verbrechen!«

Ban Gu schnalzte mit der Zunge. »Hier mache ich die Gesetze. Und Ihr, Gongzhu, werdet der Preis für unsere Sicherheit sein.«

In diesem Moment wurde die Tür aufgestoßen, und ein Wachmann zerrte den Esel herein. Das Tier schrie. Vergebens versuchte der Mann, es zum Schweigen zu bringen. In seiner Hilflosigkeit riss er das Tier wieder und wieder an den Ohren und schlug es auf den Kopf. Traumtänzer brüllte.

»Loslassen!«, brüllte jetzt auch Helian Cui mit kraftvoller Stimme. Doch der Peiniger lachte nur und trat dem Tier in die Flanke.

Taurus sah die Buddhistin auf den Esel zulaufen. Der Bambusstab in ihrer Hand beschrieb einen Kreis und drückte Sanwatze beiseite. Dann hatte sie den Eselführer erreicht.

Wie sie den Mann von den Beinen hebelte, war Taurus unbegreiflich. Er hatte nicht einmal gesehen, wo sie ihn getroffen hatte. Eine Frau, die einen Soldaten bezwang? Das würden ihm die Ringer in Byzanz niemals glauben.

»Sie hat den Stock!«, rief Olympiodorus und riss Taurus aus seinen Gedanken. Bevor Helian davonreiten konnte, war Taurus bei ihr, packte den Bambus und wollte ihn ihr entreißen. Ihre zierliche Hand fasste nach seinen Fingern. Er spürte einen stechenden Schmerz in der Mitte seines Handtellers, lockerte kurz den Griff, und schon war Helian auf und davon. Noch einmal wandte sie sich um und sah ihn aus ihren grünen Augen an. Dann war sie fort, im Labyrinth der Höfe verschwunden – und mit ihr der Wanderstab.

Taurus zerbiss einen sogdischen Hurenfluch, den er von Wusun gelernt hatte.

»Legt diese Männer in Ketten!«, rief jetzt der Stadtobere aus seinen Kissen hervor. »Wenn wir ihre Glaubensbrüder auf dem Basar foltern, wird die Prinzessin schon zurückkehren.«

Kapitel 11

ICH SCHREIBE ES SELBST.« Nong E schlug den Arm des Soldaten beiseite, der ihr die Feder aus der Hand ziehen wollte. »Lange genug habe ich mich auf die Hilfe anderer verlassen. Zu lange!«

Die Herrin der Seidenplantage Feng saß inmitten eines Ozeans aus rot blühenden Tamarisken. Die gesamte Dünenlandschaft war mit den Pflanzen überzogen, und die Farbe schwamm bis zum Horizont. Die Blüten verströmten einen Geruch nach Salz und schwerem Wein. Hierher hatte sich ihr Gatte früher oft zurückgezogen, um seinen Geist mit Schönheit zu nähren, wie er es genannt hatte. Obwohl er sie stets gedrängt hatte – begleitet hatte sie ihn niemals. Was für eine Ironie, dass jetzt sie an dieser Stelle saß, ihr Gatte tot, die Plantage eine Brandruine und die Raupen verkohlt oder gestohlen. Noch immer verstand sie nicht, warum man für dieses hässliche Rot das vertraute Heim verlassen sollte. Eins jedoch gestand sie dem Schicksal zu: Es gab wohl keinen Ort auf der Welt, der ihre Wut besser widerspiegelte als ein Meer aus flammend roten Tamarisken.

Sie tunkte ihre Feder ins Tintenfass und beugte sich wieder über das Reispapier. Als Schreibunterlage diente einer ihrer Soldaten, der auf den Knien vor ihr hockte und ihr den Rücken darbot. Sie hatte denjenigen ausgewählt, der am längsten meditieren konnte, ohne sich zu bewegen.

Nong E ließ der Tinte Zeit zu trocknen, bevor sie das Papier zusammenfaltete und weitergab, damit ihr Taubenmeister es an einer besonders starken Taube befestigen konnte. Innerhalb weniger Tage würde die Nachricht in Kaschgar sein, ebenso in Aksu, Korla, Khotan, Kutscha, Turfan, Hami und Lou-lan. Lou-lan! Dorthin wollte Nong E der Nachricht folgen und die Stadt im Schilf heimsuchen mit ihrem Zorn. Niederbrennen würde sie Lou-lan, sollte das notwendig sein, um auszuräuchern, was sich dort vor ihr verbarg: drei Diebe, ihr Sohn Feng und diese scheußliche Buddhistin.

Denn mittlerweile war Nong E klar, dass Feng nicht davongeritten war, um die Familie zu rächen. Der Ägypter hatte ihr die wahren Beweggründe ihres Sohns verraten. Noch immer wollte ein Teil von ihr nicht wahrhaben, was nicht länger zu leugnen war: Ihr Sohn hatte die Gelegenheit genutzt und war seiner Buddhistin hinterhergerannt wie ein geiler Hund. Wenn Nong E ihn erst aufgestöbert hatte, würde sie ihn mitansehen lassen, wie die Hexe starb. Dann würde Feng seinen Platz wieder einnehmen – den des Herrn einer wiederaufgebauten Seidenplantage und den des Sohnes, den sie in ihre Arme schließen konnte.

Nong E fasste sich an den Hals und berührte sacht die Jadetiere an der kostbaren Kette, die Helian Cui gestohlen hatte und die wie durch ein Wunder wieder zu ihr zurückgekehrt war. Wer könnte schon seine Hand in diesem Spiel haben, wenn nicht die Götter selbst? Sie hatten ihr den Eseltreiber gesandt, diesen einfältigen Kerl mit seinen stinkenden Tieren. Er hatte versucht, ihr ein Wundermittel zu verkaufen, das Pferden Zauberkräfte verleihen sollte. Als er damit erfolglos blieb, hatte er ihr ein Stück Schmuck zum Verkauf angeboten, das Nong E gut kannte. Jetzt war die Kette endlich wieder in ihrem Besitz. Und noch etwas hatte der Eseltreiber im Gepäck gehabt: die Information, wo die Buddhistin, ihr Sohn und die byzantinischen Verräter zu finden waren. Doch auch das hatte den verlausten Betrüger nicht davor bewahrt, am Fuß einer Düne zu enden, wo seine toten Augen die Krähen anlockten.

Eine Taube flatterte an Nong Es Kopf vorüber. Die letzte Nachricht war auf dem Weg. Tief sog sie den Duft der Tamarisken ein. Wohin sich die Seidendiebe auch wenden mochten – die Herren der vierundzwanzig Königreiche würden wissen, welche Wanzen sich bei ihnen einzunisten versuchten, und ihnen einen angemessenen Empfang bereiten.

⁓

Einer der Wanderstöcke war fort! Taurus schäumte noch immer vor Wut.

Als sie das Anwesen Ban Gus verlassen hatten, hatte er Olympiodorus einen wütenden Stoß versetzt und Feng angeschrien. Den Wachen des Stadtoberen, die versucht hatten, die Mönche gefangen zu nehmen, war es noch schlechter ergangen. Ban Gu selbst und sein Sohn waren hilflos zurückgeblieben, an die roten Säulen der herrschaftlichen Kammer gefesselt. Auch die Bewohner des Dorfes im Schilf, wo Wusun und die Kamele zurückgeblieben waren, hatten Taurus' Zorn zu spüren bekommen. Kaum war er brüllend durch die Schilfstangen gebrochen, waren die Dorfbewohner auseinandergespritzt und hatten sich in ihre Boote gerettet.

Wusun hatte lauthals protestiert. Sie hatten ihn in einer der winzigen Hütten vorgefunden, gemeinsam mit einer Dörflerin, die nackt das Weite suchte, kaum hatte sich Taurus im Eingang gezeigt. Immerhin waren die Kamele nicht von den Schilfmenschen gestohlen worden.

Jetzt führte ihr Weg zurück in die Wüste. Darüber bedurfte es keines weiteren Streits mit Olympiodorus. Dem Insektenforscher lag ebenso viel daran, Helian Cui einzuholen, wie Feng und Taurus. Die Buddhistin hatte einige der Raupen und Fengs Herz gestohlen. Überdies schien sie eine echte Prinzessin zu sein – oder einer solchen zum Verwechseln ähnlich zu sehen. In jedem Fall würde sie ihnen den Weg durch dieses Land bahnen können. Denn eines stand für Taurus fest: So einfach, wie sie Serinda erreicht hatten, würden sie nicht wieder hinauskommen. Nicht nach der Katastrophe auf der Seidenplantage Feng und den Ereignissen in Lou-lan.

Die folgenden vier Tage trabten die Seidendiebe auf ihren Kamelen schweigend hintereinanderher. Mal führte der Weg an endlosen Dünen entlang, die Taurus an die Rücken von Delfinen gemahnten. Mal ritten sie durch riesige Furchen zwischen roten, fantastisch geformten Terrassen. Hier seien einst Flüsse geströmt, erklärte Wusun, begeistert von den uralten Geschichten, welche die Landschaft erzählte. Doch als seine Begleiter ihm kein Gehör schenkten, versickerte seine Inbrunst wie ein Regenschauer in der Wüste, und er stimmte in das Schweigen der anderen ein. Still zogen die Seidendiebe dahin.

Einer Luftspiegelung gleich tauchte sein Domus in Byzanz vor Taurus' Augen auf, der Innenhof mit dem Wasserbecken und den elegant geschwungenen Säulen und Bögen, durch die seine Eltern so gern gemeinsam gewandelt waren, wenn es Abend wurde. Immer wieder hatten sie ihm verboten, als Angehöriger des Kaiserhauses ins Gymnasion zu gehen und mit den Knaben dort zu ringen. Einmal hatte sein Vater sogar Land gekauft und ihm angeboten, dort ein Übungsgelände nur für seinen Sohn einzurichten. Doch was der Traum jedes Knaben in Byzanz war, hatte Taurus abgelehnt. Er wollte sich nicht mit Sklaven messen, mit Gegnern, die den Sohn ihres Herrn nicht zu verletzen wagten. Ihm stand der Sinn nach echten Hieben und Bissen, nach Blut und Tränen, nach Verzweiflung und Triumph. Kehrte er nach einem Tag auf der Sandbahn nach Hause zurück, übersät mit Wunden und glänzend von den Resten des Öls, mit dem sich die Ringer einrieben, genoss er die Annehmlichkeiten seines Elternhauses umso mehr: die kleine Therme, in der er stundenlang lag, die kühlen Bodenmosaiken, auf denen er sich an heißen Tagen ausstreckte, die stets reich gedeckte Tafel und die feinen Kleider. Vor allem die Kleider. Je zerschundener er von seinen Wettkämpfen heimkehrte, umso kostbarer waren die Gewänder, in die er anschließend schlüpfte. Handschuhe waren darunter, mit Onyx und Almandin besetzt, Stiefel aus geprägtem Leder, das seine Sklaven täglich mit Olivenöl behandelten, Kopftücher, so leicht wie Luft und so kostbar wie Ruhm. Auch Seide trug er gern, weil sie seiner von Fäusten und Fingern geschundenen Haut schmeichelte.

Beim Gedanken daran strich sich Taurus über den Leib. Doch er spürte nur die Flicken seines gelben Mönchsgewands. Wollte er in Byzanz jemals wieder Seide tragen, würde er selbst dafür sorgen müssen, dass sie dorthin gelangte. Aber ein Teil der kostbaren Raupen war fort. Taurus selbst hatte sie sich abnehmen lassen. Deshalb verzichtete er darauf, den zweiten Wanderstab zu bewachen. Besser, Olympiodorus kümmerte sich um den Stecken und die Tiere, die darin verborgen waren.

Die Raupen waren mittlerweile gewachsen. Olympiodorus fand drei abgelegte Häute, trocken wie Zwiebelschalen und von den Tieren zum Teil aufgefressen. Auch die Blätter der Schäumenden Medusen waren zu einem Großteil abgenagt.

Die Spuren des großen Festmahls zeugten von der Gefräßigkeit der Insekten und von der Geschwindigkeit, mit der sie wuchsen. Selbst Olympiodorus erschrak, als er ihr fortgeschrittenes Stadium bemerkte. Wenn sie nicht bald Eis fänden, um die Entwicklung zu verlangsamen, so erklärte er, würden ihnen mitten in der Wüste ausgewachsene Falter aus dem Geheimfach des Stabes entgegenfliegen. Und dann, das musste Olympiodorus nicht eigens ausführen, wäre ihre Mission gescheitert.

Taurus kratzte sich den Bauch und verfluchte die Götter. Raupen, Prinzessin und Eis – alle ihre Ziele lagen nun in derselben Richtung. Von dem buddhistischen Spruchverkäufer in Lou-lan hatten sie noch erfahren, dass Helian Cui zum Kloster der Großen Wildgans unterwegs war, und das thronte auf den Bergen im Norden. Dorthin führte nur ein einziger Karawanenpfad: der nach Korla. Auf dieser Strecke mussten ihre Kamele Helian Cuis Esel einholen, oder Byzanz war verloren.

Es war der fünfte Abend seit ihrer Flucht aus Lou-lan, als sie zum ersten Mal Menschen begegneten. Kaum hing der Mond am Himmel, lenkte Wusun sein Kamel zu einem Brunnen am Wegrand. Ein ausgehöhlter Baumstamm neben der Wasserstelle diente als Tränke für die Tiere. Die Reiter erfrischten sich und füllten ihre Lederschläuche, als Taurus in einem nahen Dickicht Stimmen zu vernehmen meinte. Er zwängte sich durch das Gebüsch und erblickte auf der anderen Seite zwei Gestalten, die sich rasch entfernten. Bislang waren Wasserstellen stets ein Ort der Geselligkeit gewesen, wo man sich traf, um Proviant und Nachrichten auszutauschen und sich gegenseitig in der Nacht vor Räubern zu schützen. Doch die beiden Flüchtenden schienen genau dieser Art anzugehören.

Fortan wachten die Seidendiebe zu zweit die Nacht hindurch und waren jederzeit auf einen Hinterhalt gefasst. Schon am folgenden Abend sahen sie drei Männer, die auf einem fernen Hügel standen und ihnen nachblickten. Am Morgen tauchten hinter abgestorbenen Tamarisken zwei Reiter auf, die eilig nach Süden verschwanden. Taurus beschloss, auf Schlaf zu verzichten, bis sie Korla oder das Kloster erreicht hätten.

Eine Tagesreise von der Stadt entfernt führte der Weg durch eine zerfressene Wildnis. Vom Wind bizarr modellierte Lehmberge reihten sich beiderseits der Kaiserstraße auf. Wusun nannte sie Yardangs, die stummen Riesen der Lop-Wüste. Taurus erinnerten die kleinen Berge an gewaltige Sarkophage, Olympiodorus verglich sie mit Festungen und Türmen, die vor Urzeiten von Menschenhand erbaut und nun von den Wettern der Wüste glatt geschliffen worden waren. Feng erblickte in den Formationen lauernde Drachen, die, je nach Sonnenstand, hellgrau, gelblich oder rosenrot schimmerten.

In der Mittagshitze begann Wusuns Kamel zu brüllen. Über Fengs Scherz, das Tier erkenne in den Yardangs Artgenossen, mit denen es sich unterhalten wolle, konnte niemand lachen. Wusuns Kamel war das älteste Reittier der Gruppe, und als sein Rufen nicht enden wollte, befürchtete Taurus, die Reise habe ihm zugesetzt. Schon malte er sich aus, wie er mit Wusun das Kamel teilen musste, als der Steppenreiter die Gruppe in den Schatten eines der riesigen Felsen führte.

»Sturm kommt auf«, sagte Wusun und tätschelte die Wange seines Kamels. »Asmiraia spürt es immer als Erste.«

»Wann?«, wollte Taurus wissen.

»Das weiß nur der Sand. Wir müssen warten.«

Taurus spie aus. »Dafür haben wir keine Zeit. Wir müssen

Helian Cui einholen.« Er riss sein Kamel herum, um es wieder auf die Straße zu lenken.

Doch Wusun griff ihm in die Zügel. »Der Sturm wird uns fressen, wenn wir ohne Schutz sind.«

Feng mischte sich ein. »Wusun hat recht. Habt ihr noch nie einen Sandsturm erlebt?«

»In Byzanz gibt es Blitz und Donner und Regen«, erklärte Olympiodorus. »Im Winter haben wir Schneestürme und im Sommer Staubteufel, die sich wie Trichter über den Boden drehen.« Unter der gelben Kapuze schaute nur seine Nase hervor, von der die verbrannte Haut in Fetzen herabhing.

Feng und Wusun warfen sich Blicke zu. »Staubteufel?«, fragte der Serer. »Nein, das meinen wir nicht. Ein Sandsturm ist etwas viel Größeres. Ein ausgewachsener Gormundag kann einem das Fleisch von den Knochen reißen.«

Wusun räusperte sich. »Kein Grund für Schauergeschichten. Wir rasten hier und warten ab, vielleicht ist es nur ein kleiner Sturm, der rasch vorüberzieht. Ein halber Tag, dann setzen wir unsere Reise fort.«

»Nein«, widersprach Taurus. »Wir reiten weiter.« Er wollte sein Kamel antreiben, doch noch immer hielt Wusuns knotige Faust die Zügel gepackt.

Da erklang im Wind das Knattern kleiner Fahnen. Bald tauchte auf der Straße ein Karren auf, gezogen von zwei Ochsen. Bunte Flaggen waren an dem Gefährt befestigt, das eine Staubfahne hinter sich herzog. Auf dem Bock hockten ein Mann, zwei Frauen und ein Knabe. Auf der Ladefläche türmten sich Äste und Zweige, Baumstämme, Bretter und Bohlen.

»Holzsammler«, sagte Wusun.

Taurus wusste, dass die Aufgabe dieser Leute darin bestand, dort Holz zu finden, wo keines wuchs. In der Wüste und

Steppe gab es nur wenige Bäume. Holz aber war ein wichtiges Baumaterial. Deshalb durchstreiften die Sammler die Landschaft auf der Suche nach zusammengebrochenen Karren, nach halb heruntergebrannten Lagerfeuern und vergessenen Friedhöfen, wo sie Särge aus dem Sand gruben.

Wusun näherte sich dem Karren und sprach mit der Familie. Im inzwischen brausenden Wind konnte Taurus die Worte nicht verstehen, aber er sah, wie der Mann immer wieder in die Richtung deutete, aus der die Holzsammler gekommen waren. Dann kehrte Wusun mitsamt dem Karren und seiner Besatzung in den Schutz des Yardangs zurück.

»Sie haben eine Frau auf einem Esel gesehen, eine halbe Tagesreise von hier«, erklärte der Alte mit ernster Miene. Taurus musterte die Holzsammler. Sie erwiderten seinen Blick mit der Ausdruckslosigkeit der Wahrhaftigen.

»Wartet hier!« Taurus' Stimme musste sich gegen den stärker werdenden Wind behaupten. »Ich werde die Prinzessin einholen und herbringen.« Schon trieb er sein Kamel an. Doch seine Begleiter dachten offenbar nicht daran zurückzubleiben. Gemeinsam sprengten die Seidendiebe die Kaiserstraße entlang.

Die Luft war gelb. Das allgegenwärtige Flimmern der Hitze war dem Schwirren von Sandkörnern gewichen. Nadeln gleich trafen sie auf die Haut, wo diese ungeschützt war. Straße und Felsen waren nur noch verschwommen zu erkennen, die Yardangs verwandelten sich in blasse Schemen, und Taurus wäre nicht überrascht gewesen, wäre der ein oder andere der steinernen Kolosse zum Leben erwacht und durch den Sandvorhang auf ihn zugewankt.

Wie aus dem Nichts tauchten plötzlich dunkle Flecken im schwirrenden Sand auf, die langsam Kontur annahmen. Als die Seidendiebe die Kamele zügelten, standen sie sechs Reitern gegenüber.

Taurus erkannte fünf Männer und eine Frau. Alle trugen sie Uniformen, die ihnen Respekt einbringen sollten, sie jedoch als Halsabschneider entlarvten. Die Monturen waren nicht nur zerschlissen und schlackerten wie leere Reissäcke um die dürren Gestalten. Das Zeug war überdies unterschiedlicher Herkunft, sodass der eine Reiter eine blaue Hose zu einem gelben Umhang trug, während ein anderer in einer einheitlich grünen Tracht steckte. Wären nicht die Kurzbögen in den Händen zweier Männer gewesen, Taurus hätte über die zerlumpten Gestalten gelacht und wäre an ihnen vorübergeritten. Einzig die Köpfe waren allesamt mit demselben Schmuck bedeckt: mit Mützen aus Wieselfell. Und der Kopf der Nager ragte den Banditen in die Stirn.

»Ein passendes Kostüm«, rief Olympiodorus Taurus durch den Wind zu. »Ihre Gesichter haben eine gewisse Ähnlichkeit mit ihrem Kopfputz. Um die Wahrheit zu sagen: Ich weiß nicht, welche der beiden Fratzen das Gesicht ist und welche die Trophäe.«

Taurus' Kamel stampfte voller Unruhe. Auch die Pferde der Banditen tänzelten im Sandhagel. »Sie tragen Kurzbögen«, rief Taurus seinen Gefährten zu. »Wenn wir zu fliehen versuchen, werden sie uns verfolgen und vom Pferderücken aus niederstrecken.« Taurus verabscheute diese Waffe, die jedem ehrlichen Kampf Mann gegen Mann widersprach. Seit der Invasion der Hunnen war der Kurzbogen auch in Europa bekannt. Dank seiner Kürze hatten die wilden Horden aus dem Osten die großen Reiche des Westens zu Fall gebracht. Der kleine Bogen erlaubte es, ihn beim Reiten über den Rücken des Pferdes zu heben und Pfeile sowohl nach links als auch nach rechts zu verschießen – eine so einfache wie durchschlagende Erfindung, gegen die die Bogenschützen der Römer, Langobarden und Burgunder nichts hatten ausrichten können. Deren Langbögen waren darauf ausgelegt, Pfeile von einem festgelegten Punkt aus abzuschießen. Bis sie in Position gebracht worden waren, hatten die Feinde mit den Kurzbögen den Gegner schon dreimal umkreist und einen Pfeilregen über ihm niedergehen lassen. Nur wer es verstand, die Entfernung zum Kurzbogenschützen gering zu halten, nahm dieser Wespe den Stachel.

Taurus ließ sein Kamel antraben und näherte sich den Wieselmützen bis auf eine Mannslänge. Wusun und die anderen folgten. Grüßend hob Taurus die Hand, obwohl er wusste, dass die Geste in diesem Lande als Bedrohung aufgefasst werden konnte, und sagte: »Wir haben es eilig. Wenn ihr Wegzoll wollt, nehmt ihn. Dann lasst uns ziehen!« Er holte zwei Münzfäden aus seiner Tasche und hielt sie hoch. Der Wind griff danach und ließ sie aneinanderklirren.

Es war die Frau, die ihm antwortete. Der Wüstensand hatte ihr Gesicht geschliffen, und ihre Lippen waren schwarz geschminkt. Ihre Augen waren schwarze Punkte, die eng beieinanderstanden, gegen den heißen Luftzug zusammengekniffen. An ihrem langen grauen Haar riss wild der Wind. »Wir nehmen, was wir wollen. Nicht, was ihr uns hinwerft.«

»Aber wir haben nichts. Wir sind Wandermönche im Dienste Buddhas«, schrie Taurus.

»Wandermönche sind wertvoll.« Die Wieselfrau lachte in den Wind. »Seit gestern zahlen sie in Korla für drei eurer Sorte ein Vermögen.«

Taurus wollte etwas erwidern, doch ein Schwall Sand flog in seinen Mund. Der Sturm nahm zu, und die Zeit verrann.

Gerade fischte Taurus nach weiteren Münzen in den Tiefen seiner Taschen, um sich von den Quälgeistern freizukaufen, da hörte er einen Schrei. Von weit her schien der Laut zu kommen, im Brausen der Luft war seine Quelle unergründlich. Taurus verharrte und lauschte. Die zornigen Worte der Banditen störten sein Gehör, und er legte einen Finger an die Lippen, um sie zum Schweigen zu bringen. Diese Respektlosigkeit verdutzte die Räuber für einen Moment – lange genug, um dem Schrei noch einmal zu lauschen. Wie ein Echo schallte er aus den Schluchten des Tienschan. Es war der ängstliche Ruf eines Esels.

Taurus wandte sich zu seinen Gefährten um und rief ihnen etwas zu. Dann hieb er einem der Banditen die Faust ins Gesicht, sodass der Kerl aus dem Sattel kippte. Der Dolch, den die Anführerin plötzlich in der Hand hielt, fand sein Ziel nicht mehr. Taurus und seine Begleiter preschten an den Wegelagerern vorbei, hinein in den Schleier aus Sand, von dem Taurus hoffte, dass er dicht genug war, um den Bogenschützen den Blick zu vernebeln.

Der Sturm empfing sie mit schmerzhafter Umarmung. Je schneller sie ritten, umso härter prasselte der Sand auf sie ein. Zunächst wusste Taurus nicht, ob die Banditen sie verfolgten, zu dicht waren die Sandwolken hinter ihnen. Dann zischte ein Pfeil an ihnen vorüber, ein verirrtes Geschoss, abgefeuert von einem Blinden. Wie es schien, konnten die Verfolger sie schon nicht mehr sehen.

In diesem Moment schrie sein Kamel auf. Aus seiner Flanke ragte ein gefiederter Schaft. Der Pfeil war tief eingedrungen, das Tier hinkte und fiel hinter die anderen zurück. Wusun tauchte an Taurus' Seite auf und streckte ihm einen Arm entgegen. Taurus packte zu und sprang. Er verfehlte

Wusuns Kamel knapp, bekam aber mit der freien Hand den Höcker des Tieres zu fassen und ließ sich von Wusun in den Sattel ziehen. Das Wüstenschiff schwankte, als das Gewicht des massigen Byzantiners ihm die Balance zu rauben drohte. Aber Wusun dirigierte sein Reittier geschickt wieder in einen sicheren Gang. Als Taurus sich noch einmal umdrehte, sah er gerade noch, wie sein Kamel im gelben Sturm zurückblieb und aus dem Blickfeld verschwand. Zwei weitere Pfeile flogen an seinem Kopf vorüber. Auch Millionen von Sandkörnern würden die Pfeile nicht aufhalten.

Wusun wurde langsamer. »Reite doch!«, schrie ihm Taurus ins Ohr, aber sein Ruf zeigte keinerlei Wirkung. Mit einem Ruck am Zügel riss Wusun sein Kamel herum, gab den anderen einen Wink und führte sie abseits der Kaiserstraße zwischen einem Gürtel aus Tamarisken hindurch in den Schutz eines Yardangs. Dort ließ er sein Kamel niederknien und stieg ab. Augenblicklich vergrub das Tier seine Nase im Sand und legte die Ohren an.

Taurus' zornige Miene musste trotz des Sandsturms zu erkennen sein, denn Wusun schrie ihm etwas entgegen. Er verstand kein Wort, und er wunderte sich selbst, dass er bereit war, dem Alten sein Leben anzuvertrauen. Wenn jemand die Untiefen dieses Landes zu umschiffen wusste, dann der Steppenreiter.

Zu viert gegen den Fels gepresst, sahen sie die Banditen auf der Kaiserstraße vorüberjagen. Der Sturm, zunächst eine Bedrohung, hatte ihnen Zuflucht gewährt. Taurus schrie Wusun an, er wolle zurück auf die Straße und den Wieselmützen in den Rücken fallen, bevor sie merkten, dass sie an der Nase herumgeführt worden waren. Aber der Alte schüttelte nur den Kopf. Er zeigte den anderen, wie sie Stoff mit Wasser aus den Schläuchen tränken und ihre Köpfe mit nassen Tüchern schützen konnten. Durch die Maske war er noch schlechter zu verstehen.

»Die Brücke über die Schlucht dort vorn«, schrie er und deutete dorthin, wo die Banditen verschwunden waren. »Die Holzsammler«, schickte er hinterher und zeigte mit dem Daumen den Weg zurück, in die Richtung, in der sie der Familie mit dem Ochsenkarren begegnet waren.

Taurus verstand: Ihr Wagen war mit den Balken und Bohlen der Brücke beladen gewesen. Ihm schauderte. Dann übertönte das Heulen des Sturms alles um ihn herum.

Taurus hustete. Sand war in seinem Mund. Sand füllte seine Ohren. Sand verklebte seine Augen. Längst war das Tuch vor seinem Mund trocken und bot so wenig Schutz gegen den Sturm wie eine Strohhütte bei einem Stadtbrand. Seine Beine waren schwer, sie mussten mit Sand bedeckt sein. Auch seine Arme schienen im Sand zu stecken. Anfangs hatte er sie immer wieder befreit, doch bald war er müde geworden. Wie im Traum erinnerte er sich an die Geschichte vom Perserkönig im Sandsturm.

Schon als Kind hatte Taurus diese Geschichte fasziniert. Tausend Jahre sollte es her sein, dass der Perserkönig Kambyses den Thron in der Hundert-Säulen-Halle von Persepolis bestiegen hatte. Kambyses litt, wie alle Regenten Persiens, an der Krankheit der Habsucht. Sein Reich war das größte der Welt. In jenen Tagen war Rom nur ein Traum und Griechenland ein Flickenteppich eitler Stadtstaaten, die den Persern zwar die Laute von Löwen entgegenbrüllten, diesen jedoch die Taten von Mäusen folgen ließen. Alle beugten sie das Haupt vor Kambyses, dem mächtigsten Mann der Welt.

Dennoch oder gerade deshalb bekam der Perserkönig nie genug.

Er blickte nach Norden und eroberte alle Länder bis zum Horizont. Er schaute nach Osten und dehnte seine Grenzen bis nach Indien aus. Er sah nach Westen und griff nach Libyen und Ägypten. Seiner Streitmacht und seinem Genie als Feldherr war kein König und kein Pharao gewachsen. Dann warf Kambyses ein Auge auf die Oase Siwa. Später soll er sich gewünscht haben, blind gewesen zu sein.

In jener ägyptischen Oase wohnten die Götter. Der Ort war bekannt für sein Orakel, zu dem die größten Herrscher der Welt pilgerten, um seine Prophezeiungen zu hören. Was also lag näher, als den Wohnsitz der Götter selbst zu erobern? Kambyses versammelte fünfzigtausend Mann in Theben und ließ sie auf Siwa zumarschieren.

Vielleicht hatte er die Götter nicht ernst genommen, vielleicht hatte er nicht einmal an sie geglaubt. An einem heute vergessenen Ort, mitten in der Wüste, ließen die Ewigen einen Sandsturm auf das Heer der Frevler niedergehen. Nie zuvor und nie wieder soll ein Sturm von solchen Ausmaßen über die Wüste gefegt sein. Als sich das Toben und Tosen nach einem halben Tag legte, war die gesamte Streitmacht des Kambyses verschwunden. Bis heute, so erzählte man sich von der Küste Kleinasiens bis zu den Säulen des Herkules am Ende der bewohnten Welt, galt der Sand als Verhängnis der Perserkönige.

Jemand fasste Taurus an der Schulter und rüttelte ihn. Er schreckte zusammen. Seine Augen öffneten sich. Körner flogen hinein, und Tränen rannen hinaus. Augenblicklich stürzte sich der Sand auf die Flüssigkeit und zementierte sie auf Taurus' Wangen fest. Wer stand da vor ihm?

Er erkannte huschende Gestalten und hörte eine Frauenstimme. War das Serind oder Sogdisch? Jemand grub seine Beine aus. Er versuchte aufzustehen, doch der Sand in seiner Lunge raubte ihm die Luft. Dann packten ihn Hände unter den Achseln und zogen ihn fort. Seine Füße schleiften über den Boden.

Als er das nächste Mal zur Besinnung kam, hörte Taurus noch immer den Sturm toben. Der Sand jedoch war verschwunden. An eine Felswand gelehnt, fand er sich auf einem Überhang wieder. Neben sich erkannte er Olympiodorus und Wusun, die sich über Feng beugten.

Taurus richtete sich auf, schwankte und hustete, dann trat er einen Schritt vor und erstarrte. Der Überhang, auf dem er stand, war nur wenige Ellen breit. Darunter gähnte ein Abgrund, der direkt in den Hades zu führen schien. Er ließ sich auf Hände und Knie nieder und lotete den Schlund mit Blicken aus. Auf dem Grund erkannte Taurus zerschmetterte Menschen und Tiere, einige Männer und eine Frau mit grauem Haar, und er begriff, wohin ihn das Schicksal verschlagen hatte.

Sie hatten sich in die Schlucht gerettet, vor der Wusun gewarnt hatte, jenen Abgrund, dessen Brücke die Holzsammler abgebaut hatten. Die Banditen hatten das zu spät bemerkt und waren hineingestürzt. Ihn selbst und seine Gefährten aber schien ein gnädiges Schicksal auf einen Felsvorsprung geführt zu haben.

»Kehrt zurück zur Wand, wo Ihr sicher seid«, sagte Helian Cui. Sie stand direkt neben ihm. Wieso hatte der Sturm keine Spuren an ihr hinterlassen?

Taurus schluckte gegen die Trockenheit in seinem Rachen an. »Der Stab«, krächzte er, während er sich erhob und seinen Beinen befahl, ihre Dienste wieder aufzunehmen.

»Eure Beine sind gesund«, erwiderte sie und schüttelte den Kopf. »Ihr braucht keinen Stab, um zu gehen. Nur ein wenig Zeit. Setzt Euch und ruht Euch aus.«

Olympiodorus und Wusun traten zu ihnen. »Sie hat uns gerettet, Taurus«, sagte sein Neffe, »und uns hierhergebracht. Du warst verschwunden. Warum bist du nicht bei uns an dem Yardang geblieben?«

»Der Stab«, wiederholte Taurus und verfluchte seine Zunge und seine Muskeln, in denen Sand statt Blut zu fließen schien. Mit zitternden Knien hielt er sich aufrecht und stützte sich an der Felswand ab.

Ein Habicht schoss schreiend durch die Luft. Taurus blickte auf. Über seinem Kopf ragten die Felswände steil in den gelben Himmel hinauf. Noch immer brauste der Sandsturm über das Land, den Weg in die Schlucht schien er jedoch nicht zu finden.

Taurus schwindelte es. Als er den Blick senkte, sah er Helian Cui, die ihm den Wanderstab entgegenstreckte. Mit beiden Armen presste Taurus den Bambus an die Brust. Er schwor sich, den Stab nicht wieder loszulassen, bis er die Schuhe des Kaisers mit den Lippen berührt hätte.

Kapitel 12

INE PRINZESSIN? Das ist absurd!« Nong E lachte verächtlich, und der Salztee schwappte über den Rand der Schale. »Sie ist eine Streunerin und eine Diebin. Keine Prinzessin hätte es nötig, meinen Schmuck zu stehlen. Ihr seid im Irrtum, Ban Gu.«

Das Stadtoberhaupt Lou-lans spitzte die fetten Lippen. Vor ihm auf einem kleinen Podest war ein Schwan angerichtet. Die Köche hatten es verstanden, das Tier zu rupfen, auszunehmen, zu kochen und ihm anschließend sein Federkleid wieder anzustecken. Ungeachtet des kulinarischen Kunstwerks stieß Ban Gus Hand zwischen die Flügel des Tiers, und er zerrte mit den Fingern Fleisch ab, das er in eine Schale fallen ließ, bevor er sich das Fett von der Hand schleckte. Angewidert wandte Nong E den Kopf ab.

»Mein Sohn hat sie gesehen. Vor vielen Jahren im Palast des Kaisers und vor wenigen Tagen hier in Lou-lan. Ob Ihr es glaubt oder nicht, ist einerlei«, sagte Ban Gu kauend. Seine Wangen waren von Blutergüssen überzogen.

»War sie es, die Euch so zugerichtet hat?«

Eine Nuance Rot mischte sich in das Grün und Blau auf Ban Gus Gesichtshaut. »Es waren diese Mönche. Buddhisten, Teufelsanbeter. Wenn es nach mir ginge, würden sie alle gehenkt. Überall im Land.«

»Dann müsstet Ihr den Kaiser aufknüpfen, wenn es stimmt, was alle behaupten. Denn er soll konvertiert sein.« Nong E ließ sich von einer Dienerin etwas Yakbutter in den Tee rühren. Nach Art der Tibeter tunkte sie etwas Gebäck darin ein. An dem Schwan mochte sie zwar nicht teilhaben, aber der Tod des Vogels entzückte sie.

Zunächst hatte Nong E geglaubt, der Herr Lou-lans wolle sie beleidigen, als er sie unter freiem Himmel in einem heruntergekommenen Innenhof empfing. Zwar hatte er eine angemessene Tafel aufbauen lassen. Doch der Hof war schäbig, zwischen den Steinplatten wucherte Moos, und der Goldfischteich stank. Erst als Sanwatze, der Sohn Ban Gus, sich für die Umstände entschuldigt und erklärt hatte, dass drei Fremde die schönste Halle des Anwesens verwüstet hätten, verwandelte sich Nong Es Empörung in Neugier.

»Und Ihr seid sicher, dass es drei waren? Nicht vier?« Sie umklammerte die heiße Schale mit beiden Händen. War Feng vielleicht doch kein Verräter, wie dieser unselige Ägypter behauptet hatte? Wie sollte es auch anders sein? Ein Lächeln stahl sich auf ihr Gesicht. Keineswegs hatte ihr Sohn den Fremden geholfen! Nein! Mutig wie ein junger Hund hatte er die Verfolgung aufgenommen – mutig und töricht zugleich. Aber wo war er jetzt?

Ban Gu nickte. »Erst dachte ich, sie seien Spione der Nomaden. Aber sie wurden in ihrem Glauben geprüft. Bei meiner Ehre: Diese Männer waren Buddhisten. Doch dann ist die Prinzessin auf dem Esel geflohen, und die Mönche haben mich vor Wut darüber an eine Säule gefesselt. Mit den Schläuchen meiner Pfeife. Meinem Sohn erging es ebenso. Diese Kerle konnten kämpfen, besonders der große, das sage ich Euch! Was treiben diese Buddhisten bloß in ihren Klöstern?«

»Das ist höchst absonderlich«, sagte Nong E zu ihrem Tee.

»Ihr wisst ja, weshalb ich hier bin. Eine Taube muss es Euch zugeflüstert haben.«

Ban Gu nickte erneut. »Eine Taube. Richtig.« Er warf einen Hilfe suchenden Blick zu seinem Sohn.

Sanwatze stand an der linken Seite der Tafel, die Hände auf dem Rücken verschränkt. »Ehrwürdige Nong E, Herrin der Seidenplantage Feng«, begann er. »Eure Nachricht haben wir empfangen. Wenn wir alles richtig verstanden haben, seid Ihr überfallen worden. Wir haben versucht, die Diebe zu finden. Aber alle Straßenkontrollen blieben ergebnislos. Es waren keine Fremden unterwegs, weder bei den Karawanen noch auf eigene Faust.«

»Zwei Langnasen und ein Alter ohne Zähne. Sie wollten nach Lou-lan«, sagte Nong E. Das hatte jedenfalls der Eseltreiber behauptet, bevor er starb – und wer begrüßte den Tod schon gern mit einer Lüge auf den Lippen?

»Zwei der Mönche«, sagte jetzt Ban Gu, »sahen fremdartig aus. Aber ich bin sicher, es waren bloß Mönche. Sie trugen diese gelben Gewänder, und ihre Köpfe waren frisch geschoren. Wenn man bedenkt: Ohne Haar und Hut in der Wüste! Das überstehen nur Köpfe voll mit wirren Gedanken.«

»Ihr sagtet, sie hätten eine Prüfung bestanden. Wer hat sie geprüft?«

»Nun, die Prinzessin natürlich. Sie ist ja eine echte Buddhistin, wem sollte ich in dieser Angelegenheit vertrauen, wenn nicht ihr?«

»Sie ist keine Prinzessin!«, fauchte Nong E. Ein leichter Schmerz durchfuhr plötzlich den großen Zeh ihres linken Fußes.

»Aber Buddhistin! Daran könnt Ihr nicht zweifeln. Und sie schien zu wissen, welche Fragen sie stellen musste.«

Sanwatze beugte sich vor. »Ihr sagtet, ein Alter sei dabei gewesen. Schon deshalb können diese Mönche nicht diejenigen sein, die Ihr sucht.«

Nong Es Nasenflügel weiteten sich. Sie konnte das Entsetzen riechen, bevor es von ihr Besitz ergriff. »Warum nicht?«, zwang sie sich zu fragen. Die Antwort kannte sie bereits.

»In Begleitung der Fremden war kein Alter, sondern ein junger Mann, fast noch ein Knabe. Sollten das Eure Diebe gewesen sein, will ich Buddhist werden, denn dann wirkt ihre Lehre wie ein Jungbrunnen. Der Bursche selbst wird allerdings nicht lange Mönch bleiben wollen. Wenn ich an die Blicke denke, die er der Prinzessin zugeworfen hat!«

Ur-Atum verzog das Gesicht vor Schmerzen. Zwischen den Schlägen sog er gierig am Schlauch der Pfeife, als ginge es um sein Leben. Vielleicht tut es das auch, dachte Nong E. Es gefiel ihr, den Ägypter leiden zu sehen. Immerhin hatte er ihre Plantage in Brand gesteckt. Zu schade, dass sie ihm die Qualen nicht selbst zufügen konnte. Seine Quälgeister waren Parasiten. In einer gottverlassenen Herberge wollte er sie sich geholt haben. Jetzt war er selbst zur Unterkunft für das Geschmeiß geworden.

Gern hätte Nong E den Ägypter jämmerlich verenden lassen. Irgendwo in der Wüste, so stellte sie es sich vor, würde sie ihn anpflocken und sich unter einem Sonnenschutz niederlassen, während sie zusah, wie er langsam dahinsiechte. Jedoch, oh ihr Geister der Ahnen, sie brauchte ihn noch: Er dachte wie seine ehemaligen Begleiter, er konnte ihren nächsten Schritt voraussehen, und – was das Wichtigste war – er wollte sich ebenso an ihnen rächen wie Nong E selbst. Damit war Ur-Atum zu einer Art Verbündetem geworden, und einem Verbündeten musste man helfen, wenn auch nur für kurze Zeit.

»Legt Opium nach!«, befahl Nong E.

Ban Gu gehorchte widerwillig. Er griff in einen Beutel, holte ein paar kleine weiße Brocken daraus hervor und stopfte sie in die Pfeife zu seinen Füßen. Der Duft des Rauschmittels verbreitete sich im ganzen Innenhof, und Nong E atmete tief ein. Sie liebte es, wenn das Opium ihr Herz zum Singen brachte. Dann fühlte sie sich kräftig und jung. Auch linderte es den Schmerz in ihrem Fuß. Doch vor allem musste das Opium einem Zweck dienen: Es band den Ägypter an ihre Gunst.

Schon jetzt, drei Tage nachdem er zum ersten Mal von dem Stoff gekostet hatte, bat Ur-Atum mehrmals am Tag um eine Ration. Zwar führten sie auf ihrer Jagd keine Pfeife mit sich, aber Nong E wusste sich zu helfen. Sie tränkte einen Schwamm mit der Droge und wickelte ihn, damit er nicht austrocknete, in sieben Lagen frische Blätter ein. Kam das Opium zum Einsatz, genügte es, sich mit dem Schwamm über die Schläfen zu streichen und ein wenig daran zu saugen. Inzwischen hing Ur-Atum an diesem Schwamm wie an der Mutterbrust.

Und vor ihm hing ein kräftiger Mönch an Ketten, von Sanwatze und seinen Männern an einen Pfahl gebunden. Auf seinen bloßen Rücken klatschte die Peitsche, geführt von Ur-Atum, im Rhythmus des Rechts. Nong E hatte es für eine gute Idee gehalten, den Buddhisten von dem Ägypter geißeln zu lassen. Was konnte effektiver sein als ein Folterknecht, der selbst Schmerzen litt und diese an den Gefolterten weitergab?

»Sagst du uns endlich, wohin die Prinzessin verschwunden

ist?« Sanwatze stand neben dem Schandpfahl und verhörte den Gemarterten.

Nong E und Ban Gu sahen zu, ebenso das Dutzend Männer, das mit ihr von der Plantage gekommen war. Die Kerle feixten bei jedem Schlag, den der Mönch einstecken musste, und stachelten den Ägypter an, kräftiger zuzuschlagen.

Der Mönch stöhnte, als die Peitsche ein Stück Fleisch aus seinem Rücken riss. »Ich sagte es Euch schon: zum Kloster der Großen Wildgans.«

Wieder traf ihn die Peitsche. Blut strömte über seinen Rücken, lief über sein Gesäß und die Beine hinunter. Ur-Atum stand der Schweiß auf der Stirn.

»Warum schreit er nicht?«, fragte Nong E den Stadtoberen. »Nie zuvor habe ich gesehen, wie jemand die Peitsche kostet und nicht schreit.«

»Diese Buddhisten«, sagte Ban Gu. Er schüttelte den Kopf, und sein feistes Kinn schlackerte. »Sie beherrschen unvorstellbare Zauberkunststücke. Dieser da hat sie sogar auf Papier gemalt und verkauft.«

Sanwatze gebot dem Ägypter einzuhalten. »Ich habe fünfmal gefragt, und er hat fünfmal dasselbe geantwortet. Lassen wir ihn gehen. Alles, was er jetzt noch sagt, wird er sich ausdenken, um der Folter zu entrinnen.«

»Dieses Kloster. Wo liegt es?« Nong E nahm einen Pfirsich aus einer Schale und steckte ihn auf ihre Fingernägel wie auf ein Nadelkissen.

»Im Norden. In den Bergen«, sagte der Stadtobere. »Sieben Tagesreisen von hier.«

»Wenn die Bettlerin dorthin gegangen ist, dann ist mein Sohn ihr gefolgt. Gut möglich, dass ihn die Diebe begleitet haben.«

Ban Gu winkte ab. »Ihr sprecht mit der Logik der Frauen, Nong E, und die habe ich noch nie verstanden. Wenn es sich tatsächlich um Euren Sohn handelt, mag er hinter der Prinzessin her sein. Aber warum sollten die anderen ihn begleiten?«

»Mein guter Ban Gu! Wenn auch sie glauben, dass es sich bei dieser Hexe um eine Prinzessin handelt, wären die Byzantiner dumm, sich diesen Schatz durch die Finger rinnen zu lassen. Und dumm, das könnt Ihr mir glauben, ist niemand, der mir meine Seidenraupen stehlen kann.«

Nong E biss in das gelbe Fleisch das Pfirsichs. Dann bedeutete sie Ur-Atum weiterzumachen.

❧

»Wenn du wirklich davon überzeugt bist, wiedergeboren zu werden, würdest du dann auch als Insekt ins Leben zurückkehren wollen?« Olympiodorus beugte sich auf seinem Kamel zu Helian Cui hinab, die auf dem Esel neben ihm die Kaiserstraße entlangritt.

Sie blickte aus leuchtend grünen Augen zu ihm auf. »Oh, aber es geht dabei nicht darum, was man will, sondern darum, wie man lebt.«

Feng mischte sich ein. Er ritt an Helians linker Seite. »Wenn ich als Mensch lebe, werde ich als Mensch wiedergeboren, und wenn ich ein Insekt war, als Insekt. So ist es doch, oder?«

Sie schüttelte den Kopf. »Nicht doch! Buddha lehrt, dass wir in unserem Leben Schuld anhäufen. Ein böser Mensch häuft mehr Schuld an als ein guter. Deshalb verdient es der Gute, als Mensch wiedergeboren zu werden, der Böse hingegen nicht. Er muss als niedere Lebensform zurückkehren. Als Insekt zum Beispiel.«

»Aber das ist ungerecht«, warf Olympiodorus ein. »Ich würde lieber als Insekt wiederkehren. Es ist der Mensch, der die niedere Lebensform darstellt.«

Feng lachte spöttisch auf. »Ich glaube, ich bleibe lieber beim Konfuzianismus. Ein Gott, der mich in ein Kriechtier verwandeln will – das ist nichts für mich.«

Helian schaute ihn ernst an. »Es ist noch nicht lange her, da wolltest du mit mir als Buddhist durch die Lande ziehen, Feng. Änderst du in allem so schnell deine Meinung?«

Darauf schien Feng keine Erwiderung einzufallen.

Helian wandte sich wieder Olympiodorus zu. »Erzähle mir mehr von den Insekten!«

Der Byzantiner richtete sich im Sattel auf. Das Kamel war zu seiner Tribüne geworden. »Sechs Beine, ein Körper mit drei Segmenten und Flügel – schon dadurch ist uns das kleine Volk überlegen. Findest du nicht?«

Helian Cui nickte. »Aber wenn es uns überlegen ist, müsste es dann nicht die Welt regieren?«

»Du hast es erfasst: Die Insekten sind die Herren der Welt. Aber sie lassen uns in dem Glauben, wir Menschen wären es. Lach nicht, es ist mir ernst!« Olympiodorus ruderte mit den Armen durch die Luft. Um ein Haar hätte er dabei die Balance verloren. Im letzten Moment hielt er sich an den Ohren seines Kamels fest, das lauthals protestierte. »Sie stellen ganze Heere auf«, fuhr er fort. »Damit meine ich nicht etwa Ameisenvölker, die gegeneinander ins Feld ziehen. Nein! In Leptis Magna habe ich eine massive Festung der Vandalen gesehen, die von Borkenkäfern niedergemäht worden war. Insektenheere haben schon Soldaten aufgehalten, Bauern von ihrem Land vertrieben, Städte und Wälder verschlungen. Nichts hält sie auf.«

»So ist es nur eine Frage der Zeit, bis die Menschheit untergeht?«, fragte Helian.

»Wir haben Glück. Der einzige Grund, warum die Insekten die Menschen nicht vernichten, ist, dass sie uns für zu unbedeutend halten.« Olympidorus nickte mit der Eleganz des Überzeugten.

Die Buddhistin sah ihn nachdenklich an. »Ich wünsche dir, dass du die Welt einmal als schöner Falter erleben darfst, Meister Olympiodorus.«

»Oder als Seidenraupe«, mischte sich Feng erneut ein. Der junge Serer funkelte Olympiodorus an. »Dann müsste er keine Plantagen niederbrennen, sondern könnte selbst nach Byzanz kriechen und Seide scheißen.«

»Genug davon!«, rief Taurus, der das Schlusslicht der Gruppe bildete und die Unterhaltung verfolgt hatte.

Wenn es etwas gab, das er auf dieser verfluchten Reise noch weniger gebrauchen konnte als verhungernde Seidenraupen, dann war das Streit unter seinen Gefährten. Taurus hatte gehofft, Feng würde sich dankbar zeigen, dass sie die Prinzessin gefunden hatten. Stattdessen entpuppte sich der Knabe nun als eifersüchtiger Hahn, der jedem mit den Krallen drohte, der ein Wort an Helian Cui richtete. Dabei war seine Sorge völlig unbegründet. Zugegeben: Sie war eine reizvolle Frau. Aber sowohl Taurus als auch Olympiodorus verfolgten wichtigere Ziele als das Hinterteil eines Weibsbilds. Einzig für Wusun mochte das nicht gelten. Doch der Steppenreiter führte die Gruppe mit stoischer Ruhe an und scherte sich weder um die Buddhistin noch um die Worte, die seine Schutzbefohlenen wechselten.

Längst hatte sich die Nacht und mit ihr die Kälte auf die Wüste gesenkt, als Wusun sie endlich rasten ließ. Der Alte führte sie in eine Senke mit großen Felsen, die Schutz vor dem Wind boten. Da ihr Holzvorrat zur Neige ging, schwärmte die Gruppe aus, um Brennmaterial für ein Feuer zu suchen. Doch alles, was Taurus fand, waren Gebeine. Wie sich zeigte, war die Senke übersät davon – Tierknochen, wie Taurus erleichtert feststellte. Er hatte von Tierfriedhöfen in Nordafrika gehört, Orten der Einsamkeit, zu denen sich Tiere schleppten, um dort zu sterben. Auch in den vierundzwanzig Königreichen schien es solche Stätten zu geben. Er hoffte, dass die Gebeine schon alt genug waren, um des Nachts keine Aasfresser anzulocken.

Was die Gruppe an Holz aufsammeln konnte, genügte für ein kleines Feuer. In Wusuns Ledertaschen fand sich noch eine erkleckliche Menge Trockenfrüchte, und bald saßen die Seidendiebe kauend beisammen und ließen sich die Gesichter von den Flammen wärmen.

»Helian, wie hast du es geschafft, uns in dem Sandsturm zu finden?«, wollte Taurus wissen. Noch immer quälte ihn das Gefühl, Sand würde durch seine Lunge rieseln.

»Eure Kamele haben geschrien. Da wusste ich, dass jemand in Not ist.«

»Das meinte ich nicht. Es gab keine Luft zum Atmen. Wie hast du es geschafft, zu uns zu kommen, ohne selbst Opfer des Sturms zu werden?«

Sie lächelte und senkte den Blick. »Durch die Goldfischatmung.«

Feng, der sich einen Platz neben Helian erkämpft hatte, schaute sie verklärt an. »Atmen wie ein Goldfisch«, wiederholte er, als wüsste er genau, was sie meinte.

»Das wirst du erklären müssen«, forderte Taurus die Buddhistin auf.

»Ich will es versuchen«, sagte sie. »Viele wissen es nicht, aber der Mensch kann auf verschiedene Arten atmen. Die Atmung durch die Lunge ist uns geläufig. Aber wir sollten nicht zu verschwenderisch damit umgehen.«

Taurus kniff die Augen zusammen. »Warum nicht?«

»Gemäß unserer Lehre ist die Zahl der Atemzüge, die jedem Menschen zur Verfügung stehen, begrenzt. Hat er alle verbraucht, ist sein Leben zu Ende.«

»So etwas Ähnliches habe ich schon gehört«, sagte Olympiodorus. »Andere Religionen glauben an das Schicksal und den vorherbestimmten Zeitpunkt des Todes.«

»Aber nein«, warf Helian ein. »Nur die Zahl der Atemzüge ist vorherbestimmt, nicht der Zeitpunkt des Todes. Versteht ihr?«

»Indem ich meine Atemzüge spare, verlängere ich mein Leben«, sagte Taurus. »Ist es das, was ihr glaubt?«

»Es steckt mehr als Glauben dahinter, Taurus von Byzanz«, sagte sie.

Wusun warf die letzten Zweige ins Feuer. Die Flammen wuchsen in die Höhe und knisterten.

»Beim Laufen verbraucht man mehr Atemzüge als beim Gehen. Das nennen wir ›einen rauen Atem haben‹. Wenn ihr euer Leben verlängern wollt, ist es ratsam, solche Tätigkeiten zu vermeiden.«

»Das spricht mir aus der Seele«, sagte Olympiodorus.

»Aber es erklärt nicht, wie du durch den Sandsturm gehen konntest«, sagte Taurus.

»Das will ich dir erklären. Wie du nun weißt, ist es wichtig, keine Atemzüge zu verschwenden. Deshalb üben sich viele Anhänger Buddhas darin, nicht zu atmen.«

»Aber das ist unmöglich«, warf Olympiodorus ein. »Niemand kann länger als einige Augenblicke die Luft anhalten.«

Helian schüttelte den Kopf. »Wenn er eine andere Art des Luftholens beherrscht, schon.«

»Und welche soll das sein?«, fragte Taurus. Mittlerweile war er davon überzeugt, seine Zeit mit einer Geisteskranken zu verschwenden.

»Die Goldfischatmung«, sagte Helian Cui. »Dabei atmet man durch die Haut. Es war diese Atemtechnik, in die ich mich versenkte, bevor ich im Sandsturm nach Euch suchte.«

»Auch davon habe ich schon gehört«, sagte Olympiodorus, der Eifer des Forschers glänzte in seinen Augen. »Verurteilte, die mit Pech bestrichen werden, sterben angeblich, weil ihre Haut nicht mehr atmen kann. Meinst du das?«

»Ja. Allerdings sollte dieses Wissen dem Leben dienen, nicht dem Tod.«

Taurus verzichtete auf eine Reaktion. Goldfischatmung! Diese Frau war eine Närrin. Er erhob sich, um sein Lager aufzusuchen.

»Du glaubst mir nicht, Taurus?«, rief ihm Helian Cui hinterher.

»Du hast mir das Leben gerettet. Wie du das geschafft hast, ist zweitrangig.«

»Was würdest du sagen, wenn ich dir erklärte, dass es noch mehr Atemtechniken gibt?«, fragte sie.

Taurus seufzte. »Ich würde dich für noch verrückter halten, als ich es ohnehin schon tue.«

Feng sprang auf. Seine Hände waren zu Fäusten geballt. »Sie ist eine Prinzessin. Zügle deine Zunge!«

»Gib acht, dass nicht du es bist, der gezügelt wird, Feng!« Taurus' Geduld mit dem eifersüchtigen Knaben schmolz dahin wie ein Menschenleben im Angesicht der Zeit. »Morgen nehme ich dein Kamel, Feng. Du bist leicht und wirst mit Wusun reiten.«

»Die Schildkrötenatmung«, sagte Helian Cui. Beiläufig fasste sie Feng bei der Faust und zog ihn zu sich hinunter.

»Erzähl uns davon, Xiao Helian!«, bat Olympiodorus.

»Während die Goldfischatmung die Haut für den Luftaustausch nutzt, ist es bei der Schildkrötenatmung der After.«

Die Männer erstarrten. Drei Tropfen Zeit fielen in den Wüstensand. Dann fand Wusun als Erster die Sprache wieder. »Das Ausatmen beherrsche ich bereits.« Damit stieß der Alte ein lautes Lachen aus. Helian Cui stimmte ein, und erlöst folgten Feng und Olympiodorus.

Taurus wandte sich ab. Er verzichtete darauf zu erfahren, ob Wusun seinen Worten Taten folgen ließ. Bald lag er an ein Kamel geschmiegt unter einer Decke und leistete den Flöhen Gesellschaft. Das Feuer brannte herunter, und nachdem die anderen sich satt gelacht hatten, trug der Wind die letzten Geräusche des Lagers zu ihm herüber.

Fengs Wispern drang an Taurus' Ohr. Er musste die Worte nicht verstehen, um zu wissen, was in der Dunkelheit vor sich ging. Er schmunzelte. Der junge Serer war der Buddhistin mit Haut und Haar verfallen. Schon auf dem Weg nach Loulan hatte er sich aufgeführt, als würde er an einer schweren Krankheit laborieren. Seit Helian Cui zu ihnen gestoßen war, drechselte Feng unbeholfene Phrasen, gab ständig mit seinem Reichtum an und rückte sich ins beste Licht, das die Wüstensonne ihnen schickte. In dieser Nacht schien er eine Belohnung für seine Mühen zu erwarten.

Taurus lauschte. Das Flüstern war erstorben. Einen Moment lang war es still. Dann hörte er ein Keuchen. Zunächst glaubte er, Feng habe sein Ziel erreicht. Als jedoch ein unterdrückter Schmerzenslaut folgte, änderte er seine Meinung.

Jetzt gesellte sich Wusuns Stimme hinzu: »Wenn du es bei einem meiner Kamele versuchst, Feng, wird es dir noch schlechter ergehen!«

Bald darauf drang nur noch das Schnarchen des Esels durch die Stille der Nacht.

Als Taurus erwachte, tastete er als Erstes nach dem Wanderstock. Seit Helian Cui ihm den Stab zurückgegeben hatte, trug er ihn stets bei sich: beim Reiten über seinen Beinen, beim Rasten neben seinem Lager. Nachts, wenn er nicht sicher sein konnte, ob sich nicht ein Dieb oder ein Tier an ihn heranschlich, schlief er dicht neben dem Stab.

Wie jeden Morgen öffnete Taurus das Geheimfach und inspizierte die Raupen. Sie hatten weitere Häute verloren und die letzten Reste der Blätter vertilgt. Wenn er nicht bald Eis fände, würden sie sich in Kürze einspinnen, und dann blieb nur noch wenig Zeit, bis die Gefährten Byzanz erreichen mussten. Dabei lag die Perle am Bosporus noch Monate entfernt.

»Sie sind schön wie der Mond«, sagte Helian Cui neben ihm. Rasch schloss Taurus die Klappe. »Und wie er müssen sie in endloser Nacht leben«, fuhr Helian fort. »Das ist schade, findest du nicht?«

»Ich bevorzuge es, den Mond des Nachts am Himmel zu finden und tagsüber die Sonne«, sagte Taurus und erhob sich.

Im Tageslicht erkannte er, dass die Senke sich weiter erstreckte, als es am Vorabend den Anschein gehabt hatte. So weit sein Auge reichte, lagen Gebeine über das Land verstreut. Zu welchen Tieren sie einst gehört hatten, vermochte er nicht zu sagen. Jener Schädel könnte von einem Kamel stammen, dieses Gerippe von einem Pferd. Der Anblick erinnerte ihn an das Schlachtfeld von Aurisio, doch verblichen dort die Gebeine von Menschen in der Sonne.

»Ein Ort des Todes«, sagte Helian, »aber die Zeit verleiht ihm Poesie.«

Unversehens brach an der fernen Seite der Senke ein Felsen in sich zusammen. Steine und Staub stürzten unter Donnern herab, und eine Wolke aus Schmutz stieg in den Himmel. Der Lärm hatte sich noch nicht gelegt, da ahnte Taurus bereits, was den Felsen hatte einstürzen lassen.

Er rannte mitten in die Staubwolke hinein. Der Dreck machte ihn halb blind, aber der Morgenwind vertrieb die Schwaden bereits, und unter einem Sandhaufen erblickte Taurus zwei Füße. Er packte zu und zog daran, bis die leblose Gestalt des Olympiodorus zum Vorschein kam.

Schon kniete Helian neben dem Bewusstlosen und untersuchte ihn mit sorgenvollem Blick. Dann schüttelte sie den Kopf. »Er scheint Glück gehabt zu haben. Es ist nur Geröll auf ihn niedergegangen, keine Felsbrocken.«

Wusun goss Olympiodorus Wasser ins Gesicht, und bald darauf öffnete dieser die Augen. Sein Versuch, etwas zu sagen, schlug fehl. Zum Teil wohl wegen des Staubs in seiner Kehle, zum Teil aus Beschämung, wie Taurus vermutete.

Schließlich krächzte Olympiodorus: »Da war ein Termitennest in dem Felsen.«

»Du setzt dein Leben für ein paar Kriechtiere aufs Spiel?«, rief Taurus. Seine Faust umklammerte den Wanderstecken so fest, dass er für einen Moment fürchtete, ihn zu zerbrechen. »Und so ein Tölpel soll mit mir verwandt sein? Lieber wäre ich der Onkel eines Kamels!« Kurz dachte er darüber nach,

Olympiodorus den Stock spüren zu lassen, doch dann beschloss er, seinen Neffen ab sofort einfach seinem Schicksal zu überlassen. Termiten!

Helian Cui half Olympiodorus, sich aufzurichten. »Was hast du über Termiten gesagt?«

Olympiodorus hustete. Dann deutete er auf die Überreste des Felsens. »Die Wand war voll von ihnen. Gelb waren sie und so groß wie mein Daumen. So etwas habe ich nie zuvor gesehen. Ich habe einige Steine herausgezogen, um zu sehen, wie sie ihren Bau anlegen. Stellt euch vor: Wenn ich die Königin gefunden hätte!«

Helian warf einen Blick auf den Abbruch. »Sind sie nun alle tot?«

»Die Termiten? Niemals! Sie werden aber einige Zeit benötigen, bevor sie ihren Palast wieder aufgebaut haben.«

»Seht!«, rief jetzt Feng. Der Serer inspizierte die Überreste des Felsens und winkte die anderen zu sich. Seine gelbe Kutte flatterte im Wind.

Doch Taurus musste nicht näher herangehen. Was Feng gefunden hatte, war groß genug, um es von Weitem erkennen zu können: Auch zwischen Sand und Steinen steckten Knochen. Erst der frische Abbruch hatte sie freigelegt.

Aber anders als die Gebeine, die über die Senke verstreut lagen, gehörten diese zu keinem Tier, das Taurus kannte. Zunächst dachte er, ein Elefant sei vor Urzeiten an dieser Stelle verschüttet worden. Aber welcher Elefant hatte Reißzähne von der Länge eines Unterarms? Noch verbarg sich der Großteil des kolossalen Schädels zwischen Erdreich und Gestein. Doch auch so stand außer Frage, dass einst Ungeheuer durch diese Wüste gestapft sein mussten, wie sie die Fantasie eines wahnsinnigen Homer nicht hätte gebären können. Taurus räusperte sich und sagte zu Feng: »Ich gratuliere. Du hast die Königin der Termiten gefunden.«

Als die Kaiserstraße sie wieder aufnahm, hing der monströse Schädel fest verzurrt an der Flanke von Taurus' Kamel.

Kapitel 13

DAS KURUKTAG-GEBIRGE empfing sie mit Eis und Schnee. Noch einen halben Tag zuvor hatte die Hitze der Taklamakan-Wüste ihre Körper ausgedörrt wie Trauben, wenn sie sich in Rosinen verwandeln. Jetzt zitterten die Seidendiebe vor Kälte. Dem eisigen Wind der Berge boten ihre dünnen Roben keinen Widerstand. Daran änderten auch die Kameldecken wenig, die sie sich um Hüften, Schultern und Köpfe gewickelt hatten. Taurus riet seinen Gefährten, sich mit der restlichen Yakbutter einzureiben. Immerhin hielt die zusätzliche Fettschicht einen Rest Wärme im Körper. Einzig Feng verzichtete auf das nach Rind riechende Fett und ließ sich lieber vom Frost beißen. Der Grund für das freiwillige Martyrium des Jünglings war kein Geheimnis.

Als das Kloster der Großen Wildgans in Sicht kam, erkannte Taurus, warum es diesen Namen trug. Fünf Berggipfel wuchsen nebeneinander in den Himmel wie Türme. Statt von Zinnen waren sie von Terrassen gekrönt, auf denen die Gebäude des Klosters standen, durch Hängebrücken über die Abgründe verbunden. Schnee bedeckte die geschwungenen Dächer ebenso wie die Berge ringsum. Es stimmte: Um eine solche Höhe zu erklimmen, flog man am besten auf einer großen Wildgans hier hinauf – oder man ritt auf einem von Wusuns Baktrischen Kamelen. Taurus war beeindruckt. Dieses Kloster war eine Festung. Und ihm war keine Streitmacht der Welt bekannt, die es fertigbringen würde, sie einzunehmen.

Selbst der Steppenreiter staunte, als sie durch ein Jadetor in die Klosteranlage ritten und eine Brücke überquerten, die schmal und zerbrechlich über einem nebligen Abgrund hing. Es war ein Frauenkloster, wie Helian Cui erklärte. Woran sie das erkannte, wusste wohl nur sie allein.

In der Tat wurden die Seidendiebe von fünf Nonnen in gelben und roten Umhängen auf einem gepflasterten Hof empfangen. Wie es schien, hatte man die Besucher den Berg hinaufkommen sehen.

Wusun musste seine Reittiere zwei Nonnen überlassen. Dann eilten sie, gebückt gegen den Wind, auf das Tor des größten Gebäudes zu. Zwei gewaltige Flügeltüren öffneten sich, und die Gefährten wurden vom klaffenden Maul der Festung verschlungen.

»Diese flüchtige Welt ist wie ein Stern am Morgen, eine Luftblase in einem reißenden Fluss, ein Blitz am Sommerhimmel, eine flackernde Lampe, ein Phantom oder ein Traum.«

Die Vorbeterin sprach die Worte wieder und wieder, und jedes Mal nahm das rhythmische Dröhnen des Chores zu. Die riesige Halle war von zahllosen Öllichtern erhellt. Um sie herum saßen über hundert Nonnen, summten und schüttelten Rasseln von der Größe eines Weinkrugs. Trotz des eisigen Windzugs, der durch die offenen Seitenwände der Halle fegte, trugen die Buddhistinnen nichts Wärmeres am Leib als die gelben Gewänder und rote Tücher über den geschorenen Häuptern.

Taurus zog den Kopf aus der Tür und trat einen Schritt zurück. Hinter ihm, im Vorraum der großen Halle, standen Wusun, Feng und Olympiodorus und wärmten sich an Kohlepfannen. Helian war nicht bei ihnen, sondern nahm an den

Gebeten teil. Zwei Stunden dauerten diese nun schon. Und noch immer war die Wärme nicht in die Körper der Seidendiebe zurückgekehrt.

»Sie wird doch nicht etwa hierbleiben wollen, auf diesem eisigen Berg?« Feng hauchte seine Hände an. Seine Nasenspitze leuchtete in einem beängstigenden Blau.

»Da hast du ihr wohl Wärmeres zu bieten, was?«, feixte Wusun.

»Du magst ein hervorragender Führer sein, mein Alter«, sagte Feng. »Aber von den Gefühlen einer Frau verstehst du nichts. Überhaupt nichts! Weißt du, was ich tun werde? Ich werde auf meiner Plantage einen Schrein für diesen Buddha errichten lassen und alle Nonnen einladen, zu uns zu kommen. Dort kann meine Frau gemeinsam mit ihnen beten und meditieren und was sie sonst noch praktizieren.«

Wusun schüttelte den Kopf.

»Du glaubst mir nicht? Das sieht dir ähnlich. Warte nur ab! Helian wird hier in diesem Kloster ihre Texte finden, und noch heute Abend reiten wir zwei gemeinsam nach Hause. Ich werde meine Braut heimführen. Und ihr könnt meinetwegen in den nächsten Sandsturm ziehen oder im ewigen Eis erfrieren.«

»Sie ist nicht deine Braut«, zischte Taurus. »Und jetzt halt den Mund!«

Feng trat gegen eine der Kohlenpfannen. Scheppernd polterte das gusseiserne Becken auf den Steinboden, wo sich sein glühender Inhalt verteilte.

Die Gesänge in der Halle verstummten. Im Türspalt erschien Helian Cuis Gesicht. »Still! Mäßigt euch, wenn ihr nicht bei den Kamelen schlafen wollt!« Sie betrachtete die verstreute Kohle. Als Feng etwas zu sagen ansetzte, unterbrach sie ihn: »Und räumt diese Bescherung auf!« Damit verschwand sie wieder in der Halle.

Bald setzten die Gebete wieder ein und stellten die Geduld der Wartenden auf eine harte Probe.

Als sich die Tür der Halle endlich öffnete und die Nonnen herausströmten, lag zwar die Kohle wieder in dem Becken, doch zwischen den Männern herrschte Missstimmung. Die Buddhistinnen schienen davon jedoch nichts wahrzunehmen. Sie umringten die vier Besucher und betrachteten sie eingehend. Jedes der Gesichter trug ein Lächeln, und obwohl Taurus dieser Angewohnheit der Asiaten skeptisch gegenüberstand, fühlte er sich von den Nonnen auf angenehme Art willkommen geheißen. Einige der Frauen deuteten auf die fadenscheinigen Verkleidungen von Taurus, Feng und Olympiodorus. Sie mussten ihnen wie eine schlecht ausstaffierte Schauspielertruppe erscheinen.

Helian rief sie in die große Halle. Ohne die Gemeinde wirkte der Raum leerer als Taurus' Magen. Bisher hatten sie nichts zu essen bekommen. Und wenn Feng sich weiterhin so benimmt, wird sich daran wohl auch nichts ändern, dachte Taurus voller Grimm.

Am fernen Ende des Saals hockte eine kleine Gestalt. Das musste die Äbtissin sein. Taurus hatte eine Greisin erwartet, voll mit Runzeln und Weisheit. Wie erstaunt war er, als er sich einem Kind gegenübersah! Zehn oder zwölf Jahre mochte die Klostervorsteherin zählen. Ihr Gesicht war das eines wohlgenährten Mädchens. Sie saß auf einem Kissen und lud die Besucher mit heller Stimme ein, sich auf ebensolchen vor ihr niederzulassen.

»Ich bin Miaodan, Vorsteherin dieses Klosters. Schwester Grüne Jade hat mir von Euch erzählt«, sagte sie auf Sogdisch.

»Es ist schön, dass Ihr Unterschlupf und Erleuchtung in unserem Kloster sucht.«

»Wer ist Schwester Grüne Jade?«, wollte Taurus wissen.

Die Äbtissin kicherte. »Eure Begleiterin. Helian Cui ist Serind für Grüne Jade. Wusstet Ihr das nicht?« Sie hielt sich eine Hand vor den Mund.

Taurus blickte zu Helian hinüber. Ihre Augen strahlten in einer Intensität, dass er glaubte, in grünem Licht gebadet zu werden. »Nein«, antwortete er und wunderte sich, dass er sich einem Kind gegenüber seines Unwissens schämte.

Die Äbtissin wedelte den Moment mit den Händen beiseite. Ein Luftzug fuhr durch die Fenster und ließ die Lichter flackern.

»Wir müssen so schnell wie möglich weiter«, platzte es aus Taurus heraus. »Ich würde es begrüßen, wenn wir unsere Vorräte auffüllen könnten. Natürlich bezahlen wir dafür.«

»Das ist bereits erledigt. Ihr könnt weiterreiten, sobald Ihr diesen Raum verlassen habt«, sagte Miaodan.

Taurus atmete auf. Er hatte mit Verzögerungen gerechnet, mit weiteren Gebeten, Gesängen und tagelangen Prozessionen, die mehrmals um den Berg herumführten. Aber die Äbtissin schien die Besucher loswerden zu wollen.

»Vorausgesetzt, Ihr wollt nicht am Fest der Ordination teilnehmen. Es findet morgen statt. Ich lade Euch ein. Obwohl Ihr Euch, wie es scheint, schon selbst ordiniert habt.« Sie musterte die Fetzen ihrer Mönchskleider.

»Oh nein!« Taurus verbeugte sich im Sitzen. »Das ist nicht notwendig. Wir sind …«

»Wie liebenswürdig von Euch, Miaodan!«, fuhr Helian Cui dazwischen. »Natürlich nehmen wir die Einladung an.« Sie warf Taurus einen scharfen Blick zu.

Der Byzantiner sprang auf. »Das ist ausgeschlossen. Wir müssen so schnell wie möglich Richtung Byzanz aufbrechen. Der Tienschan liegt noch mehrere Tagesreisen entfernt.«

»Dorthin solltet Ihr nicht reiten«, sagte Miaodan »Die Herren der vierundzwanzig Königreiche haben alle Pässe sperren lassen. Sie kontrollieren die Reisenden streng. Es geht das Gerücht, jemand habe die letzten Seidenraupen der Plantage Feng gestohlen.« Sie nickte Feng zu, doch der Serer wich ihrem Blick aus.

»Sperren lassen? Wieso?«, fragte Taurus vorsichtig.

»Weil die Seide das Blut ist, das durch die Adern der Oasenstädte fließt. Versiegt dieser Strom, sterben die Städte. Das möchten die Mächtigen verhindern. Also versucht man, Euch aufzuhalten.«

Wusun mischte sich ein. »Aber woher wissen die von uns? Keine Karawane kann diese Neuigkeit an uns vorübergetragen haben. Wir sind geritten wie der Wind.«

»Wie der Wind? Vielleicht. Aber manchmal fliegen auch Nachrichten durch die Luft.«

»Es war meine Mutter«, sagte Feng. Er fixierte einen Punkt in weiter Ferne. »Sie hat die Nachricht verbreitet und ist uns gefolgt. Sie ist in der Nähe.«

»Unsinn! Sie ist nur eine Frau.« Taurus wischte Fengs Bemerkung beiseite. »Und warum sollten wir Euch glauben?«, fragte er das Mädchen und deutete mit dem Stock auf sie. »Ihr haltet uns hier fest, und unterdessen marschieren schon die Schergen der Oasenherrscher den Berg hinauf. Nein! Wir reiten noch vor Sonnenuntergang weiter.«

Die Äbtissin schlug die Augen nieder und schwieg. Taurus ging einen Schritt zurück. Unter seinen Füßen knarrte eine Bohle.

Helian Cui war ebenfalls aufgestanden und trat auf ihn zu. »Ist dir schon aufgefallen, dass Buddhisten keine Seide tragen, Taurus? Wir verabscheuen diesen Stoff, weil er nur durch den Tod gewonnen werden kann. Warum sollten wir also dafür sorgen, dass diese Quälerei fortgesetzt wird?«

Taurus blickte zu ihr hinab. »Dann will dieses Kind nicht uns, sondern die Raupen vernichten?«

Helian seufzte und schüttelte den Kopf. »Du bist stark wie ein Ochse, aber ängstlich wie ein Grashüpfer. Es geht um Vertrauen. Nur das ebnet uns den weiteren Weg.« Sie streckte die Hand aus. »Gib mir den Stab.«

Taurus wich zurück. »Niemals!«, rief er.

»Nimm diesen!« Olympiodorus erhob sich und reichte Helian seinen Wanderstecken. Taurus funkelte ihn zornig an.

Helian Cui legte den Bambus behutsam auf den Boden. Dann öffnete sie die Klappe und beugte sich darüber. Auf Händen und Knien kam die Äbtissin hinzu. Gemeinsam betrachteten sie den Inhalt des Stocks wie Kinder, die mit Murmeln spielen. Taurus schnaufte und schwitzte.

»Aber sie haben ja gar nichts zu fressen«, sagte die Äbtissin vorwurfsvoll.

»In der Wüste wachsen keine Bäume, falls Ihr das noch nicht bemerkt haben solltet, hier oben, auf Eurem heiligen Berg.«

»Ihr irrt. Dieser Berg ist nicht heilig, Taurus von Byzanz. Aber er ist schön, nicht wahr?« Damit ging die Äbtissin zu einer Seite des Raums und klappte ein Kästchen auf, dessen schwarzer Lack im Licht der Öllampen schimmerte. Sie holte etwas daraus hervor und kehrte damit zu dem geöffneten Stab zurück. In ihrer Hand lagen grün schimmernde Blätter, und ein bekannter Duft stieg Taurus in die Nase.

»Was ist das?« Taurus streckte fordernd die Hand aus.

Miaodan hielt ihm die Blätter hin. »Seht selbst.«

Taurus beugte sich vor. Es waren Blätter der Schäumenden Medusa. Und sie waren frisch. »Beim feurigen Pfuhl, der mit Schwefel brennt! Woher habt Ihr die? Wollt Ihr mich glauben machen, in dieser Höhe wüchsen Bäume?«

»Gewiss nicht. Aber der Handel gedeiht auch hier. Wir brühen aus diesen Blättern einen *lücha*, der gegen Erkältung hilft. Sehr wohlschmeckend. Euer Freund dort sollte ihn probieren.« Sie deutete auf Feng, dessen Nase nicht nur blau schimmerte, sondern auch feucht glänzte. »Vertraut Ihr mir nun?«

Das Messer näherte sich dem Kopf des Mädchens. Nur eine schnelle Bewegung, dann fiel eine weitere Haarsträhne zu Boden, rieselte auf einen kleinen Haufen, der schwarz in der Morgensonne schimmerte. Gelegentlich griffen Windböen nach der Ernte. Die Ordination im Kloster der Großen Wildgans hatte begonnen, und zwanzig Novizinnen warteten in einer Reihe auf dem Podest, bis die Reihe an ihnen war, ihr Haar zu verlieren und ihr altes Leben hinter sich zu lassen.

Taurus fühlte sich auf eigentümliche Art von dem Ereignis bewegt. Mit seinen Gefährten stand er auf dem größten Hof des Klosters, umringt von fünfzehnhundert Gästen. Auf Yaks, Kamelen, Eseln, in Ochsenkarren und sogar zu Fuß waren die Familien am Morgen den Berg hinaufgezogen. Um rechtzeitig zur Ordination einzutreffen, mussten sie in tiefster Nacht aufgebrochen sein. Dennoch wirkte niemand müde oder mürrisch. Die Gesichter strahlten wie die Sonne, die die Kälte der klaren Bergluft milderte.

»Wieso sind so viele Leute gekommen?«, fragte Taurus. Der Atem kristallisierte vor seinem Mund. Vereinzelte Haare schwebten durch die Luft und kitzelten seine Nase. Helian Cui stand in einem frischen Baumwollgewand neben ihm. Wie ihr altes Kleid war auch das neue schlicht und in Weiß gehalten. »Der Buddhismus ist stark in dieser Gegend. Er ist aus dem Süden gekommen, aus Tibet. Das ist nah. Im Land meiner Väter dagegen ist der Buddhismus leider noch nicht verbreitet.« Sie seufzte. »Das Reich der Mitte unter dem Segen Buddhas vereint – ich werde es nicht mehr erleben. Und meine Töchter auch nicht.«

»Du hast Kinder?« Obwohl Helian das rechte Alter für die Mutterschaft schon fast überschritten hatte, war Taurus der Gedanke noch nie gekommen.

»Seht!« Sie deutete auf das Podest, wo gerade die Äbtissin erschienen war.

Miaodan nahm eine Klinge und begann, den Novizinnen die gekürzten Haare bis auf die Kopfhaut zu scheren. Dabei stimmte sie einen Gesang an, der zunächst von den Bergwänden widerhallte, bald von allen Nonnen auf dem Platz mitgetragen wurde und den schließlich die versammelte Gemeinde aufnahm.

> »Erwach' ich erstmals aus dem Schlaf,
> Bet' ich, dass jedes lebend' Ding
> Soll rettend Weisheit kennenlernen,
> Weit wie das grenzenlose All.«

Geschoren und besungen, setzten sich die Novizinnen in einer Prozession in Bewegung und verschwanden durch eine Pforte. Kaum waren sie fort, tauchten Gestalten in bunten Kostümen auf. Einige schlugen Zymbeln, andere trugen Glockenspiele an einem Stab, denen sie silberhelle Töne entlockten.

Helian klatschte in die Hände. »Das Maskenspiel beginnt. Dort kommen die Schauspieler!«

Zwei Frauen betraten das Podest von gegenüberliegenden Seiten. Beide trugen bunt lackierte Holzmasken vor dem Gesicht. Sie tanzten mit ausholenden Schritten umeinander herum, während die Musik anschwoll.

»Die Schwester mit der rot-schwarzen Maske spielt eine Dämonin«, erklärte Helian Cui den Seidendieben. »Die mit der grünen Maske stellt eine Göttin dar.«

»Dämonen und Götter, die miteinander tanzen?« Wusun kratzte sich das Kinn unter seinem waldigen Bart. »Wäre ich einer von beiden, würde der andere den Staub küssen, und ich würde auf seinem Kopf weitertanzen.«

Die Menge schrie auf. Die Dämonin hatte der Göttin einen Tritt versetzt. Schon rächte sich die Gedemütigte mit einem Faustschlag gegen das Schlüsselbein ihrer Gegnerin. Der Tanz ging in eine Choreografie des Kampfes über.

Wusun schnäuzte sich. »Schon besser. Ich wusste doch, dass ihr Buddhistinnen keine heiligen Langweiler seid.«

Unterdessen nahm das Geschehen auf dem Podest Fahrt auf. Die Dämonin hatte eine Hand erhoben, um der Göttin einen Schlag gegen die Brust zu versetzen, doch die Gegnerin tauchte rechtzeitig darunter hinweg. Als sie sich wieder aufrichtete, hielt sie den großen Zeh ihrer Widersacherin in der Faust. Die Dämonin war nahe daran, das Gleichgewicht zu verlieren.

Aus dem Publikum erklangen anfeuernde Rufe. Alle wollten das Gute siegen sehen. Darunter mischte sich die immer dissonanter klingende Musik der Schellen, Glocken und Zymbeln. Taurus fieberte dem Ausgang des Kampfes entgegen, aber wie es schien, waren die Gegnerinnen gerade erst warm geworden. Eine Faust krachte auf eine Holzmaske, und die Getroffene ging zu Boden. Das war kein Schaukampf. Diese Frauen meinten es ernst.

»Wieso kämpfen sie so unerbittlich?«, wollte er wissen.

»Es ist der Streit des Guten gegen das Böse. Wie sonst sollte er geführt werden? Würden die Mächte sich gegenseitig schonen, wäre die Welt verloren, und Mara, der Versucher, würde triumphieren«, erklärte Helian.

»Aber sie sind Frauen!«, sagte Taurus.

»Siehst du? Du zweifelst an unseren Fähigkeiten. So geht es allen unseren männlichen Brüdern. Frauen als Buddhisten – das ist für einen Mann undenkbar. Deshalb führt mein Weg zu den Texten des Asanga.«

»Was steht denn darin?«, mischte sich Olympiodorus ein.

»Es ist eine Geschichte aus dem Leben Buddhas. Der Weise lehnte Frauen in seiner Klosterordnung ab. Aber seine Mutter überzeugte ihn in langen Gesprächen, dass das falsch sei. Daraufhin hieß Buddha auch seine Schwestern willkommen.«

»Die Texte würden Nonnen und Mönche auf eine Stufe stellen?«, fragte Taurus.

»Nein. Aber sie würden es uns Nonnen leichter machen. Unterschiede wird es immer geben – furchtbare Unterschiede. Es gibt Klöster, in denen sich meine Brüder verstümmeln. Habt ihr nicht bemerkt, dass der Mönch in Lou-lan keinen Daumen mehr hatte?«

»Der Kräftige, der das Papier verkauft hat? Ja, das ist mir aufgefallen. Nichts Ungewöhnliches. Viele Menschen verlieren Gliedmaßen.«

»Aber nicht auf diese Art. In den Klöstern praktizieren sie Riten, bei denen die Mönche ihre Finger über eine Flamme halten, bis nichts mehr davon übrig ist.«

»Unsinn! Niemand hält so etwas aus, ohne das Bewusstsein zu verlieren. Oder den Verstand.« Taurus suchte in Helians Zügen nach einem Hinweis, dass sie scherzte.

»Es ist ein Beweis für eine hohe Stufe der Versenkung. Diese Männer können sich so tief in ihren Geist zurückziehen, dass sie ihren Körper nicht mehr spüren.«

»Vielleicht wäre das anders, wenn ich sie in die Finger kriegen würde.«

»Es ist eine heilige Handlung, Taurus. Buddha selbst verstümmelte sich, um anderen zu helfen. In einer der Legenden stürzt sich Buddha in einer früheren Inkarnation von einer Klippe. Sein Körper sollte einer Tigerin und ihren verhungernden Jungen als Nahrung dienen. Eine andere Geschichte erzählt von einem jungen Ordinierten, der sich das Geschlechtsteil abschnitt.«

Wusun bellte: »Ich wollte noch nie ein Heiliger werden.«

Taurus brachte ihn mit einem mürrischen Blick zum Schweigen. »Aber Kastration hilft niemandem. Das ist doch kein Akt der Selbstlosigkeit, sondern eine Strafe.«

Helian sah ihm in die Augen. »Die Absicht des Bruders war es, in Frauen kein Verlangen nach seinem Leib zu wecken.«

»Wenn sein Gemächt so groß war wie sein Selbstbewusstsein, ist es schade darum.« Damit widmete Taurus seine Aufmerksamkeit wieder dem Kampf auf dem Podest.

Die Sonne stand bereits hoch, als das Gute das Böse endlich bezwang. Die beiden Kämpferinnen entledigten sich ihrer Masken. Ihre Gesichter waren von Schlägen und Tritten gezeichnet, und dennoch lächelten sie. Der Dämon war bezwungen, das Klosterleben der Novizinnen begann vielversprechend.

»Sie haben gut gekämpft«, sagte Taurus zu Helian Cui.

»Aber gegen einen Mann könnten sie nichts ausrichten. Sie sind zu leicht und zu zerbrechlich.«

Helian sah ihn herausfordernd an. »Du meinst, gegen einen Mann wie dich?«

»Ich will nicht eitel erscheinen. Aber ich bin größer und stärker, und da, wo ich herkomme, gelte ich als Meister im Ringen und Boxen. Die Merkur-Statue meiner Mutter gegen einen Baumgott der Germanen: Mit euren Kämpferinnen würde jeder meiner Schüler spielend fertig.«

»Du suchst die Erleuchtung. Das ehrt dich, Taurus von Byzanz.«

»Unsinn!«, sagte er. »Ich frage mich nur, warum ihr die Praktiken der Männer ablehnt, aber behauptet, ebenso kämpfen zu können wie sie.« Helian berührte seinen Arm. »Warte hier auf mich!«, sagte sie und verschwand in der Menge.

In die Besucher auf dem Hof kam Bewegung. Rufe wurden laut. »Kommt! In der Klosterküche haben sie tagelang gearbeitet. Soll das alles vergebens gewesen sein?« Über eine der Hängebrücken zogen die ersten Hungrigen zum benachbarten Gipfel. Dort stieg eine Dampfwolke in den Himmel und wies ihnen den Weg. Ohne die Tragfähigkeit der Brücke infrage zu stellen, strömten die Besucher hinüber. Auch Wusun, Feng und Olympiodorus schlossen sich an.

Nach einer Weile blieb Taurus allein auf dem Platz zurück. Nur Helian Cui und die Äbtissin standen noch auf dem Podest und redeten miteinander.

Schließlich winkte Helian ihn zu sich. »Miaodan hat keine Einwände. Wenn du willst, kannst du deine Künste im Kampf gegen eine Frau unter Beweis stellen.«

Feng traute seinen Augen nicht. Während ihn die Menge nach vorn schob, sah er auf dem gegenüberliegenden Plateau Helian Cui und Taurus. Sie waren allein zurückgeblieben. Und Taurus entkleidete sich! Hitze wallte in Feng auf. Vergessen waren Suppe und Brot. Abrupt drehte er sich um und versuchte sich zwischen den Leibern der Hungrigen hindurchzuzwängen. Aber er war so machtlos wie ein Falter bei Sturm.

Eine Faust packte seine Kutte. »Falsche Richtung, Meister Feng! Zum Essen geht es hier entlang.« Wusun zog ihn hinter sich her.

»Seht doch!«, rief Feng und befreite sich aus dem Griff. Er fand eine Stelle am Rand der Terrasse, wo der Strom der Menge versiegte. Wusun und Olympiodorus gesellten sich zu ihm. Als sie erkannten, was auf dem Podest auf der anderen Seite des Abgrunds vor sich ging, starrten sie gebannt hinüber.

»Das ist besser als Suppe«, sagte Wusun.

Olympiodorus klammerte sich an das Geländer. Eine ähnliche Faszination hatte Feng zuletzt auf den Zügen des Byzantiners gesehen, als dieser einen Karawanenführer von Fliegeneiern befreit hatte, die ein unsägliches Ungeziefer in dessen Nase abgelegt hatte.

»Wieso steht ihr hier herum? Wir müssen der Prinzessin helfen!«, rief Feng.

Doch dazu schien es bereits zu spät. Taurus stand Helian Cui beinahe nackt gegenüber. Nur ein Tuch hatte der Byzantiner sich um die Lenden gewickelt. Was war das für ein Narbengeflecht, das sich über seinen Bauch zog? Feng beschloss, die Geschichte dahinter lieber nicht kennen zu wollen.

Immerhin hatte Prinzessin Helian sich nicht entkleidet. Sie verbeugte sich in ihrem weiten weißen Gewand vor Taurus.

Dann baute sie sich vor ihm auf und wartete. Beide Gegner belauerten sich. Keiner machte den ersten Schritt.

»Soll das ein Kampf sein?«, fragte Wusun.

Olympiodorus stimmte ein: »In der großen Palästra wäre den beiden schon der Unmut des Publikums an den Kopf geflogen. Und Härteres.«

Da schnellte Taurus' Faust vor. Geschickt wich Helian dem Schlag aus, bückte sich unter dem Arm hindurch und traf den Byzantiner unter den Rippen. Ihr Schlag rief keinerlei Reaktion hervor. Taurus stand wie eine Statue: im Ausfallschritt, die Arme erhoben.

»Wenn er sie schlägt, töte ich ihn!«, keuchte Feng.

»Hör auf zu träumen, Feng. Sieh lieber hin, wenn man dir etwas bietet.« Wusun nahm einem Vorübergehenden das Brot aus der Hand und brach zwei Stücke davon ab, die er seinen Gefährten reichte.

Auf dem Podium schlich Helian Cui nun um den Byzantiner herum, der sich noch immer nicht von der Stelle gerührt hatte. Da! Sie trat ihm in die Kniekehle. Taurus stieß mit der Faust nach ihr, zeigte aber sonst keine Reaktion.

Allmählich verwandelte sich Fengs Besorgnis in Faszination. »Hat er sich in Stein verwandelt? Warum bewegt er sich nicht?«, wollte er wissen.

»Wir nennen das Boxkampf«, antwortete Olympiodorus. »Eine uralte Sportart und ein Kampf ohne Tricks und Kniffe. Das Einzige, was ein Boxer können muss, ist Schmerzen ertragen und stehen bleiben. Und zwar länger als sein Gegner.«

Feng schüttelte den Kopf. »Ihr seid wahrlich Barbaren! So kämpft man nicht. Schon gar nicht gegen eine Frau.«

»Die Barbaren seid ihr, Serer«, kam es zurück. »Denn bei uns kämpfen Frauen erst gar nicht. Es ist ihnen sogar ver-

boten, bei den Spielen zuzuschauen. Geschweige denn …«
Olympiodorus nickte in Richtung des Spektakels.

Bevor sie ihr Wortgefecht fortsetzen konnten, ertönte ein
Schrei. Taurus hatte Helian Cui getroffen.

Feng glaubte, den Schmerz der Prinzessin am eigenen Leib
zu spüren. Jetzt war es genug! Verzweifelt warf er sich gegen
die Körper der Feiernden und drängte zurück zur Brücke.
Heiße Suppe nässte sein Gewand, und der Protest der Ange-
rempelten folgte ihm dicht auf den Fersen. Dann hatte er den
Übergang erreicht.

⳥⳥

Staunend beobachtete Taurus, wie sich Helian Cui verwandelte. Mal schlich sie um ihn herum wie eine Löwin, mal flog
sie vor ihm davon wie eine Eule. Ihre Hände formten Schwin-
gen, Krallen und Klauen. Sie richtete sich auf wie ein Bär,
bockte wie ein Hirsch, sprang wie ein Affe. Wäre die Prinzessin allein auf der Bühne gewesen, er hätte sich eine Schale
Trauben gesucht und die Darbietung als Zuschauer bestaunt.
Doch seine Lage erlaubte keinerlei Entspannung.

Ihre Schläge und Tritte waren gut platziert. Sie versuchte
nicht, ihn mit schmerzhaften Stößen außer Gefecht zu setzen. Das würde ihr auch kaum gelingen, dachte Taurus. Stattdessen trafen ihre Hiebe die empfindlichsten Stellen ihres
Gegners – und die schien Helian Cui genau zu kennen: die
Kniekehlen, die Luftröhre, die Achselhöhlen, die Ohren und
die Augen. Taurus wich aus, und wenn das nicht möglich war,
ertrug er die Treffer, wie er es seit Jahrzehnten geübt hatte.
Einmal gelang es ihr, ihre Fingerspitzen in die Schlagader
an seinem Hals zu bohren. Für einen Moment legte sich ein

Schleier über sein Gesichtsfeld. Doch er wusste, dass sie als Nächstes versuchen würde, ihn von den Beinen zu holen, und hieb mit der Faust blindlings nach unten. Es war sein erster Treffer. Zwar vermochte er nicht zu sagen, wo er sie erwischt hatte, aber der Hieb verschaffte ihm Luft.

Unversehens flog etwas von jenseits des Podiums auf Taurus zu. Er wich aus. Packte zu. Feng zappelte in seinem Griff, und seine Knabenfäuste droschen auf Taurus ein. Was für ein Narr! Taurus warf Feng von sich wie eine abgelegte Tunika. Der Serer prallte gegen einen Tisch, auf dem die Musiker ihre Instrumente abgelegt hatten. Unter dem Lärm einer Jahrmarktskapelle wurde er von den Instrumenten begraben.

Augenblicklich war Helian bei Feng. Neben ihrem linken Auge entwickelte sich eine Schwellung.

»Lass ihn!«, rief Taurus. Er war sich bewusst, dass das Getöse der Instrumente die Aufmerksamkeit der Gäste auf der anderen Terrasse geweckt hatte. Schulter an Schulter drängten die Besucher nun ans Geländer, um zu sehen, was vor sich ging. Den Abgrund vor ihren Füßen schienen sie weniger zu fürchten als ungestillte Neugier.

Warum ließ Helian diesen Naseweis nicht in seiner Eifersucht schmoren? Taurus stapfte auf die beiden zu. Feng sollte merken, was es hieß, einen byzantinischen Meister aus dem Kampf zu reißen. Doch da spürte er Helians Hand auf seiner Brust.

»Taurus! Er ist nur ein Kind.«

Taurus schnaufte und schwitzte, seine Fäuste waren geballt. Aber Helians Handfläche lag warm und beruhigend auf seiner Haut. Langsam atmete er aus, bis ihn die Lunge schmerzte. Dann ließ er die Arme sinken.

Doch wenn Helians Berührung Taurus auch besänftigte –

Fengs Wut war ungebrochen. Unter Schellen, Glocken und Zymbeln kroch der Serer hervor und schaute Taurus grimmig an.

»Nur deine Stärke bewahrt dich davor, von mir zur Rechenschaft gezogen zu werden.« Feng zeigte mit zitterndem Finger auf Taurus.

Er ist tatsächlich ein Narr!, dachte Taurus. Aber ich stehe ihm in nichts nach. Seine Gefühle machen ihn unberechenbar, und ich habe dieser Tatsache zu wenig Beachtung geschenkt. Er wandte sich ab und kehrte zum Podium zurück, um seine Kleidung aufzusammeln. Als er sich die Robe über den Kopf zog, bedauerte er, dass der Kampf keinen Ausgang gefunden hatte. Nur Fortuna wusste, ob sich noch einmal eine solche Gelegenheit bieten würde.

»Kehre mit mir zurück ins Reich der Mitte«, hörte er Feng sagen. »In wenigen Tagen können wir die Mauer der zehntausend Li passieren. Von dort können wir nach Chang'an oder zur Plantage reisen. Wohin du willst.«

Als Taurus den Kopf aus der Kutte streckte, sah er, wie Helian einige Schritte vor Feng zurückwich. »Ich gehe nach Westen, in Richtung der untergehenden Sonne. Die Äbtissin weiß um den Verbleib der Asanga-Texte. Sie liegen in einem Grab westlich von hier. Feng! Die Äbtissin hieß mich nach den verlorenen Wassern der Taklamakan und den Seeleuten der Wüste suchen. Buddha meint es gut mit mir, denn in diese Richtung reisen auch unsere Gefährten. Wir haben dasselbe Ziel – jedenfalls für eine Weile.«

»Mein Ziel liegt dort.« Feng deutete nach Osten. »Und dort.« Er zeigte auf Helian Cui. »Du kommst mit mir. Freiwillig.«

Fengs Gesicht hatte sich verändert. Schweißperlen glitzerten auf seiner Stirn. Seine Augen glänzten fiebrig. Taurus hoffte, dass es nur eine Erkältung war, die sich der Serer beim Ritt auf den Berg zugezogen hatte.

»Meister Feng!« In Helians Stimme lag ein drohender Unterton. »Meine Argumente sind ebenso erschöpft wie meine Geduld. Wenn du nicht mit uns gehen willst, versperr uns nicht den Weg!«

Sie ist tatsächlich eine Prinzessin, dachte Taurus. Zum ersten Mal legte sie ein majestätisches Auftreten an den Tag. Nur Feng schien das nicht zu bemerken. Er ging auf sie zu und spuckte ihr vor die Füße.

»Hundeherziges Gezücht! Die Barbaren sollen dir Gewalt antun, bis du zur Besinnung kommst! Oder den Rest davon verlierst.« Feng rannte davon und stolperte dabei über eine Handtrommel. Als er auf die Brücke zulief, rollte das Instrument neben ihm her, bevor es für immer in dem Abgrund verschwand, der zwischen den Gipfeln klaffte.

Kapitel 14

DIE BERGE VERSCHWAMMEN wie Träume am Morgen. Kaum waren die Seidendiebe wieder zur Kaiserstraße hinabgestiegen, verblasste das Kloster der Großen Wildgans im Dunst. Alles war wie zuvor – die Hitze, der Sand, der Durst, der Schweiß, das Knacken der heißen Felsen. Fast hätte Taurus geglaubt, der Besuch im Kloster habe nur in seiner Fantasie stattgefunden, wäre die Schwellung auf Helians Gesicht nicht gewesen.

Mehrmals täglich massierte die Buddhistin ihre Schlüsselbeine, und Taurus fragte besorgt, ob er sie an diesen empfindlichen Knochen verletzt habe. Doch Helian schüttelte lachend den Kopf. Taurus möge zwar kräftig sein und ein guter Kämpfer, aber von der Heilkunst verstehe er nichts. Eines Tages, neckte sie ihn, werde er selbst es sein, der einen Augenblick lang seine Deckung vernachlässigte. Dann würde sie, Helian Cui, ihm zeigen, wie man die Energiepunkte entlang des Schlüsselbeins aktivierte, um eine Schwellung im Gesicht zu kurieren. Denn er würde es nötig haben. Taurus lachte.

Feng war fort. Seit der Auseinandersetzung beim Ordinationsfest hatte niemand den jungen Serer zu Gesicht bekommen. Auch sein Rennkamel war verschwunden. Zwar versuchte Taurus, seinen Gefährten gegenüber Gleichgültigkeit zu heucheln, doch er sorgte sich mehr um den jungen Mann, als er sich eingestehen wollte. Allein in der Wildnis würde Feng entweder in einer Erdspalte oder im Rachen eines

Raubtiers verschwinden. Andererseits hatte er mehr als einmal bewiesen, dass er die Welt aus den Angeln heben würde, um Helian Cui zu erobern. Vielleicht, dachte Taurus, sollte ich mich weniger um Feng als vielmehr um die Welt sorgen.

Für alle mit Ausnahme von Feng hatte sich der Abstecher in die Berge als glückliche Entscheidung erwiesen: Die Prinzessin begleitete die Gefährten weiterhin und wusste jetzt auch, wo sie ihre Suche nach den Asanga-Texten fortsetzen konnte, die Raupen hatten frische Blätter erhalten – Taurus tastete nach dem prall gefüllten Paket, das an seinem Sattel hing –, und die Byzantiner hatten der Äbtissin ein Kamel abgekauft. Denn seit dem Überfall der Banditen im Sandsturm hatten sie stets ein Reittier zu wenig mit sich geführt. Nur auf die Zauberformel, welche die Klostervorsteherin über den Seidenraupen gesprochen hatte, hätte Taurus gern verzichtet.

Wie eine gebrechliche Hundertjährige war ihm das Mädchen erschienen, als es seinen Singsang über den Wanderstöcken angestimmt hatte. Um ein Haar hätte Taurus Miaodan die Stäbe entrissen. Warum er es unterlassen hatte, vermochte er selbst nicht zu sagen. Plötzlich hatte die Prinzessin vor ihm gestanden und ihn mit drei Fingern am Handgelenk berührt, und eine Ruhe war über ihn gekommen, wie er sie zuletzt verspürt hatte, als er zum ersten Mal seinen Sohn in den Armen gehalten hatte.

Jetzt, auf dem Kamel schaukelnd, umklammerte Taurus wieder den Bambusstab, und Rastlosigkeit ergriff von ihm Besitz. Eis, um die Raupen zu kühlen und ihr Wachstum zu verzögern, komme nicht infrage, hatte Miaodan gesagt. Wachstum sei eine innere Kraft. Sie von außen zu fesseln sei widernatürlich. Eis würde die Raupen töten. Wenn nicht ihren Leib, so doch ihre Seele. Und ein seelenloser Leib könne keine Wunder vollbringen und schon gar keine Seide produzieren.

Das Gerede war Taurus gleichgültig gewesen. Wichtig war nur, dass die Raupen am Leben blieben. Eifersüchtig wie ein zweiter Feng hatte er darauf achtgegeben, dass das Kind im Äbtissinnenrock die Insekten nicht berührte. Wie leicht hätte sie eines der Tiere zerdrücken können! Tatsächlich aber hatte sie sich darauf beschränkt zu singen. Olympiodorus hatte keine Einwände erhoben, deshalb hatte Taurus sie gewähren lassen. Immerhin war sein Neffe der Gelehrte und er, Taurus, nur ein Zerberus, der zwei Handvoll Insekten bewachte.

Skepsis und Unruhe brachten Taurus dazu, die Klappe seines Wanderstocks zu öffnen, um nach den Insekten zu sehen. Den zweiten Stab hatte er Olympiodorus anvertraut. Nachdem Taurus sich davon überzeugt hatte, dass die Raupen wohlauf waren und an den frischen Blättern knabberten, schloss er die Klappe wieder, nur um sie kurz darauf wieder zu öffnen und die Inspektion zu wiederholen. Er kratzte sich die frischen Borsten auf seinem Kopf. So unerbittlich wie die Raupen das Grünzeug fraßen, nagte diese Reise an seinem Verstand.

Die Oasenstadt Korla war umringt von Bewässerungsgräben und posierte vor den majestätischen Gipfeln des Tienschan-Gebirges. Vor den Stadtmauern lagerte eine Gruppe Nomaden. Trotz der Hitze trugen die Männer ihre spitzen Hüte mit dem markanten Fellrand. Sie bewachten eine Herde Ponys. Taurus schätzte, dass es über tausend Tiere waren. Auf ihren Rücken waren keine Waren festgeschnallt, demnach mussten sie selbst das Handelsgut sein. Doch wer konnte so viele Pferde benötigen, geschweige denn bezahlen?

Wusun kannte die Erklärung. Nomaden und Serer, sagte er, seien sich spinnefeind. Aber hier, in Korla, kämen sie wegen der Reittiere zusammen. Die Nomaden züchteten die Ponys, die Serer kauften sie für ihre Streitmacht.

»Greifen denn die Serer ihre Feinde nicht auf Pferden an?«, fragte Taurus, während er auf seinem Kamel neben dem Steppenreiter herschwankte.

Wusun nickte. »Ja. Aber wenn es um Geld geht, öffnet der Händler dem Wahnsinn Tür und Tor. Du hast recht, Byzantiner: Die Nomaden verkaufen ihren Feinden das Mittel, um gegen sie Krieg zu führen. Aber sie verlangen stolze Preise. Andernorts kaufst du ein Pony für einen Ballen Seide. Bei den Nomaden zahlst du vierzig Ballen.«

Taurus prustete. »Das ist Wucher! Und die Serer lassen sich darauf ein?«

»Das müssen sie. Denn in den Städten Serindas glauben alle, die Uighuren würden einen Tribut in Form von Pferden an die Serer zahlen – eine Art Schutzgeld, damit die mächtigen Heere des Kaisers die Nomadenzelte nicht niederreiten und jeden töten, der ihnen wie ein Steppenbewohner erscheint.«

»Aber in Wirklichkeit gibt es gar keine Truppe der Serer, die das fertigbringen würde.«

»Du bist ein Sohn der Weisheit, Byzantiner. Die Serer kaufen die Ponys von den Nomaden und zahlen dafür jeden Preis, damit sie daheim weiterhin als unschlagbar gelten.«

Taurus zügelte sein Kamel, und Wusun hielt ebenfalls an. Gemeinsam blickten die Seidendiebe auf die Nomaden in der Ferne. Es waren ausnahmslos Männer. Einige machten sich an den Ponys zu schaffen. Andere hockten um ein Feuer, vor dem ein dürrer Kerl stand und mit ausholenden Gesten etwas erzählte.

»Sie lieben Geschichten«, sagte Wusun. »Einige lernen ihr Leben lang nichts anderes, als Geschichten zu erzählen. Ein geschätzter Beruf, wenn man Nomade ist.«

Doch Taurus interessierte sich nicht für die Poeten der Steppe. »Ist das der einzige Grund, warum die Serer diese hohen Preise zahlen? Weil sie ohne Pferde daheim das Gesicht verlieren würden?«

»Nun, nicht ganz. Sollten die Serer den Handel beenden, würden die Nomaden sofort die Oasenstädte angreifen.«

»So reitet der Frieden in diesem Land auf dem Rücken eines Ponys.«

»Du würdest nur einen mäßigen Dichter in einem Nomadenzelt abgeben, Taurus. Besser, du lässt weiterhin deine Fäuste sprechen.«

»Und wenn die Seidenlieferungen der Plantage Feng ausbleiben?«, hakte Taurus nach. »Dann wird es keinen Handel mehr geben, oder?«

Wusun zuckte mit den Schultern.

Taurus schaute schweigend zu den Nomaden hinüber. Zwei von ihnen galoppierten auf Ponys nebeneinanderher. Sie hielten die Zügel zwischen den Zähnen, weil ihre Hände damit beschäftigt waren, mit Pfeil und Kurzbogen zu schießen. Als Ziel hatten die Reiter die Pfirsiche auserkoren, die an den Bäumen hingen. Auf der Erde neben den Stämmen lag bereits eine Menge aufgespießter Früchte.

»Wir verschwinden besser schnell aus dieser Gegend«, sagte Wusun und nahm die Zügel seines Kamels wieder auf. »Schlimm genug, dass die Herrscher der Oasenstädte nach uns suchen. Wir müssen nicht auch noch zwischen die Roten Drachen und die Uighuren geraten.«

»Warte!«, rief Taurus. »Du hast recht, wir wollen nicht zwi-

207

schen die Fronten geraten. Aber vielleicht können wir hinter dem Rücken dieser Leute Schutz suchen.« Er deutete auf die Nomaden. Einige waren inzwischen auf sie aufmerksam geworden und starrten herüber.

»Du willst dich denen dort anschließen?« Wusun machte große Augen. »Das ist Selbstmord. Sie werden uns ausrauben, aufschlitzen und schänden – und zwar in dieser Reihenfolge.«

»Sicherheit, Wusun, liegt nicht immer dort, wo keine Gefahr droht. Jene Männer werden doch nach dem Handel mit den Serern zurück zu ihren Weidegründen im Westen ziehen, nicht wahr?«

Wusun nickte.

»Wir wollen auch nach Westen.«

Jetzt verengten sich die Augen Wusuns. »Und wir werden bereits irgendwo von unseren Feinden erwartet. Die Oasenstädte sind gewarnt worden und nicht länger sicher, und die Pässe werden bewacht. Du meinst also …«

»Hast du schon mal in einem Nomadenzelt geschlafen, Wusun?«, unterbrach ihn Taurus.

Der Bart des Steppenreiters bewegte sich, ein sicheres Zeichen dafür, dass sich darunter ein Grinsen ausbreitete. »Frag das lieber deinen verweichlichten Neffen und die kleine Prinzessin.« Der Alte deutete auf die beiden Gestalten, die, in ein Gespräch vertieft, weitergeritten waren. Dann steckte er zwei ledrige Finger in den zahnarmen Mund und stieß einen gellenden Pfiff aus.

❧

Korla war so leer wie ein Vogelnest im Winter. Weder hatte jemand die Byzantiner in der Stadt gesehen, noch hielten hier

Karawanen an. Kamen Nomaden und Serer anlässlich des Ponytributs vor Korla zusammen, so hatte man Nong E erklärt, lag Gewalt in der Luft, und kein Kaufmann führte freiwillig seine mit Reichtümern beladenen Kamele zwischen die Fronten der säbelrasselnden Krieger.

Nong E schnaubte vor Wut und genehmigte sich eine weitere Ration von dem Opium, das eigentlich für Ur-Atum vorgesehen war.

Aber Feng und die Raupen mussten hier gewesen sein! Die Seidendiebe waren von Lou-lan zum Kloster der Großen Wildgans geritten. Nong E hatte sich den Weg ins Kuruktag-Gebirge gespart und stattdessen die Menschen, die von dort herabkamen – es waren erstaunliche Scharen gewesen –, nach zwei großgewachsenen Langnasen gefragt. Sie seien nach Westen geritten, hatte die einhellige Antwort gelautet.

Nur Korla lag auf dieser Strecke. Weiter südlich erstreckte sich die Taklamakan-Wüste, im Norden erhob sich das Tienschan-Gebirge. Kein Weg führte an Korla vorbei. Und selbst wenn sich jemand an der Stadt vorbeischleichen würde – die Pässe dahinter waren gesperrt, und die Seidendiebe wären aufgehalten oder in Korla gemeldet worden. Aber ihr Sohn und die Byzantiner blieben wie vom Erdboden verschluckt. Nong E kniff sich in den Arm, damit der Schmerz das Kreiseln ihrer vom Opium berauschten Gedanken stoppte. Wie sollte sie nur Schlaf finden, wenn ihr Körper und ihr Geist kopulierten wie der Irrsinn und die Trunkenheit?

Schritte hallten auf dem Korridor, die Rufe der Wachen, das Poltern eines Handgemenges. Dann wurde der Vorhang ihrer Kammer aufgerissen. In der Tür stand ein Buddhist. Er trug eine gelbe Robe und das Gesicht ihres Sohnes. Feng war zurückgekehrt!

»Sie werden die Kaiserstraße entlangkommen, Mutter. Gleich am südlichen Stadttor können wir sie abfangen und erschlagen.«

Feng kniete vor ihr, seiner Haare beraubt. Ihre Hände strichen über seinen Kopf, von dem sich die verbrannte Haut in Fetzen löste. Noch immer liefen Tränen Nong Es Gesicht herab, aber es waren keine Freudentränen, sondern heiße Perlen des Zorns.

Wie ihr Sohn berichtete, hatte er die Byzantiner nach dem Brand der Plantage mutig verfolgt. Doch dann hatten sie ihm aufgelauert, ihn gefangen genommen und gezwungen, sie zu begleiten. Feng, der einzige Spross aus ihrer glücklichen Ehe, war misshandelt worden. Sie hatten ihn geschoren und gezwungen, der Lehre des Konfuzius abzuschwören. Stattdessen hatte er den Glauben der Bettler annehmen müssen. Den Buddhismus! Nong E schwor sich, persönlich vor den Kaiser zu treten und ihm zu berichten, wozu seine Glaubensbrüder imstande waren. Diese Gelbkittel gehörten allesamt auf den Scheiterhaufen!

Grimmig lauschte sie Fengs Bericht. Von den Drangsalen, die er habe erdulden müssen, als ihn die Byzantiner zu Fuß hinter ihren Kamelen herschleppten, erzählte er. Von den Schlägen und Tritten, die sie ihm zu ihrem Vergnügen gegeben und die er genau gezählt habe, um jeden einzelnen zu vergelten. Nur die Frage, ob die Byzantiner noch Seidenraupen bei sich hätten, beantwortete Feng ausweichend.

Die beste Nachricht hatte er sich für den Schluss aufgehoben: Die Byzantiner waren noch nicht in Korla gewesen, sondern gerade auf dem Weg hierher. Am Vortag war es Feng gelungen, ihnen zu entkommen und – dank des Rennkamels seines Vaters – einen beachtlichen Vorsprung herauszuholen.

Und Korla, dafür würde Nong E sorgen, würde die letzte Station auf der unseligen Reise der Seidendiebe sein. Zufrieden spreizte sie die Finger ihrer Hände und umfasste damit Fengs Gesicht. Zwei bleichen Spinnen gleich klebten sie auf seinen Wangen.

»Was ist mit der Streunerin?«, fragte Nong E, als Feng seinen Bericht beendet hatte.

»Mutter, sie ist eine Tochter des Kaisers! Und die Byzantiner halten sie ebenso gefangen wie mich. Vermutlich planen sie, Helian Cui an den Großkhan zu verkaufen. Das müssen wir verhindern. Denk doch nur: Wir retten die Tochter des Himmelssohnes!«

Auf Nong Es Zunge lief bitterer Speichel zusammen. Also war auch Feng dieser Lügengeschichte aufgesessen. Wie sollte es auch anders sein? Die Bettlerin hatte ihn ebenso verhext wie den Stadtoberen von Lou-lan, seinen Sohn Sanwatze und vermutlich sogar die Fremden. Sie selbst aber, Nong E, die wahre Herrin der Seide, würde diesem Zauber widerstehen.

»Das kommt nicht infrage. Sie ist keine Prinzessin. Was glaubst du, würde mit dir geschehen, wenn du vor den Kaiser trittst und behauptest, du habest eine seiner Töchter gerettet?«

Feng befreite sich von ihren Fingern. »Er würde mich reich belohnen. Mich vielleicht zu einem Minister ernennen. Und mir seine Tochter zur Frau geben.«

»Allein schon die Behauptung, der Himmelssohn wisse nicht, wo seine Töchter sind, wäre eine Beleidigung, die dich den Kopf kosten würde. Aber den hast du dir ja ohnehin schon verdrehen lassen.«

Abrupt stand Feng auf, und der alte Streit trat wieder zwischen sie. Überwältigt von der Angst, Feng könne erneut wütend aus dem Raum rennen und nicht wiederkehren, umklammerte Nong E seine Schultern. »Bleib!«

Er versuchte sich loszumachen, aber ihre Spinnenhände hatten ein Netz um ihn gewoben, das er nicht so leicht zerreißen konnte.

Nong E verbiss sich ein Lachen. Das Opium in ihr begann, seine volle Wirkung zu entfalten. »Gleich morgen früh, bevor die Sonne den Horizont küsst, empfangen wir deine Peiniger am Stadttor von Korla. Dann werden wir ja sehen, aus welchem Holz diese Hexe geschnitzt ist. Denn Holz, das weißt du ja, brennt vorzüglich.«

❦

Die Nacht gehörte Wusun. Der Steppenreiter stand vor dem großen Feuer der Nomaden und gab seine Geschichten zum Besten. Vor ihm hockten fünfzig Uighuren im Kreis und lauschten – in Bann geschlagen von den Worten des Alten, von seinen aufgerissenen Augen, von seinen wilden Gesten und den Sprüngen, die er vollführte, wenn das Schicksal in seinen Geschichten mal wieder nach ihm schnappte. Das einzige Geräusch, das seine Worte begleitete, war das Zischen von Fett, das von einem Hammelbraten in die Flammen tropfte, und selbst das wob Wusun als Fauchen eines Ungeheuers in seine Geschichten ein.

Gerade erzählte der Alte eines seiner Erlebnisse im Lande Baktrien. »Die Baktrier«, sagte er und beschrieb mit ausgestrecktem Arm einen Kreis, »haben Gold in einer Sandwüste gefunden. Dorthin ziehen sie, wenn sie Reichtümer brauchen.«

»Welche Wüste ist das?«, fragte einer der Zuhörer.

»Das willst du nicht wissen, denn die meisten Goldsucher kommen nie von dort zurück. Als ich einmal selbst in Baktrien war, hörte ich von dem Gold und beschloss, es selbst zu suchen. Wenn ich es doch niemals getan hätte! Es war die furchtbarste Reise meines Lebens, und als ich aus der Sandwüste zurückkehrte, war ich um Jahre gealtert.« Er zeigte seinen grauen Bart herum. Die Nomaden stöhnten auf.

»Als ich in jener verfluchten Wüste ankam, glaubte ich zu träumen. Da lag das Gold auf der Erde, in Haufen! Man musste es nur einsammeln. Aber Wusun ist schlau. Wusun greift nicht einfach nach allem, was glänzt. Deshalb verbarg ich mich im Sand und wartete. Nach einer Weile kam einer der gierigen Baktrier und stürzte sich auf den höchsten Haufen aus Gold, den er finden konnte. Und schon war es um ihn geschehen.« Der Steppenreiter legte eine dramatische Pause ein. Dann kniff er die Augen zu Schlitzen zusammen und flüsterte: »Aus dem Sand krochen sie hervor. Scheusale. Ameisen, groß wie Hunde. Auf ihren Leibern glänzte Fell, wie es sonst nur Panther tragen. Sie stürzten sich auf den Baktrier und zerfetzten ihn mit ihren Zangen. Dann fraßen sie sein warmes Fleisch.«

Der Nomade, der den Braten über dem Feuer drehen sollte, hatte seine Aufgabe vergessen und lauschte gebannt. Der Geruch verbrannten Hammelfleischs hüllte das Publikum ein. Doch niemand schien es zu bemerken.

»Weiter!«, rief einer der Zuhörer.

»Wenn ihr es noch ertragen könnt!« Jetzt krempelte Wusun die Ärmel seines Kaftans hoch. Darunter kamen sehnige Unterarme voller Brandnarben zum Vorschein. »Das Entsetzen hatte mich gepackt. Aber ich beobachtete weiterhin, was geschah. Einen halben Tag später kannte ich das Geheimnis des

Wüstengoldes. Es steckte im Boden, wie jedes andere Gold auch. Doch den Ameisen war es im Weg, wenn sie ihre Gänge bauten. Also gruben sie es aus. Für das Gold hatten sie keinerlei Verwendung, wohl aber für die armen Trottel, die kamen, um es zu holen. Denn die, das musste ich in meinem Versteck mitansehen, ließen sich diese Ungeheuer schmecken.«

»Haben sie dich auch gefressen?«, wollte ein Vorwitziger wissen.

»Ich war dem Tod so nah wie die Hitze dem Feuer. Aber Wusun ist entkommen. Und das Gold hat er mitgenommen.«

Jetzt wurden überall Rufe laut. »Unmöglich!«, schrie einer. »Lügner!«, ein anderer. Wusun wartete, bis der letzte Zwischenruf verklungen war. Dann taxierte er seine Zuhörer mit Blicken und zog die Pause in die Länge. Selbst die Flammen des Lagerfeuers schienen in ihrem Tanz innezuhalten.

»Drei Pferde hatte ich dabei. Damit ist mir die Flucht geglückt. Hört zu! Ich band die Tiere nebeneinander. Außen zwei Hengste, in der Mitte eine Stute. Oh, diese Stute war eines der schnellsten Pferde, die mir jemals begegnet sind, eines der legendären Blut schwitzenden Pferde – ihr wisst ja, jene Tiere, die so schnell sind, dass das Blut aus ihrem Leib rinnt. Dann griff ich nach einem der Goldhaufen und stopfte mir die Tasche voll. Als die Ameisen ihre Fühler sehen ließen, rannte ich zu meinen Tieren und sprang in den Sattel. Wie dicht sie mir auf den Fersen waren! Ihre Zangen rissen Fetzen aus meinen Stiefeln, und ihre Säure spritzte mir auf die Arme und verbannte meine Haut.« Er zeigte auf seine vernarbten Unterarme. Aus dem Publikum kamen jetzt Anfeuerungsrufe.

»Die Pferde flogen dahin wie der Wind. Nur waren die Ameisen schneller. Aber das hatte ich vorausgesehen. Ein Hengst nach dem anderen fiel ihnen zum Opfer. Die Bestien attackierten die Pferde, um mich zu erreichen, der ich ja in der Mitte ritt. Da durchtrennte mein Dolch die Seile, und die Hengste blieben mit ihren Peinigern zurück. Auf diese Weise entkam ich den Ungeheuern. Und wer es nicht glaubt, den führe ich dorthin, wo es geschehen ist, damit er es selbst probiere.«

Das Feuer prasselte. Einige der Uighuren keuchten. Andere lösten sich langsam aus ihrer Erstarrung und tauschten flüsternd ihre Meinung über das Gehörte aus. Niemand stellte Fragen.

Als der Schreck versickert war, stand einer der Nomaden auf. »Noch eine Geschichte!«, rief er, und ein vielstimmiges Echo wiederholte seine Forderung.

»Wartet!«, rief Taurus, der zwischen Olympiodorus und Helian Cui saß. Er achtete darauf, dass keiner der Nomaden Helian zu nahe kam. Jetzt erhob er sich und klatschte in die Hände, um die Aufmerksamkeit der Nomaden auf sich zu lenken. »Wie ihr alle gehört habt, sind wir exzellente Geschichtenerzähler.« Er blickte in die Runde.

Die Nomaden starrten zurück.

»Oder etwa nicht?«

Einige nickten, und Taurus fuhr fort: »Wir bieten euch unsere Dienste an. Wenn ihr uns mitnehmt nach Westen, unterhalten wir euch mit Kunde aus den entferntesten Winkeln der Welt, und sogar mit wahren Geschichten aus dem Schlafzimmer des Himmelssohnes.«

Unter den Nomaden hob ein Raunen und Tuscheln an. Ein Uighure mit breitem Gesicht und dünnem Bart erhob sich. Sein Lederwams war mit Eisenketten behängt, die bei jeder Bewegung seines massigen Körpers gegeneinanderschlugen. Er trat ein paar Schritte nach vorn und baute sich vor Taurus auf. Zwar reichte er dem Byzantiner nur bis zur Brust, doch dafür war er doppelt so breit. Taurus bedauerte das Pony des Mannes.

»Weil ihr uns von Ameisen und Goldhaufen in der Wüste berichtet, sollen wir euch durchfüttern und mitschleifen? Ich sage, ihr seid Spione der Himmelsratte und gehört aufgeschlitzt!«

»Ich habe deinen Namen nicht verstanden«, sagte Taurus.

»Du sprichst mit Tuoba. Ich bin ein Sohn des Großkhans.«

Wusun hatte Taurus darauf vorbereitet, dass die Nomaden sich allesamt als Söhne ihres Herrschers ausgeben würden.

Taurus blickte auf den Mann hinab. »Wie wäre es mit einer weiteren Geschichte? Ich garantiere dir, Tuoba, Sohn des Großkhans, die freudlosen Abende unter deinen schweigsamen Kriegern werden gezählt sein, wenn du uns mitnimmst.«

Tuoba trat zurück. »Also gut«, sagte er. »Noch eine Geschichte. Aber wenn sie uns schon bekannt ist oder ein Nomade darin stirbt, schneide ich euch allen die Zungen heraus.«

Auch Taurus trat nach hinten und überließ Wusun die Bühne. Die Uighuren feuerten den Steppenreiter an, endlich zu beginnen.

Wusun rückte seinen Kaftan zurecht und beruhigte seine Zuhörer mit ausgestreckten Armen. »Schweigt, dann will ich sprechen! Kennt ihr schon die Geschichte der Schildkröte, die den Menschen das Atmen beibrachte?«

Taurus legte eine Hand auf die knochige Schulter des Steppenreiters. Mit der Stimme eines Herrschers rief er: »Diese Geschichte ist etwas für Weiber! Ich kenne eine bessere.«

Die Nomaden warteten gespannt.

»Diesmal geht es um eine Prinzessin«, hob Taurus an. Wenn sie mir nicht glauben oder die Geschichte ihnen nicht gefällt, dachte er, werden sie uns am Spieß braten wie diesen Hammel dort. »Um eine Prinzessin, die mehr wert ist als alle eure Pferde«, fuhr er fort und deutete auf die Herde im Hintergrund. Traumtänzer, der Esel der Prinzessin, und die Kamele hatten sich zu ihnen gesellt.

Taurus erzählte die Legende von Prinzessin Lian, die aus dem Haus ihres Vaters floh, weil sie das Leben am Hof nicht ertragen konnte. Sie ging in ein Kloster und versteckte sich dort vor den Soldaten des Kaisers. Sie wurde niemals gefunden, was ihren Vater so grämte, dass er sich Bart und Haar, die über seinem Kummer ergraut waren, nicht mehr schneiden lassen wollte. Aber Prinzessin Lian war durch nichts zur Rückkehr zu bewegen, so hart war ihr Herz geworden. Da setzte der Kaiser eine Belohnung auf sie aus. Wer ihm seine Tochter zurückbrachte, der sollte mit der Hälfte des Staatsschatzes belohnt werden.

Die Nomaden grunzten, als sie von der Höhe der Belohnung hörten. Taurus deutete eine Verbeugung an, obwohl er ahnte, dass seine Zuhörer die Bedeutung dieser Geste nicht kannten. »Und das ist meine Geschichte für euch.«

Tuoba schnappte nach dem Köder. »Deine Geschichte ist schlecht, Fremder, denn sie hat kein Ende. Weißt du, was wir mit denjenigen anstellen, die schlechte Geschichten erzählen? Wir binden sie zwischen die Pferde und lassen sie vierteilen. Aber wenn du mir verrätst, was du im Schilde führst, will ich dich ausnahmsweise begnadigen.« Er lachte.

»Wenn du das Ende der Geschichte hören willst, musst du mich am Leben lassen«, erwiderte Taurus. »Entscheide dich, Uighure! Noch gilt unser Angebot. Wir begleiten und unterhalten euch. Dafür sorgt ihr für unseren Schutz.«

Tuoba zwirbelte seine Barthaare zwischen den Fingern.

Sein Blick ruhte auf Helian Cui. »Aber ihr zahlt für euren Proviant«, sagte er. »Und für jede Geschichte, die ich schon kenne, werde ich in euren Wasserschlauch pissen.«

⁓⁓⁓

Noch vor Sonnenaufgang befahl Nong E ihren Leuten, in die Stadt auszuschwärmen, um nach den Seidendieben zu suchen, und die Stadttore zu bewachen. Mit ein wenig Glück würden sie die Bande in Korla aufstöbern. Wie Feng berichtet hatte, planten die Byzantiner, hier zu rasten, um zu erfahren, ob die Pässe des Tienschan-Gebirges tatsächlich gesperrt waren. Die Seidenherrin selbst ließ sich auf einem Kamel zum Haus des Oasenherrschers führen. Doch weder war das hiesige Stadtoberhaupt auffindbar, noch zeigte sich ein einziger Zipfel der gelben Gewänder ihrer Feinde. Nong E wollte schon aufgeben, als Hauptmann Sanwatze heranpreschte. Der Sohn des Stadtoberen von Lou-lan hatte sich Nong Es Zug angeschlossen.

»Auf dem Feld vor dem Südtor«, berichtete er, »stehen sich Nomaden und kaiserliche Krieger gegenüber und handeln mit Pferden – so vielen, wie ich sie noch nie in meinem Leben gesehen habe.«

»Was geht mich das an?«, wollte Nong E wissen. Ihr Geist rebellierte noch immer gegen die Macht des Opiums.

Doch sie gewann den Kampf in dem Moment, in welchem Sanwatze fortfuhr: »Die Byzantiner, der alte Steppenreiter und die Prinzessin« – bei allen Teufeln, auch er hielt sie für eine Tochter des Himmelssohnes! – »sind unter den Uighuren. Auch der Stadtherr wohnt dem Spektakel mitsamt seinem Gefolge bei. Und …«

Weiter kam Sanwatze nicht. Nong E trieb ihr Kamel mit dem Stock an und ritt im Eiltempo aus der Stadt, gefolgt von Sanwatze, ihrem Sohn und dem Ägypter.

Vor den Mauern wehte ihnen eine Staubwolke entgegen, aufgewirbelt von den Männern des Kaisers. Rote Drachen, erkannte Nong E an ihren Uniformen, ausgebildete Krieger, keine in Lumpen gekleideten Bauern wie das Gesindel in Lou-lan.

An die hundert Kämpfer zogen an ihnen vorbei, Entschlossenheit in die schweißnassen Gesichter gemeißelt und rote Fahnen an die Schäfte der Lanzen gebunden. Wie es schien, war der Handel bereits vorüber. Die Roten Drachen zogen ab.

Feng schlug vor, in die Stadt zurückzukehren. Das Geschäft der kaiserlichen Armee gehe sie schließlich nichts an. Es war das erste Mal seit den Ereignissen des vorhergehenden Abends, dass ihr Sohn etwas sagte. Dieser Feigling!

Nong E war fest entschlossen, den Nomaden entgegenzutreten, auch ohne ein Heer im Rücken. Wortlos betrachtete sie die vorüberziehenden Soldaten.

Der höchste Offizier war an seinem Helm zu erkennen, auf dem ein kunstfertig modellierter Drache aus Messing seinen Feinden die gespaltene Zunge herausstreckte. Nong E versuchte, sich zwischen die Bannerträger zu drängen. Doch kaum hatte sie sich dem Kommandanten auf zehn Schritt genähert, hielten sie drei Lanzenspitzen auf.

»Verschwinde, Weib!«, raunzte einer der Kaiserlichen. Nong E blieb nichts anderes übrig, als den Offizier vorüberreiten zu lassen. Er verschwand im Dunst, und sie verfluchte die Arroganz der Männer ihres Volkes. Hätte er sie angehört, hätte er die verfluchten Fremden gefangen nehmen und weit mehr gewinnen können als eine Herde abgehalfterter Gäule.

Die Pferde folgten der kaiserlichen Armee. Ein Dutzend Soldaten trieb die Ponys vor sich her, und mehrere Tausend Hufe wühlten noch mehr Staub auf.

Einer der Männer hielt sein Kamel neben Nong E an, beugte sich zu ihr herüber und griff nach ihrem Kinn. »Ein gutes Geschäft gemacht. Pferde für den Kaiser, Pferde für den Krieg. Sei stolz auf die Roten Drachen, meine Gazelle, und spring heute Nacht in mein Lager!«

Bevor er sein Gesicht noch näher an ihres heranbringen konnte, zog Nong E ihm die Nägel über die Wange. Zwar lachte der Bursche, doch er rieb sich die Striemen und ließ von ihr ab, um seinen feixenden Kumpanen und der Herde hinterherzureiten.

Nong E blickte den Kaiserlichen kopfschüttelnd nach. Wollten diese Schwächlinge etwa Krieger sein? Sie waren nur Kaufleute in Uniform, die sich von Barbaren betrügen ließen. Mit energischer Geste gab sie den anderen ein Zeichen und ritt weiter. Vor ihr lag das Lager der Nomaden, und dort würde sie endlich die Fremden finden. Nong E war sich sicher: Jetzt hatte sie ihr Ziel erreicht.

Doch vor dem Lager der Uighuren erwartete sie ein Wald aus Eisenpiken. Eine Wachmannschaft empfing sie unfreundlich und hielt sie auf. Im Hintergrund sah Nong E eine kleine Stadt aus Lederzelten und Männer, die tanzten und tranken. Sie schienen den Geschäftsabschluss zu feiern.

Sanwatze versuchte, den Wachen ihr Anliegen vorzutragen, doch ein Schlag mit dem Lanzenblatt ins Gesicht brachte ihn zum Schweigen.

Da tönte die Stimme des großen Byzantiners über das Feld. »Lasst sie durch!«, rief er. »Sie werden uns beim Feiern helfen.«

Tatsächlich senkten sich die Piken, und Nong E, Feng, Sanwatze und Ur-Atum ritten in das Lager hinein. Der Fremde namens Taurus empfing sie hoch oben auf einem Kamel wie der gelbe Gott des Krieges.

Endlich!, dachte Nong E. Wenigstens einer der Seidendiebe war in ihrer Reichweite. Jetzt musste sie nur noch Sanwatze oder Ur-Atum befehlen, den Byzantiner in Ketten zu legen. Vielleicht würden sie ihn sogar für sie töten.

Aber der Fremde war nicht allein. Neben ihm saß ein fetter Uighure auf einem grotesk kleinen Pony. Während der Nomade sie misstrauisch anfunkelte, lächelte Taurus den Ankömmlingen entgegen. Nong E bemerkte, dass er ebenso kahlgeschoren war wie ihr Sohn. Etwas stimmte an Fengs Bericht über seine Zwangsrasur nicht.

»Nong E, Sanwatze, Feng. Und der ägyptische Verräter. Verzeiht, dass ich euch nicht gebührend begrüßen kann! Die Wege des Schicksals sind unergründlich. Sie haben euch vier zueinander und gemeinsam zu mir geführt.« Taurus lächelte noch immer.

In Nong E wuchs die Unruhe. Die Wege des Schicksals? Mit einem Mal überkam sie die Ahnung, dass der Byzantiner sie hier erwartet haben könnte, an diesem Ort zwischen Bergen und Wüste, zwischen Glück und Verdammnis. Behutsam legte sie sich die nächsten Worte zurecht.

Da platzte es aus Feng heraus: »Wo ist die Prinzessin, Taurus?«

»Schweig, du Narr!«, schalt ihn Nong E. »Deine sogenannte Prinzessin ist wertlos im Vergleich zu unseren Raupen.« Sie wandte sich an Taurus. »Gib die Tiere heraus, oder ich werde meine Wachen auf dich hetzen!«

»Welche Prinzessin?«, fragte der ungeschlachte Nomade.

Wie es schien, war er von Nong Es Drohung wenig beeindruckt. »Was weißt du über eine Prinzessin, Weib?«

»Sie weiß nicht, wovon sie spricht«, sagte Taurus. »Schenke ihr kein Gehör, Tuoba!«

Nong E verstand nicht, was vorging. Aber sie ahnte, dass der Byzantiner sie in eine Falle locken wollte. Was auch immer er bezwecken mochte, es musste aufhören.

»Ich bin die Herrin der Seidenplantage Feng. Und dieser Mann hat meinen Besitz niedergebrannt.« Ihr Zeigefinger schlug mehrmals gegen den Byzantiner aus wie eine Peitsche.

Der Kopf der Uighuren fuhr zu Taurus herum. »Stimmt es, was sie sagt?«

Taurus nickte. »Sie ist die Herrin der Plantage Feng, und diese liegt in Schutt und Asche.«

»Und du bist dafür verantwortlich? Vielleicht steckt doch mehr in dir als ein schlechter Geschichtenerzähler.« Tuoba leckte sich die Lippen und wandte sich dann an Feng. »Was weißt du über die Prinzessin, Knabe?«

»Nenne mich noch einmal Knabe, und ich werde dein verdorrtes Gemächt dorthin stecken, wo dein armseliger Bart sprießt.«

»Es gibt keine Prinzessin, Tuoba«, sagte Taurus ruhig. »Was ich euch erzählt habe, war nur eine Geschichte, nichts weiter.«

»Sie ist die Tochter des Kaisers, eine Gongzhu des Reiches, und wenn du sie noch einmal geschlagen hast, so wie auf dem Berg, werde ich dich mit meinen Zähnen zu Aas machen!« Fengs Stimme schallte so laut über die Zelte, dass einige der Feiernden innehielten und sich umwandten. »Wo ist Helian Cui?«

Der Nomade sprang von seinem Pferd. »Dann ist sie wirklich die Tochter des Kaisers? Bei den acht Beinen des himmlischen Pferdes! Dieser Fremde hat mir eine Prinzessin geschenkt. Ich werde sie dem Großkhan bringen. Dafür wird er mich zu seinem Lieblingssohn machen. Vielleicht verheiratet er mich sogar mit ihr.«

»Niemals!« Feng drängte sich an Nong E vorbei und sprang von seinem Kamel.

Entsetzt beobachtete Nong E, wie ihr Sohn einen Dolch aus seinem Gürtel zog und damit auf Tuoba losging. Doch der Nomade war schneller. Sein Säbel flog in seine Hand, zischte durch die Luft, und Fengs Waffenarm fiel zu Boden.

Die Welt erstarrte. Während Feng schreiend in die Knie sank, sah Nong E zu dem Byzantiner hinüber, wortlos und vielsagend. Taurus schwang sich aus dem Sattel und eilte zu Feng. Er wollte ihren Sohn töten! Nong E riss einem Nomaden die Lanze aus der Hand, wirbelte herum und holte zum Wurf aus. Der Byzantiner duckte sich. Im nächsten Moment ragte der polierte Schaft aus Fengs Leib.

༺꧁꧂༻

Langsam zog Taurus dem bewusstlosen Feng die Lanze aus der Seite. Aus seiner Schulter liefen Ströme von Blut, und die Eisenspitze schien seine Lunge verletzt zu haben. Rasselnd entwich sein Atem, und Blut rann seine Mundwinkel hinab. Eilig zerriss Taurus sein Gewand und verband die Wunden, während um ihn herum Hufe stampften und Kommandos flogen.

Tuoba tauchte neben ihm auf. »So geht es jedem, der einen Sohn des Großkhans bedroht. Du kannst froh sein, dass ich ihn für dich erledigt habe, sonst wäre er auch auf dich losgegangen. Lange hat er nicht gekämpft, der Knabe.« Der schwere Uighure lachte.

Taurus' Faust fällte Tuoba mit einem Schlag. Er beachtete weder die Lanzen, die ihm die anderen Nomaden entgegenstreckten, noch deren Flüche. Behutsam hob er Feng auf und trug ihn zu Nong E hinüber. Die Plantagenherrin saß reglos im Sattel und starrte in die Ferne.

»Er stirbt, Nong E«, sagte Taurus. Sein Gewand war mit Fengs Blut beschmiert. Vor Nong E bettete er den Verwundeten auf den Boden.

Sanwatze eilte mit einem Wasserschlauch herbei und wusch Feng das Blut aus dem Gesicht.

Taurus griff nach den Zügeln von Nong Es Kamel. »Vielleicht hört er Euch noch. Sprecht zu ihm!«

Statt zu antworten, trat Nong E Taurus ins Gesicht. Unter ihrer Ferse brach seine Nase. Er taumelte zurück. In seinem Gesicht und auf seinem Gewand vermengte sich Fengs Blut mit seinem eigenen. Mit einem Angriff hatte er nicht gerechnet, nicht von einer Frau, deren Sohn sterbend zu ihren Füßen lag. Taurus blinzelte den Tränenschleier fort. Verschwommen sah er, wie Nong E ihr Kamel wendete und davonritt.

In Taurus' Kopf pochten die Schmerzen. Schon mehr als einmal hatte man ihm die Nase gebrochen, und er würde es auch diesmal ertragen. Wenn nur die Tränen nicht wären! Er rieb sich die Augen. Wo war Feng? Wenn schon seine Mutter ihn verließ, wollte wenigstens er dem jungen Mann auf dem Weg in den Hades, den Himmel oder ins Paradies der Serer zur Seite stehen.

Da spürte er einen Ruck an dem Wanderstecken, den er wie immer fest in der Hand hielt. Ein Hieb traf seine gebrochene Nase von der Seite. Blind vor Schmerz fuhr Taurus herum.

Ein zweiter Schlag folgte, und eine schemenhafte Gestalt umkreiste ihn. Etwas explodierte dicht an seinem Ohr, und die Welt links von ihm versank in einem Pfeifen. Seiner Sinne beraubt, blieb Taurus nichts weiter übrig, als den Wanderstab im Kreis zu schwenken, um den Angreifer auf Distanz zu halten. Nach zwei Umdrehungen taumelte er und musste einen weiteren Stoß einstecken. Jemand riss ihm den Stab aus der Hand.

»Du bist zerbrechlicher als ich dachte, Byzantiner«, zischte Ur-Atums Stimme neben seinem rechten Ohr. »Zerbrechlicher noch als Glas.«

Dann krachte der Bambus gegen Taurus' Kopf.

Kapitel 15

VON EINEM WEIB GERETTET. Lieber würde ich sterben.«
Es war das Krächzen Tuobas, das Taurus als Erstes hörte.
Darunter mischte sich das Knarren von Holz, das Schlagen
von Hufen und das Schnauben von Pferden. Sein Kopf rollte
von einer Seite zur anderen und entfachte einen glühenden
Schmerz in seiner Nase. Er schlug die Augen auf und blickte
in das tote Gesicht Fengs. Die Lider des jungen Mannes waren geschlossen, seine Züge eingefallen und grau. Der Tod
hatte ihn in einen alten Mann verwandelt.

Du verliebter Idiot, dachte Taurus. Tränen rollten seine
Wangen hinab, Tränen, die nur von den Schmerzen in seiner
Nase herrühren konnten. Die Worte seines Freundes Palladius
kamen ihm in den Sinn. »Es mag demütigend für uns Männer
sein, doch es wird Zeit, dass wir erkennen, dass die Liebe uns
mit leichter Hand bezwingt. Entweder tötet sie unseren Geist
oder unseren Körper. Oder beides.« Taurus hustete.

»Bist du wach?«, hörte er jemanden fragen.

Das Rütteln! Warum wollte dieses Rütteln nicht aufhören?
Langsam drehte sich Taurus um und blickte in Helian Cuis
Gesicht. Dann schwanden ihm erneut die Sinne.

Als er wieder zu sich kam, sah er Sterne. Sie sprenkelten den
Nachthimmel mit ihrem kalten Glanz, und für einen Moment
glaubte er sich daheim, auf dem Dach seines Hauses liegend
und der Musik der Stadt lauschend. Doch hinter dem Vorhang der Illusion hörte er nicht das Rauschen der Wellen und

den Lärm aus den Tavernen, sondern die Stimmen des Nomadenführers und der Buddhistin. Immerhin hatte das Rütteln aufgehört.

»Nein«, hörte Taurus Tuoba sagen, »er hat nicht gesagt, dass du eine Prinzessin bist. Ich habe es selbst herausgefunden.«

»Du bist gewiss ein kluger Mann«, erwiderte Helian Cui.

»Aber ich muss es mit Bestimmtheit wissen: Bist du die Tochter des Himmelssohnes oder nicht? Wenn du es bist, wirst du meinem Vater viel Freude bereiten.«

»Und wenn ich es nicht bin?«

»Dann werde ich mich nicht länger mit dir abgeben und dich hier zurücklassen. Wer also ist dein Vater?«

»Ich bin eine Tochter Buddhas«, antwortete Helian Cui.

Taurus stemmte sich hoch. Sein Gesicht war in Feuer gebadet. Er tastete nach seiner Nase. Sie war geschwollen und das Nasenbein so weit verschoben, dass ein Knochensplitter in die Wunde stach. Er tastete nach den Bruchstellen. Mit einem Schnauben befreite er das Organ von Schleim und Blut. Dann umschloss er seine Nase mit den Handflächen, übte vorsichtig Druck auf das Nasenbein aus und schob es langsam in Richtung Nasenspitze. Knirschend rastete der Knochen ein.

Flammen loderten in Taurus' Kopf auf. Noch immer war sein linkes Ohr taub. In der Erwartung, es nicht mehr vorzufinden, tastete er danach, doch das Ohr war noch da, verklebt und verkrustet. Allmählich kehrte die Erinnerung zurück. Es war Ur-Atums Stimme gewesen, die er zuletzt gehört hatte. Dieser Sohn eines Schakals!

Die zornige Stimme Tuobas drang dumpf in sein gesundes Ohr. »Buddha? Nennt sich so etwa der Kaiser? Führe mich nicht an der Nase herum, oder ich werde dir deine abschneiden!«

Taurus sah sich um. Er fand sich auf der Ladefläche eines Karrens wieder, eines jener Gefährte, mit denen die Roten Drachen den Uighuren die Seide gebracht hatten. Doch statt auf kostbares Gewebe war er auf hartes Holz gebettet. Irgendjemand hatte dafür gesorgt, dass er die Seide nicht besudelte. Um ihn herum erhoben sich dunkel die Schultern der Dünen. Dazwischen loderte ein Feuer und warf wilde Schatten auf den Sand. In ihrem weißen Gewand stand Helian Cui vor den Nomaden. Tuobas Männer bevölkerten den Hang einer Düne und sahen sitzend oder liegend zu, wie ihr Anführer vor der Buddhistin auf und ab ging. Sein Gesicht war rot, wohl nicht nur vom Schein der Flammen.

»Es ist schade, dass ihr wilden Männer den Buddha nicht kennt. Er war der weiseste Mann, der jemals auf Erden gewandelt ist.«

»Bedeutet das, dein Vater ist tot?«, fragte Tuoba.

Taurus erhob sich, um die Szene besser überblicken zu können. Wo waren Olympiodorus und Wusun? Wo waren die Wanderstöcke? Halb blind tastete er auf der Ladefläche herum – vergebens. Dann kletterte er von dem Wagen hinab und näherte sich taumelnden Schrittes dem Geschehen. Ihm war danach, sich zwischen die Uighuren zu werfen und ihnen zu zeigen, wie man sich einer Adeligen gegenüber zu benehmen hatte. Immerhin waren sie beide, Taurus und Helian Cui, Angehörige von Herrscherhäusern, auch wenn diese Höfe an entgegengesetzten Enden der Welt lagen – ebenso wie ihre Ziele, Wünsche und Hoffnungen.

»Tot und doch nicht tot«, sagte Helian Cui gerade. »Buddha kehrte oft ins Leben zurück und zeigte sich den Menschen in vielerlei Gestalt.« Ein heißer Wind fegte zwischen den Dünen hindurch und ließ Feuer und Schatten tanzen.

»Niemand kehrt vom Tod zurück«, erwiderte Tuoba. »Nur die Geister der Vorfahren.« Einige Nomaden bedeckten ihre Gesichter mit beiden Händen.

»Nicht jeder kehrt als Mensch zurück«, rief Taurus mit schartiger Stimme. Erst jetzt fiel ihm auf, dass er Griechisch gesprochen hatte, und er wiederholte die Worte in Uighur. Dabei stieg er über einige im Sand sitzende Nomaden hinweg und stieß diejenigen beiseite, die ihm im Weg waren.

Tuoba griente. »Manch einer erscheint auch als pfeifendes Gespenst mit gewaltiger Nase. Seht! Der Herr der schlechten Geschichten ist erwacht. Und sofort will er uns mit einer weiteren Kostprobe seines Könnens beglücken.«

»Keinnütziger Esel!«, fauchte Helian Cui Taurus entgegen. »Von einem falschen Mönch als Dreingabe an die Barbaren verkauft zu werden – das hätte ich mir niemals träumen lassen, als ich das Kloster verließ.«

Das Gesicht der Buddhistin glänzte. Aber trotz ihrer Erregung ging ihr Atem ruhig, und Taurus erinnerte sich an ihre Worte über die Vermeidung rauen Atems und die Dauer des Lebens.

»Xiao Helian, diese Männer sind die einzige Möglichkeit für uns, die vierundzwanzig Königreiche zu durchqueren. Ich hatte niemals vor, dich wirklich den Nomaden zu überlassen.«

»Sieh, wie wunderbar dir das gelungen ist, Taurus von Byzanz«, zischte sie.

Tuoba lachte schallend. »Sie scheint sich über deine Hilfe zu freuen. Doch nun zurück zu meiner Frage: Ist sie die Tochter des Kaisers oder nicht? Und fangt nicht wieder von diesem Buddha an. Wir Uighuren lieben keine Gespenstergeschichten. Schon gar nicht des Nachts in der Wüste.«

»Auch dann nicht, wenn ich euch erzähle, dass Buddha in der Gestalt eines Pferdes wiedergeboren wurde?«, fragte Taurus.

»Das stimmt«, sagte Helian. »Aber woher kennst du diese Begebenheit?«

Er zwinkerte ihr zu. »Vielleicht habe ich die Kleider deines Ordens lange genug getragen, und die Weisheit ist in meinen Geist gesickert.«

»Als Pferd wiedergeboren?« Ungläubigkeit beherrschte Tuobas Züge. Unsicher blickte er sich nach seinen Männern um. »Was soll das nun wieder für ein Unsinn sein?« Und nach einer Weile fügte er hinzu: »Ist er als Pony zurückgekehrt?«

»Keinesfalls«, sagte Taurus. »Stattdessen als eines der größten und schnellsten Pferde der Welt. So jedenfalls geht die Legende.«

Tuoba versuchte, Taurus auszulachen. Doch einer der Nomaden rief dazwischen: »Welches sind denn die größten Pferde der Welt?«

»Eure sind es gewiss nicht«, sagte Taurus. »Aber«, ergänzte er, bevor Tuoba das Wort ergreifen konnte, »ich weiß, wo sie grasen, und ich kann es deinem Vater, dem Großkhan, zeigen.«

Tuoba spie in den Sand. »Sie grasen genau dort, wohin mein Vater seinen Fuß setzt. Und das wird bald dein Rücken sein.«

»Oder dein Hinterteil«, sagte Taurus gelassen.

Einige der Nomaden zückten ihre Dolche.

»Wage es noch einmal, die Söhne der Steppe zu beleidigen, und ich lasse dich abstechen wie ein Schwein«, keifte Tuboa und hob die Fäuste.

Taurus deutete auf einen Haufen Decken und Kisten, der neben dem Karren lag. »Man kann es nicht oft genug sagen:

Ihr seid Hohlköpfe. Zu dumm, um die eigene Beschränktheit zu erkennen. Eure Beute dort – habt ihr die schon durchsucht?«

Tuoba stapfte zu dem Haufen und trat dagegen. Ein Kamelsattel purzelte davon, eine Wolldecke flog in den Sand. »Was soll das sein? Beute? Meine Beute hat Brüste und teilt heute mit mir das Lager.«

Taurus näherte sich dem am Boden verstreuten Gepäck und zog unter den neugierigen Blicken Tuobas eine der Decken hervor. Sie war nachlässig um den gewaltigen Schädel gewickelt, den sie einige Tage zuvor aus dem Termitenbau gezogen hatten. Auf den Armen balancierte er den Schädel in den Lichtkreis des Feuers. Sand wirbelte auf, als er ihn zu Boden fallen ließ. Für einen Moment schien es Taurus, als blicke ihn etwas aus den leeren Augenhöhlen an.

»Das hier ist eure Beute! Ein Totenschädel als Zeugnis eurer Ignoranz.«

»Was bedeutet Ignoranz?«, wollte einer der Nomaden wissen. Tuoba trat nach ihm.

»Das ist nur ein Knochen«, sagte der Anführer der Nomaden, aber er betrachtete das Fossil nachdenklich.

»Wo ich herkomme, reiten wir auf den lebenden Exemplaren dieser Pferde«, erklärte Taurus.

Jetzt ging ein Raunen durch die Uighuren. Einige erhoben sich und näherten sich dem Knochen.

Tuoba lachte auf. »Unmöglich! Nirgendwo auf der Welt gibt es Pferde, die solche Zähne haben, geschweige denn welche, die so groß sind.«

»Du scheinst die gesamte Welt zu kennen, Nomade«, schaltete sich nun Helian Cui ein. »Klüger hat dich diese Kenntnis aber scheinbar nicht gemacht.«

Taurus sagte: »Wenn du mir nicht glaubst, lass mich dir eine Geschichte darüber erzählen.« Nie zuvor hatte er sich so sehr gewünscht, Wusun wäre bei ihm. Der Alte hätte es gewiss verstanden, eine so farbenprächtige Legende um diesen morschen Knochen zu weben, dass den Nomaden Augen und Ohren übergegangen wären. Aber Wusun war nicht hier.

»Wo sind die anderen?«, raunte Taurus Helian Cui zu.

»Die Nomaden haben sie unterwegs zurückgelassen.« Ihr sorgenvoller Blick ließ Taurus erschauern. »Bis zum Kinn im Sand vergraben, damit die Ameisen sie fressen. Ich konnte sie nur mit Mühe davon überzeugen, dass sie dich mitnehmen, indem ich dich als Emissär meines Vaters ausgegeben habe. Für deine Gefährten konnte ich nichts tun. Verzeih! Ich habe es versucht.«

Taurus nickte. Er konnte sich vorstellen, wie Tuoba Wusun verspottet hatte, wegen der Mär über das Ameisengold. Olympiodorus hingegen mochte der Erfahrung, von Ameisen verspeist zu werden, anfangs noch etwas abgewonnen haben – jedenfalls bis Hitze und Durst ihm zusetzten. Gleichwie, diese Mission war ein wahres Sammelbecken aller Unglücksflüsse, und das mitten in der Wüste.

»Die Pferde meiner Heimat sind mit keinen anderen Tieren zu vergleichen«, begann er seine Erzählung. Dabei versuchte er, die Gesten nachzuahmen, mit denen Wusun seine Zuhörer vor den Toren Korlas in Bann geschlagen hatte. »Denn sie sind nur zur einen Hälfte Pferde, zur anderen aber stammen sie von Drachen ab.« Er schaute in die Runde. Die Nomaden schauten mit erstarrten Mienen zurück.

»Sie werden im Wasser geboren und tragen ihre Reiter in den Himmel, denn sie können fliegen«, fabulierte Taurus. Noch immer blieb die Reaktion der Uighuren aus. Beim feurigen Pfuhl! Womit konnte er diese Männer beeindrucken, wenn nicht mit fliegenden Pferden?

»Sie sind wie ihre Tiere, Taurus«, flüsterte ihm Helian Cui zu. »Sie wittern es, wenn sie an der Nase herumgeführt werden.«

»Aber Wusun«, entgegnete er. »Bei ihm hat es doch funktioniert.«

»Bist du denn sicher, dass er etwas erfunden hat?«

Taurus sah sie an. Dann räusperte er sich, klaubte den Schädel vom Boden auf und stemmte ihn in die Höhe. »Diese Tiere stammen aus der Vergangenheit. Ich weiß nicht, wie alt sie sind, aber es mag sein, dass ihre Vorfahren den Anbeginn der Welt gesehen haben. Eine Zeit, in der ...« Er wollte Gott ins Spiel bringen, zögerte jedoch. Welchen Gott beteten die Nomaden an? »... es noch keine Menschen gab, sondern nur Erde, Licht und das endlose Grasland.«

»Und Weiber«, rief einer. Die anderen wiederholten das Wort. Anscheinend hielten sie Frauen nicht für Menschen.

»Diese Tiere«, Taurus schüttelte den Schädel ein wenig, sodass sein Schatten über den Sand zuckte, »waren riesig. Größer als Goliath, größer als eure größte Jurte.«

»Wer ist Goliath?«, rief einer der Nomaden.

»Größer als der Palast des Großkhans?«, fragte ein anderer.

Taurus wunderte sich über diese Frage. Er hatte vermutet, der Großkhan lebe in einem Zelt wie die Stämme, die er beherrschte, in einem prachtvollen Zelt zwar, aber nicht in einem festen Haus. »Nicht ganz so groß«, sagte er vorsichtig. »Aber hoch genug, dass sie nicht durch die Eingangspforte gepasst hätten.«

Einige Nomaden flüsterten sich etwas zu.

»Wer auf diesen Tieren in die Schlacht geritten wäre, hätte seine Gegner schon durch den Anblick seines Reittiers vor Schreck zu Stein erstarren lassen.«

Helian Cui stieß ihn in die Seite. »Nicht übertreiben«, flüsterte sie.

»Wer auf ihrem Rücken durch die Steppe geritten wäre, hätte das Land von Horizont zu Horizont überblicken können, die Hand nach den fliegenden Falken ausgestreckt, die Stirn vom Wind geküsst, der von den schneebedeckten Gipfeln herunterkommt.«

Jetzt sprangen einige der Uighuren auf und riefen durcheinander.

»Und du willst uns weismachen, diese Tiere gebe es noch immer?« Tuoba hatte die Arme vor der Brust verschränkt.

»Aber ja – jedenfalls ihre Nachfahren.«

»Ich glaube dir nicht. Wo sollen sie denn grasen? Wir kennen alle Weidegründe von den felsigen Graten des Sue-chan bis zur Schwarzen Gobi.«

»Weit im Südwesten liegt ein Reich, das sich selbst Persien nennt. Die Legende sagt, der König von Persien züchte die besten Pferde der Welt. Und jene Arten, die er nicht selbst heranziehen kann, stiehlt er von fremden Weiden.«

»Dafür sollte er mit der Nachgeburt eines Schafs erstickt werden«, rief einer der Uighuren.

Tuoba nickte. »Und wenn du uns einen Bären aufbinden willst, Geschichtenerzähler, geschieht dir sogar noch Schlimmeres!«

Taurus ignorierte die Drohung. Er ließ den Schädel zu Boden fallen. »Ich weiß, wo dieses Reich liegt.«

»Und wo soll das sein?«, fragte Tuoba.

»Wenn ihr wollt, führe ich euch dorthin. Aber nur an der

Spitze eurer Streitmacht, als oberster Heerführer des Großkhans.«

Wusun wäre stolz auf ihn gewesen. Die Geschichte über die
von Pferden prallen Landstriche Persiens, die Fabel von der
Wiedergeburt vorzeitlicher Reitdrachen und die Aussicht, ein
Reich anzugreifen, das mehr Beute versprach als alle vierundzwanzig Königreiche zusammen, hatten den Nomaden den
Kopf verdreht. Sogar als Taurus im Gegenzug die Sicherheit
Helian Cuis einforderte, stimmte Tuoba zu. Doch als der Byzantiner verlangte, zurückreiten und seine Gefährten aus dem
Sandgrab befreien zu dürfen, fuhr der Nomadenführer ihn an.
Taurus solle sich vorsehen, sonst würde er ebenso im Sand
verenden wie seine Kameraden. Überdies laute ein Gesetz
der Steppe, das die Uighuren in ihren Jurten sängen: Reite
so lange, bis du den Horizont erreichst, und schaue niemals
zurück. »Schon gar nicht«, ergänzte Tuoba, »wenn dort zwei
hässliche Köpfe aus dem Sand wachsen.«
»Die Uighuren machen keine Gefangenen«, sagte Helian
Cui. Sie ließ sich neben Taurus in den Sand fallen und lehnte
sich an den Gigantenkopf. »Weil sie keine Kerker kennen.
Ihre Unterlegenen sind entweder tot, wenn sie Männer sind,
oder Sklavinnen, wenn sie Frauen sind.« Sie schüttelte sich
den Sand aus dem nachgewachsenen Haar. »Du hingegen hast
Glück gehabt. Ebenso wie Wusun und Olympiodorus.«
Langsam riss sich Taurus die letzten Fetzen seiner Kutte
vom Leib. Seit den Ereignissen vor den Toren Korlas steckte
er in Lumpen. Jetzt war es an der Zeit, dem Buddhismus abzuschwören – oder doch zumindest seinen Kleidern.
»Glück?«, fragte Taurus, während er sich den restlichen
Stoff um die Lenden wickelte, um seine Scham zu bedecken

und den allgegenwärtigen Sand wenigstens von dort fernzuhalten.

Helian Cui beobachtete ihn aufmerksam. »Sie hätten euch allen die Kehlen durchtrennen können.«

»Aber Wusun und Olympiodorus …«

»… sind zumindest noch am Leben. Der Tod im Sand bedeutet langsames Sterben. In dieser Zeit könnte eine Karawane die beiden finden und befreien. Bedenke doch: Sie befinden sich in der Nähe der Kaiserstraße.«

»Das genügt mir nicht«, sagte Taurus. »Ich werde sie suchen.«

»Du willst zu Fuß durch die Wüste?«

»Bevor ich meine Gefährten im Stich lasse, töte ich mich lieber selbst.«

»Das ist ehrenhaft und des Bruders eines Kaisers würdig. Aber Wusun hat mir erzählt, dass du auch dein Versprechen Feng gegenüber mit allen Mitteln halten wolltest.« Sie deutete auf den Karren. »Und sieh, was dabei herausgekommen ist.«

»Es tut mir leid für Feng. Aber ich muss die Gefährten retten, die mir noch bleiben«, erwiderte Taurus. »Wenn die Nomaden schlafen, wird der Moment gekommen sein. Dann führst du Traumtänzer heran, leise, damit die Wachen nichts bemerken.«

Helian schüttelte den Kopf. »Du bist starrköpfiger als mein Esel, sogar starrköpfiger als ein ganzes Frauenkloster. Die Wüste wird dich verschlingen. Ohne Wusun kannst du nicht einmal die Sterne lesen, um dich zu orientieren. Auch hast du keine Ahnung, wo du suchen sollst. Und wie man Brunnen findet, weißt du ebenso wenig. Willst du so enden wie dieser hier?« Sie klopfte auf den Tierschädel.

»Wenn du mir nicht hilfst, mich davonzustehlen, werde

ich es allein versuchen. Ich kehre so bald wie möglich zurück. Mein Ehrenwort! Beim feurigen Pfuhl, der mit Schwefel brennt!«

Sie versank für einen Moment in Schweigen. Taurus schien es, als suchten ihre Blicke in seinen Augen nach einem Funken Vernunft. Doch dieses Forschen würde vergebens bleiben. Wusun und Olympiodorus unter Qualen – wie sollte er da stillsitzen und hoffen, dass alles gut ausgehen würde?

»Bitte, hilf mir, Xiao Helian!«, sagte er.

Sie nickte. »Also gut. Doch bis es so weit ist, müssen wir uns um Fengs Körper kümmern. Ich habe dafür gesorgt, dass sein Leichnam nicht einfach vor den Toren Korlas liegen bleibt. Den Nomaden habe ich zugesichert, dass wir ihn begraben, sobald du erwacht bist. Tun wir es nicht, werden sie ihn hier zurücklassen.«

Wie erwartet war es Tuoba gleichgültig, ob der Tote unter oder über dem Sand ruhte. Hauptsache, er verschwinde endlich, bevor sein Gestank wilde Tiere anlocke, sagte der Nomade. Taurus und Helian baten darum, eine Stelle suchen zu dürfen, die einem Begräbnis angemessen war. Tuoba stimmte zu, ließ die beiden jedoch durchsuchen. Auch den toten Feng tasteten die Nomaden ab.

Taurus verstand, dass Tuoba seine Gäste nur aus den Augen lassen konnte, wenn er sicher war, dass sie kein Wasser bei sich trugen. Keine Fessel würde sie fester an die Nomaden binden als der Durst. Helian Cuis Warnung klang Taurus in den Ohren. Ohne Wasser und Führer durch dieses Land zu ziehen geriet nur den Aasvögeln zum Vorteil.

Langsam stapften Taurus und Helian Cui durch Wüste und Nacht. Der Byzantiner trug Fengs Leichnam auf den Armen, Helian einige Holzschalen der Uighuren, mit deren Hilfe sie ein Grab ausheben wollten. Der Kopf des Toten ruhte an Taurus' Schulter, und für einen Moment glaubte er, der junge Serer würde nur schlafen. Doch die Kälte, die der Leichnam ausstrahlte, übertraf sogar die Kühle der nächtlichen Wüste. Taurus schüttelte den Kopf, aus Unverständnis über Fengs selbstmörderisches Handeln – und über sich selbst. Nie zuvor hatte er so viele Gedanken an einen Kameraden verschwendet, den der Tod auf dem Schlachtfeld ereilt hatte.

Schließlich zeichnete sich eine Reihe von etwa dreißig Steinen schwarz gegen den sternenklaren Nachthimmel ab. Wie Soldaten vor der Schlacht waren sie auf der Schulter einer Düne aufgestellt worden.

»Was ist das?«, fragte Taurus und deutete mit dem Kinn in Richtung der Silhouetten.

»Ein Denkmal der Uighuren«, sagte Helian. »Überall dort, wo sie einen Kampf gewonnen haben, stellen sie Steine auf, einen für jeden getöteten Feind. Was du dort siehst, ist der Stein gewordene Stolz der Nomaden.«

Taurus nickte stumm. Wenn dieses wilde Land Feng ein Grab bieten konnte, dann auf dieser Düne.

Der Mond hatte seinen Bogen zur Hälfte beschrieben, als Taurus und Helian Cui den toten Körper in die frisch ausgehobene Grube legten. Immer wieder rieselte Sand nach, und es schien Taurus, als könne die Wüste es nicht erwarten, Feng in sich aufzunehmen.

Helian weinte. Taurus schüttelte eine Erinnerung ab – an eine Nische in Byzanz, die in den unterirdischen Tuffstein gehauen war. Darin lagen die in Leinen gewickelten Körper einer Frau und eines Kindes.

»Was ist mit dem Wind?«, fragte er. »Sind dies nicht Wanderdünen? Was geschieht, wenn der Sand fortgeweht wird?«

Aber Helian schüttelte den Kopf und blieb stumm. Der Moment gehörte der Stille, und Taurus verzichtete darauf, weiter nach Worten zu klauben.

Da sie nichts bei sich trugen, was sie Feng auf die Reise in die nächste Welt hätten mitgeben können, schlug Helian vor, dass sie ihre Gedanken in das Grab legten. Taurus erschien dieser Einfall wie die natürlichste Sache der Welt. Mit geschlossenen Augen konzentrierte er sich darauf, dem Toten einen Haufen guter Wünsche mitzugeben, dann legte er noch einen kleinen Vorwurf dazu.

Das Grab zu schließen erforderte kaum Mühe, und erneut schien es Taurus, als verleibe sich die Landschaft den Leichnam gierig ein. Ihn schauderte. Schon als sie die Düne hinabrutschten, vermisste er Fengs Gesellschaft. Für einen Moment war es Taurus, als ließe er einen Freund in der Wildnis im Stich.

»Was geschieht jetzt mit ihm?«, fragte er.

»Die Wüste hat ihre eigenen Methoden«, sagte Helian Cui. »Die trockene Hitze wird seinen Körper auszehren, aber erhalten. Wenn seine Götter es erlauben, wird er in einhundert Jahren noch hier liegen.«

»Als Mumie?«

»Nennst du so einen ausgetrockneten Leichnam? Ja, er wird eine solche Mumie werden. Wer ihn dereinst findet, könnte sogar seine Züge noch erkennen.«

»Aber niemand wird wissen, wer er wirklich war«, ergänzte Taurus, und Helian Cui nickte.

»Das ist es, was mit dem Tod verloren geht«, sagte sie. »Unsere Körper sind nur Gefäße, austauschbar. Unser Geist jedoch …« Sie führte den Satz nicht zu Ende.

»Ich werde mich jetzt waschen«, sagte Helian plötzlich. »Du

kannst wegsehen oder dich hinter die nächste Düne begeben, wenn es dich stört. Aber Buddha fordert nach dem Totenritual eine Reinigung.« Damit bückte sie sich, griff nach dem Saum ihres weißen Gewandes und zog es sich über den Kopf. Das Kleid segelte in den Sand und blieb dort liegen wie die abgelegte Haut einer Seidenraupe.

Taurus starrte sie an. Es hätte ihn kaum überrascht, wären der Buddhistin Flügel aus dem Rücken gewachsen. Unter dem Gewand trug sie breite, helle Seidenbänder, die sie sich um Brust und Scham gebunden hatte. Auch sie fielen zu Boden. Ohne Taurus weiter zu beachten, kniete sie nieder, schöpfte Sand und rieb sich damit über die Haut. Im Silberlicht konnte Taurus erkennen, wie die Körnchen in Kaskaden von ihren Gliedmaßen rannen.

Er versuchte ihren mädchenhaften Körper zu ignorieren. Aber der Mond modellierte Helians Umrisse wie ein alter Meister mit einem Meißel aus Licht. »Ist das ein Ritual aus dem Kloster?«, fragte er.

Helian sah zu ihm auf. »Der Sand reinigt den Leib ebenso gut wie Wasser.« Ihre Augen schwammen in Tränen. »>Lerne die Welt in einem Sandkorn zu sehen<, sagte meine Klostervorsteherin stets, >und du lernst die Ewigkeit in deiner Hand zu halten und die Unendlichkeit in einer Stunde zu spüren.<«

»Das klingt weise«, sagte Taurus. Er kniete sich neben sie und begann ebenfalls damit, sich die Zeit aus den Poren zu waschen. Die Körnchen kratzten, als er fest über seine Haut rieb, und er fragte sich insgeheim, zu welchem Zeitpunkt auf dieser Reise seine Unempfindlichkeit verloren gegangen war.

Helians Hände strichen über seinen Rücken. Sanftheit und Kraft lagen in der Berührung. Er wollte ihre Berührung erwidern, aber seine Bewegungen wirkten hölzern. Welche Fülle an Empfindungen Helian Cui weitergeben konnte! Wie viele mochte sie erst wahrnehmen? Als er in sie eindrang, versuchte sie nicht länger, Atem zu sparen.

Zwei Nomaden standen am Feuer und starrten in die Flammen, als Helian Cui und Taurus zum Lager zurückkehrten.

Der Byzantiner fasste die Buddhistin bei der Hand. »Noch ist die Nacht lang. Wenn ich Wusun und Olympiodorus finden will, muss ich aufbrechen«, flüsterte er ihr zu.

»Die Finsternis wird dich verschlingen. Ich habe Angst um dich.«

Hatte Taurus diese Worte tatsächlich nie zuvor von einem anderen Menschen gehört? Unsinn! Er war doch nicht etwa zu einem romantischen Idioten geworden, so wie Feng einer gewesen war?

»Bringen sie euch in den Klöstern etwa bei, furchtsam zu sein? Als ich dich kämpfen sah, konnte ich nichts davon bemerken«, sagte er.

Sie ließ seine Hand fahren und stahl sich wortlos zum Rand des Lagers, dorthin, wo die Reittiere zusammengebunden waren und wo auch Traumtänzer stand.

Taurus blickte ihr nach, sah das weiße Gewand wie eine Wolke durch die Dunkelheit schweben und strich sich über die Haut seiner runden Schultern, an die sie sich geklammert hatte. Dann drehte er sich um. Es war Zeit, nach den Stöcken zu forschen und etwas zum Anziehen zu finden. Wenn seine Suche nach Wusun und Olympiodorus länger dauern sollte, würde er ohne Stoff am Leib von der Sonne geröstet werden.

Taurus schlich zu dem Wagen, auf dem er neben Fengs Leichnam und einigen Seidenbahnen gelegen hatte. Aus dem Stoff würde er einen Überwurf zusammenstellen können. Was für eine Verschwendung! Diese Seide war kostbarer als alles, was Byzanz jemals gesehen hatte, und er würde ein Loch hineinreißen und sie sich über den Kopf stülpen, als wäre es die Arbeitskleidung eines Bettlers.

Die Ladefläche des Wagens knarrte unter seinem Gewicht. Wenn er jetzt nur nicht die Nomaden alarmierte! Doch aus Richtung des Feuers erklang weiterhin der leise Singsang von Tuobas Männern. Er entfaltete einen der Seidenballen, riss mit den Zähnen ein Loch in den Stoff und weitete es mit den Fingern. Das Geräusch des reißenden Stoffs schien die Wüste zu erschüttern, aber die Nomaden rührten sich nicht. Als der Schlitz groß genug war, steckte Taurus den Kopf hindurch. Der Umhang schmiegte sich kühl an seinen Körper und brachte das Gefühl von Helians Händen auf seiner Haut zurück. Friedlich strich er über die Seide.

Etwas schlang sich um seinen Oberkörper und presste seine Arme zusammen. Taurus wollte herumfahren, doch da lag er bereits am Boden, und ein Uighure hockte auf seinen Beinen. Ein Schlag auf seine gebrochene Nase verhinderte, dass er sich freikämpfte. Sie fesselten ihn und banden ihn an die Nabe des Wagenrades.

Tuoba tauchte auf und neben ihm Helian Cui. »Was sagst du nun, Byzantiner? Du rettest eine Prinzessin vor den Nomaden und dafür liefert sie dich ans Messer. Glaubst du wirklich, ich würde dich gehen lassen, jetzt, wo du mir die größten Pferde der Welt versprochen hast?«

Kapitel 16

WENIGSTENS DIE FILZKAPPE ... hätten sie mir lassen können«, krächzte Wusun.

Seine Zunge fühlte sich aufgedunsen an, und sein Hirn kochte in der Hitze. Vor einer endlos langen Zeit hatte der zweite Tag begonnen, den er nun schon in diesem Sandgrab steckte, unter Millionen kleiner Körner begraben und zur Unbeweglichkeit verdammt. Einige Schritte entfernt ragte der Kopf des Olympiodorus aus dem Boden wie eine rot blühende Tamariske. Das Gesicht des Byzantiners sah so aus, wie sich Wusuns Zunge anfühlte, und er hatte seine Augen seit Stunden ebenso wenig geöffnet wie seinen Mund. Nur die Sandkörner, die durch Olympiodorus' Atem aufstoben, bewiesen, dass er noch lebte.

»Heda!«, wollte Wusun rufen. Aber seiner Kehle entfuhr nur ein Fauchen. Er schluckte den Sand hinunter, um besser Worte formen zu können. »Wann kommen die Ameisen? Die Nomaden haben gesagt ...« Seine Stimme versiegte erneut. Er sammelte Speichel und schluckte noch einmal. »..., dass uns die Ameisen fressen würden. Vielleicht ist das besser als zu verdursten.«

Lange Zeit blieb eine Reaktion auf die Worte aus. Es schien Wusun, als wären die Silben im Sand versickert. Doch das war ihm gleichgültig. Solange er noch reden konnte, war er noch nicht tot.

»Keine Ameisen jetzt«, hörte er da Olympiodorus' röchelnde Stimme neben sich. Der Byzantiner schmatzte einige Male. »Erst mittags.« Sein Kopf schwankte unkontrolliert, als er versuchte, zu Wusun hinüberzublicken.

Der Steppenreiter zog eine Grimasse, bei der die verbrannte Haut auf seinen Wangen spannte. »Die gehen ... wohl pünktlich zu Tisch.«

Tiefe Furchen gruben sich in Olympiodorus' Gesicht, und er bleckte die Zähne. »Erst mittags, weil ... es dann zu heiß ist für Echsen und Skorpione ... Die kommen jetzt gleich.«

Wusun fand keine Worte mehr. Aber die waren auch nicht nötig. Sein Gefährte war aufgewacht, und das war es, was zählte. In der Wüste kommt der Tod gern im Schlaf. Deshalb galt es, den Schlaf zu überlisten. Doch bald darauf senkten sich seine Lider wohltuend über die heißen Augäpfel.

Etwas Schweres bewegte sich auf seinem Kopf, krabbelte durch sein Haar und über seine Stirn. Wie lange hatte er geschlafen? Wusun hielt die Augen fest geschlossen, als kleine Gliedmaßen über sein Gesicht tasteten, sich in seinem Bart verfingen und dann verschwanden. Als er die Augen öffnete, sah er den Skorpion zu Olympiodorus hinübermarschieren, der dem Besucher interessiert entgegenblickte.

»Immerhin hält er die Ameisen von uns fern«, wollte Wusun sagen. Doch seine Zunge war verdorrt. Skorpione waren nicht gefährlich, wenn man sie nicht bedrohte. Oder waren das Schlangen? Er erinnerte sich nicht mehr.

Ein Stiefel presste den Skorpion in den Sand und zermahlte ihn zu Brei. Dann griff eine Faust in Wusuns Haar und riss seinen Kopf in den Nacken. Als er zu erkennen versuchte, wer ihn in seiner ohnehin unbequemen Lage drangsalierte, fraß sich die Sonne in seine Augen. Dunkle Flecken tanzten vor seinem Gesicht, und ihm wurde übel.

Jemand sagte: »Sie leben noch. Am besten, wir lassen sie rösten, bis sie gar sind.«

Wusun kannte diese Stimme. Von fern erklang das Lachen einer Frau.

⁓⁓

Sie war die Königin der Taklamakan. Keine andere Frau würde es mit ihr aufnehmen, kein Nomadenweib, keine buddhistische Nonne und erst recht keine falsche Prinzessin. Nong E schaukelte auf ihrem Kamel die Kaiserstraße entlang und hielt das Kinn so hoch erhoben, wie es sich für eine Majestät gehörte. Vor ihr lagen die Oasenreiche Kutscha, Aksu und Kaschgar, deren Bewohner sie willkommen heißen würden wie eine Erlöserin. Hinter ihr lagen eine verbrannte Plantage, ein toter Sohn und ein Leben, das sie abgestreift und zurückgelassen hatte wie eine alte Haut.

Nong E fühlte sich wie neugeboren. Sie ritt an der Spitze einer kleinen Streitmacht. Zu ihren eigenen Leuten hatten sich in Korla Männer der Stadtwache gesellt, die ihr vom Oasenherrscher zur Seite gestellt worden waren. Ohne zu zögern, hatte er sie mit allem ausgestattet, was sie verlangte, mit Kämpfern und Kamelen, mit Kisten voller Geld und Opium. Jetzt brauste das süße Gift wieder durch ihre Blutbahn, während sich ihr Heer über das Land schob.

Natürlich würde es in Kutscha nicht anders sein. Jeder Oasenkönig würde ängstlich zitternd vor ihr auf die Knie sinken, wenn sie ihm von der Vernichtung der Seidenraupen berichtete. Und jeder Herrscher würde sie unterstützen, wenn sie versprach, die Seide zurückzuholen und den Handel entlang der Kaiserstraße am Leben zu erhalten.

Von Zeit zu Zeit zogen sie an alten Lagerplätzen vorbei, wie alter Kameldung und Kochgruben verrieten. Doch das waren nicht die Spuren, die Nong E suchte. Sie hielt Ausschau nach den Spuren der Seidenkarren, nach Abdrücken von Pferdehufen und den Äpfeln der Nomadenponys – eine beschämende Aufgabe, die jedoch beständigen Erfolg garantierte.

So viel stand fest: Die Uighuren waren nach Westen gezogen. Bei ihnen waren die Seidendiebe, und bei denen wiederum die Raupen. Nein, verbesserte sie sich, nur der Riese und die Buddhistin. Den Steppenreiter und den jüngeren Byzantiner hatte Sanwatze am Morgen aus dem Sand gepflückt. Wie ihre Köpfe in der Sonne geglüht hatten, wie sie die Augen verdreht und gestöhnt hatten – das alles hatte Nong E so erheitert, dass sie am liebsten ein Lager aufgeschlagen und einen Tag lang zugesehen hätte, wie ihre Feinde vor ihren Augen verdorrten.

Doch Sanwatze hatte ihr geraten, die beiden zu befreien und mitzunehmen. Niemand wisse, so hatte er orakelt, ob nicht ein Hinterhalt auf Nong E und ihre Männer warte, ob nicht der große Byzantiner die Herrscher der Oasenstädte für sich einzunehmen vermochte. Und obwohl Nong E das für unmöglich hielt, erkannte sie die Wahrheit in Sanwatzes Worten. Die beiden Eingegrabenen waren wertvolle Geiseln, die sie gegen die Seidenraupen eintauschen könnte. Doch das wäre nur eine Notlösung. Nong E hatte ein klares Ziel vor Augen: den Tod Helian Cuis und des großen Byzantiners, denn er war es gewesen, der ihren Sohn getötet hatte. Er und niemand sonst.

»Was habt Ihr vor, wenn Ihr die Raupen zurückbekommmt?«, fragte Ur-Atum, der neben ihr ritt. Seit er vor Korla den Byzantiner zusammengeschlagen hatte, schenkte Nong E ihm wieder ihre Gunst – und ihr Opium.

Sie suchte den Horizont nach einer Antwort ab. »Was für eine einfältige Frage! Ich werde zurückkehren und die Plantage wieder aufbauen. Dieses Land braucht Seide. Hast du das noch nicht verstanden?«

Einen Moment lang schwieg Ur-Atum. In der Ferne heulte ein Tier. Dann sagte er: »Wir sind schon recht weit im Westen, und der Weg zurück ist weit.«

»Spare deinen Atem! Was führst du im Schilde?«

Seit den Ereignissen in Korla hielt Ur-Atum den erbeuteten Bambusstock in der Hand. Nicht einmal zum Schlafen legte er ihn beiseite. Verwandelte er sich jetzt auch in einen dieser Buddhisten? Von mir aus, dachte Nong E, kann er sich in ein Schwein verwandeln.

Der Ägypter keuchte. Vermutlich machten ihm wieder die Schmerzen zu schaffen, die ihm die Parasiten in seinem Wanst zufügten. Dann räusperte er sich. »Wenn Ihr erlaubt, will ich einen Vorschlag machen.«

»Genau das befahl ich dir doch gerade. Heute Abend wird Sanwatze dein Serind mit der Peitsche aufbessern.«

»Ich kenne eine bessere Verwendung für die Raupen.«

»Eine bessere als was?«

»Als sie zu züchten und Seide herzustellen.«

Er hatte den Verstand verloren, daran bestand kein Zweifel. Nachdem er Taurus niedergeschlagen hatte, war es ihm nicht vergönnt gewesen, sein Opfer zu töten. Zu flink waren die anderen Seidendiebe dazugekommen und hatten den gefällten byzantinischen Baum in Sicherheit gebracht. Das musste es sein, was seinen kleinen ägyptischen Geist hatte verdorren lassen. Oder kam aus seinem mit Opium getränkten Hirn tatsächlich ein brauchbarer Einfall?

»Rede!«, befahl Nong E.

Und Ur-Atum berichtete von einem riesigen Reich im Südwesten. Persien, so der Ägypter, sei der größte Feind von Byzanz. Und wenn Nong E dem persischen König das Geheimnis der Seidenproduktion anvertraue, wäre die Mission ihrer Feinde gescheitert. Dann würde Persien Byzanz erobern, und Taurus und Olympiodorus würden nicht nur das Leben verlieren, sondern alles, was ihnen lieb und teuer sei: ihre Freunde und Familien, ihre Heimat und ihren Stolz. Vollständiger könne man seine Feinde nicht vernichten, es sei denn, man äße sie.

Nong E sah Ur-Atum interessiert an. Dieser verschlagene Irre steckte voller Ideen! »Sprich weiter!«, befahl sie.

»Angenommen, wir holen die Nomaden ein. Angenommen, wir töten die Byzantiner und finden die Raupen ...«

»Daran gibt es keinen Zweifel«, zischte Nong E. »Unser Erfolg ist vom Schicksal vorherbestimmt.«

»Natürlich! Wenn wir all das geschafft haben, können wir die persische Grenze in ein oder zwei Wochen erreichen. Angesichts unseres Angebots wird man uns zum König führen, und der wird uns mit Gold überschütten, wenn er erst erfährt, was wir ihm bringen.«

»Und wenn er dir stattdessen die Kehle durchschneidet und mich zu seiner Sklavin macht, sobald er die Raupen hat?«

»Ein geringes Risiko. Khosrau, der Herrscher der Perser, gilt als weise. Er wird erkennen, dass Seide an seinem Hof nicht ohne Euer Wissen herzustellen ist.«

Nong E zupfte ein Stück Opium aus ihrem Gürtel und warf es dem Ägypter zu. Ungeschickt fing er es mit beiden Händen auf und schaute es mit leuchtenden Augen an. Wie sie es liebte, ihn wie ein Äffchen zu halten!

»Du hast gut geredet«, sagte sie, »und ich will über dein

Ansinnen nachdenken. Am besten gefällt mir allerdings der Vorschlag, dass wir unsere Feinde essen könnten. Obwohl ich fürchte, ihr Fleisch wird von Lüge und Verrat durchtränkt sein.«

Am Abend erreichten sie ein labyrinthisches Gelände, das einem aufgewühlten Meer aus erstarrten Wogenkämmen, Graten und Gipfeln aus Sand glich. Nong E sandte Späher aus, die bald darauf mit der Kunde zurückkamen, Spuren der Nomaden abseits der Kaiserstraße gefunden zu haben. Sie befahl, dort das Lager aufzuschlagen. Sie wollte spüren, wo ihre Feinde gesessen hatten, wollte dort essen, wo sie gegessen, dort schlafen, wo sie geträumt hatten. Zwar drängte es sie weiterzureiten. Doch sie wusste, dass der Leistungsfähigkeit der Kamele Grenzen gesetzt waren, ebenso wie der ihrer Männer – falls es da einen Unterschied geben sollte.

»Mein Zelt zuerst«, rief sie den Soldaten aus Korla zu, während sie die Arbeiten überwachte.

Die neu Hinzugekommenen mussten sich erst noch daran gewöhnen, von einer Frau Befehle entgegenzunehmen. Als sie den Männern zurief, sie sollten die Kamele nicht so eng zusammenbinden, die vier Lagerfeuer weiter voneinander entfernt entfachen, ihr Zelt nicht in Windrichtung aufstellen und den Proviant außer Reichweite der Tiere lagern, glaubte sie den Geschmack ihres früheren Lebens wahrzunehmen. Sie war die Herrin der Seidenplantage Feng gewesen, und wenn der Besuch einer großen Karawane bevorstand, hatte sie auf ihrem Podest gestanden und die von Arbeitern wimmelnde Plantage überblickt. So war es gewesen, so könnte es wieder sein. Doch zunächst musste sie die Seidenraupen wiederfinden und ihre Rache am Mörder ihres Sohnes vollenden.

Als sie endlich in ihrem Zelt Platz nehmen konnte, wünschte Nong E sich einmal mehr zurück in ihr altes Leben. Die Kissen in ihrem Unterschlupf hatten auf der Reise gelitten, waren fleckig und zerschlissen. Seufzend ließ sie sich darauf nieder. Dann befahl sie Sanwatze, die Gefangenen zu ihr zu führen. Fünf Mann in Waffen, rief sie ihm hinterher, solle er mitbringen, damit die beiden Verruchten gar nicht erst auf die Idee kämen, sie anzugreifen.

Seit sie Wusun und Olympiodorus gefunden hatten, war Nong E einzig von dem Gedanken besessen, sich an ihnen zu rächen.

Als die beiden durch den Eingang des Zeltes gestoßen wurden, ließ Nong E die Wachen abziehen. Von diesen jämmerlichen Gestalten drohte keine Gefahr. Es war ein Wunder, dass sie sich überhaupt noch auf den Beinen halten konnten, denn Nong E hatte ihnen seit ihrer Rettung aus dem Sandgrab nicht einen einzigen Tropfen Wasser vergönnt. Die Hände mit Hanfseilen gefesselt, standen sie gebückt vor ihr. Von ihren Gesichtern schälte sich die Haut ab, die kümmerlichen Reste glühten tiefrot und waren schrundig. Jemand hatte den beiden Filzmützen gegeben, um sie der Sonne nicht noch länger auszusetzen. Nong E wollte eine Suppe aus Fliegen essen, wenn nicht wieder Sanwatze dahintersteckte. Männer waren einfach zu weichherzig für diese Welt. Das führt in der Regel zu nichts, dachte sie und goss Wasser aus einer Kanne in eine Schale.

»Ihr seid noch am Leben«, stellte sie fest und trank einen großen Schluck, während sie die darbenden Blicke der Gefangenen in sich aufsog.

»Glück«, antwortete Wusun. Was war mit seiner Stimme geschehen?

»Glück? Das hat euch in dem Moment verlassen, in dem

250

euer Kumpan meinen Sohn getötet hat. Ich war es, die euch gerettet hat. Ich bin es, die euch jederzeit töten kann.«

Die Gefangenen antworteten nicht.

Nong E goss eine zweite Schale voll Wasser, stand auf und hielt sie Wusun vor den Mund. »Wir haben eine Menge zu besprechen, und damit ihr reden könnt, will ich eure Kehlen netzen.« Sie schwenkte die klare Flüssigkeit in der Schale. »Wo sind die Raupen? Wie viele sind noch am Leben? Wo haltet ihr sie versteckt?«

Diesmal war es Olympiodorus, der etwas sagen wollte. Doch nur ein heiseres Krächzen entwich seinem Mund. Nong E hielt ihm die Schale hin und erlaubte ihm, zwei Schluck daraus zu trinken.

Der Byzantiner bebte. Dann sagte er: »Sie sind alle tot.«

Nong E ließ das Gefäß zu Boden fallen. Augenblicklich sackte Wusun in die Knie und presste seinen Mund auf den Sand, in dem die mickrige Lache versickerte.

Nong Es Gesicht verzog sich vor Verachtung.

»Lügenmaul! Ihr seid um die halbe Welt gereist, um die Tiere zu finden, und würdet die andere Hälfte der Welt in Bewegung zu setzen, um sie lebendig in eure Heimat zu bringen. Wo sind sie?«

Während Sanwatze Wusun wieder auf die Beine zog, suchte Nong E nach ihrem handlichen Rohrstock. Damit hatte sie schon so manchem die Lügen ausgetrieben. Doch noch bevor sie ihn fand, teilte sich der Vorhang, und Ur-Atum betrat das Zelt. In seiner Hand hielt er den Wanderstab aus Bambus, den er Taurus abgenommen hatte. Warum hielt er nur immer diesen Stock fest?

»Vielleicht«, sagte Nong E und deutete auf den Stecken, »ist das das richtige Werkzeug, um euch zum Reden zu bringen.«

»Bedenkt doch, Taurus hat ein Schlag damit die Sprache verschlagen«, krächzte Wusun. An seinen Lippen klebte feuchter Sand.

»Ehrenwerte Nong E«, raunte der Ägypter, der den Bambusstab jetzt mit beiden Händen umklammert hielt.

»Was willst du? Noch mehr Opium? Ich bin beschäftigt. Verschwinde!«

Aber Ur-Atum gehorchte nicht. »Diese Männer wissen nicht, wo die Seidenraupen sind«, sagte er.

»Woher willst ausgerechnet du das wissen?«, fragte Nong E.

»Ich war doch dabei, als sie ihre finsteren Pläne schmiedeten, in jenem Gästehaus auf der Plantage. Taurus hat das Versteck der Raupen vor seinen Gefährten verborgen gehalten.«

Die Erinnerung an ihr Zuhause und an das Gästehaus, das ihr Gatte so geliebt hatte, drohte sie zu überschwemmen, aber sie wischte die Gedanken beiseite. »Nur der Schmerz wird die Wahrheit aus ihnen herausbringen. Schlage sie mit dem Bambusstab!«, sagte sie.

»Damit erreicht Ihr doch nichts, Herrin«, erwiderte Ur-Atum. Seine Augen glichen denen eines geprügelten Hundes. Seine Finger umklammerten den Stock so fest, dass die Knöchel weiß hervortraten.

Wieso wollte er die Wahrheit nicht aus den beiden herausprügeln? Nong E traute diesem Ägypter nicht. Besser, sie kümmerte sich um ihre Feinde, wenn er nicht zugegen war.

»Also gut. Ich verschone sie. Für heute.« Sie wandte sich wieder den Gefangenen zu. »Wenn sie mir endlich sagen, was ich wissen will. Warum haben die Nomaden euch zurückgelassen? Habt ihr ihnen so viele Lügen und Frechheiten aufgetischt, dass es selbst diesen Einfaltspinseln zu viel wurde?«

Doch der Wortquell im Rachen des Steppenreiters war versiegt. Wenn sie etwas von ihm erfahren wollte, musste sie ihn trinken lassen. Widerwillig reichte Nong E den Gefangenen je einen Becher voll Wasser. Die Flüssigkeit verschwand in ihren Mündern. Wusun verzog das Gesicht.

»Nun?«, fragte Nong E.

»Sie wollten die Ameisen füttern«, sagte Wusun, »und ihnen waren die Brotkrumen ausgegangen.«

Nong E verzichtete auf ihren Stock und schlug ihn mit der flachen Hand ins Gesicht. »Wenn du mich verspotten willst, steckst du gleich wieder im Sand. Und diesmal werde ich danebensitzen, bis die Schlangen durch deine leeren Augenhöhlen kriechen.«

»Bitte nicht!«, krächzte Wusun. »Womit soll ich dann Eure Schönheit bewundern?«

Sie schlug ihn noch einmal. Er stürzte und blieb liegen, die gefesselten Arme schützend vor dem Kopf.

»Warum haben sie Taurus und die Prinzessin nicht ebenfalls eingegraben?«, fragte Sanwatze, der neben dem Zelteingang stand.

»Still!«, schrie Nong E. »Glaubst du, ich wüsste nicht, was ich diese Dummköpfe fragen sollte?«

Sanwatze errötete und senkte den Blick.

»Ich kann mir die Frage sparen, weil ich die Antwort bereits kenne.« Sie kniff sich in den Unterarm, bis ihre Haut brannte. »Es war die Hexe, die sich als Prinzessin ausgibt. Sie hat die Pferdemenschen getäuscht, vielleicht hat sie die Nomaden mit einem Zauber belegt. Und warum hat sie das nur für sich und den Byzantiner getan? Weil er ihr Buhle ist! Für euch zwei hingegen hat sie sich wohl nicht verwendet.«

»Unsere Gefährten sind keine Verräter. Und wenn jemand

getäuscht wurde, dann war es Euer Sohn, der von seiner eigenen Mutter ermordet worden ist«, rief Olympiodorus aus.

Nong E wollte den kleinen Dolch zücken, den sie in ihrem Seidenärmel verborgen hielt. Doch dann besann sie sich, griff nach dem Wasserkrug und zertrümmerte ihn auf einer Kniescheibe des Gefangenen.

Olympiodorus fiel rücklings zu Boden und umklammerte stöhnend sein Bein.

»Ungeheuer!«, stieß er hervor. »Wäre Helian Cui nicht gewesen, Fengs Leichnam läge noch immer im Dreck vor den Toren Korlas.«

Die Worte des Byzantiners ließen Nong E vor Tränen erblinden. Sie stolzierte aus dem Zelt in die Dämmerung hinein, die sich über das Land gelegt hatte.

Der westliche Horizont glühte, und im Osten stieg der volle Mond aus dem Nebel empor. Nong E saß auf ihrem Kamel und schaute hinaus in die sich herabsenkende Nacht. Allmählich verblich das warme Rot im Westen, und wäre Feng bei ihr gewesen, er hätte das Naturschauspiel mit einem erlöschenden Steppenbrand verglichen. Nong E hingegen sah in der erkaltenden Glut nur die schwarzen Äste von Maulbeerbäumen aufragen und Rauch wabern, der den Atem erstickte und die Augen beizte.

Sie griff sich an den Hals und tastete nach der Kette aus Jadetieren. Ohne hinzusehen, erkannte sie den Drachen, die Schildkröte, den Vogel. Sie griff sich in den Nacken, öffnete den Verschluss und hielt sich die Kette vor die Augen. Längst war es zu dunkel, um die kleinen Gestalten auseinanderzuhalten. Doch als Nong E die Kette vor die Scheibe des Mondes hielt, tanzten die steinernen Tiere zwischen ihren Händen, als hätte das silberne Licht ihnen Leben eingehaucht. Drache, Schildkröte, Vogel, und daneben saß er, der wachsame Tiger, und sperrte sein Maul auf.

Nong E erinnerte sich an die Bedeutung der Tiere, die schon die Kinder aufzusagen lernten. Der Blaue Drache des Ostens, die Schwarze Schildkröte des Nordens, der Rote Vogel des Südens und der Weiße Tiger des Westens. War es Zufall, dass der Tiger sich ihr zuletzt offenbart hatte?

Das Halsband zitterte, und die Tiere sprangen umher. Glück ist kein Zufall, so sprach der weise Konfuzius. Nong E legte den Schmuck wieder an. Sie würde dem Tiger folgen und weiter nach Westen ziehen. Der Ägypter hatte recht. Dort warteten ihre Rache und ihr Glück, und sie würde sich das eine durch das andere verdienen.

Noch einmal blickte sie über die Landschaft. Das Rot war verschwunden. Der Mond allein herrschte über die Hügel. Erst jetzt bemerkte Nong E, dass ihr Weg in die Einsamkeit sie vor eine Reihe von einigen Dutzend Steinen geführt hatte. Wie Gnome standen sie hintereinander und schienen zu ihr heraufzusehen. Vielleicht flüsterten sie ihr etwas zu, Worte, die nur Steine verstehen konnten. Ihr Kamel beugte sich hinab, witterte und scharrte im Sand.

Unsinn! Sentimentalität war etwas für Kamele. Nong E riss das Tier am Zügel und trieb es die Düne hinab, zurück ins Lager.

Kapitel 17

SIE LEBEN«, sagte Helian Cui und reichte Taurus den Wasserschlauch. »Du kannst gewiss sein. Olympiodorus und
Lao Wusun sind wohlauf.«

Taurus schlug ihre Hand beiseite, und der Schlauch fiel zu
Boden. Braunes Wasser ergoss sich aus dem Leder und bildete
eine Lache auf der Ladefläche des Wagens. Helian hob das
Behältnis wieder auf und säuberte den Verschluss.

»Gewiss ist nur, dass Wusun und Olympiodorus tot sind,
verdurstet, verhungert oder aufgefressen. Weil du mich hast
fesseln lassen«, stieß Taurus hervor.

Der Wagen, auf dem sie beide fuhren, holperte durch eine
Senke, und sie schlugen gegen die Karrenwand.

»Ein Kamel!«, brüllte Taurus. »Beim feurigen Pfuhl, der mit
Schwefel brennt! Ich will endlich ein Kamel. Tuoba!«

Doch die Nomaden reagierten nicht auf sein Rufen. So, wie
sie ihn seit Tagen nicht beachtet hatten.

Die Oasenstadt Kutscha war an ihnen vorübergezogen, die
Uighuren hatten in Sichtweite der Stadttore gelagert, waren
argwöhnisch von der Stadtwache beobachtet, aber nicht be-
helligt worden. Ebenso war es einige Tage später gewesen, als
sie an Aksu vorüberzogen. Wenn die Oasenkönige tatsächlich
nach einer Gruppe Fremder suchten, die den Seidenhandel
zum Erliegen zu bringen drohten, dann vermuteten sie diese
jedenfalls nicht in einer Horde Nomaden. Taurus' Plan ging
auf.

Aber zu welchem Preis! Wusun und Olympiodorus waren zurückgeblieben. Eingegraben von den Nomaden und verraten von Helian Cui. Verantwortlich für ihren Tod aber war er selbst. Hätte er sich Helian Cui nicht anvertraut, hätte sie ihn auch nicht fesseln lassen. Dann wäre Taurus jetzt bei seinen Gefährten. Oder tot.

Die Fesseln hatten sie ihm nach zwei Tagen wieder abgenommen, als es endgültig zu spät zum Umkehren gewesen war. Helian hatte sich unterdessen um seine Nase gekümmert. Sie hatte einen Sud gekocht und den Bruch damit eingerieben. Einen Sud aus den Blättern der Schäumenden Medusa, die für die Raupen bestimmt waren! Als Taurus das gesehen hatte, war sein Zorn grüner aufgelodert als die Medizin, grüner noch als Helians Augen. Und doch musste er zugeben, dass sie richtig gehandelt hatte. Einer der Stöcke war verschwunden. Taurus, der Dieb, war bestohlen worden von Ur-Atum, dem Gauner. Und die Raupen, die jetzt in den Händen des Ägypters waren, hatten nichts zu fressen. Warum also nicht die überzähligen Blätter sinnvoll nutzen, bevor sie verwelkten?

Jetzt bot Helian Cui ihm wieder den Tiegel an, aber Taurus wandte den Kopf ab. Lieber erduldete er Schmerzen, als sich von ihr pflegen zu lassen.

»Glaube mir. Wusun und Olympiodorus sind wohlauf«, wiederholte sie.

»Kannst du hellsehen? Die verfluchte Nong E hatte recht: Du bist eine Hexe.« Helian Cui griff in seinen Bart und zerrte sein Gesicht zu sich herum. Ihre Augen sprühten Funken. »Und du bist ein Dummkopf, tausendfach einfältiger als alle Nomaden zusammengenommen! Ein Idiot, der seine Gefährten retten will, ohne zu wissen, ob das überhaupt nötig ist. Ein Narr, der sein Leben wegwirft, wo doch ein ganzes Reich auf seine Hilfe wartet. Warum haben dich deine Leute ausgesucht, wenn es dir nicht einmal gelingt, deine eigenen Bedürfnisse hinter die derjenigen zu stellen, die all ihre Hoffnung auf dich setzen?«

Taurus knirschte mit den Zähnen. Sie war die Vernunft, er die Unbeherrschtheit. Sie sah klar, er blickte durch den Nebel der Verzweiflung. In was hatte diese Reise ihn bloß verwandelt?

»Also gut«, sagte er schließlich. »Wenn ich so dumm bin, wie du sagst, kann ich mich auch von einer Hexe kurieren lassen.« Sie tauchte ihre Finger in den grünen Brei und rieb diesen vorsichtig auf seinen Nasenrücken. Als der Wagen erneut rumpelte, zog sie einen Strich quer über Taurus' Gesicht. Instinktiv kniff er schützend die Augen zusammen.

Als er sie wieder öffnete, war Helians Gesicht ganz nah. Und als sie sich nach einiger Zeit wieder von ihm löste, hatte sich die Salbe auf ihrer Nase, ihren Wangen und ihrer Stirn verteilt.

»In meinen Roben gefielst du mir besser.« Helian strich über Taurus' Kleider.

Die Nomaden hatten ihm eine weite Hose aus Hanf gegeben. Darüber trug er eine rote Tunika aus Baumwolle, die mit Schlangenmustern verziert war. Das Einzige, was noch an seine Herkunft erinnerte, waren zwei Ringe, beide mit dreifarbigen Kameen besetzt. Taurus streifte den Schmuck von den Fingern, drehte einen der Ringe in der Hand und warf ihn mit weit ausholender Geste in die Wüste.

»Was war das?«, fragte Helian.

»Ein altes Leben«, antwortete Taurus. »Es ist mir schon vor langer Zeit aus der Hand geglitten.«

»Leben wirft man nicht weg, selbst dann nicht, wenn sie alt

sind«, sagte Helian Cui und legte ihre Hand auf Taurus' Faust. Nach einer Weile streifte er den zweiten Ring wieder über.

Die Wüste schaukelte stumm an ihnen vorüber. Taurus und Helian Cui schwiegen zurück. Vor ihren Augen sanken die Dünen in sich zusammen, wurden immer kleiner und seltener, um schließlich vollständig zu verschwinden. Das Land wurde flach und eben und erinnerte an den Meeresgrund, den die Ebbe preisgibt.

Im Licht der tiefstehenden Sonne erkannte Taurus, dass der Lehmboden von Muschelschalen übersät war. Er lenkte Helians Aufmerksamkeit darauf. »Hier muss einmal das Meer gewesen sein«, sagte er.

Sie blickte sich um und nickte. »Ja. Ein Ozean.«

»Und er ist als Wüste wiedergeboren worden, nicht wahr, Gongzhu?«

Seine Bemerkung war nicht ohne Spott, doch Helian Cui schüttelte ernst den Kopf. »Nein. Er ist überhaupt nicht verschwunden. Hör doch nur. Man kann die Brandung rauschen hören und riechen, wie der Tang in der Sonne trocknet.«

Taurus schloss die Augen und lauschte.

Als sie am Abend das Lager aufschlugen, zerrieb Taurus Erdkrumen zwischen den Fingern und leckte vorsichtig daran. Der Boden schien aus Sand, Kalk, Staub und Salz zusammengesetzt zu sein – den Überresten eines Meeres. Wenn Wind aufkam, puderte das Pulver die Gesichter rot. *Schor* nannten die Nomaden diese Landschaft, und einer der Reiter erzählte Taurus, dass dies das Land der Toten sei, eine Region, die zwischen den Herrschaftsgebieten des Himmelssohns und denen des Großkhans lag. Nichts war den Nomaden wichtiger, als den Schor so schnell wie möglich zu durchqueren, um nicht von den Flüchen heimgesucht zu werden, die der Wind über diese Landschaft trieb. Denn die Lüfte, so erklärte einer der Uighuren, seien der Atem heulender Geister, und wer ihnen zu lange lausche, der verliere den Verstand.

Taurus staunte über die Macht des Aberglaubens, der diesen wilden Nomadenstamm beherrschte. Sie mochten unerschrocken sein, wenn es Mann gegen Mann ging, und würden sich an vorderster Front in die Schlacht werfen, doch das Irrationale trieb ihnen kalten Schweiß auf die Stirn und ließ sie die Augen aufreißen wie ein Pferd beim Anblick einer Natter.

Die Feuer brannten in dieser Nacht niedrig, und die Geschichten wurden nur flüsternd erzählt. In ihnen kehrten Tote aus dem Grab zurück, ritten Riesen auf Skelettgäulen und kamen Kinder mit Pferdeköpfen zur Welt. Als in der Ferne der Wind mit hohler Stimme zu singen begann, wickelten sich die Nomaden in ihre Decken ein und gaben vor zu schlafen. Selbst Tuoba verfiel in Schweigen. Doch manch einer wälzte sich ruhelos durch die Nacht.

Taurus lag dicht neben Helian Cui. Noch immer hielt er den verbliebenen Wanderstecken umklammert, wenn er schlief. Bisher hatten die Nomaden die Raupen nicht entdeckt, und es gelang Taurus mit Helians Hilfe immer wieder, die Insekten heimlich zu inspizieren und ihnen Blätter zuzustecken. Doch der Vorrat aus dem Kloster war welk, und die Tiere verschmähten die braun gewordenen Stellen. Mit Erstaunen und Entsetzen zugleich erkannte Taurus an diesem geisterhaften Abend, dass sich ein Gespinst um eines der Tiere gebildet hatte. Es war so fein wie Gischt und beinahe unsichtbar. Der Verpuppungsprozess hatte begonnen.

Am nächsten Tag bekam die Angst der Nomaden Futter. Gerade zog die Gruppe an einem abgestorbenen Pappelwald vorüber, da gellte vielstimmiges Pfeifen aus dem Gehölz. Tuoba ließ anhalten, und seine Männer zückten die Waffen. Doch nichts rührte sich zwischen den toten Stämmen. Nur das Pfeifen schwoll an.

Nach einer Weile tauchte zwischen den toten Bäumen ein Zug schweigsamer Menschen auf. Zuvorderst gingen zwei Frauen in rotem Filz. Sie trugen Stöcke mit Papierlaternen, die so groß waren, dass sie bis zu ihren Knien hinabhingen. Dann folgte eine von sechs Männern getragene Bahre, auf der ein mit blauem Stoff bedeckter menschlicher Körper lag. Weitere vier Männer trugen zwei Stühle, die an Sänften erinnerten, auf denen saßen eine alte und eine junge Frau. Ein Dutzend Flötenspieler folgte. Das Absonderlichste an dem Zug aber waren die Kinder, die den Abschluss der Prozession bildeten. Sie trugen rote Gewänder und spitze Mützen. In ihren kleinen Händen hielten sie lange Paddel, die Blätter gen Himmel gerichtet. Niemand sprach ein Wort. Nur die schrille Musik und das merkwürdige Säuseln des Windes untermalten die Szene.

Tuoba gab seinen Männern ein Zeichen, die Waffen wegzustecken.

»Von einem Trauerzug erwartet er wohl keine Gefahr«, sagte Taurus zu Helian Cui, die neben ihm auf dem Wagen saß.

Helian deutete auf die Kinder. »Die Paddel«, sagte sie und fasste Taurus' Arm.

»Merkwürdig. Hier in der Wüste«, erwiderte Taurus.

Die Prozession zog jetzt direkt an ihnen vorüber. Die Trauergemeinde verschwendete keinen Blick an die Uighuren. Das

Schrillen der Flöten war so laut, dass die Ponys unruhig mit den Hufen schlugen und die Köpfe schüttelten.

»Dereinst muss dieses Volk hier am Wasser gelebt haben«, sagte Helian. »Vielleicht vom Fischfang.«

Taurus erinnerte sich an die Muschelschalen, die weiß und tot den Boden gesprenkelt hatten, so alt, dass Felsen über sie gewachsen waren. Wie lange mochte es hier schon kein Wasser mehr geben? Jahrhunderte, vielleicht Jahrtausende.

Da sagte Helian Cui: »Rede mit ihnen!«

»Warum sollte ich?«, fragte Taurus. »Sie sind in Trauer. Ich weiß nicht einmal, welche Sprache sie sprechen.«

»Vertrau mir. Ich werde es dir später erklären.«

»Nein. Ich kenne ihre Sitten nicht. Wer weiß, was diese Menschen tun, wenn ich mich in ihre Gebräuche einmische.«

»Ich bin es, die weiß. Und du bist es, der wissen sollte, dass ich dir niemals schaden wollen würde.«

Taurus fuhr sich über den Kopf. Seine Haare hatten schon wieder die Länge von Katzenfell. Er erinnerte sich daran, wie es gewesen war, als Helian ihren Kopf in seine Hände gelegt hatte. »He, ihr!«, rief er auf Serind gegen die Flötenmusik an und winkte den Vorüberziehenden zu. Einige Köpfe hoben sich. »Wen tragt ihr da zu Grabe?«

Da er seine Frage nicht für allzu despektierlich hielt, wunderte er sich darüber, dass niemand antwortete. Stattdessen wandten sich die Gesichter wieder dem Boden zu, als zählten die Trauernden die Muschelschalen, über die sie hinwegschritten.

»Danke«, flüsterte ihm Helian Cui ins Ohr und drückte seine Hand.

Taurus verstand nicht, was sie damit bezwecken wollte. Zunächst.

Doch dann ritt Tuoba heran. Er kochte vor Zorn. »Du musst wahnsinnig sein, Byzantiner! Dafür sollte ich dich ebenso im Sand vergraben wie deine Gefährten. Nachdem ich deine verteufelte Zunge abgeschnitten habe. Was hast du dir dabei gedacht?«

Taurus zuckte mit den Schultern. »Ich wollte wissen, wer der Tote war. Du etwa nicht?«

Tuoba stieß ein Heulen aus, das wie der Widerhall der Trauerflöten klang.

Helian unterbrach seine Flüche. »Sei still, Nomade! Oder willst du die Geister dieses Ortes noch mehr aufbringen?«

Augenblicklich verstummte der Uighure. Flüsternd fuhr er fort: »Vermutlich bist du wirklich so dumm und weißt nicht, was du angerichtet hast. ›Ich wollte wissen, wer der Tote war‹«, äffte er Taurus nach. »Kein Wunder, dass deine Heimat vom Unglück verfolgt ist, wenn du so mit den Geistern umspringst.« Er wandte sich um und gab Befehle, das Lager aufzuschlagen.

Noch immer verstand Taurus nicht, was vor sich ging. Als Helian vom Wagen sprang, folgte er ihr. Als sie zwischen den Pappelstämmen verschwinden wollte, hielt er sie fest.

»Was ist da eben geschehen? Wo willst du hin?«, fragte er.

»Die Uighuren haben Angst vor den Toten«, sagte sie.

»Das habe ich selbst erkannt. Aber warum musste ich mich einmischen, warum rasten wir hier?«

»Weil du die Totenruhe gestört hast. Das ist unverzeihlich. Sie werden heute Nacht einige Rituale vollziehen müssen, um die Geister zu besänftigen.«

»Sonst?«

»Wird sich die Erde auftun und die Uighuren verschlingen, werden sie selbst und ihre Familien vom Aussatz befallen, werden ihre Pferde an Dämpfigkeit verenden und sie selbst dem Irrsinn verfallen. Die Möglichkeiten, sich vor etwas zu fürchten, sind vielfältig.« Helian entwand sich seinem Griff. »Und die Uighuren beherrschen diese Kunst perfekt.«

»Was hast du im Sinn, Prinzessin Helian?« Nie zuvor hatte Taurus sie bei ihrem Titel genannt.

Für die Dauer eines Lidschlags huschte Misstrauen über ihr Antlitz. Dann fasste sie ihn bei der Hand und zog ihn hinter sich her. »Komm! Solange die Nomaden ihr Lager aufschlagen, sind wir unbeobachtet.«

Neugierig folgte Taurus ihr, als sie sich einen Weg zwischen den toten Stämmen der Pappeln hindurchbahnte. Dahinter gab die Landschaft den Blick frei auf die Ebene, die einmal ein Meer gewesen war – und auf den Trauerzug, der in einiger Entfernung sein Ziel erreicht hatte. Die Paddel ragten im Halbkreis um den Sarg auf. Die beiden Tragesessel standen auf dem Boden, und die Trauernden hatten die Hände vor die Gesichter gelegt, während einer der Männer Arabesken in die Luft zeichnete.

Helian beschattete ihre Augen mit beiden Händen. »Siehst du das?«, fragte sie.

Taurus kniff die Augen zusammen. Aber das Grab lag zu weit in der Ferne, um Details erkennen zu können. Wie schaffte sie das nur? Waren ihre Augen deshalb so grün?

»Nicht das Grab«, sagte sie. Lachte sie ihn etwa aus? »Siehst du denn den Friedhof vor lauter Toten nicht?« Taurus begriff. Die Bestattung wurde am äußeren Ende eines Ovals vorgenommen, das von Pfosten übersät war. Aber das waren keine Pfosten, sondern ebensolche Paddel wie jene, die die Kinder trugen. Sie steckten aufrecht im Sand und schienen etwas zu markieren.

»Grabsteine«, sagte Taurus. »Das sind Denkmäler für die Verstorbenen.«

Helian nickte. »Sie scheinen eine uralte Tradition zu pflegen. Die Geister flüstern ihnen zu, dass die Paddel einst von Bedeutung gewesen sein müssen.« Von der Sonne geblendet, wandte Taurus den Blick ab. »Du hast die Nomaden doch nicht anhalten lassen, um die Bräuche dieser Wüstenbewohner zu studieren.«

»Nein. Es geht um die Texte des Asanga«, sagte Helian Cui mit Bedauern in der Stimme. »Es tut mir leid, dass ich dich an der Nase herumgeführt habe.«

»Wenn ich deinen Landsleuten glauben darf, ist es bei der Größe meiner Nase schwer, mich nicht daran herumzuführen.«

Helian schmunzelte. »Wenn die Äbtissin recht hat, liegen die Schriftrollen in einem Grab wie diesen dort. Miaodan sprach von den verlorenen Wassern der Taklamakan und von den Seeleuten der Wüste. Von Paddeln, die durch den Himmel rudern. So wie diese dort. Es ist einen Versuch wert.« Ein Schatten fiel über ihre Augen. »Taurus, ich werde zurückgehen müssen, wenn ich die Texte finden sollte.«

»Zurückgehen«, wiederholte er und verstand allmählich, was sie sagen wollte. Natürlich hatte er die ganze Zeit über gewusst, dass sie umkehren würde, sobald sie ihr Ziel erreicht hatte. Doch hatte er stets geglaubt, die Texte lägen am anderen Ende der Welt, und heimlich gehofft, es gäbe sie überhaupt nicht. Schriften aus uralten Tagen. Worte, versunken in der Wüste. Niemand fand so etwas wieder.

Der Wind fegte Fetzen des Singsangs vom Friedhof in seine Ohren. »Ja«, sagte er. »Ich weiß.«

In dieser Nacht suchten die Nomaden erst gar nicht nach Schlaf, sondern saßen um das Feuer, das von den Ästen der Pappeln genährt wurde, und drängten sich aneinander wie Schafe bei Sturm.

Diesmal übernahm Tuoba selbst die Aufgabe, seine Männer mit einer Geschichte von ihren düsteren Fantasien abzulenken. Er wählte eine Legende, die vom Ursprung der Gestirne berichtete. Doch schon nach den ersten Worten war Taurus klar, dass dieses Märchen die von abergläubischer Furcht erfüllten Nomaden kaum beruhigen würde.

Tuoba erzählte von der Königin Khala Khan, die einen Sohn mit blauem Gesicht und behaartem Körper gebar. Dieser sollte sich schon als Säugling von rohem Fleisch ernährt haben. Angelehnt an das Rad eines Karrens, beobachtete Taurus, wie die Zuhörer versuchten, die Dunkelheit mit Blicken zu durchdringen. Er war sich sicher, dass er die Männer in Panik versetzen könnte, wenn er heulend um das Lager schlich.

Tuoba berichtete gerade von einer siebenköpfigen Schlange, die aus dem Sand kroch, um das Kind Khala Khans zu fressen, als sich eine Hand auf Taurus' Wanderstab legte. Er fuhr zusammen und packte den Stock fester.

Es war Helian Cui. Sie hatte eine Pferdedecke über ihr weißes Gewand geschlungen und war in der Dunkelheit kaum zu erkennen. Sie deutete auf den wolkenverhangenen Himmel.

»Die Nacht schenkt uns Finsternis. Die Nomaden sind mit sich selbst beschäftigt. Wir sind unbeobachtet. Jetzt ist die Zeit gekommen, den Friedhof näher in Augenschein zu nehmen.« Ihre Worte waren kaum mehr als ein Hauch.

»Uns. Wir«, raunzte Taurus. »Wenn ich es recht begriffen habe, geht es dabei einzig um deine Ziele.«

Sie verharrte einen Augenblick neben ihm. Doch als er

nicht weitersprach, erhob sie sich und verschwand geräuschlos in der Nacht.

Taurus beobachtete weiterhin die Nomaden, lauschte Tuobas Worten und dem Knistern des Feuers. Einen Moment lang überlegte er, ob er die Uighuren über Helians Pläne unterrichten sollte. Dass die Buddhistin die Totenruhe stören wollte, ausgerechnet hier, in diesem verfluchten und von Geistern heimgesuchten Land. Dass sie sich davonstehlen wollte, anstatt dem Großkhan als Prinzessin zu Diensten zu sein.

Er knetete den Bambusstock, in dem die Seidenraupen begonnen hatten, sich zu verpuppen. Ihm blieb kaum genug Zeit, Byzanz zu erreichen, geschweige denn, mit abergläubischen Nomaden durch die Wüste zu kriechen oder mit einer starrköpfigen Buddhistin uralte Gräber zu durchsuchen. Aber wenn er Helian Cui allein dort hinuntergehen ließ und sie diese verfluchten Texte tatsächlich fand, dann würde sie sich vielleicht einfach davonstehlen. Und dann wäre er, Taurus, für die Nomaden wertlos und würde das Schicksal von Wusun und Olympiodorus teilen. Besser, er folgte Helian Cui und hielt sie von unüberlegtem Handeln ab.

Als er sie einholte, hatte Helian die Grabstätten schon fast erreicht. Sie empfing ihn schweigend. Wind fuhr in ihr Haar und blies die Wolken fort, der Mond goss wieder sein Licht über der Landschaft aus. Wie hölzerne Finger ragten die Paddel in den Himmel. Das frische Grab war kaum von den älteren zu unterscheiden. Kein Schmuck zierte es, keine Totenwache war zurückgeblieben. Wer in diesem Land starb, mochte zwar in den Geschichten seiner Familie weiterleben. Sein Körper aber gehörte ganz und gar der Wüste.

»Welches Grab ist es?«, fragt Taurus.

»Eines von diesen«, antwortete Helian unbestimmt, und für

einen Moment keimte die Hoffnung in ihm auf, dass sie es niemals schaffen würden, alle Gräber nach einem Fetzen Pergament zu durchwühlen. Doch die Nacht war lang und Helian Cui mit der Starrsinnigkeit einer Herrscherin gesegnet.

»Gibt es keinerlei Hinweise? Keinen Namen? Vielleicht können wir versuchen, die älteren Gräber von den neueren zu unterscheiden«, schlug Taurus vor. Der Gedanke, die ganze Nacht hindurch Tote aus dem Sand zu buddeln, behagte ihm nicht. Schon gar nicht, wenn diese Toten erst seit einigen Stunden in der Erde lagen. »Wenn die Texte tatsächlich hier liegen sollten«, erwiderte Helian, »dann schon geraume Zeit.«

»Also muss es sich um ein älteres Grab handeln«, ergänzte Taurus erleichtert. Doch augenblicklich fiel seine Hoffnung in sich zusammen. Die Gräber vor ihnen unterschieden sich in nichts voneinander. Die Wüste hatte alle gleichermaßen mit Sand bedeckt. Selbst die Grabstätte vom Nachmittag war bereits zur Hälfte unter einer hellen Schicht verschwunden, während andere Gräber vom Sand befreit dalagen, als wären sie erst vor wenigen Momenten angelegt worden. »Erdpech und Holzgeist«, sagte Helian Cui.

Taurus sah sie fragend an.

»Die Mumien. Sie strömen einen markanten Geruch aus«, erklärte sie. Er fühlte sich wie ein Klosterschüler. »Je älter sie sind, umso stärker riechen sie. Nach einer Mischung aus Erdpech und Holzgeist.« Helian deutete auf sein Gesicht. »Deine Nase bekommt Arbeit, Byzantiner. Sie hat sich lange genug pflegen lassen.«

Helian Cui ging vor dem erstbesten Grab in die Knie. Sie fegte den Sand zur Seite, bis sich eine Mulde gebildet hatte. Dann hielt sie sich ihr Gewand vor die Nase und atmete tief ein. Nach einer Weile stand sie auf und schüttelte den Kopf. »Wenn hier irgendwo Mumien liegen, dann nicht in diesem Grab.«

Taurus lugte in die Mulde hinein. Dicht unter dem Sand war etwas Dunkles zu erkennen. Er beugte sich hinab und tastete danach. Seine Finger berührten etwas Hartes, es war brüchig wie altes Leder. Abrupt zog er die Hand zurück.

Helian lachte. »Das ist nur eine alte Tierhaut. Sie bespannen die Särge damit. Anstelle von Holzdeckeln. Das hilft, die heiße Luft hineinzulassen, damit die Toten rascher vertrocknen.«

Die Wolken jagten über den Himmel, der gelbe Mond schien auf die Wüste, der Sand atmete kühle Nachtluft aus, und Taurus und Helian sogen den Geruch der Gräber ein. Wie Käfer krochen sie über die Erde, scharrten und schnupperten. Aber alles, was in Taurus' Nase stieg, war der Geruch von alten Kleidern und Kameldung. Nicht einmal der Gestank der Verwesung drang durch den Sand. Fast hätte er ihn willkommen geheißen, hätte er doch immerhin die Anwesenheit eines Toten belegt.

Schließlich – Taurus spielte schon seit geraumer Zeit mit dem Gedanken, Helian zur Rückkehr ins Lager zu überreden – waberte ein Dunst in seine Nase, ein bisher unbekannter Geruch, eine Ahnung von Süßlichem und ein Hauch von Würze. Er betrachtete das betreffende Grab genauer. Auch das Paddel an seinem Ende wies eine etwas breitere Form auf als die anderen.

Taurus stutzte und suchte nach seiner Gefährtin. Dort hinten hockte sie und schob den Sand auf eines der Gräber zurück. Noch hatte sie nicht bemerkt, dass er etwas gefunden hatte. Noch lag die Zukunft in seiner Hand.

»Helian!«, rief er. Als sie sich umwandte, winkte er knapp. »Hier ist etwas.«

Bald darauf hatten sie das Grab freigelegt. Ein starker Geruch schlug ihnen aus der Grube entgegen. Doch der lockere Sand rutschte immer wieder nach, und Taurus war damit beschäftigt, den Aushub zurückzuschieben, während Helian Cui versuchte, in dem Loch etwas zu erkennen. Hätten sie doch nur eine Laterne dabei! Doch das Licht hätte die schlaflosen Nomaden angelockt – oder vertrieben. Taurus wusste nicht, was schlimmer gewesen wäre.

»Wir müssen den Sarg herausheben«, sagte er. Helian trat einen Schritt zurück. »Sonst sehen wir nichts.«

Als sie noch immer zögerte, streckte er kurzerhand die Arme in die Grube. Seine Finger ertasteten die Holzkiste, fanden Halt und packten zu. Wenn der morsche Kasten nur nicht auseinanderbricht, dachte er. Dann war Helian bei ihm und fasste mit an.

Was sie aus dem Grab hievten, war ein Kanu. Eines jener flachen Boote, wie die Schilffischer von Lou-lan sie fuhren. Dieses Exemplar jedoch war uralt. Das morsche Holz zerbröckelte unter ihren Fingern. Vorder- und Achterteil des Bootes waren abgeschlagen und durch Querbretter ersetzt worden. Über das Boot war eine Tierhaut gespannt, die mit Holzhaken befestigt war. Taurus tastete die Ränder des Leders ab, löste es behutsam vom Holz und lüpfte schließlich die Abdeckung, um in das Innere des Sarges zu schauen.

Der Geruch, der aus dem Boot strömte, biss sich in ihren Nasen fest. Helian Cui wandte den Kopf zur Seite und hielt sich die Hand vor das Gesicht. Taurus schüttelte sich wie ein Stier, der eine Fliege verscheucht.

Mit angehaltenem Atem beugten sie sich über das Totenboot. Der Leichnam war noch gut zu erkennen. Schon zuvor hatte Taurus Mumien gesehen, doch die waren einbalsamiert worden. Diesen Toten dagegen hatte einzig die Wüste zu dem gemacht, was er heute war.

Die Haut spannte über dem Schädel, die Lippen waren verschwunden und die Zähne freigelegt. Vom Hals bis zu den Füßen war die Mumie in eine Decke gewickelt. Als Taurus sie in der Körpermitte berührte, zerfiel dieser Teil zu Staub.

Helian Cui hielt seine Hand fest. »Nicht. Schau sie dir an. Wie schön sie ist!«

Er blickte auf die Mumie. Auf dem Kopf trug sie eine turbanähnliche Mütze. Ihre Augenlider waren geschlossen und spannten sich über die leeren Augenhöhlen. Selbst Wimpern und Augenbrauen waren erhalten, und unter dem Kopfputz lugten schwarze Haare hervor.

»Unsere Vorstellungen von Schönheit gehen auseinander«, stellte Taurus fest.

»Es gibt nicht nur eine Form der Schönheit«, erwiderte Helian Cui. »Glaubst du, ich hielte nicht auch dich für schön? Ich dachte, das hätte ich mittlerweile deutlich werden lassen.«

Er grinste in seinen Bart hinein. »Wir sind Turteltauben mit einem Bein im Grab. Wusun könnte daraus ein Lied dichten.« Wo mochte der Alte jetzt sein?, fragte er sich in Gedanken.

Helian Cui fuhr mit einer Hand durch die Luft über dem Leichnam, ohne ihn zu berühren. Dabei summte sie eine Melodie, die wie das Murmeln einer Quelle klang. Die Töne plätscherten über die Mumie hinweg wie Wasser über Kieselsteine, und Taurus wäre nicht erschrocken, hätte der Tote die Augen aufgeschlagen.

»Es ist eine Frau«, sagte Helian. »Eine Prinzessin, vielleicht die Herrscherin der Wüste, Königin eines versunkenen Reichs.«

»So wie du selbst?«

Sie schüttelte den Kopf. »Sie strahlt noch immer etwas Majestätisches aus. Spürst du es nicht?«

Taurus gab sich alle Mühe, Helians Empfindsamkeit zu teilen. Er atmete den strengen Geruch ein, öffnete den Mund, um seine Geschmacksknospen zu stimulieren, versuchte, etwas Ungewöhnliches zu erkennen. Aber ihm offenbarte sich nichts – außer einem vermoderten Grab mit einer vertrockneten Leiche.

»Nein«, gab er zu. »Aber wir sollten hier nicht meditieren, sondern uns beeilen.«

Helian nickte. »Du hast recht.« Ihre Hand verschwand zwischen der Wand des Sargs und dem Körper. Vorsichtig tastete sie die Hohlräume ab. Doch sie schien nichts zu finden.

»Wir werden sie auswickeln müssen«, sagte Taurus. Ihm fiel auf, dass er die gesamte Zeit über die Stimme gesenkt hielt. Was für ein Unsinn! Hier war niemand, der sie hätte hören können. Und doch vermochte er nicht, in normaler Lautstärke zu sprechen.

Helian erging es anscheinend nicht anders.

»Nein«, flüsterte sie. »Wir haben die Tote schon genug gestört. Wenn die Schriftrollen zwischen ihren Kleidern liegen sollten, wäre vermutlich ohnehin nichts von ihnen übrig.«

»Aber es scheint das einzige Grab zu sein, das infrage kommt.«

Helian blickte der Mumie lange ins Gesicht. Taurus hatte den Eindruck, zwischen den beiden Frauen entspinne sich ein Zwiegespräch über den Abgrund der Zeit hinweg.

Helian fasste sich ins Haar und wickelte eine Locke um

ihren Finger. Wie lang es seit ihrer ersten Begegnung geworden war! Nie zuvor war Taurus aufgefallen, dass sich auf ihrem Kopf inzwischen Kringel wanden. So etwas hatte er zuletzt bei den Menschen seiner Heimat gesehen, doch selbst dort entstanden die Locken der Frauen nur unter der Brennschere. Hier, in den Ländern des Ostens, waren hingegen alle Haare glatt.

»Es muss ein anderes Versteck geben«, sagte Helian. »Ein anderes Grab.«

Taurus sah sich um. Sie hatten fast alle Grabstätten geprüft. Diese hier war die Einzige, die sich von den anderen unterschied. Eher würden die Toten unter dem Sand zum Leben erwachen, als dass aus einem der übrigen Gräber eine Rolle alter Texte auftauchte.

»Vielleicht ist es ein anderer Friedhof«, sagte er, und die Hoffnung, Helian würde weiter mit ihm ziehen, kehrte zurück.

»Vielleicht? Vielleicht überleben die Seidenraupen auch ohne frische Blätter«, gab sie zurück und imitierte seinen Tonfall.

»Und vielleicht haben es Wusun und Olympiodorus auch ohne meine Hilfe geschafft, am Leben zu bleiben.« Er spürte ihrer beider Ärger über dem offenen Sarg zusammenschlagen.

Schließlich fasste er Helian bei der Schulter. »Wir können nicht alle Gräber öffnen.«

»Das weiß ich selbst«, fuhr sie ihn an. »Aber mein Leben ist ohne diese Texte zu Ende. Es ist mein Karma, diese Aufgabe zu erledigen. Zu nichts Weiterem bin ich auf der Welt.«

»Zu Ende?«, echote er. »Warum mühe ich mich dann noch weiter ab? Am besten du bleibst gleich hier und suchst dir eines dieser Gräber als letzte Ruhestätte aus. In einigen Jahren werde ich zurückkehren und nachschauen, wie es dir bekommen ist. Dann werden wir sehen, ob sich unser Verständnis von Schönheit noch immer unterscheidet.«

Er ging ans Ende des Grabs, die Hände vor Zorn zu Fäusten geballt. Er griff nach dem Paddel, das im Sand steckte, und das morsche Holz brach entzwei. Wütend schleuderte er das Blatt dem offenen Grab in den Schlund.

Es dauerte erstaunlich lange, bis aus dem Loch ein hohler, weit entfernter Ton erklang. Vorsichtig beugten sich Taurus und Helian über die Grube, die ihnen eine schwarze Bodenlosigkeit offenbarte.

Taurus griff nach dem Bambusstab, den er zum Graben beiseitegelegt hatte, kroch auf dem Bauch an den Rand des Grabes heran und stocherte mit dem Stock darin herum. An einer Stelle spürte er keinen Widerstand mehr. Dort schien ein Loch zu sein.

Taurus suchte nach etwas, das er hinunterfallen lassen konnte. Etwas, das ein Geräusch hervorrufen mochte. Da fiel ihm der verbliebene Ring an seiner Hand ein. Er streifte ihn ab, drückte ihn noch einmal fest in seine Handfläche. Dann entließ er ihn in die Finsternis. Von tief unten erklang ein heller Ton.

»Zwei Ruten«, schätzte Taurus. Als ihm bewusst wurde, dass Helian Cui diesen Begriff nicht kannte, ergänzte er: »Zwanzig Fuß.«

»Halt mich fest«, sagte Helian und streckte die Hände aus.

»Weißt du nicht, wie tief zwanzig Fuß sind? Meine Arme mögen lang sein, aber mehr als drei Fuß reichen sie nicht hinab.«

»Wenn du mich nicht festhältst, klettere ich ohne deine Hilfe hinunter.«

»Hat Buddha dich das Fliegen gelehrt?«, fragte Taurus. »Selbst wenn du heil dort unten ankommen würdest, könntest du nichts sehen. Ich werde ein Seil und eine Fackel holen.«

Helian Cui ließ sich rücklings in das Grab gleiten und wäre in der Schwärze verschwunden, hätte Taurus nicht im letzten Moment ihren Arm zu fassen bekommen. Sie hing an seiner Hand und spähte hinab, dorthin, wo die Schwärze ihre Beine verschluckte.

»Lass mich vorsichtig hinab«, sagte sie. »Die Texte könnten dort unten sein.«

Taurus schüttelte den Kopf und zog ihr Federgewicht an den Armen aufwärts. Doch kaum waren Helians Füße wieder erschienen, spürte er einen stechenden Schmerz in seinen Fingern. Seine Muskeln versagten den Dienst, und sein Griff lockerte sich. Helian entglitt ihm und war so schnell in der Grube verschwunden, als hätte es sie nie gegeben.

So nah wie möglich kroch Taurus an die Öffnung heran. »Helian Cui!«, rief er und redete sich ein, dass er hinterherspringen würde, wenn sie nicht antwortete.

Von unten erklang das Echo eines tiefen Raumes, gefolgt von der Stimme der Buddhistin.

»Es ist nicht allzu tief. Und wenn du die Öffnung freigeben würdest, könnte ich im Mondlicht sogar etwas erkennen.«

Er zog den Kopf zurück und wartete. Sand rieselte in die Grube hinein, und Stille drang daraus hervor.

»Es scheint eine Grotte zu sein«, hörte er Helian schließlich rufen. »Weitläufig. Ich kann fünf Schritt weit sehen. Aber es geht tiefer hinein. Ich werde mich vortasten. Unsere Finger sind bessere Führer als unsere Augen. Sei unbesorgt!«

Unbesorgt? Wollte sie ihn verspotten? »Komm zurück!«, rief er.

Wenn sie nun in einen Abgrund stürzte! Wer konnte schon sagen, was für Unterwelten sich unter dem Sand des Schor erstreckten? Vielleicht sogar der Zugang zu jenem Reich, das manche den Hades und andere die Hölle nannten.

Da hörte er ein Heulen. Hohl und kalt stieg es aus der Tiefe empor. Taurus fuhr zusammen. Zunächst dachte er an ein Ungeheuer, das Helian aus uraltem Schlummer geweckt haben mochte, ein Biest, grau und groß wie jenes, dessen Schädel er mit sich herumtrug. Doch dann war es ihm, als lege ihm Olympiodorus eine Hand auf die Schulter, um ihm den Schrecken zu nehmen und Aberglauben in Wissen zu verwandeln.

»Der Wind«, sagte Taurus. »Richtig. Es ist nur der Wind.« Dort unten musste es Höhlen geben, die den Schor durchzogen, Kavernen aus jenen Tagen, als hier noch Fluten das Land überspült hatten. Salzige Ströme, die sich in das Gestein gefressen und Tunnel zurückgelassen hatten, in denen heute nur noch der Luftstrom seine verlorenen Melodien spielte.

»Helian?«, rief er noch einmal. Doch diesmal blieb eine Antwort aus.

Taurus erhob sich. Auch wenn sein Herz ihn dazu drängte – es wäre töricht gewesen, ihr in das Loch hinterherzusteigen.

»Ich gehe ins Lager und kehre mit einer Fackel zurück«, rief er und ergänzte flüsternd: »und mit einem Seil.« Aber das Grab blieb stumm wie die Mumie, die sie daraus hervorgeholt hatten.

Den heulenden Ostwind im Rücken, rannte Taurus in Richtung des Lagers zurück.

Helians Finger waren zu Augen geworden. Sie fuhren über Grate und Ritzen, tauchten in das schwammige Gewebe von Pilzen ein. Es gab Feuchtigkeit hier unten. Die Welt war voller Wunder, und Buddha war großzügig genug, ihr eines davon zu offenbaren. Wenn er sie doch nur an den richtigen Ort geführt hatte!

Erneut fuhr ein Windstoß in Helians Haar. Die Grotte sang zu ihr. Zwar blieben die Worte unverständlich, aber ihr Klagen rührte Helians Herz. Einsamkeit schwang darin mit. Wie lange waren keine Menschen mehr hier unten gewesen?

Vorsichtig tastete sie sich mit den Füßen voran. Es ging bergauf. Sie warf einen Stein und hörte, wie er von etwas abprallte. Vor ihr musste es ein Hindernis geben. Während ihre Linke weiter den Felsen entlangstrich, hielt sie die Rechte weit ausgestreckt vor sich. Die Laogong-Punkte in der Mitte ihrer Handflächen nahmen einen Teil ihrer Umgebung wahr, und ihr Geist war weit geöffnet, viel weiter, als er es bei Licht hätte sein können, wenn die Augen vom Wesentlichen ablenken. Mit jenen Sinnen, für die der menschliche Körper kein Organ hat, spürte Helian Cui die Größe des Raumes und ertastete seine Gestalt.

Etwas krabbelte über ihre Handfläche. Die Berührung kitzelte sie. Olympiodorus, dachte Helian Cui, hätte ihr vermutlich verraten können, welcher Höhlenbewohner ihr da seine Aufwartung machte. Sie blieb stehen und spürte, wie sich die zahlreichen Beine ihren Arm entlangtasteten.

»Kannst du mich führen?«, fragte sie das Insekt. Gemessen an seinem Gewicht musste es die Größe eines Kinderschuhs haben. »Du kennst hier doch gewiss jeden Schlupfwinkel.«

Die Beine verhakten sich in ihrem Gewand, stolperten über

die Baumwolle und blieben hängen. Dann verschwand der Gast aus der Dunkelheit auf dem Boden, und nichts blieb von ihm zurück.

Als Helian mit den Fingern wieder die Felswand entlangstrich, fühlte sie Rillen im Stein. Mit beiden Händen tastete sie danach. So gleichmäßig zogen sich die Furchen durch die Wand, dass nur Menschenhände sie hinterlassen haben konnten. Zunächst glaubte sie an Zeichen, eine Schrift vielleicht. Doch als unter ihrem Tasten ein Symbol zu einem Dreieck und dieses zu einem Schwanz wurde, erkannte sie, was vor ihr in der Finsternis lag.

Ein Fisch schwamm über den Fels. Noch einer. Ein ganzer Schwarm schoss durch die Dunkelheit. Aufgeregt fuhr sie mit den Händen über die Gravuren. Das Bild schien keine Grenzen zu haben. Welche anderen Tiere neben den Fischen schwammen, vermochte Helian nicht zu sagen. Einige streckten ihr Tentakel entgegen, andere waren gliederlos wie Muscheln. Da reichte ihr jemand eine Hand. Nach und nach ertastete sie Schultern, einen Kopf. Mann oder Frau – das ließ sich nicht feststellen. Deutlich aber war das Netz, das die Gestalt durch die reichen Fischgründe zog.

Asanga, der Fischer, so hieß der Erleuchtete bei den Brüdern und Schwestern. Weil er die unendliche Geduld besessen hatte, selbst dort nach Weisheit zu fischen, wo scheinbar keine zu finden war. In einer Höhle wie dieser sollte Asanga gelebt und darauf gewartet haben, dass ihm der Bodhisattva Maitreya, der kommende Buddha, erschien.

»Aber Maitreya zeigte sich nicht«, flüsterte Helian Cui, und ihre Worte vereinten sich mit den Klagen des Windes. Erst als Asanga die Höhle wieder verließ, in der er einen Teil seines Lebens verbracht hatte, erschien ihm der Bodhisattva. Und als Asanga ihn fragte, wo er so lange gewesen sei, antwortete Maitreya: »Ich war die ganze Zeit neben dir.«

Helian genoss den kühlen Trost der Legende. Ihre Finger fuhren zu den Füßen des Fischers hinab und in die Nische, die dort in den Fels geschlagen war. Sie ertastete ein halbes Dutzend Rollen aus Leder.

❦

»Beeilt euch!«, rief Taurus. Er rannte durch die Nacht, diesmal vom Licht einer Fackel beschienen.

Tuoba und vier andere Nomaden folgten ihm auf dem Fuß. Der Anführer der Uighuren war außer Atem, dennoch fluchte er hinter Taurus her wie Xanthippe hinter Sokrates.

Die Männer hatten Angst. Taurus hatte sie aus ihrem Dämmerzustand gerissen, und noch immer waren sie wie gelähmt vor Furcht und Aberglaube. Die vom Wind durchtoste Dunkelheit, die über den Himmel jagenden Wolkenfetzen und der gespenstisch gelbe Mond trugen nicht gerade dazu bei, ihren Mut zu heben. Doch Taurus' Argumente wogen schwerer als alles, was die Teufel der sieben Nomadenhöllen ihnen androhen mochten.

»Die Prinzessin versucht zu entkommen.« Zum wievielten Mal Taurus die Uighuren mit diesen Worten anstachelte, wusste er nicht. Aber, beim feurigen Pfuhl, es funktionierte!

Tuoba schlug seine Begleiter auf den Kopf, sobald sie langsamer wurden, und zerrte sie an den Gürteln hinter sich her. Schließlich hatten sie den Friedhof erreicht.

Taurus war als Erster bei dem Grab und schaute bereits in das Loch hinab, als die Nomaden noch weit entfernt waren. »Helian Cui?«, rief er in die Tiefe.

Schneller als das Echo flog die Antwort zu ihm herauf.

»Zieh mich hinauf! Hoffentlich hast du ein Seil mitgebracht.«

Taurus bedeutete Tuoba, das Ende eines der beiden Stricke in das Loch hinabzulassen. Als er Helian aus der Grube aufsteigen sah, löste sich der Stein, der auf seiner Brust gelastet hatte, in Luft auf. Die Erleichterung aber war nur von kurzer Dauer.

Kaum war die Buddhistin vollständig aus dem Grab aufgetaucht, sprangen die Nomaden sie hinterrücks an und schlangen das zweite Seil um ihre Arme und Beine. Etwas entglitt Helians Griff. Sie schrie. Erst nachdem Taurus die Schriftrollen aufgeklaubt hatte, verstand er, dass sie seinen Namen verfluchte.

Kapitel 18

NONG E HASSTE AKSU. Die Stadt war so verkommen wie ihre Bewohner und gehorchte dem Gesetz dieser Reise: Je weiter Nong E nach Westen zog, umso armseliger ragten die Häuser aus dem Unrat, der sich um sie herum auftürmte. Welch Ausbund der Schäbigkeit musste erst die Heimat der Seidendiebe sein! Kultur und Feinsinn, das stellte Nong E einmal mehr fest, waren nur im Reich des Himmelssohns zu Hause.

Immerhin hatte der Oasenherrscher von Aksu sie wie eine Königin willkommen geheißen. Natürlich lag das nur an den mehr als zweihundert Berittenen, die mittlerweile ihr Gefolge bildeten. Auch Aksu würde sie mit Kriegern unterstützen, das hatte das Stadtoberhaupt bereits angekündigt. Macht, sinnierte Nong E, zieht mehr Macht nach sich, ebenso wie Geld zu mehr Geld führt. Genüsslich stellte sie sich vor, wie sie immer weiter nach Westen ziehen und ihre Streitmacht größer und größer werden würde, bis ihr die gesamte Welt zu Füßen läge.

Doch das waren Träumereien. Alles, wonach es sie verlangte, waren die Raupen – und Rache. An die Brokatkissen gelehnt, die in den Privatgemächern des Stadtoberhaupts für sie ausgelegt worden waren, streckte sie zwei Finger in eine gesprungene Schale aus Jade und pflückte einen Batzen Fleisch daraus hervor. Streifen vom Kamelhöcker mit süßen Birnen. Die Bettler hier in Aksu mochten rohen Sitten nachgehen, ihre Küche aber war akzeptabel. Fast hätte Nong E ein Wohlgefühl zugelassen. Wenn nur der Schmerz in ihrem Fuß nicht gewesen wäre!

»Sanwatze!«, schrie sie, während sie an dem fetten Fleisch lutschte. »Wo bleibt der Heiler?«

Der Vorhang aus Holzperlen teilte sich klappernd, und Sanwatze trat ein. Die Befehlsgewalt über die Krieger hatte ihn verändert. Nicht länger trug er seine alten Kleider aus Lou-lan, sondern eine Rüstung aus poliertem schwarzen Leder, das mit Wolle gepolstert war. Der schöne Sogdier war zu einem stolzen Krieger geworden.

»Der Heiler ist bereits eingetroffen. Er hockt unten in der Halle und unterhält sich mit den Gefangenen. Ich hielt es für besser, Euch zunächst das Mahl beenden zu lassen«, sagte Sanwatze und verbeugte sich.

Wie umsichtig er war. Niemals wäre dem verlausten Ägypter so etwas in den Sinn gekommen.

»Herein mit dem Heiler, und mach ihm Beine! Er soll nicht glauben, er könne mich wie eine Bäuerin behandeln.« Nong E wedelte mit der Hand. Kurz darauf hörte sie Schritte auf der Treppe. Erneut teilte sich der Vorhang, und unter einem Schwall süßlicher Komplimente stürzte ein verwachsener Alter herein. Seine Gliedmaßen waren verkrümmt und seine Augen zusammengekniffen.

»Herrin! Danke, dass Ihr mich empfangt!«, sagte er mit rasselnder Stimme.

»Ich bin nicht deine Herrin. Aber ich werde dein Tod sein, falls du dein Geschäft nicht verstehst.« Der Heiler legte den Kopf schief und blickte sie aus blitzenden Augen an.

»Den Tod habe ich schon oft gesehen. Nie aber war er so schön wie heute«, flötete er.

Nong E zog ihr mit Rauten verziertes Seidenkleid nach oben, sodass ihre Füße sichtbar wurden. Der linke steckte in einem Filzschuh, über den Blumen mäanderten. Der rechte jedoch war in mehrere Lagen Papier gewickelt. Schon seit Tagen war er geschwollen und passte in keinen Schuh.

Sie streckte dem Heiler den kranken Fuß entgegen. »Da! Sieh ihn dir an!«

Der Alte kniete vor ihr nieder und wickelte behutsam das Papier von dem Fuß. Rot und geschwollen kam die Gliedmaße zum Vorschein.

»Eine gute Behandlung«, sagte der Heiler, als er sah, dass das Papier mit Schriftzeichen versehen war. »Diese Symbole helfen, böse Geister zu vertreiben. Gute Medizin.«

»Nicht gut genug«, sagte Nong E. »Sonst hätte ich dich nicht holen lassen müssen.«

»Gewiss, gewiss«, beeilte sich der Heiler zu sagen, während er mit der Hand über den Fuß strich. Beim großen Zeh verharrte er, legte vorsichtig einen Finger darauf und drückte zu.

Nong E schrie auf. Mit dem gesunden Fuß trat sie dem Alten gegen die Schulter, sodass dieser stürzte. »Heilen sollst du mich, nicht quälen!«, keifte sie. »Schmerzen kann ich ohne deine Hilfe erleiden.«

»Verzeiht, edle Herrin!«, sagte er. Nong E war sicher, Hochmut im hintersten Winkel seiner Stimme zu hören.

»Das werde ich, wenn du mir hilfst. Woran leide ich?«

»Das Qi in Eurem Körper kann nicht fließen. Es staut sich in Eurem Fuß und ruft eine Krankheit hervor. Lasst mich Euren Puls fühlen.«

Skeptisch hielt sie ihm den Arm hin, und er tastete nach dem Pulsschlag. Als seine Fingerspitzen gefunden hatten, was sie suchten, murmelte er: »Drei Schläge an der Oberfläche, drei in der Mitte und drei tief unten. Sie sind alle da, aber, Herrin, die unteren müssen stimuliert werden.«

Ohne ihre Zustimmung abzuwarten, kramte er in den Taschen seines Gewands und holte eine Handvoll Nadeln hervor. Sie waren schwarz und angelaufen.

Er schien Nong Es Blick zu bemerken. »Oh nein, das ist kein Schmutz. Das Eisen wird schwarz, wenn man es im Feuer reinigt. Diese Nadeln haben schon vielen meiner Patienten geholfen.« Mit diesen Worten ergriff er die Ferse ihres kranken Fußes und stach zu.

Die Schreie, die Sanwatze und drei Wachleute kurz darauf in das Schlafgemach eilen ließen, stammten nicht von Nong E. Der Heiler taumelte ihnen entgegen, die Nadeln steckten in seinem Gesicht. Eine hatte seine Unterlippe durchbohrt.

»Wenn ihr mir noch einen solchen Scharlatan herbeischafft«, rief Nong E, die sich den Fuß hielt, »werde ich eure Männlichkeit ebenso behandeln.«

Mit eiligen Bewegungen sorgte Sanwatze dafür, dass die Wachen den Heiler entfernten. Dann näherte er sich Nong E und betrachtete besorgt den Fuß. »Einer der Gefangenen behauptet, Euch helfen zu können. Es ist der aus Byzanz, der sich Olympiodorus nennt.« Nong E schnaubte verächtlich. »Irrsinniger! Glaubst du, ich lasse meine Feinde meine Wunden behandeln? Hältst du mich für einfältig, weil ich eine Frau bin?«

Sanwatze hielt ihrem herausfordernden Blick stand. »Über die Vor- und Nachteile Eurer Weiblichkeit vermag ich mir kein Urteil zu bilden. Wohl aber über Euren Starrsinn. Wenn Ihr nicht bald behandelt werdet, können wir nicht weiterziehen. Dann ist dieser verfluchte Taurus mit den Seidenraupen und der Prinzessin über alle Berge. Bald schon wird er die Weidegründe des Großkhans erreichen, und ich würde es bevorzugen, ihn vorher einzuholen.«

Nong E schauderte. Sanwatze hatte recht. Sich jedoch in die Obhut eines Feindes zu begeben, noch dazu eines Barbaren, das überstieg ihre Vorstellungskraft.

»Der Byzantiner ist ein Lügner. Woher will er überhaupt wissen, woran ich leide?«

Sanwatze wischte den Einwand beiseite. »Er hat es soeben erfahren, als der Heiler kam und fragte, worum es gehe. Der Byzantiner hat mit dem alten Mann gestritten, denn sie waren unterschiedlicher Meinung über die Natur Eurer Krankheit.«

Nong E verfluchte ihren kranken Fuß. Sie kniff sich in den Unterarm, bis Schmerz aufloderte. »Also gut. Hol ihn herauf! Aber wenn er mich verhöhnt, schneidest du ihm die Lippen ab.«

Kurz darauf stand Olympiodorus an ebenjener Stelle, an der zuvor der alte Heiler sein Glück versucht hatte.

»Bist du in der Heilkunst bewandert?«, fragte Nong E. »Bist du ein Heiler, dort, wo du herkommst?« Sie bemühte sich um einen forschen Ton. Doch die Hoffnung auf Erlösung von den Schmerzen klang durch.

»Bei uns heißen die Heiler Botaneiates. Das sind Männer, die auf Wiesen gehen, um nach Wurzeln und Kräutern zu suchen. Daraus brauen sie Tinkturen, und manchmal heilen sie damit sogar die Kranken. Doch so einer bin ich nicht.«

Nong E suchte nach einem Gegenstand, mit dem sie nach Olympiodorus werfen konnte. »Was dann?«, fauchte sie. »Wie willst du mir helfen?«

»Gewiss habt Ihr schon bemerkt, dass die Welt der Insekten das Reich ist, aus dem ich mein Wissen beziehe«, antwortete Olympiodorus und hob beschwichtigend die Hände, als Nong E etwas einwenden wollte. »Und ich glaube, dass es ein Insekt ist, das Euch plagt.«

»Das einzige Insekt, vor dem mich ekelt, bist du. Was für eine Lügengeschichte willst du mir verkaufen?«

»Es ist mir gleichgültig, ob Ihr mir glaubt oder nicht. Für Eure Schmerzen ist ein Floh verantwortlich, ein winziger Geselle, der im Sand lebt und sich am Blut von Tieren labt. Oder an dem von Menschen, vor allem, wenn sie barfuß gehen.«

Nong E klammerte sich an die Kissen. Es stimmte. Allabendlich zog sie ihre Schuhe aus und spazierte eine Weile durch die Wüste, ließ den warmen Sand ihre Fußsohlen massieren, um ihre vom Reiten schmerzenden Glieder zu entkrampfen.

»Ein Floh soll mich gebissen haben?«, fragte sie.

»Ein Flohbiss würde kaum solche Schmerzen verursachen«, sagte Olympiodorus und deutete auf ihren geschwollenen Fuß. »Der kleine Geselle hat die Angewohnheit, seine Eier dort abzulegen, wo es warm und sicher ist: unter den Zehennägeln von Menschen.«

Nong E glaubte zu spüren, wie tausend winzige Füße über ihre Haut krabbelten. »Eier?« war alles, was sie hervorbrachte.

»Genau.« Erneut deutete Olympiodorus auf ihren Fuß, der im Begriff war, die Form eines prall gefüllten Wasserschlauchs anzunehmen. »In diesem Zeh.«

Tränen rannen Nong Es Wangen herab. Von der Herrin der Seide zum Nistplatz für Ungeziefer – was war nur aus ihr geworden? Straften sie die Götter dafür, dass sie den von Parasiten heimgesuchten Ägypter verhöhnt hatte? Die Schmerzen in ihrem Fuß waren lächerlich gegen die Qual in ihrem Herzen. Als sie das Mitleid im Blick ihres Gegenübers erkannte, erschrak sie noch mehr. Schwäche zeigen im Angesicht eines Gegners! Dafür hätte sie ihr verstorbener Gemahl zwei Nächte lang in die Trockengruben der Plantage gesperrt.

Sie wischte sich über die Augen und räusperte sich. »Entferne die Eier!«

Olympiodorus zuckte mit den Schultern. »Das ist leider nicht möglich.« Blitzte da etwa Triumph in seinen Augen auf?

»Was sagst du da? Wenn du glaubst, du könntest mir deine Hilfe versagen, werde ich dich wieder in den Sand stecken lassen. Sei gewiss: Diesmal werden die Ameisen ihr Werk vollenden.«

»So muss das mein Schicksal sein. Aber das Eure ist kaum erfreulicher. Denn die Eier des Sandflohs zu entfernen ist nur durch Amputation möglich.« Nong E starrte ihn an.

»Selbst wenn ich den Zehennagel zöge, könnte ich nicht sicher sein, dass ich alle Eier erwische. Ich müsste den Zeh ausbrennen. Aber danach wäre er nutzlos für Euch. Es wäre besser, ihn abzukneifen.«

Übelkeit stieg in Nong E auf. »Eine andere Möglichkeit. Es muss eine andere Möglichkeit geben. Denk nach, Byzantiner! Dein Leben gegen meinen Zeh.«

Olympiodorus schnalzte mit der Zunge. »Ich rate Euch, die Zange zu wählen. Aber es gibt tatsächlich eine Alternative. Weniger schmerzhaft ist die aber nicht. Im Gegenteil.«

»Sanwatze!«, rief Nong E. »Schneide von diesem Mann ab, was immer du für überflüssig hältst. So lange, bis er mit der Sprache herausrückt.«

Olympiodorus lachte blechern. »Das wird nicht nötig sein. Ihr sollt wissen, was auf Euch zukommt, wenn Ihr Euren Zeh behalten wollt. Es gibt eine Hornissenart, die bei uns Spatzenwespe heißt, ihr nennt sie Yaktöter. Die Nester dieser Tiere hängen unter den Dächern von Spelunken und Ställen, überall dort, wo es ein wenig feucht ist. Wenn man weiß, wonach man suchen muss, sind sie leicht zu finden.«

Nong E nickte ungeduldig. »Natürlich kenne ich die Yaktöter.« Sie erinnerte sich daran, wie eine ihrer Schwestern als Kind von einem solchen Ungetüm gestochen worden war. Sie war auf einem Auge erblindet. Stellte der Byzantiner ihr eine Falle? »Was hast du mit diesen Ungeheuern vor?«

»Ihre Larven sondern ein Sekret ab, das man ihnen aus dem Maul zapfen kann. Wenn ich genug davon bekomme, kann ich das Flohnest damit vernichten. Das Gift würde bis in die hintersten Winkel des Geleges dringen und Eure Gäste vernichten. Sehr schmerzhaft, aber der Zeh wäre wiederhergestellt. Angesichts der Erfahrungen, die ich mit dem Elixier des Yaktöters machen konnte, wird der Fuß nach der Behandlung sogar kräftiger sein als zuvor.«

»Wie lange wird das dauern?«

»Wenn wir ein oder zwei Nester hier in Aksu aufstöbern könnten« – Olympiodorus kratzte sich das Stoppelkinn – »etwa drei oder vier Tage.«

Jetzt war Nong E klar, was der Byzantiner im Schilde führte. »Unmöglich! Wir haben die Nomaden und deine Freunde fast eingeholt. In drei oder vier Tagen werden sie über den Pass und im Territorium des Großkhans sein. Sie dort anzugreifen würde einen Krieg mit den Uighuren heraufbeschwören. Überlege dir etwas anderes!«

»Wie ich schon vorgeschlagen habe«, erwiderte Olympiodorus, »wäre es ohnehin besser, den Zeh zu entfernen.«

Nong E atmete tief ein, bis ihr das Blut in den Ohren rauschte. Dann sagte sie zu dem Byzantiner: »Suche mir das

Ungeziefer, stelle die Medizin her, und dann heile mich! Ich gebe dir zwei Tage.«

Olympiodorus stützte das Kinn in die Hand. »Das wird nur funktionieren, wenn wir die Nester sofort finden.«

»Bei uns gibt es ein Sprichwort: ›Unter dem Dach, wo die Hornisse baut, wohnt das Glück‹.« Nong E lächelte spöttisch. »Also musst du nur das Glück finden.«

Kapitel 19

»Hast du mich etwa nicht anbinden lassen wie einen Ochsen?«

Zum wievielten Mal er das Wort vergebens an Helian Cui richtete, wusste Taurus nicht. Aber die Einfälle, wie er ihren Zorn besänftigen könnte, gingen ihm allmählich aus. Seit die Nomaden ihre linke Fessel mit einem Strick umschlungen und sie im Wagen festgebunden hatten, schien auch Helians Zunge an die Kette gelegt zu sein.

»Immerhin hast du doch die Texte gefunden.« Taurus deutete auf den Stapel Lederrollen, der zwischen zwei Seidenballen auf dem Wagen lag. Bisher hatte Helian sie keines Blickes gewürdigt. »Willst du nicht wenigstens nachsehen, ob es überhaupt die richtigen sind?«

Doch nichts brachte die Prinzessin dazu, von ihrem Fund oder ihrem Begleiter Notiz zu nehmen.

Mürrisch beschloss Taurus, fortan zu schweigen. Es würde einfacher sein, das Tienschan-Gebirge zu bezwingen als den Stolz Helian Cuis. Vor ihnen erhoben sich die schroffen Gipfel im Dunst, blaugraue Giganten aus Fels, die weiße Mützen trugen. Die »Berge der Pferdemähne« nannten die Uighuren dieses Massiv.

Dahinter, das hatte Tuoba Taurus wissen lassen, würden sie am Ufer eines gewaltigen Sees – Isykkul genannt – das Lager des Großkhans vorfinden. Dorthin ziehe der Großkhan in den Herbstmonaten, nicht nur der fetten Weiden wegen, sondern auch, weil der Isykkul selbst in den kältesten Nächten warm sei und im Winter niemals zufriere. Lachend hatte der Nomadenführer erzählt, wie sein Vater es liebe, in die warmen Wellen zu steigen und seine von der Gicht und dem Leben im Sattel maroden Glieder umspülen zu lassen. Manchmal, hatte Tuoba gesagt, komme der Großkhan verjüngt aus dem See und besteige alle seine Frauen in einer einzigen Nacht. »Für die Prinzessin wird er ein besonders langes Bad nehmen«, hatte der Nomade hinzugefügt, bevor er lachend an die Spitze des Zuges verschwunden war.

Der Zug wand sich zum Pass hinauf. Immer wieder staunte Taurus über die scharfen Grate, die schwindelerregenden Abhänge und die engen Schluchten. Er machte Helian Cui darauf aufmerksam. Doch die Buddhistin schwieg und betrachtete ihre Füße.

Das änderte sich auch während der folgenden Tage nicht. Je höher sie aufstiegen und je mehr sie sich den Gletschern näherten, umso kälter wurde es. Die Schneefelder blitzten in der Sonne. Auf den Einöden dazwischen kletterten Wildschafe, und auf den einsamen Hochweiden ästen Yaks. Einmal beobachtete Taurus, wie in der Ferne hungrige Wölfe eine Herde Wildesel anfielen. In jener Nacht ließ Tuoba zusätzliche Wachen bei den Tieren aufstellen und die Feuer bis zum Sonnenaufgang brennen. Traumtänzer schrie vor Angst bis zum Morgen.

Nach fünf Tagen im Gebirge hatten sie die Passhöhe erreicht. Die Aussicht verschlug Taurus fast den Atem, und selbst Helian Cui vergaß für eine Weile ihren Zorn und stellte sich aufrecht neben ihn, um das Panorama bewundern zu können.

Im Westen toste Wasser eine Felswand hinab, sammelte

sich in einem Becken und stürzte als Wildbach in die Tiefe. An die zehntausend Fuß weiter unten schwoll der Bach zu einem Fluss an und schlängelte sich als silbernes Band durch eine grüne Ebene.

Als Taurus den Blick schweifen ließ, entdeckte er den See, ein nachtblaues Auge inmitten des Grüns. Dort wartete das Winterlager des Großkhans auf sie, und eine Hochzeitsfeier auf Helian Cui – wenn Taurus seine Würfel nicht geschickt genug warf.

Schon am nächsten Morgen rollte der Karren durch Gras, so hoch und hart, dass es die Bäuche der Yaks kitzelte. Auf dieser Seite des Berges waren die Wiesen zu beiden Seiten des Pfades von Pferden, Schafen, Rindern und Kamelen bevölkert. Die Erde war so fruchtbar, dass Taurus die Wüste, die sie erst vor Kurzem verlassen hatten, wie ein lang zurückliegender Traum erschien.

Etwas weiter unten sprenkelten Zelte aus weißem Filz das Grün, so viele, wie der Frühling Blüten bringt. Fünf Frauen kamen Tuobas Zug entgegengeritten und redeten kurz mit ihm. Es war Taurus unmöglich, die Worte zu verstehen, doch er bemerkte, dass die Reiterinnen Kurzbögen trugen. Frauen, das hatte er bereits in Byzanz gehört, ritten bei den Uighuren an der Seite ihrer Männer in den Kampf und auf die Jagd.

Die fünf Reiterinnen hatten die Aufgabe, die Neuankömmlinge zu begrüßen und zum Großkhan zu begleiten. Immer dichter standen die Filzzelte, als die Gruppe sich dem Seeufer näherte. Die Stimmung im Lager war ausgelassen. Allerorten sah Taurus, wie die Nomaden Schafe schoren. Die Wolle türmte sich so hoch, dass es niemanden störte, wenn der Wind daran zupfte und ein paar Flocken mitnahm, um damit zu spielen. Wie Schnee flog die Wolle durch die Luft und setzte sich ins Haar und auf die Kleider der Vorüberziehenden.

Taurus beobachtete, wie Helian Cui die Flocken von ihrem Kleid zupfte und sich damit über die Wange strich. Dass die Nomaden trotz ihres Reichtums an feiner Wolle Seide von den Serern kauften, war Taurus ein Warnsignal, besser nichts über die Raupen in seinem Wanderstock verlauten zu lassen.

Als sich der Zug dem Seeufer näherte, erblickte er ein weiß getünchtes Gebäude aus Lehmziegeln, das sich den tief hängenden Wolken entgegenreckte. Es war das einzige feste Bauwerk, zweifellos die Winterresidenz des Großkhans. Bunte Wimpel flatterten an der Fassade, Wachposten flankierten das Tor, und eine gepflasterte Straße führte zum Eingangsbereich. Auf dem Dach des Palastes stand ein Zelt. Es war, wie alle anderen Zelte auch, aus weißem Filz, nur ungleich größer. Über seinem Giebel knatterte eine rote Fahne im wilden Wind, der vom Isykkul her wehte.

»Die Flotte des byzantinischen Kaisers gegen ein Baktrisches Kamel, dass dort oben der Großkhan residiert«, sagte Taurus, während seine Blicke das Dach des Palastes nach einer Bestätigung seiner Worte absuchten.

»Meine Freiheit gegen deinen Bart, dass du nur dann wettest, wenn dir der Gewinn sicher ist«, sagte Helian Cui.

Taurus hatte nicht mit einer Antwort gerechnet und sah sie erstaunt an.

»Nicht wahr?«, fragte sie scharf und erwiderte seinen Blick. »Du gehst keine Risiken ein, wenn sie sich vermeiden lassen.«

Er nickte ernst. »Ich bin froh, dass du das endlich verstanden hast.«

Kaum waren die Uighuren vor dem Palast des Großkhans angelangt, sprangen sie von den Ponys, holten Hilfe herbei und beeilten sich, die Seidenballen abzuladen.

Tuoba schnitt Helians Fessel mit einem Krummdolch entzwei. »Kein Grund mehr zu fliehen, Schönheit. Du bist jetzt im Paradies.«

»Euer Paradies muss dringend gereinigt werden«, schnaubte Helian verächtlich. »Mit Feuer«, fügte sie hinzu. Doch sie folgte dem Wink des Nomaden und betrat hinter ihm den Palast.

Eilig klemmte sich Taurus den Tierschädel unter den Arm, griff nach dem Bambusstock und folgte Tuoba und Helian Cui in die Behausung eines der mächtigsten Männer Asiens.

Der Palast empfing sie mit angenehmer Kühle. Der Geruch von Humus vermischte sich mit dem von Kräutern und Myrrhe. In Sandbecken glommen Hunderte von Weihrauchstäbchen und zeigten Besuchern, dass der Großkhan unendlich viel Zeit besaß.

Taurus sollte recht behalten: Sie erklommen ein Labyrinth aus Treppen und Leitern, um zum Großkhan zu gelangen. Als sie auf das Dach hinaustraten, fegte augenblicklich der Wind durch Taurus' Haar.

Von hier oben schien die Welt grenzenlos: Im Osten erhoben sich die Berge, von denen sie herabgekommen waren, im Süden und im Westen erstreckte sich die grüne Ebene, der Horizont im Norden aber gehörte dem See. Wie ein Tuch aus blauer Seide lagen die Wasser des Isykkul im Abendlicht, und Taurus meinte zu hören, wie sie ihn riefen. Ein Bad, dachte er. Wie lange hatte kein Wasser seinen Körper genetzt? Dann fiel ihm Helians Art ein, den Leib zu reinigen, und die Erinnerung an den Geruch ihrer Haut stieg in ihm auf. Er hustete und lenkte seine Aufmerksamkeit auf das Zelt, das vor ihnen in den Himmel ragte.

»Die Große Stute«, sagte Tuoba mit Stolz in der Stimme. »Das Zelt meines Vaters.«

Es war so groß, dass es Taurus' Domus in Byzanz in den Schatten gestellt hätte. Auf der Vorderseite war der schwere Filzstoff einen Spalt weit geöffnet, der Eingang wurde von zwei stämmigen Nomaden bewacht. Wie es schien, rechneten sie nicht mit Gefahr für ihren Anführer, denn sie hockten auf dem Boden und spielten Doppelsechs mit Hammelknochen.

Der Eingang war so schmal, dass Taurus, Helian Cui und Tuoba hintereinander eintreten mussten. Das Innere des Zeltes war von Fackeln erleuchtet, deren Rauch sich unter den unzähligen Spitzen der Konstruktion sammelte und von dort durch Schlitze in die Abendluft entwich. An den Längsseiten saßen an die fünfzig Männer mit überkreuzten Beinen. Ihr langes Haar war zu Zöpfen geflochten und hing auf ihre bestickten Seidenroben herab. Alle Männer trugen Dolche in ihren Gürteln, und neben ihnen lagen Kurzbögen mit Silberbeschlägen. Tiefes Schweigen breitete sich vor den Neuankömmlingen aus. Nur eine traurige Flötenmusik wehte durch das Zelt.

Taurus kannte die Gepflogenheiten dieser wilden Männer nicht. Daher beschloss er, bei der Wahrheit zu bleiben und als Gesandter vom Hof des byzantinischen Kaisers aufzutreten, des Herrn der Welt, der Sonne und des Mondes. Ohne die Sitzenden eines weiteren Blickes zu würdigen, schritt er neben Helian und Tuoba zwischen den Nomaden hindurch, auf das hintere Ende des Zeltes zu. Dort stand ein einzelner Mann auf einem Podest, flankiert von zwei Pferden, wie Taurus sie prächtiger nie zuvor gesehen hatte. Es waren große und kräftige Hengste mit langen Rücken, einer seidigen Mähne und dunklen Hufen, die aussahen wie aus Obsidian gemeißelt. Das Fell glänzte wie Gold, und golden war auch ihr mit Damaszierungen geschmücktes Zaumzeug. Wie mochten die Tiere auf das Dach des Gebäudes gekommen sein?

»Der Großkhan der Uighuren heißt euch willkommen«, sagte der Herrscher mit brüchiger Stimme. Auf dem Boden neben dem Podest saß ein Mädchen von vielleicht zehn Jahren und spielte gedankenverloren auf einer Holzflöte. Vergebens suchte Taurus nach einer Art Thron, auf dem der Khan sich niederlassen konnte. Doch bis auf die Pferde war das Podest leer. Der Großkhan der Turkvölker schien es vorzuziehen, über seinen Untertanen zu stehen.

Taurus nickte unmerklich. Sie sind wie Pferde, die sich auf die Hinterbeine erheben, um ihre Überlegenheit zu zeigen, dachte er.

Er musterte den Herrscher. Das also war der berüchtigte Krieger, der den Kaiser Serindas das Fürchten lehrte, der Herr über Millionen Pferde: ein alter Mann. Er trug sein weißes Haar lang, doch es war nicht geflochten, sondern fiel offen über seinen Rücken. Ein grünes Band war um seine Stirn geschlungen. Seine ebenfalls grüne Robe war aus Seide, die Schlitze an den Seiten gaben den Blick auf hohe Lederstiefel frei. An einem breiten Gürtel aus Jade und Gold hing ein mit Juwelen besetzter Krummdolch. Der Großkhan strahlte die Würde eines Elefanten aus.

Aber der Elefant, erkannte Taurus, war krank.

Tuoba fiel vor seinem Herrscher auf die Knie und fixierte dessen Stiefelspitzen mit seinen Blicken. Taurus blieb stehen. Eine Hand legte sich von hinten auf seine Schulter und versuchte, ihn in die Knie zu zwingen. Er fasste nach den Fingern und presste sie zusammen, kurz und kraftvoll. Die Hand verschwand.

»Rokshan, Großkhan unserer Zelte, Vater der hunderttausend Hufe«, sagte Tuoba. »Vergib mir, und lass mich dieses Tier töten, das in dein Zelt gekrochen ist, um dich zu beleidigen.«

Der Großkhan legte eine Hand sanft auf Tuobas Kopf. »Niemand vergießt Blut in meinem Zelt. Hier fließen nur gegorene Stutenmilch und die Geschichten, die tapfere Krieger aus der Ferne mitbringen. Berichte, mein Sohn, von den Ländern jenseits der Berge, und verrate mir, wen du in meine Residenz führst.« Tuoba sprach auch weiterhin nur zu den Stiefeln des Herrschers. Er erzählte von der Reise, von den erfolgreichen Verhandlungen mit den Serern und dem Abschluss des diesjährigen Ponyhandels. Er zählte auf, wie viele Wagenladungen Seide er heimgebracht hatte, und berichtete, dass die Serer wie Ratten davongelaufen seien, als er ihnen mit Krieg gedroht habe.

Nach einer Weile unterbrach ihn der Großkhan. »Das sind Geschichten für den Lagerverwalter. Ich will wissen, was es mit diesem Mann und« – er deutete auf Helian Cui, die im Hintergrund stand – »mit seiner Begleiterin für eine Bewandtnis hat.«

»Sie ist mein Geschenk an dich, Vater. Helian Cui ist eine Prinzessin, die Tochter des serischen Kaisers.«

Das Gemurmel im Hintergrund verstummte. Tuobas Worte hingen wie pralle Früchte in der Luft, und niemand wagte, sie zu pflücken. Schließlich öffnete der Großkhan seinen Mund, offenbarte zwei Reihen perlweißer Zähne und stieß einen donnernden Laut aus. Taurus zuckte zusammen. Dann erkannte er, dass Rokshan lachte.

»Die Tochter des Kaisers?«, fragte der Khan. »Wo willst du die gefunden haben?« Er winkte Helian Cui zu sich. »Tritt näher, Kind, und zeige dich!«

Aber die Gerufene verharrte im Hintergrund. Tuoba erhob sich und zerrte Helian nach vorn. Herrscher und Prinzessin musterten sich.

Mit einem Mal stand für Taurus die Zeit still. Erst jetzt begriff er, dass er kurz davorstand, Helian für immer zu verlieren. Zugleich aber hatte er ein Ziel erreicht, eine Etappe abgeschlossen. Das Zelt des Großkhans zu betreten war noch nicht die Rettung von Byzanz, aber es bedeutete, dass er das Tarimbecken lebendig verlassen hatte. Und er hielt noch immer die Seidenraupen in der Hand. Seine Faust schloss sich fester um den Bambusstock. Nicht alle Seidenraupen zwar, aber doch genug, um seine Mission mit Erfolg krönen zu können.

»Tuoba irrt sich«, sagte Taurus. »Sie ist nicht die Tochter des Himmelssohns.« Er griff nach Helians Hand. »Sondern meine Braut.«

Der Großkhan wandte den Blick nicht von Helians Augen ab, als er fragte: »Spricht der Fremde die Wahrheit?«

»Er lügt«, beeilte sich Tuoba zu sagen. »Er hat sich mir als Begleiter angeboten, um Prinzessin Helian Cui zu dir zu bringen, Vater.«

»Schweig!«, unterbrach ihn Rokshan. »Ich habe die Frau gefragt.«

Helian befreite ihre Hand aus Taurus' Griff. »Was Tuoba sagt, stimmt. Ich bin Helian Cui, Tochter Seiner Himmlischen Majestät, des Kaisers, Lenker und Walter im Reich der Mitte. Diese Männer haben mich gegen meinen Willen hierher verschleppt. Und Ihr werdet mich jetzt gehen lassen, denn ich habe in meiner Heimat eine Aufgabe zu erledigen.«

Taurus hörte das Gelächter der Höflinge und das verächtliche Schnauben Tuobas. Er spürte die Leere in seiner Hand.
Dann sah er, dass der Großkhan den Blick immer noch nicht
von Helian Cui abgewendet hatte. Seine Augen, die von tiefen
Falten umgeben waren, strahlten.

»Die Frucht des Himmelssohns fällt auf meine Weide, und
ich soll nicht von ihr kosten dürfen?«

»Wenn mein Körper der Preis dafür ist, dass Ihr mich gehen
lasst, bezahle ich«, erwiderte Helian Cui.

Über Taurus' Leib lief eine Gänsehaut. Doch dann sah er,
wie ein Schatten über das Gesicht des Khans zog. Rokshan
wandte sich ab, ging mit schweren Schritten zu einem seiner
Pferde und strich dem Tier gedankenverloren über die Flanke.

»Dein Körper ist wertloser Plunder, den ich mir nehme,
wann ich will. Aber die Angst meines größten Feindes, deines
Vaters, um seine Tochter, die ist kostbarer als alle Weiber der
Welt. Sogar kostbarer als die Seide deines Volkes. Kannst du
auch dafür einen Preis zahlen?«

»Ich kann es«, sagte Taurus.

»Wer ist das?«, fragte der Großkhan Tuoba.

Doch bevor der Nomade antworten konnte, sprach Taurus
für sich selbst. »Ich bin Taurus von Byzanz, Gesandter und
Bruder des einzig wahren Kaisers der Welt.«

Der Khan röchelte belustigt. »Die Braut stammt aus dem
Palast des einen Kaisers, der Bräutigam aus dem Haus des anderen. Das würde eine mächtige Verbindung ergeben. Wenn
sie ihn doch nur wollte!«

Das Feixen der Uighuren erfüllte das Zelt.

»Genug.« Rokshan ging auf dem Podest auf und ab, die
Hände auf dem Rücken verschränkt. Etwas war merkwürdig
an der Art, wie er seine Beine bewegte. »Was soll der Preis sein,

den du für die Tochter der Himmelsratte bezahlen willst?«, fragte er an Taurus gewandt.

Taurus ließ den Schädelknochen, den er unter dem Arm getragen hatte, auf das Podest fallen. »Das ist mein Angebot.«

Der Khan zog eine Augenbraue hoch. »Ein alter Knochen im Tausch gegen ein schönes Mädchen. Taurus von irgendwoher, Verwandter irgendeines Kaisers, du unterschätzt meine Bedürfnisse.«

»Keineswegs.« Taurus schob den Schädel mit dem Fuß auf den Großkhan zu.

Der Herrscher der Uighuren wich mit einer raschen Bewegung aus. Zu rasch. Sein Gesicht verzog sich vor Schmerzen. Doch nur für einen Augenblick, dann hatte er sich wieder unter Kontrolle.

»Dies ist der Kopf eines Pferdes«, erklärte Taurus. »Er ist sehr alt. Aber ich kenne ein Land im Süden, nicht weit von hier, dort werden die Nachfahren dieses Tieres gezüchtet. Sie sind größer und kräftiger als alle Pferde der Uighuren.«

»Es stimmt, was er sagt«, ergänzte Tuoba.

»Narr!«, fuhr ihn der Großkhan an. »Woher willst du das wissen?«

»Sieh doch, wie gewaltig der Kopf ist! Ein lebendiges Tier von dieser Größe würde …« – Tuoba fischte mit den Händen Wörter aus der Luft – »… sogar den Glanz deiner Prachtrosse in den Schatten stellen.«

»Meine Rosse in den Schatten stellen!« Rokshan funkelte Tuoba an. »Was du nicht sagst.« Er deutete auf einige Männer aus seinem Gefolge. »Ihr drei. Werft diese Krähe vom Dach und seht nach, ob sie fliegen kann!«

Die Uighuren schleiften Tuoba aus dem Zelt. Seine Beteuerungen drangen noch eine Weile zu der Gesellschaft herein.

Dann war der Nomade nicht mehr zu hören, und die drei Höflinge kehrten zurück.

»Und jetzt zu dir, kühner Bräutigam. Verrate mir, warum ich deinen Märchen Glauben schenke sollte. Was kann ein Fremder wie du schon über die Pferde der Uighuren wissen?«

»Mehr als du ahnst, Großkhan«, sagte Taurus ruhig. »Eure Pferde aus Ferghana sind schon vor tausend Jahren berühmt gewesen. Ein Mann meines Volkes, er nannte sich Herodotos, schrieb die Legenden über sie auf. Wir bewahren sein Wissen, deshalb weiß ich sehr wohl, worüber ich spreche.«

»Pah!« Der Khan machte eine wegwerfende Handbewegung. »Geschwätz! Sage mir, was einen Tarpan ausmacht, vielleicht glaube ich dir dann.«

»Der Tarpan hat einen länglichen Kopf und eine auffällige Mähne. Sie steht im Sommer aufrecht, aber im Winter wächst sie ebenso wie sein Fell lang, um die bittere Kälte der Steppe abzuhalten.«

»Das wissen schon unsere Kinder, bevor sie laufen lernen. Welche Art Pferd wählt der Uighure im Sommer, welche im Winter?«

Taurus räusperte sich, während er sich an Herodotos' Zeilen aus den Neun Büchern zur Geschichte erinnerte. »Im Sommer wählt der Nomade ein Pferd mit dünner Haut, das in den Monaten zuvor nicht zu oft geritten worden ist. Denn wenn die Hitze zu groß ist, wird ein wenig beanspruchtes Pferd seinen Reiter lieber tragen als eines, dessen Kräfte schwinden.«

»Und im Winter?«

»Das beste Pony für den Winter hat eine fette Haut, langes Haar und einen runden Bauch. Seine Beine wachsen gerade wie das Rohr des Schilfs und sind ebenso biegsam.«

Rokshan nickte bedächtig und strich einem der Pferde über

die Blesse. »Vielleicht weißt du wirklich, wovon du sprichst, Fremder. Kennst du dich auch in der Heilkunst aus? Welche Kräuter gibst du einem Pony, das aus einem zu kalten Brunnen getrunken hat?«

Taurus erkannte die Gelegenheit, dem Khan einen Hinweis zufliegen zu lassen. »Wenn das Tier Schmerzen hat, gebe ich ihm Beifuß, Fenchel und Aprikosenkerne. Das vertreibt die Schmerzen, lässt es wieder problemlos laufen und steigert die Fruchtbarkeit.«

Für einen Moment verharrte Rokshans Hand auf dem Kopf seines Pferdes und zeigte Taurus an, dass er den richtigen Weg eingeschlagen hatte. Tatsächlich wandte sich der Großkhan um und sprach an Taurus vorbei zu seinen Gefolgsmännern: »Dieser Mann könnte die Wahrheit sagen. Das Weib oder ein Reich voller Pferde. Welche Entscheidung soll ich treffen? Ihr seid meine Berater, also ratet mir!«

Einer der zuvorderst Sitzenden erhob sich, ein Mann in blauer Seide, unter der eine polierte Lederrüstung blitzte. Sein Gesicht war rund, und die Finger seiner Hand, die er jetzt erhob, waren kurz und stumpf. »Mit der Prinzessin haben wir ein Pfand gegen den Kaiser in Händen. Niemals würde er es wagen, uns anzugreifen, solange eine seiner Töchter in unserer Gewalt ist. Das erscheint mir von größerer Bedeutung als Pferde.« Er schaute sich um. Nachdem er beifälliges Nicken der übrigen Männer geerntet hatte, ließ er sich wieder nieder und verschränkte die Arme vor der Brust.

»Ist jemand anderer Ansicht?«, fragte Rokshan. Er klopfte dem Pferd heftig gegen die Flanke, bis das Tier schnaubte. Niemand sagte etwas. »Also gut. Dann hört meine Worte. Eure Meinung ist eines Serers würdig, aber keines Uighuren. Ihr versteht nichts. Gar nichts!«

Stille senkte sich über die Männer. Die Flötenmusik verstummte, und die Stimme des Khans donnerte wie hundert Hufe durch das Zelt: »Wir sollen uns also gegen einen Angriff der Himmelsratte wappnen? Wir sollen warten, bis der Feind kommt, und hoffen, dass unsere Verteidigung dann gut genug ist? Und was für eine Verteidigung soll das sein? Sind es tausend Krieger auf Pferden, die wir eigenhändig gezüchtet haben? Warten blitzende Speere und Schwerter auf den Feind, der es wagt, den Fuß auf unsere Weiden zu setzen? Nein! Ein Weib wollt ihr ihm entgegenstellen, euch unter seinem Rock verstecken und darauf hoffen, dass es tatsächlich die Tochter des Kaisers ist. Wisst ihr, was ihr mir damit sagt? Dass ihr zu lange in meinem Zelt gesessen habt, anstatt den Ruhm eures Großkhans zu mehren, anstatt euch mit Freuden den Hintern für ihn blutig zu reiten. Dass ihr von einem Volk scharfäugiger Krieger zu einer Herde schafsäugiger Hirten verkommen seid. Ich sage euch: Wir reiten mit der Waffe in der Hand in den Süden. Wir besinnen uns darauf, wer wir sind und sein wollen. Fort mit allen, die den Tod in den Armen einer Frau dem Ende auf der Spitze einer Lanze vorziehen. Fort mit ihnen!« Er riss der Musikantin die Flöte aus der Hand und schleuderte sie zwischen die Versammelten.

In Byzanz hätte ein solcher Ausbruch des Herrschers alle Beteiligten die Köpfe einziehen lassen, aus Angst, diese sonst zu verlieren. Bei den Nomaden aber schienen Häupter weniger wert zu sein als die freie Rede.

Ein weiterer Mann aus Rokshans Gefolge erhob sich, seine Fäuste waren geballt, seine Gesichtshaut gerötet. »Großer Khan, ein Feldzug in ein unbekanntes Land ist Leichtsinn. Willst du wirklich dem Wort eines Fremden vertrauen und für ein paar Pferde ins Ungewisse reiten? Ich sage: Töte den fremden Lügner, und besteige die Prinzessin! Mach sie zu deiner Khatun!«

Rokshan rief: »Du glaubst also nicht, dass es diese Pferde gibt, wohl aber, dass dieses Weib eine Prinzessin ist?«

Der Uighure, der zuerst gesprochen hatte, erhob noch einmal die Stimme. »Wenn sie eine Kaisertochter ist, so wird sie von besonderer Fruchtbarkeit sein und dir endlich einen Nachfolger schenken. Bedenke, Rokshan: Solltest du ohne Erben auf einem Kriegszug sterben, wird unser Reich zwischen Unwürdigen aufgeteilt, und unsere Feinde werden darüber herfallen wie ein Schwarm Krähen über den Kadaver eines Pferdes.«

Taurus beobachtete, wie sich das streitlustige Antlitz des Großkhans verschloss. Seine Blicke, die zuvor wie Lanzen nach seinen Kontrahenten gestochen hatten, nagelten nun seine Stiefelspitzen fest.

Taurus räusperte sich: »Ein reifes Argument. Aber es hat eine faule Seite. Denn fruchtbare Frauen und Prinzessinnen gibt es in vielen Ländern. Riesenhafte Pferde aber findet ihr nur in Persien.«

Der Großkhan sah Taurus aus glosenden Augen an. Dann sagte er mit jener brüchigen Stimme, die Taurus schon zu Beginn der Begegnung aufgefallen war: »Schärft eure Klingen, ruft eure stärksten Söhne! Wir reiten in den Süden.«

Kapitel 20

DIE NACHRICHT VOM baldigen Aufbruch verbreitete sich im Lager wie ein Lauffeuer. Zwar hatte der Großkhan einen Kriegszug angekündigt, doch das betraf nur die Kämpfer. Die einfachen Nomaden, und das waren die meisten, würden das Heer nur bis nach Chach begleiten, wo sie normalerweise den Sommer verbrachten. Dort würden sie die Wolle verkaufen oder gegen Luxusobjekte eintauschen, die nur die große Stadt zu bieten hatte: Imitationen serischer Silberware, Kupferlampen, Papier, Wachs und falsche Nasen aus Holz, mit denen sich die Kinder gegenseitig erschreckten.

Die Pferde waren gesund und fett vom frischen Gras, und die Männer verbrachten die letzten Tage damit, mit ihren Hunden und Falken in den Bergen auf die Jagd zu gehen. Danach galoppierten sie lärmend ins Tal zurück und präsentierten die Beute. Die Kinder veranstalteten Wettrennen auf ihren Ponys. Am Tag war alles voller Farben und Gelächter, am Abend sprang der Gesang der Betrunkenen zwischen den Lichtern der Lagerfeuer hin und her. Schließlich begannen die ersten Uighuren damit, ihre Zelte auf die Karren zu laden – einige so groß, dass sie von sechs Yaks gezogen werden mussten –, und setzten sich in Bewegung.

Auf einem dieser Karren lag Tuoba. Er hatte den Sturz vom Dach überlebt, denn die Rückseite des Palastes grenzte ans Seeufer. Dort hatten die Gefolgsmänner des Großkhans ihn hinuntergeworfen und ihm damit Gelegenheit gegeben, am Leben zu bleiben. Tatsächlich war der stämmige Uighure nicht am Ufer, sondern auf dem See aufgeschlagen. Doch beim Aufprall aus einer solchen Höhe war auch das sanfte Wasser hart wie der Marmorplatz eines Kaiserforums. Irgendwie war es Tuoba gelungen, sich ans Ufer zu retten. Seither hatte er mit gebrochenen Rippen in seinem Zelt gelegen. Taurus wünschte dem Nomaden, dass sich eine gute Geschichtenerzählerin als Begleiterin auf seinem Wagen einfinden möge.

Noch immer flog Wolle durch die Luft, und Taurus fing eine der Flocken auf, während er auf dem Dach des Palastes stand und dem Treiben unter sich zusah. Kurz überlegte er, ob Schafwolle ihm helfen mochte, die Seidenraupen an der Verpuppung zu hindern. Aber er entließ den Gedanken mit der Flocke in den Wind. Vor ihm lag der Bambusstab, die Klappe war geöffnet. Etwa die Hälfte seiner Bewohner hatte damit begonnen, sich einzuspinnen. Die Gespinste ähnelten tatsächlich feiner Wolle. Doch Taurus wusste, dass sie bei der richtigen Behandlung zu Seide wurden, einem Stoff, der kostbarer war als das Goldene Vlies und so wunderbar wie das Licht der Sonne.

Doch diese Sonne drohte zu sinken. Von dem Vorrat an Maulbeerblättern, die ihm die kindliche Äbtissin im Kloster der Großen Wildgans gegeben hatte, waren nur noch Reste übrig. Selbst diese waren verwelkt, und wenn Taurus am Abend einige Blätter in den Stock steckte, fand er sie am anderen Morgen unberührt vor. Wenn er doch gewusst hätte, ob die Tiere krank waren, das Futter nicht mochten oder vielleicht deshalb nicht fraßen, weil sie sich verpuppten. Das Bürgerrecht seiner Vorfahren hätte er für eine Antwort von Olympiodorus gegeben. Doch sein Neffe war in der Wüste zurückgeblieben.

Noch einmal ließ Taurus den Blick über das geschäftige Treiben im Tal gleiten. Wie gern wäre er umgekehrt, um nach den Gefährten zu suchen! Aber die Welt drehte sich in eine andere Richtung, und wenn er ihr nicht folgte, würde es ihn mehr kosten als zwei Freunde. Soeben fiel ihm auf, dass er Wusun zu seinen Freunden gerechnet hatte, da hörte er die Schritte bloßer Füße hinter sich.

Er musste sich nicht umwenden, um zu wissen, dass Helian Cui zu ihm auf das Dach gestiegen war. Seit der Unterredung im Zelt des Großkhans war sie ihm aus dem Weg gegangen und hatte kein Wort mit ihm gewechselt. An den Abenden hatte er sie im Lager umherstreifen sehen, hatte beobachtet, wie sich die Prinzessin mit den Frauen der Uighuren unterhielt und dabei half, die Karren der Familien zu beladen. Genähert hatte er sich ihr jedoch nicht.

»Die Zeit der Verwandlung ist angebrochen«, hörte er sie sagen. Sie blickten beide durch die Öffnung in den Stab, in dem die Seidenraupen träge übereinanderkrochen. Dennoch war Taurus nicht sicher, ob Helian von den Tieren sprach.

»Und ebenso die Zeit der Entscheidung«, sagte er. »Ich werde die Nomaden nach Persien begleiten und dann mit dem schnellsten Pferd, das ich finden kann, nach Westen reiten.«

»Dein Weg wird einsam sein. Mein Weg führt zurück in den Osten«, sagte Helian Cui.

»Dann hast du die Schriftrollen gelesen?«

»Ja. Es sind die Asanga-Texte. Wir haben sie tatsächlich gefunden.« Sie blickte zu ihm auf. Auf ihren Augen schien ein Schleier zu liegen. Vielleicht lag es am Dunst, den der See brachte. »Ohne deine Hilfe wäre mir das nie gelungen, Taurus.« Flüchtig wie ein Falter streifte sie seine Hand.

»Ist dein Zorn auf mich verflogen?«

»Nein. Aber ich verstehe deine Not. Du hast das Wohlergehen deines Volkes über das einer einzelnen Frau gestellt. Damit hast du gehandelt wie der Mann, den dein Herrscher für diese Aufgabe ausgewählt hat. Trotzdem hast du es geschafft, dass der Großkhan mich freigeben muss. Eine Meisterleistung.«

Taurus hoffte, dass sein Bart sein Lächeln verbarg.

Helian fuhr fort: »Damit hast du gehandelt wie der Mann, den ich für mich auswählen würde, wenn ich eine einfache Frau wäre. Aber ich bin eine Tochter Buddhas. Mein Weg ist ebenso wichtig wie der deine. Und er führt in die entgegengesetzte Richtung. Sobald sich Gelegenheit bietet, werde ich fort sein.«

»Ich werde dafür sorgen, dass du verschwinden kannst, ohne dass die Nomaden es bemerken.«

»Willst du mich nicht aufhalten?« Sie blickte ihn provozierend an. Taurus' Lächeln flog davon. »Könnte mir das gelingen?«

»Nein. Dennoch würde ich den Versuch begrüßen.«

Einen Moment lang war Taurus versucht, die Hand nach ihr auszustrecken, um ihre kleine, kräftige Gestalt zwischen seinen Armen zu spüren, ihre Finger in seinem Haar, ihre Lippen in seinem Bart. Sie lud ihn ein, sich für einige Stunden dem Traum hinzugeben. Was aber würde geschehen, wenn er aus diesem Traum nicht wieder erwachen wollte?

»Die Illusion«, sagte er, »ist ein gefährlicher Betrüger.«

»Und du bist ihr Meister«, erwiderte sie und schlug die Augen nieder.

»Zeig mir die Schriftrollen«, sagte Taurus und erlaubte dem Moment, vorüberzugehen. Er hatte kein wahres Interesse am Inhalt der alten Texte. Weder konnte er sie entziffern, noch verstand er die buddhistische Lehre. Aber Helian Cui setzte ihr Leben für diese Pergamente aufs Spiel. Vielleicht würde er verstehen, was es war, das sie davon abhielt, mit ihm nach Byzanz zu gehen.

Helian Cui führte ihn die Stiegen hinab und ins Freie. In dem Zelt, in dem der Großkhan ihr einen Platz zugewiesen hatte, war eine junge Frau damit beschäftigt, ihre Habseligkeiten zusammenzusammeln. Obwohl Helian sie bat zu bleiben, verschwand die Uighurin mit ihrem Gepäck, als sie Taurus eintreten sah.

Das Zelt war fast leer geräumt. Helian deutete auf einen flachen Stein, der im Gras lag. Den habe sie von der Nomadin bekommen, es sei ein Traumstein. Wer seinen Kopf zum Schlafen darauf lege, der habe die süßesten Träume. Auf Taurus' Frage, welchen Traum der Stein ihr geschenkt habe, lächelte sie und schwieg.

Die Schriftrollen lagen neben der Zeltwand. Taurus wunderte sich, dass Helian Cui sie unbewacht liegen ließ nach all den Mühen, die sie auf sich genommen hatte, um die Texte zu finden. Doch er kannte die Buddhistin mittlerweile gut genug, um zu wissen, dass sie für jede ihrer Handlungen einen Grund in den Lehren ihres Meisters fand.

Helian nahm die Rolle, die zuoberst lag, und breitete sie auf dem Boden aus. Auf der geschmeidigen Ziegenhaut waren schwarze Schriftzeichen zu sehen, Taurus vermochte nicht zu unterscheiden, ob sie Bilder, Buchstaben oder Symbole darstellten. Der Geruch von Algen stieg aus dem Pergament auf.

»Wovon erzählen diese Schriftrollen?«, fragte er.

»Diese Worte sind schon sehr alt. Doch die Übertragung in die Sprache meines Volkes war bisher verschollen. Es sind die Gedanken des Asanga. Sie sind der Beweis dafür, dass die

Welt nur ein Traum ist, eine Konstruktion unserer Gedanken.«

»Beweis?«, echote Tarus.

»Für den, der glaubt, ist das Wort eines Boddhisatva ein absoluter Beweis«, sagte Helian Cui.

»Wenn wir nur Träume sind, warum folgst du mir dann nicht nach Byzanz? Wenn der Kaiser erst die Raupen hat, könnten wir die Schriften noch immer zu deinem Volk bringen. Sie haben so viele Jahrhunderte überdauert. Auf ein Jahr oder zwei wird es nicht ankommen.«

Helian schüttelte den Kopf. »Buddha lehrt, dass wir versuchen müssen, uns von unseren Wünschen frei zu machen. Deshalb kann ich meinen Bedürfnissen nicht folgen. Verstehst du das nicht?«

»Ich verstehe, dass du versuchst, diesem Ideal zu folgen. Aber Wünsche hegst du ebenso wie ich.« Taurus versuchte, Helians Körper mit beiden Armen zu umfassen. Doch der Bambusstock war ihm im Weg. Als er ihn beiseitelegen wollte, rutschte ihm der Stab aus den Fingern und fiel auf das ausgebreitete Pergament. Die Klappe öffnete sich, und einige Raupen fielen heraus.

Erleichtert stellte Taurus fest, dass die Insekten unversehrt waren. Drei verpuppte Exemplare lagen auf dem Pergament, daneben krochen ein paar Raupen über das Leder. Eine von ihnen war direkt auf ein Schriftzeichen gefallen und begann, mit dem Kopf darüber zu tasten.

»Schau!« Helian Cui deutete auf die Raupe. »Sie kann lesen.«

Tatsächlich ließ die Raupe nicht von dem Zeichen ab. Und dann sah Taurus, wie die Tinte dort verblasste, wo der Kopf des Tiers einige Zeit hin und her geschwungen war.

»Sie frisst die Buchstaben!«, stieß Helian hervor. Schon hatte sie den Vielfraß vom Pergament gepflückt. Die Raupe wand sich zwischen ihren Fingern.

Taurus war froh, dass Helian das empfindliche Tier nicht einfach weggewischt hatte. »Was sind die Zutaten dieser Tinte?«

»Woher soll ich das wissen? Die Texte sind Jahrhunderte alt.« Vorsichtig tastete Helian über das zur Hälfte vertilgte Symbol wie über eine offene Wunde.

Taurus beugte sich vor. Der Geruch nach getrocknetem Tang wurde stärker. »Ruß wird darin sein, wie in jeder Tinte. Vielleicht auch Kupfer. Bei uns verwenden wir zum Binden der Schreibflüssigkeit das Extrakt des Gallapfels. Aber ich weiß nicht einmal, ob diese Früchte bei euch wachsen. Woraus ist diese Schrift gemacht?«

Helian schien das wenig zu kümmern. Sie griff nach der Schriftrolle und sammelte die Raupen herunter. Dann rollte sie das Pergament zusammen und presste es mit beiden Armen an die Brust. »Das ist gleichgültig. Der Schaden ist nur gering. Du solltest deine Raupen nehmen und dich auf den Aufbruch vorbereiten.«

Taurus griff mit Daumen und Zeigefinger nach einer der Raupen und inspizierte ihre Kauwerkzeuge. Dann sah er Helian prüfend an. »Wir denken dasselbe, nicht wahr?«, fragte er.

Sie schüttelte den Kopf. »Nein, das tun wir nicht. Du musst jetzt gehen.«

Sie half ihm, die Insekten einzusammeln und wieder in den Stock zu betten. Als er die Klappe geschlossen hatte und aufblickte, fiel Taurus noch einmal auf, dass das Leuchten in Helians grünen Augen schwächer geworden war.

»Wenn die Tiere auf deinen Pergamenten etwas finden, wovon sie sich ernähren können, sollten wir einige Texte kopieren und ihnen die Originale zum Fressen geben. Das würde mir genug Zeit verschaffen, bis in die Heimat zu kommen.«

Helian Cui baute sich vor den Schriftrollen auf, als befürchte sie, Taurus könne nach den Texten greifen und damit aus dem Zelt stürmen.

»Das ist undenkbar. Diese Texte sind heilig.«

»Sind sie wertvoller als Menschenleben? Du könntest ein ganzes Reich vor dem Untergang bewahren.«

»Stattdessen werden die Texte helfen, die Menschen zu erleuchten. Nicht nur im Reich der Byzantiner, sondern überall auf der Welt. Dann wird es keine Kriege und keine Not mehr geben.« Helian trat noch einen Schritt näher an die Schriftrollen heran.

Taurus schüttelte den Kopf. »Du glaubst tatsächlich, ich würde dir die Texte entreißen und mit ihnen die Flucht ergreifen? Wie wenig wir uns doch miteinander bekannt gemacht haben!«

Er ging auf sie zu. Mit schreckgeweiteten Augen wich Helian zurück. Dabei stolperte sie über den Traumstein, verlor für einen Moment das Gleichgewicht und konnte nicht verhindern, dass die Schriftrolle zu Boden fiel, die sie noch immer in den Armen gehalten hatte. Augenblicklich bückte sie sich danach, doch ihre Hand griff ins Leere. Noch einmal langte sie nach der Rolle, die vor ihr im Gras lag. Noch einmal verfehlten ihre tastenden Finger das Ziel.

Schließlich war es Taurus, der das Pergament aufsammelte und es Helian zurückgab. Sie schlug die Augen nieder.

»Sieh mich an!«, befahl er. Helian wandte sich zum Gehen, doch Taurus' Pranke griff nach ihrem Arm.

»Was ist mit deinen Augen geschehen?«, fragte er.

Da blickte sie zu ihm auf. Das Grün ihrer Iris war verblasst. Über den leuchtenden Ton, in dem der Frühling der Welt eingefangen gewesen war, war der Winter hereingebrochen. Helian Cuis Augen erloschen.

Es war der dritte Tag des großen Aufbruchs, als der Klang von Alarmhörnern durch das Tal schallte. Die Hälfte der Zelte war schon verschwunden, ein Großteil der Yaks, Ziegen, Pferde und Schafe war Richtung Süden getrieben worden, und die verbliebenen Uighuren verbrachten die Zeit damit, mit ihrem Reichtum an Wolle, Tieren, Weibern und Kindern zu prahlen, bis der Zugmeister auch ihre Namen rief und der nächste Karren an der Reihe war, die Weiden am Ufer des Isykkul zu verlassen. Der Ton der Hörner, der von den Bergen herüberklang, zerriss diese Trägheit und rief einen Trupp von etwa fünfzig berittenen Nomaden herbei.

Auch Taurus wartete auf den Aufbruch. Er lag vor Helians Zelt im Gras, kaute Aprikosen und beobachtete das Treiben. Welche Bedeutung die Signalhörner hatten, wusste er nicht. Aber der Auszug eines Stoßtrupps von dieser Größe deutete auf Gewichtigeres hin als die Rückkehr einer Jagdgesellschaft.

Geraume Zeit später – neben Taurus war ein Haufen aus Aprikosenkernen angewachsen – kehrten die Nomaden zurück. In ihrem Gefolge konnte er eine Herde von Ponys erkennen, es mussten an die zweihundert Tiere sein, die allesamt Zaumzeug und Holzsättel in serischem Stil trugen. Reiter hingegen saßen nicht auf den Pferden.

Als der seltsame Zug näher kam, erhob sich Taurus, um besser sehen zu können. Je mehr die Reiter sich dem Lager näherten, umso klarer schälte sich ihr Bild aus der Umgebung heraus. Schließlich sah Taurus, dass nicht alle fremden Ponys reiterlos waren. Etwa ein Dutzend trug Gestalten, die von Uighuren umringt waren. Taurus spie den letzten Obstkern aus und schirmte die Augen gegen die Sonne ab. Zwischen den wehenden Mähnen der Pferde, ihren peitschenden Schweifen und den hohen Hüten der Uighuren glaubte er mit einem Mal die Filzmütze Wusuns zu erkennen. Und an seiner Seite blitzte in verblichenem Gelb ein Gewand auf, wie es Olympiodorus zuletzt getragen hatte.

»Helian!«, rief Taurus mit dem bisschen Atem, das ihm die Erregung ließ. »Helian, sie leben!« Dann rannte er den Ankömmlingen entgegen.

Erst nach ein paar Schritten fiel Taurus auf, dass er den Wanderstock nicht mitgenommen hatte. Zum ersten Mal seit ihrer Flucht von Fengs Plantage hatte er freiwillig die Raupen aus den Augen gelassen. Aber an Umkehr war jetzt nicht zu denken. Wenn ihm Fortuna tatsächlich seine Gefährten zurückgeben sollte, würde er frohen Mutes noch viel mehr aufs Spiel setzen als die Sicherheit der Seidenraupen.

Seine trommelnden Füße trugen Taurus auf die Ponys zu, die in Richtung des Palastes abdrehten. Einige atemlose Momente lang hetzte er neben den Pferden her, suchte zwischen den Reitern nach Wusun und Olympiodorus, doch alles, was er erblickte, war das hassverzerrte Antlitz Nong Es. Dann traf ihn das stumpfe Ende einer uighurischen Lanze an der Brust und brachte ihn zu Fall. Im hohen Gras liegend sah er das Gesicht Wusuns. Der Alte hatte sich im Sattel umgewandt und lachte so zahnlos wie eh und je.

»Ich habe den serischen Hunden befohlen, am Fuß des Berges zu warten. Ihre Ponys hingegen habe ich ihnen abgenommen.

Sollte einer von ihnen es wagen, dieses Tal mit seinem Gestank zu verpesten, werden wir erst die Pferde schlachten und dann die Eindringlinge selbst.«

Taurus hatte das Zelt des Großkhans gerade rechtzeitig betreten, um die letzten Worte des Stoßtruppführers zu hören. Wie es schien, war es Nong E gelungen, eine Streitmacht um sich zu scharen. Doch die Nomaden hatten der Löwin die Krallen gezogen. Ihre Krieger waren zurückgeblieben, ohne Pferde und ohne Anführerin. Kein Herrscher, sei er Khan oder Kaiser, hätte mehreren Hundert Reitern in Waffen gestattet, in sein Reich einzufallen – erst recht nicht, wenn diese von einer Frau angeführt wurden.

Die Ereignisse zu rekonstruieren kostete Taurus nur Augenblicke. Dann widmete er seine Aufmerksamkeit voll und ganz der kleinen Gruppe, die vor dem Podest des Großkhans stand, dort, wo drei Tage zuvor sein Platz und der Helian Cuis gewesen war. Durch die Reihen der Uighuren hindurch erspähte er die Rücken Nong Es, Sanwatzes und Ur-Atums. Taurus stockte der Atem. Der Ägypter trug den zweiten Bambusstock in der Hand!

Taurus ließ seinen Blick weiter über die Anwesenden schweifen, bis er endlich auch Olympiodorus' Umhang und das struppige Grauhaar Wusuns erblickte. Er schlug sich mit der Faust in die flache Hand und wandte seine Aufmerksamkeit wieder dem Podest zu.

»Ich bin gekommen, um Euch zu warnen«, sagte Nong E gerade zum Großkhan.

Taurus schob sich in dem düsteren Zelt vorwärts, um dem Gespräch besser folgen zu können.

»Die Legenden unseres Volkes sind voll von Frauen, die Gift in die Ohren ihrer Männer geträufelt haben. Einige von ihnen glaubten sogar an das, was sie sagten. Aber Lüge oder Wahrheit – das Unheil nahm immer seinen Lauf. Du da!« Rokshan deutete auf Sanwatze. »Auch wenn du ein Serer zu sein scheinst, so bist du doch gewiss ein Mann. Du sollst mir Bericht erstatten. Wieso fallen mehr als zweihundert Exemplare von serischem Geschmeiß in meine Weidegründe ein? Sprich!«

Doch es war Nong E, die dem Großkhan antwortete: »Die Krieger sind nicht gekommen, um Euch zu bedrohen, Khan der Nomaden.«

»Großkhan!«, donnerte der Herrscher. »Ich schneide deine Unheil verspritzende Zunge aus deinem Mund und stecke sie zwischen deine verdorrten Lippen, wenn du nicht schweigst.«

»Was auch immer dir einfällt, Khan oder Großkhan«, erwiderte Nong E mit einer wegwerfenden Handbewegung. »Zuvor aber hörst du mich an!«

Ohne weitere Drohungen des Khans abzuwarten, berichtete Nong E von ihrem Reichtum, der zu Asche verbrannt war, von ihrer Reise ins Land der wilden Stämme, von ihrem Durst nach Rache und ihrem Hunger nach Seide. Als sie den Tod ihres Sohnes in den grellen Farben der Lüge schilderte, herrschte Stille im Zelt.

»Den Sohn zu verlieren«, sagte Rokshan, nachdem Nong E geendet hatte, »ist ebenso schmerzhaft, wie niemals einen gezeugt zu haben. Du hast deine Geschichte gut erzählt. Deshalb gestatte ich dir weiterzusprechen. Denn den Grund deines Besuchs verschweigst du nach wie vor.«

»Das Heim verloren. Das Kind verloren. Was mir bleibt, ist eine Handvoll Seidenraupen, mit denen ich die Plantage wieder aufbauen könnte. Doch auch diese Hoffnung wurde zerschmettert, als die letzten der wertvollen Tiere gestohlen wurden. Den Dieben bin ich gefolgt, bis ich sie in deinem Lager gefunden habe.«

»Bezichtigst du einen Uighuren, Kriechtiere von einer serischen Vettel gestohlen zu haben? Nein, so einfältig bist du nicht.«

Taurus drängte sich nach vorn. Noch bevor er das Podest erreicht hatte, rief er über die Köpfe hinweg: »Sie ist sogar die Mutter der Einfalt, denn sie ist im Begriff, den neuen Berater des Großkhans einen gemeinen Dieb zu schimpfen!«

Zu den Gesichtern, die sich zu Taurus umwandten, gehörten auch die von Wusun und Olympiodorus. Deutlich erkannte Taurus die Spuren von Durst, Hunger und Hitze in den Zügen seines Neffen. Die ehemals fleischigen Wangen spannten sich straff über den Schädel. Wären die tief in den Höhlen liegenden Augen nicht gewesen, Olympiodorus hätte unter den Damen im Kaiserpalast seines Onkels für Aufsehen gesorgt. Wusun hingegen hatte sich nicht verändert. Seine Mutter, dachte Taurus, muss eine Wanderdüne gewesen sein. Der Sturm bläst ihn hierhin und dorthin, und dennoch bleibt er stets derselbe.

»Das ist er!« Wäre Nong Es ausgestreckter Zeigefinger eine Wurflanze gewesen, Taurus wäre auf der Stelle tot zusammengebrochen. »Er war es, der meinen Feng erschlagen hat, der mein Leben und das der mir Anvertrauten zerstört hat. Ich möchte wissen, was er jetzt im Schilde führt!«

Taurus mäßigte den Zorn, der in ihm aufstieg, als Nong E ihn für den Tod ihres Sohnes verantwortlich machte. »Eher könnte ein einzelner Mann das Himmelszelt zum Einsturz bringen als das prachtvolle Heim Rokshans, des Bezwingers von tausend Stuten.« Er bemerkte, wie seine Anspielung auf die Potenz des Khan diesen zum Lächeln brachte.

Während ihm Nong E einen teuflischen Wortschwall entgegenschleuderte, suchte Taurus die Zeltwände nach einem Schlupfloch ab, für den Fall, dass er würde fliehen müssen. Da fiel sein Blick erneut auf Ur-Atum und auf den Bambusstab in dessen Griff.

»Wir alle hier sind sehr beschäftigt, Nong E«, sagte er. »Die Uighuren bereiten alles für den Aufbruch vor. Der Großkhan und seine Männer ziehen nach Süden. Deine Beleidigungen sind so leer wie deine Brüste. Damit du den herrlichen Rokshan nicht weiter langweilen musst, schlage ich dir ein Geschäft vor.«

»Mit Dieben Handel zu treiben ist die Lust der Toren«, zischte Nong E.

»Gilt das auch, wenn es um die Seidenraupen geht?«, fragte Taurus.

»Die Raupen gehören bereits mir. Es gibt keinen Grund für einen Tauschhandel.«

Taurus nickte. »Ja, sie sind dein. Aber nur ich weiß, wo sie versteckt sind. Erlaube also, dass ich nicht mit Raupen handle, sondern mit Wissen.«

Die Uighuren lachten. Einige schlugen klirrend ihre kupfernen Trinkbecher gegeneinander.

»Und was soll der Preis für dein Wissen sein?«, fragte Nong E, während sie einige Schritte auf Taurus zuging. Sie humpelte. Etwas stimmte nicht mit ihrem rechten Bein.

»Die beiden Männer dort.« Taurus zeigte auf Wusun und Olympiodorus. »Du schließt ein gutes Geschäft ab. Sie sind gewiss weniger wert als eine Handvoll Insekten.« Schon jetzt konnte Taurus die Flüche hören, die Olympiodorus über ihn kommen lassen würde.

»Ich gebe dir einen von beiden im Tausch gegen das Versteck der Raupen.« Nong E schnalzte mit der Zunge. »Den zweiten tausche ich nur gegen dein Leben ein.«

Diesmal spendete die Gefolgschaft des Großkhans Nong Es Worten Beifall. Sie hatte deutlich gemacht, dass sie keine Angst kannte und wusste, was sie wollte. Beides nötigte den Uighuren Respekt ab.

»Mein Leben?« Taurus schnaubte. »Aber das gehört dem Großkhan. Er will, dass ich ihn in den Süden geleite, wo die größten Pferde der Welt auf ihn warten.«

»Schließt die eine Hälfte des Tauschhandels ab!«, mischte sich nun Rokshan ein. »Ich will diese unsichtbaren Raupen endlich zu Gesicht bekommen.«

Nong E fletschte die Zähne in grimmigem Vergnügen. »Sprich, Byzantiner! Aber wenn du mich zu täuschen versuchst, werde ich die Leichname deiner Gefährten an dir festbinden lassen und zusehen, wie du mit ihnen zusammen verrottest.«

Taurus strich sich über den Bart. »Würdest du das auch jemand anderem antun, wenn er dich hintergangen hat?«

»Jedem!«, stieß Nong E hervor. »Und wäre er mein eigener Sohn!«

»Die Seidenraupen, die du so verzweifelt suchst – sie sind in dem Wanderstock verborgen, den Ur-Atum bei sich trägt. Und das wohl schon geraume Zeit.«

Nong Es Miene verzerrte sich zu einer Fratze. Noch bevor sie Taurus ein Lügenmaul schimpfen konnte, flogen ihre Blicke zu Ur-Atum hinüber. Und in dessen Augen erkannte sie die Wahrheit.

»Woher hast du diesen Stock, Sklavenaas?«

Mit weit aufgerissenen Augen wich Ur-Atum zurück, stieß dabei gegen einen der Stützpfosten und erstarrte.

Während die Uighuren das Schauspiel verfolgten, riss Nong E dem Ägypter den Stock aus der Hand. So angewidert, als hätte sie ein Haar aus frischer Butter gepflückt, betrachtete sie das Bambusholz. »Wo sind sie?«, fragte sie.

Dann erspähte sie die Klappe, deren sandige Ränder die Lage des Geheimfachs verrieten. Sie nestelte daran herum – Taurus fiel auf, dass ihre Fingernägel auch nach Wochen in der Wüste noch lang, gepflegt und blau gefärbt waren. Mit den Fingerspitzen fuhr Nong E die Rillen entlang, drückte und drehte. Schließlich sprang die Klappe mit jenem leisen Knacken auf, das für Taurus zum lieblichsten Geräusch der Welt geworden war. In der Hoffnung, einen Blick in die Kammer zu erhaschen, reckte er den Hals. Da stieß Nong E den Schrei einer Krähe aus.

»Sie sind tot!«, rief sie und starrte in die sie umgebenden Gesichter.

Niemand widersprach. Nong E wiederholte die Worte, bis Rokshan sich von seinem Podest herabbeugte und ihr den Stock aus der Hand nahm.

Der Großkhan warf einen kurzen Blick ins Innere des Geheimfachs, rümpfte die Nase und entleerte den Inhalt auf den Boden. Krümel, die einst Raupen und Blätter gewesen waren, segelten hinab. Was vom Schatz der Familie Feng übriggeblieben war, zertrat Rokshan unter seinem Stiefel.

Taurus versuchte, das Zittern seiner Hände unter Kontrolle zu bekommen. Zwar hatte er nicht damit gerechnet, dass der verräterische Ägypter die Tiere am Leben erhalten könnte. Doch mit eigenen Augen zu sehen, wie die toten und vertrockneten Überreste der Insekten unter dem Fuß eines Nomaden zermalmt wurden – das glich zu sehr dem Schicksal, das auch Byzanz drohte. Taurus ballte die Fäuste.

Nong E war auf das Podest gekrochen und versuchte, ihren pulverisierten Reichtum zusammenzukehren. Auf ihrem sonst fahlen Gesicht lag die Röte glühender Kohlen. Als sie sich auf allen vieren Rokshans Prachtrössern näherte, begannen diese nervös zu tänzeln.

»Wildes Tier!«, stieß Nong E hervor, und dabei fegte ihr Atem in die Überreste aus dem Stock und wirbelte diese auf. Der Großkhan lachte. »Lieber bin ich ein wildes Tier als eine serische Hure, die über den Boden kriecht und nach toten Würmern scharrt. Wie abscheulich!«

Wieder spendeten die gegeneinander gestoßenen Becher klirrenden Beifall. Die Aufmerksamkeit aller Anwesenden war dem Paar auf dem Podium zugewandt. Unbemerkt gelang es Taurus, sich Wusun und Olympiodorus zu nähern. Solange Serer und Nomaden miteinander beschäftigt waren, konnte es gelingen, die beiden verschwinden zu lassen.

Doch bevor Taurus seine Gefährten erreicht hatte, schrie der Großkhan auf. Ein vielstimmiges Brüllen seiner Gefolgschaft war die Antwort.

»Sie hat ein Messer«, schrie jemand. Dann brach im Zelt ein Tumult los.

Kapitel 21

WOHER DER DOLCH gekommen war, der plötzlich in Nong Es Hand aufblitzte, wusste Taurus nicht. Aber er hätte die Krone des Kaisers gegen die Tiara des Perserkönigs gewettet, dass die Klinge in einer Falte von Nong Es weit geschnittenem Seidengewand verborgen gewesen war. Einmal mehr, dachte Taurus, erweist sich Seide als der Stoff, der Herrscher zu Fall bringen kann.

Doch Nong E sprang am Großkhan vorbei und griff, die gezückte Klinge in der erhobenen Rechten, Ur-Atum an. Einzig das Humpeln der Angreiferin, das ihm Zeit genug ließ, zur Seite zu springen, rettete dem Ägypter das Leben. Nong Es Dolchstoß zerriss die Luft. Sie schrie.

Beunruhigt ruckten die Prachtpferde Rokshans mit den Köpfen. Donnernd schlugen ihre Hufe auf das Podest.

Noch einmal stach Nong E nach Ur-Atum. Diesmal war der Ägypter vorbereitet und sprang zwei Schritte zurück. Niemand kam ihm zu Hilfe. Stattdessen genossen die Uighuren das Schauspiel, bei dem sich zwei Fremde unter dem Dach ihres Khans zerfleischten. Jemand hatte dem Ägypter einen abgenagten Hammelknochen in die Hand gedrückt, mit dem er um sich schlug. Die Uighuren johlten, aber weder Nong E noch Ur-Atum teilten ihre Belustigung. Wie Bären an einem Pfahl belauerten sie einander und drehten sich im Kreis.

Als Sanwatze seiner Herrin beispringen wollte, fällte ihn ein Tritt des Großkhans. Der Herrscher der Uighuren verfolgte das Geschehen so aufmerksam, als fände ein Pferderennen inmitten seines Palastzelts statt.

Endlich hatte Taurus Gelegenheit, sich unbemerkt in die Nähe von Wusun und Olympiodorus zu schieben. Als das Aroma des Steppenreiters seine Nase kitzelte, raunte er den Gefährten zu, es sei an der Zeit, das Weite zu suchen. Doch keiner der drei setzte sich in Bewegung.

Ihre Augen waren, wie die der Nomaden, von dem merkwürdigen Paar in Bann gezogen – Nong E, die zwar mit einem Dolch bewaffnet war, diesen aber nicht zu führen wusste und überdies hinkte, und Ur-Atum, der versuchte, außer Reichweite der Klinge zu bleiben, dabei aber ungeschickt umherstolperte und gegen Pfosten, Möbel und Uighuren stieß.

Gerade ließ Nong E wieder einen der Schreie hören, die jedem ihrer Angriffe vorausgingen, als das ausladende Gesäß Ur-Atums mit einem der Kohlenbecken kollidierte. Das Gestell aus Gusseisen krachte zu Boden, und die glühenden Kohlen ergossen sich auf die Filzteppiche. Einige Nomaden wichen den schwelenden Brocken aus. Von dem Kampf jedoch ließ sich niemand ablenken.

Der Ägypter hingegen schien seine Chance zu erkennen. Erneut wich er einem Stoß Nong Es aus. Dann rief er laut: »Schnaps! Schnell!«

Die Umstehenden pfiffen, offenbar beeindruckt vom Todesmut des Fremden. Jemand drückte ihm einen Krug in die Hand. Doch Ur-Atum hatte nicht vor, daraus zu trinken. In einem Schwall goss er das scharfe Gesöff vor Nong E auf den Boden. Sofort ging der Alkohol eine unheilige Verbindung mit der Glut der Kohlen ein und spritzte brennend auf Nong Es Gewand. Flammen leckten an dem Stoff, doch Ur-Atums Plan ging nicht auf. Die Jin-Seide widerstand der Hitze.

Entflammt vor Zorn stieß Nong E den Dolch mitten in das vor Entsetzen erstarrte Gesicht ihres Gegners. Als Ur-Atum zu Boden ging, stand sein Mund offen und der Dolchgriff ragte aus einem seiner Augen.

Taurus sah Ur-Atum auf die Knie sinken. Hinter ihm fing das Gewand eines der Uighuren Feuer. Der Mann schrie und sprang zwischen die anderen, die sich nun ihrerseits in Bewegung setzten. Augenblicke später hatten die Flammen an einem Dutzend Stellen Nahrung gefunden. Seile, Kleider und Holzbänke brannten. Einer der Nomaden versuchte, Brandherde mit Filzdecken zu ersticken. Doch die Flammen tranken gierig von dem verschütteten Alkohol, und auch die Letzten mussten erkennen, dass das Zelt des Großkhans verloren war.

»Hinaus mit euch!« Taurus schob seine Gefährten in Richtung des Ausgangs. »Ich komme nach.«

Ohne ein Wort des Widerspruchs eilten Wusun und Olympiodorus davon.

❧

Eine Rauchsäule stand über dem Dach und lockte die Nomaden an. Gemeinsam mit vielen Uighuren lief Helian Cui auf den Palast des Großkhans zu. Unruhe hatte sie ergriffen, seit sie entdeckt hatte, dass Taurus nicht mehr vor ihrem Zelt saß. Nur ein Haufen Aprikosenkerne war von ihm geblieben – und der Wanderstock. Eilig hatte sie die Asanga-Texte in einen Beutel aus weichem Ziegenleder gelegt, hatte ihn sich umgehängt und nach dem Wanderstab gegriffen.

Helian presste die Lippen zusammen, so, wie sie es immer getan hatte, wenn ihr Vater erst spät von einem seiner Kriegszüge heimgekehrt war. Damals war sie ein Kind gewesen, und seit sie im Kloster zur Frau gereift war, hatte dieses Gefühl der Unruhe nie wieder von ihr Besitz ergriffen. Sie rannte, so schnell sie konnte, und hoffte, die Atemzüge, die sie verschwendete, mochten nicht vergebens sein.

Vor dem Tor hatten die Wachen Not, ihre von Sorge getriebenen Landsleute daran zu hindern, die Residenz zu stürmen. Da die Posten jedoch selbst verunsichert waren und immer wieder Rat suchend zum Dach hinaufblickten, gelang es einigen Neugierigen, an ihnen vorbeizuhuschen.

Zwischen drei Knaben, die den Namen Rokshans riefen, schlüpfte auch Helian Cui in das Gebäude, fand unbehelligt die Treppen hinauf und stand schließlich auf dem Dach. Es war mit Kriegern gefüllt, deren Hilflosigkeit und Verzweiflung die Luft erbeben ließ.

Erschrocken erkannte Helian, dass aus dem monströsen Zelt des Großkhans Flammen schlugen. Zugleich wankte die gesamte Konstruktion und drohte einzustürzen. Einige Nomaden zogen mit Wasser gefüllte Bottiche an Seilen vom See herauf, andere versuchten, das Zelt mit vereinten Kräften vor dem Zusammenbruch zu bewahren. Mit bloßen Händen klammerten sich Krieger an die äußeren Pfosten oder pressten die Rücken gegen die schwankenden Balken. Das Zelt jedoch, das erkannte Helian selbst durch den Schleier auf ihren Augen, war durch kein Drücken und Schieben, kein Brüllen und Rufen und erst recht keinen Eimer Wasser zu retten.

Sie eilte zum Eingang. Doch ihre Hoffnung, Taurus dort zu finden, ging in Rauch auf. Der Durchgang stand bereits in Flammen. Diejenigen, die noch im Zelt waren, kämpften sich durch das Feuer, einige unbeschadet, auf manchen jedoch ritten Flammen. Helfer übergossen die Ankömmlinge mit Wasser, aber nicht jeder besaß den Langmut, darauf zu warten. Immer wieder rannten Verzweifelte auf die nördliche Kante des Dachs zu und riskierten den Sprung in den Isykkul.

»Taurus!«, rief Helian. Doch sie erhielt keine Antwort.

Da trat sie an einen der Bewaffneten heran und fasste ihn bei den Armen. »Warum schneidet ihr die Zeltbahnen nicht auf?«, fragte sie und erhielt zur Antwort einen verständnislosen Blick.

»Warum?«, wiederholte sie.

»Aufschneiden?« Der Nomade schüttelte ihren Griff ab. »Den Leib der Großen Stute? Bist du von Sinnen?«

»Aber es sind noch Menschen darin!«, rief Helian.

»Wer es wert ist, wird wiedergeboren werden. So, wie es Rokshan jeden Tag aufs Neue ergeht, wenn er im Leib der Großen Stute erwacht.«

Die Große Stute – nie zuvor hatte Helian Cui von etwas Derartigem gehört. Als sie jedoch an den Zeltwänden emporblickte, die wankten, sich aufplusterten und wieder zusammenfielen, dem Blasebalg eines Gottes gleich, da ergriff Ehrfurcht Besitz von ihr.

Jemand drückte ihr einen Wassereimer in die Hand. Helian legte den Stab und den Beutel mit den Schriftrollen beiseite und nahm den Bottich entgegen. Mit Schwung schüttete sie den Inhalt auf die Flammen im Zelteingang. Weitere Uighuren nutzten die Gelegenheit und rannten ins Freie. Helian nahm weitere Eimer entgegen, setzte ihr Werk fort, und kurze Zeit später kamen ihr Wusun und Olympiodorus entgegen.

»Wo ist Taurus?«, rief sie den Gefährten zu.

Olympiodorus wandte sich zu dem Flammenmeer um, offenbar unschlüssig, was er nun unternehmen sollte.

Helian goss sich Wasser übers Haar, atmete tief ein und eilte durch die Rauchschwaden in das brennende Zelt.

Taurus ging neben dem Ägypter in die Knie, bereit, den Verletzten ins Freie zu tragen. Doch es war zu spät. Der Dolch war tief in seinen Schädel eingedrungen. Aus dem einen Auge rannen Blut und Sekret, das andere starrte Taurus gebrochen an.

»Ihr wart niemals Mönche!«, hörte Taurus eine ihm bekannte Stimme sagen.

»Hauptmann Sanwatze.« Taurus erhob sich und wandte sich zu dem Serer um, der mit gezücktem Säbel hinter ihm stand. »Ihr habt recht«, sagte er. »Wir haben Euch getäuscht, damals in Lou-lan. Aber jetzt sollten wir unseren Streit beilegen und verschwinden.«

Wie um Taurus' Worte zu unterstreichen, riss knallend eine Spannleine. Die Zeltwände blähten sich. Die Konstruktion schwankte.

»Wo ist die Prinzessin?«, rief Sanwatze. »Ohne sie verlasse ich das Zelt nicht, und Ihr ebenso wenig.«

»Sie ist in Sicherheit. Draußen im Lager. Ganz in der Nähe.« Taurus versuchte, einen Schritt in Richtung Ausgang zu machen. Doch Sanwatzes Klinge hielt ihn auf. »Ich sage Euch doch, sie ist nicht hier«, zischte Taurus.

»Taurus!« Helians Stimme drang durch den Rauch, gefolgt von ihrer zierlichen Gestalt.

»Einmal ein Lügner, immer ein Lügner!«, sagte Sanwatze. Sein Schweiß vermischte sich mit den Rußpartikeln in der Luft. Schwarze Streifen liefen über sein Gesicht. »Gongzhu

Helian, Ihr kommt mit mir! Ich werde Euch zu Eurem Vater zurückbringen. Dort werdet Ihr in Sicherheit sein.« Er trat zwei Schritte auf Helian zu, die ihn verwundert ansah.

Der Stützbalken kippte so langsam, dass Taurus erkennen konnte, an welcher Stelle er aufschlagen würde. Mit einem Satz war er bei Helian und riss sie an sich. Wo sie soeben noch gestanden hatte, prallte das brennende Holz auf den Boden, und Funken flogen in alle Richtungen.

Sanwatze sprang zurück. Ungläubig starrte er auf den umgestürzten Balken, dann auf Helian, die in Taurus' Armen lag.

In diesem Moment stürzte das brennende Filzdach des Zeltes über ihm ein und verschlang den Wachmann wie eine gigantische Zunge.

»Hier hinauf!«, rief Taurus Helian Cui zu und sprang mit ihr auf das Podest, dorthin, wo die Prachtrösser des Groß-khans panisch wiehernd an ihren Fesseln rissen. Dann brach eine Seite des Zelts zusammen, und eine Wand aus Filz senkte sich auf sie herab.

Taurus und Helian sprengten ins Freie. Sie saßen auf den Pferden, die Taurus mit raschen Griffen von ihren Ketten befreit hatte.

Olympiodorus und Wusun stellten sich den scheuenden Tieren in den Weg und versuchten sie zu beruhigen.

Taurus' Pferd bockte, und er riss es am Zügel. »Wieso bist du mir dort hineingefolgt, Gongzhu? Es war gefährlich.«

Auf Helians Gesicht spiegelte sich Empörung. Vergeblich suchte sie nach Worten.

Taurus schlug die Flammen aus, die auf seinem Gewand tanzten. »Wo sind die Raupen?«

»Ich habe sie hier abgelegt«, sagte sie. »Zusammen mit den Textrollen.«

»Wo denn? Wo ist der Stock?«, schrie Taurus. Sein Pferd schnaubte.

Helian sprang vom Pferd und suchte zwischen Trümmern und Verwundeten den Boden ab. Mit leeren Händen kehrte sie zu Taurus zurück.

»Ich verstehe das nicht. Wer würde einen Bambusstock und einen Lederbeutel mitnehmen, während um ihn herum das Chaos tobt?« Helian fuhr sich mit den Fingern durch das Haar.

Auch Olympiodorus schaute sich suchend um. Sein Kopf war schwarz von Ruß, nur seine Augen stachen hell hervor. »Wohl nur jemand, der um den Inhalt des Stabes weiß«, beantwortete er Helians Frage.

»Nong E!«, stieß Helian hervor.

»Seit dem Kampf mit Ur-Atum habe ich sie nicht mehr gesehen«, sagte Olympiodorus.

»Bei den dreißig Ketten des Cerberus!«, rief Taurus.

»Sie muss unter denen gewesen sein, die entkommen sind«, sagte Helian Cui. »Direkt an mir vorbei.«

»Wenn ihr die Märchenstunde beendet habt, sollten wir von hier verschwinden«, mischte Wusun sich ein. »So, wie es hier aussieht, würde ich nicht mehr viel auf die Gastfreundschaft der Uighuren geben.«

»Ohne den Stock verlasse ich diesen Ort nicht«, zischte Taurus. Erneut hatte er Mühe, sein Pferd am Ausbrechen zu hindern. Das mit Silber beschlagene Geschirr des Tiers klirrte.

»Auf einem Pferd dürfte das ohnehin schwierig werden«, sagte Olympiodorus mit skeptischem Blick. »Wir stehen auf dem Dach eines Palastes.«

Da brach, unter Krachen und Zischen, der letzte Teil des Zeltes in sich zusammen. Ein Heer von Funken stob in den Himmel. Die Uighuren erstarrten. Einige stöhnten und sanken auf die Knie, andere weinten.

»Wir machen uns jetzt besser auf den Weg«, drängte Wusun und deutete auf den nördlichen Rand des Daches. In diesem Moment erhoben sich Rufe aus den Reihen der Verzweifelten, und noch bevor die Seidendiebe einen Sinn darin erkennen konnten, sahen sie eine Gestalt, die aus den Trümmern des Zeltes schritt, als würde sie soeben einem Bad entsteigen.

Es war der Großkhan.

Taurus wartete nicht darauf, dass der wiedererstandene Rokshan seinem Gefolge befahl, die Fremden zu ergreifen. Er streckte Helian Cui einen Arm entgegen, und die Prinzessin schwang sich zu ihm auf das Pferd. Behände kletterten Wusun und Olympiodorus auf das andere Tier. Es war nicht nötig, sich länger zu besprechen. Die Seidendiebe trieben die Pferde an und hielten auf den Rand des Daches zu.

⁕

Nong E schloss die Klappe des Bambusstocks und die Augen. In stillem Gebet dankte sie dem weisen Konfuzius, dass er ihre Wege ans Ziel geführt hatte. Die Raupen lebten, und sie befanden sich wieder in ihren Händen, den Händen der rechtmäßigen Herrin über die Seide, dem Blut der Welt.

Unbeschadet war sie dem Inferno entronnen, einzig ihr Verstand fühlte sich an, als wäre er in Brand geraten. Der Zorn, der beim Anblick der toten Raupen über sie gekommen war, hatte ein Loch in sie hineingebrannt, dessen Ränder noch immer schwelten.

Nong E hustete. Unerkannt stand sie vor dem Eingang des Palastes und stützte sich auf den Stock. Es war an der Zeit zu verschwinden, bevor sich die Aufregung legte, bevor ihre Feinde nach ihrem Verbleib fragten. Ob sie noch lebten?

Nong E hatte frohlockt, als sie unbemerkt an der Hexe mit den grünen Augen vorbei aus dem Zelt entkommen war. Sie kicherte leise und hustete erneut. Es gab keinen Zweifel. Die Wirklichkeit formte sich nach ihrem Willen, und wie aus der Raupe der Falter erwächst, so ging sie, Nong E, aus diesem Kampf als Siegerin über ihre Feinde hervor.

Humpelnd entfernte sie sich vom Palast. Der Zeh, den der Byzantiner mit dem Insektengift bestrichen hatte, bereitete ihr noch immer Schmerzen. Wie praktisch, dachte sie, dass ich jetzt einen Stab habe, um mich zu stützen – in jeder Beziehung. Und mit kleinen Schritten, den Wanderstock in der einen und den Lederbeutel mit den seltsamen Schriftrollen in der anderen Hand, stahl sich Nong E davon.

Teil 3

DIE BLUT SCHWITZENDEN PFERDE

Dezember 552 n.Chr.

Kapitel 22

ER KREIS UND das Quadrat. Alles ist auf diese beiden Formen zurückzuführen. Wenn wir es genau betrachten, besteht die gesamte Welt aus Kreisen und Quadraten.« Anthemios von Tralles stolzierte durch den Rohbau der gewaltigen Kirche und warf ein ums andere Mal nervöse Blicke hinter sich.

Dort fuhr, auf einem Streitwagen stehend, der Kaiser höchstselbst hinter dem Architekten her. Justinian hatte das Gewand eines Priesters gewählt, um den neuen Prunkbau in Augenschein zu nehmen – die Hagia Sophia, die Heilige Weisheit, die größte Kirche der Welt. Und sie stand mitten in Byzanz. Doch vorerst brauchte die Weisheit noch ein Gerüst.

Die Räder des Wagens knirschten im Schutt. Gerade erläuterte Anthemios, wie sich liturgische Handlung und menschliches Maß in den Proportionen der Kirche widerspiegelten. Justinian nickte dem Baumeister wohlwollend zu. Seine Gedanken jedoch waren nicht mit den Erfordernissen architektonischer Harmonie beschäftigt, nicht einmal mit der Kirche selbst oder mit der Frage, welche Farbe das Gewand haben sollte, das er bei der Einweihung tragen würde. Im Kopf des Kaisers tobte ein Sturm.

Er wandte sich seinem Berater Isodorus zu, der dem kaiserlichen Wagen mit einem Stab von Schreibern, Sklaven und der Leibwache folgte. »Wann, sagtest du, drohen die Perser mit einem Angriff?«

»Beim nächsten Neumond. Allerdings halte ich das für ein Zeichen persischer Selbstüberschätzung. Selbst wenn Khosrau ein Heer hätte, das dazu in der Lage wäre, unsere Mauern zu berennen, würde er bis zum nächsten Frühjahr benötigen, um es bis an den Bosporus marschieren zu lassen.«

»Es sei denn, er greift mit einer Flotte an.«

Weiter vorn redete der Architekt von Lichtern, Weihrauch und Friedensküssen. Der Kaiser und sein Berater schenkten ihm keine Beachtung.

»Die Perser haben keine Flotte, die stark genug wäre, uns zu bezwingen«, sagte Isodorus.

Justinian sprang von dem Wagen herunter und baute sich vor ihm auf. »So war es vor zwei Jahren, als wir noch genug Geld hatten, um die besten Söldner weit und breit für uns kämpfen zu lassen. Aber diese Tage sind gezählt. Das solltest du wissen!«

Isodorus schwieg und beugte das Haupt, in das sich tiefe Sorgenfalten gegraben hatten. Aber Justinian konnte seine Gedanken hören. Sein Berater fragte sich, warum eine Reichskasse, deren Boden zu sehen war, für einen monumentalen Kirchenbau geschröpft wurde. Und die Frage war berechtigt. Hundertfünfundvierzig Tonnen Gold kostete die Heilige Weisheit, und nur ein einziger Mensch war überzeugend genug gewesen, Justinian in Zeiten der Krise zu dieser Ausgabe zu veranlassen – die Kaiserin Theodora.

»Diese Kirche wird unseren Glauben stärken, den an Gott und den an uns selbst«, sagte Justinian laut und wiederholte damit Theodoras Argumente, die Argumente einer Frau, die mehr dem menschlichen Geist vertraute als einem Heer unter Waffen. Im Stillen aber dachte er: Der Gott der Christen ist ein armer Teufel.

»Gewiss, Herr«, raunte Isodorus, und Justinian wusste, dass sie beide die Wahrheit kannten.

Er ist ein Berater nach meinem Geschmack, dachte Justinian und klopfte ihm aufmunternd auf die Schulter. Er schaute nach oben, wo eine mächtige Kuppel aus Stein die Kirche überspannte.

»Weißt du noch, Isodorus, wie im vergangenen Winter der Bosporus zufror?«, fragte er. »Die gesamte Stadt war auf den Beinen, um auf dem Eis spazieren zu gehen. Und du, mein kluger Isodorus, hattest den Einfall, die Pferderennen dort draußen veranstalten zu lassen.«

Isodorus nickte. Seiner Sorgenmiene wurde er dennoch nicht ledig. »Die Bürger haben Euch den Herrn des Winters genannt. Und sogar die Senatoren fraßen Euch eine Zeit lang aus der Hand.« Jetzt verfinsterte sich sein Antlitz noch mehr. »Aber wir waren zu sorglos. Ein feindliches Heer hätte die Meerenge zu Fuß überqueren können.«

Justinian rieb sich die Narbe, die seine Nase entstellte, ein Überbleibsel der Pesterkrankung, die er wie durch ein Wunder überlebt hatte. »Werden wir in diesem Jahr wieder einen solchen Winter erleben? Einen, der das Meer gefrieren lässt?«

»Wenn man den Auguren glauben will – ja. Aber angesichts der Bedrohung rate ich davon ab, noch einmal ein Fest vor der Stadtmauer zu veranstalten.«

»Selbst dann, wenn die Gäste aus Persien kommen?«, fragte der Kaiser.

Isodorus runzelte die Stirn. »Was führt Ihr im Schilde?«

»Versuche, Khosrau hinzuhalten. Verzögere den Abmarsch seiner Krieger um einige Zeit. Heck etwas aus, schick den persischen Offizieren geschlechtskranke Tänzerinnen und ihren Pferden einen Schwarm Dasselfliegen, sabotiere ihren Aufbruch, verseuche ihren Proviant, streu Gift und Gerüchte. Egal, was du unternimmst, stell nur sicher, dass die Perser Byzanz erst im tiefsten Winter erreichen.« Koste es, was es wolle, hätte Justinian gern hinzugefügt. Aber das wäre eine Lüge gewesen.

Isodorus tastete das Gesicht des Kaisers mit Blicken ab. »Sie werden versuchen, über das Eis in die Stadt zu gelangen.« Er überlegte einen Moment, dann hellte sich seine Miene etwas auf. »Aber der Bosporus wird sie verschlingen, weil wir die zugefrorene Meerenge zuvor in eine tödliche Falle verwandelt haben werden.«

»Zugegeben«, erwiderte Justinian, »das ist nicht so ehrenhaft wie der offene Kampf, aber ungewöhnliche Zeiten erfordern ungewöhnliche Mittel.«

Ein Windstoß fegte durch den Rohbau der Heiligen Weisheit und blies den Männern eine Staubwolke in die Gesichter. Justinian wandte sich ab, und einer seiner Sklaven hielt ihm ein Stück Seide vor Nase und Mund.

Der Kaiser nieste. Dann nahm er dem Sklaven den Stoff aus der Hand und betrachtete ihn eingehend. »Wenn ich mich recht entsinne, haben wir zwei Agenten ausgesandt, um im Osten nach dem Geheimnis der Seide zu suchen. Wie mag es Taurus und Olympiodorus ergangen sein?«

»Die Expedition war aus Irrsinn geboren«, urteilte Isodorus. »Weder weiß irgendjemand, wie groß Asien ist, noch, welche Gefahren dort lauern. Vielleicht erstreckt es sich um die halbe Welt, und die beiden tauchen, wenn sie die Erdkugel umrundet haben, plötzlich auf der anderen Seite auf, im Westen, bei den Picten und Scoten.«

»Hältst du das für möglich?«, fragte Justinian, während er

wieder den Wagen bestieg, um die Besichtigung fortzusetzen. »Oder glaubst du, mein Bruder und mein Neffe kehren mit dem Geheimnis der Seide zurück, bevor das persische Banner vor unseren Mauern auftaucht?«

Isodorus räusperte sich. »Selbst wenn es ihnen gelänge, müsste das rasch geschehen. Denn die Seide müsste erst in Gold und das Gold wiederum in Waffen verwandelt werden. Mit einem Ballen Stoff allein lässt sich kein persischer Krieger aufhalten. Aber, wenn ich offen sprechen darf, ich halte Taurus und Olympiodorus für tot.«

An einen Pfahl gekettet stand Taurus auf dem zentralen Platz eines Dorfes an der persischen Grenze, stampfte mit den Füßen, schlug mit den Händen Löcher in die Luft und brüllte, was seine Lunge hergab. Das Bärenkostüm war viel zu eng, und die mit Pelz besetzte Holzmaske rutschte ihm ein ums andere Mal vom Kopf. Wie der Gestank der Verkleidung verriet, war der ursprüngliche Träger des Fells schon eine Weile tot gewesen, als man ihn gehäutet hatte. Zu dem Geruch kam die Hitze, und Taurus dachte wehmütig an seine Zeit in der federleichten Robe eines Mönchs zurück, als der Wind seinen Körper umschmeichelt hatte. Als der Stock ihn traf, wehrte er sich mit schlappen Schlägen, die der Rolle eines wilden Tiers kaum gerecht wurden. Sein wütendes Brüllen hingegen war echt.

Vom angesehenen Byzantiner zum bettelnden Mönch und nun zu einer lächerlichen Bestie. Taurus schnaubte aus Verachtung vor sich selbst. Das Geräusch musste so furchterregend unter der Maske hervordringen, dass Olympiodorus für einen Moment vergaß, seinen Onkel mit dem Stock zu drangsalieren, und zurückwich. Das Publikum johlte.

»Krähenauge und die Goldene Bo« – so nannte sich das Paar, das mit gut einem Dutzend abgerissener Gestalten durch das Land zog und in den Städten Kunststücke vorführte. Bo war eine riesenhafte Frau mit blond gefärbtem Haar, deren tatsächliches Geschlecht niemand mit Sicherheit bestimmen konnte. Ihre Kraft war ihr Talent, und sie zeigte es, indem sie die absurdesten Gewichte stemmte. Der Höhepunkt ihrer Vorführungen kam, wenn sie den schwersten Mann im Publikum erspähte, diesen über ihren Kopf hob und dort kreiseln ließ. Dann vermischten sich die Schreie des Rotierenden mit denen des Publikums, und niemand nahm Notiz von den Komplizen der Goldenen Bo, die sich unter die Zuschauer gemischt hatten und ihnen die Börsen von den Gürteln schnitten. Unterdessen durchsuchten weitere Helfershelfer die umliegenden Häuser nach Essbarem und versteckten Münzen. Denn wenn die Artisten kamen, hielt es niemanden zu Hause außer Greisen und Hunden – und mit denen wurden die Langfinger in der Regel fertig.

Als Krähenauge, der Anführer der Truppe, die Seidendiebe am Fuß des Tienschan-Gebirges erspäht hatte, war ihm sofort klar gewesen, dass etwas mit ihnen nicht stimmte. Drei Männer und eine Frau, vier zerlumpte Gestalten auf zwei zuschanden gerittenen Pferden – dahinter mussten sich eine außergewöhnliche Geschichte und ein gutes Geschäft verbergen. Er hatte das Quartett in einem seiner strohgedeckten Wagen aufgenommen und die lahmen Pferde an einen vorbeiziehenden Karawanenführer verkauft – weil er ein weiches Herz hatte, wie er Taurus versicherte, aber auch, weil seiner Truppe gerade ein wenig Verstärkung fehlte. Die Nomaden, erklärte Krähenauge, befänden sich auf einem Kriegszug gegen die Perser. Schon seien Kämpfe an der Grenze nach Persien entbrannt, und wo Krieg wüte, da gebe es immer ein paar Münzen zu verdienen.

Zuerst hatte Taurus sich geweigert, Krähenauge und seine Truppe in den Süden zu begleiten. Sein Weg konnte nur zurück in den Osten führen, dorthin, wo er Nong E mit den Seidenraupen vermutete. Ohne die Raupen war seine Mission gescheitert. Ohne sie konnte er nicht nach Byzanz zurückkehren.

Doch sie hatten die entgegengesetzte Richtung eingeschlagen. Es war Olympiodorus gewesen, der seinen Onkel davon überzeugt hatte, dass der Flitter der Artisten ihnen Schutz vor den Uighuren bieten würde. Hätten die Nomaden die Seidendiebe eingeholt, während diese noch auf den Rossen des Großkhans saßen, wären die Tage von Taurus, Wusun, Olympiodorus und Helian Cui wohl gezählt gewesen. Taurus hatte zugeben müssen, dass es für alle das Beste wäre, sich unter Krähenauges Truppe verborgen zu halten, und sich in sein Schicksal gefügt.

Schon am selben Abend erlebten die Seidendiebe die bislang seltsamste Metamorphose auf ihrer Reise: Taurus fand sich als Spottbild eines Bären wieder, während Olympiodorus als Tierbändiger die Aufgabe zukam, seinen Onkel mit einem Stock zu drangsalieren, bis dieser sich losriss, um seinen Peiniger zu bestrafen.

Nach ihrer Premiere in einem sogdischen Dorf tobte das Publikum, und Krähenauge umarmte die Seidendiebe vor Begeisterung. Einzig Taurus war von der Aussicht, sich in einem Bärenkostüm verstecken zu müssen, nach wie vor wenig begeistert. Am Abend knetete er wehmütig sein Mandili, jenes

Stirnband, das er schon seit Wochen nicht mehr hatte tragen können. Immer düsterer wurde seine Stimmung.

Und jetzt spielte er seine Posse für die Krieger des Feindes. Hier in den Grenzstädten warteten die Perser auf einen Angriff der Nomaden. Diese begnügten sich vorerst damit, die Grenzregionen unsicher zu machen, während immer mehr Pferdemänner aus dem Norden kamen und sich allmählich eine gewaltige Streitmacht vor den Pässen nach Persien versammelte. Das Warten auf den Angriff zermürbte die Perser. Dankbar nahmen sie jedwede Abwechslung an, und als die Wagen von Krähenauge und der Goldenen Bo ankamen, liefen sie zusammen und vergaßen ihre nutzlosen Wachdienste, um den Artisten zuzusehen.

Die persischen Soldaten grölten. Sie hatten sich auf dem Dorfplatz niedergelassen und hielten sich an den Vorräten des Dorfes schadlos, während sie sich die Langeweile von den fahrenden Artisten vertreiben ließen. Taurus war an einen von zwei Pfählen aus Eisen gekettet, die die Grenze nach Persien markierten, und jede seiner Bewegungen wurde von lautem Rasseln und Klirren quittiert, wenn die Ketten gegen die ehernen Pfosten schlugen. Jetzt hielt ihm Olympiodorus den Stock hin, das verabredete Zeichen, dass Taurus den Spieß buchstäblich umkehren und seinen Neffen mit dem Stecken bewerfen sollte. Müde ergab er sich in sein Schicksal.

Als die Vorstellung vorüber war, schleppte sich Taurus zum Wagen der Artisten, seinem neuen Heim, und sank neben dem Eingang zu Boden. Olympiodorus stützte sich auf den Stock des Tierbändigers. Auf dem Platz führte jetzt der Messerwerfer seine Kunststücke vor. »Das Ende des Weges, mein Freund. Hier liegt es«, raunte Taurus und deutete mit einem pelzbesetzten Arm auf den Stock. »Den Stab mit den Raupen« – er schluckte und schüttelte den Kopf – »den werden wir niemals wiedersehen. Nong E ist verschwunden. Vermutlich ist sie längst in ihre Heimat zurückgekehrt und baut ihre Plantage wieder auf. Sie hat gewonnen. Wir sind am Ende.«

»Du verlierst den Mut? Ausgerechnet du?«, fragte Olympiodorus.

»Mut«, sagte Taurus, »gehört dazu, wenn man eine Niederlage akzeptiert.«

Ein tönerner Becher landete vor den Füßen des Messerwerfers und zerbrach. Offensichtlich fühlten sich die Perser nicht gut unterhalten. Aus dem Schatten eines Artistenwagens löste sich Krähenauge. Mit erhobenen Händen lenkte er die Aufmerksamkeit der Krieger auf sich.

»Aber wir können immer noch nach Hause zurückkehren«, sagte Olympiodorus. »Auch ohne Raupen.«

»Indem wir uns vor den stinkenden Persern wie Tiere aufführen? Lieber sterbe ich.« Taurus begann, sich aus dem Kostüm zu schälen.

»… werden wir jetzt fortfahren mit dem Wirbeltanz, präsentiert von einer waschechten Prinzessin«, rief Krähenauge.

Einige Perser erhoben sich. »Hoffentlich sieht die nicht auch aus wie ein Schwein«, rief einer. Zwei weitere Gefäße flogen durch die Luft, gefolgt von einem Stück Braten, das vor den Füßen der Byzantiner landete.

Taurus spannte die Kette zwischen seinen Fäusten. »Wenn wir hier einige Perser töten würden, erwiesen wir Byzanz immerhin noch einen Dienst.« Er fletschte die Zähne.

Da erklang ein Klatschen, ein leiser Ton, der dennoch die Aufmerksamkeit aller auf sich zog. Helian Cui war neben Krähenauge getreten. Erneut schlug sie die Hände zusammen wie eine Mutter, die ihre Kinder ins Haus ruft.

»Ich werde euch ein Tier zeigen wie ihr noch keines gesehen habt«, kündigte Helian an und ließ sich im Lotossitz auf einer Decke nieder.

Jetzt mischte sich Krähenauge wieder ein. »Die wunderbare und liebliche Prinzessin Helian Cui zeigt euch einen …« Aber er vermochte nicht zu sagen, was die Frau zu seinen Füßen darzustellen versuchte. Ein Wirbeltanz war es jedenfalls nicht.

»Einen Büffel«, ergänzte Helian Cui und taxierte ihr Publikum. »Aufgepasst!«

»So sieht doch kein Büffel aus«, kam es aus den Reihen der Perser.

»Eine Prinzessin erst recht nicht«, rief ein anderer Zuschauer.

Mehrere Stimmen warfen Helian Anzüglichkeiten an den Kopf. Einer der Krieger erhob sich und entblößte sein Geschlecht.

Taurus' Blut kochte, und er erhob sich ebenfalls.

Olympiodorus setzte ihm den Stock an die Brust. »Beruhige dich!«, zischte er. »Wenn du mir als Bär schon nicht gehorchst, so höre wenigstens als Blutsverwandter auf mich.«

Taurus hielt inne. Ungeduldig beobachtete er Helian, die noch immer regungslos dasaß und die Feindseligkeiten der Perser an sich abperlen ließ. Hinter ihr rang Krähenauge die knotigen Hände.

Da schloss Helian Cui die Augen. Ein Windstoß fegte durch ihr Haar, das jetzt in schwarzen Wellen bis zu ihrem Hals herabfiel, und ein Lächeln umspielte ihre Lippen.

Was für eine rätselhafte Frau, dachte Taurus und saugte ihren Anblick in sich auf.

»Wo ist denn nun der Büffel?«, rief jemand, und selbst Krähenauge betrachtete Helian Cui mit einer Mischung aus Ratlosigkeit und Neugier.

Umströmt von Wind und Stimmen begann Helian Cui, mit dem Unterkiefer zu mahlen. Kaum wahrnehmbar beschrieb ihr Kinn einen kleinen Kreis. Ihr Kiefer kreiste und kreiste, mal schneller und mal langsamer, und unter den Zuschauern kehrte nach und nach Stille ein. Schließlich starrten alle gebannt auf Helian Cui und warteten auf das, was folgen würde.

❧

Das Dorf um sie herum verblasste. Nach einer Weile hob Helian ihr linkes Lid, so langsam, als hinge ein Gewicht daran. Als das Auge offen stand, hörte sie mit dem Kauen auf. Helians Blick schweifte umher. Der Platz und das Publikum waren verschwunden.

> *Unter ihr lag still das Land. Der Wind kämmte die Wiesen im Tal, und das Gras duckte sich, als liefe eine große Herde darüber hinweg. Zufrieden schüttelte sie den mächtigen Kopf. Ein Blick in den Himmel verriet ihr, dass zum Abend hin Regen kommen würde. Bis es so weit war, wollte sie noch an dieser Stelle im weichen Gras des Hanges ruhen und die Sonnenstrahlen spüren.*

Helian schloss das Auge wieder, so behäbig, wie sie es geöffnet hatte. Für einen Moment verharrte sie, dann nahm sie die Kaubewegungen wieder auf. Schließlich hielt sie inne. Die Vorführung war vorbei.

❧

Schweigen lastete auf dem Platz. Taurus bereitete sich darauf vor, die Kette um einige persische Hälse zu schlingen. Krähenauge zog Helian Cui auf die Beine und versuchte, die Prinzessin zu den Wagen der Artisten zu zerren. Doch sie schien noch so sehr in ihrer Rolle versunken zu sein, dass sie um ein Haar das Gleichgewicht verloren hätte. Orientierungslos stolperte sie hinter Krähenauge her.

»Noch einmal!«, rief da einer der Zuschauer, und mehrere Männer stimmten mit ein.

»Sie ist von Ahura Mazda gesegnet«, brüllte ein anderer. »In der da brennt das ewige Feuer!«

Immer mehr Stimmen erhoben sich, und die Rufe schwollen zu einem lauten »Hatthatthatt« an. Zwar kannte Taurus die Bedeutung der Worte nicht. Dass sie aber Beifall ausdrücken sollten, hätte selbst ein tumber Germane verstanden.

»Ich habe schon immer vermutet, dass die Perser Gefallen an Kühen finden«, sagte Olympiodorus.

Aus den Reihen der Zuschauer löste sich ein einzelner Krieger. Er trug weite weiße Hosen, ein Kettenhemd und mit Münzen besetzte Stiefel. Trotz der Hitze hatte er seinen blauen Spangenhelm nicht abgesetzt.

»Dein Bär ist es nicht wert, dass ein Perser ihn anpisst«, sagte der Krieger zu Krähenauge. »Aber deine sogenannte Prinzessin ist eine Künstlerin. Wahrhaftig, das ist sie!«

Krähenauge verbeugte sich verdutzt. Mit gesenktem Kopf streckte er dem Perser die flache Hand entgegen. Tatsächlich ließ dieser einen ganzen Faden Münzen hineinfallen.

»Unser König könnte ein wenig gute Unterhaltung gebrauchen. Alles, was er zu sehen bekommt, sind Spaßmacher ohne Humor und Artisten ohne Gleichgewicht. Aber der Büffel würde seinen Geist zum Lodern bringen.«

»Der König?« Krähenauge stockte der Atem. »Ihr meint Khosrau, den Perserkönig?«

»Khosrau der Weise, Khosrau Eisenarm, der Nomadentöter, Khosrau der Kühne, der Städtezerstörer und Vater von hunderttausend Söhnen.«

Khosrau der Säufer, fügte Taurus in Gedanken jenen Beinamen hinzu, den der persische Herrscher in Byzanz trug.

Jetzt schüttelte Krähenauge den Kopf. Helian versuchte, ihn zu beruhigen. »Vor dem König spielen«, sagte der Anführer der Artisten, »das ist unmöglich.«

Der Perser lachte. »Du Hasenherz! Wenn ich dir sage, Khosrau wird die Verwandlung der Prinzessin in einen Büffel gefallen, so weiß ich, wovon ich rede.«

»Daran zweifle ich auch nicht«, erwiderte Krähenauge und spielte nervös mit den Münzen in seiner Hand. »Aber Ktesiphon liegt viele Tagesreisen entfernt. Wir wären bis zu eurer Haupstadt einen vollen Mond unterwegs, und die Reise wäre kostspielig.«

»Du bist nicht nur ein Feigling, sondern ein Narr obendrein! Unser König ist immer dort zu finden, wo es eine Schlacht zu schlagen gilt, wo sich der Feind an seinen Grenzen sammelt und seine Krieger darauf warten, dass er den Befehl zum Angriff gibt. Khosrau ist hier.«

»Hier?« Krähenauge sah sich um.

Der Perser schüttelte resignierend den Kopf. Dann sagte er: »Finde dich mit deinen Leuten morgen Abend in Baktra ein! Dort steht das Kriegszelt Khosraus. Wenn du den Büffel erscheinen lässt, gewinnst du vielleicht das Wohlwollen des Königs, tauchst du aber nicht auf, verlierst du mehr als nur meine Gunst.« Mit diesen Worten wandte sich der Perser ab.

»Lass mich los!«, keuchte Olympiodorus.

Erst jetzt bemerkte Taurus, dass er seine Rechte in der Schulter seines Neffen vergraben hatte. Es fiel ihm schwer, den Griff zu lockern.

»Khosrau ist hier«, keuchte er. Wäre ein Gott oder der Teufel persönlich vor seinen Augen zur Erde herabgestiegen, hätte sich seine Stimme nicht anders angehört.

Olympiodorus musterte ihn mit sorgenvollen Blicken. »Na und?«, fragte er. Aber beide Byzantiner kannten die Antwort.

Kapitel 23

EIN TURM, EIN TURM, ein Brunnen, ein Turm, ein Turm, ein Brunnen, ein ...

Nong E hasste dieses Land mit seinen ewig gleichen Landmarken, den Wachtürmen auf den Hügeln, die keine andere Funktion hatten, als den Reisenden die Entfernung zur nächsten Wasserstelle anzuzeigen. Sie hasste die Ebene mit den heruntergekommenen sogdischen Städten, und sie hasste den Esel, auf dem sie aus dem Lager des Großkhans entkommen war. Das Tier war so langsam und eigenwillig, dass Nong E mehrfach darüber nachgedacht hatte, es zurückzulassen, um den Weg nach Süden zu Fuß fortzusetzen. Doch das war wegen ihres verletzten Zehs unmöglich.

Im Süden lag ihre Zukunft. Das wusste sie jetzt. »Im Süden, im Süden, im Süden«, summte sie ein ums andere Mal vor sich hin. Und nicht im Osten.

Als sie das Lager der Nomaden verlassen hatte, den Stab mit den Raupen und die seltsamen Schriftrollen im Gepäck, da hatte sie sofort gewusst, dass ihr Weg nie wieder zurückführen würde. Weder zu den zurückgelassenen Kriegern, dieser Streitmacht der Bedeutungslosigkeit, die nicht einmal mehr Pferde besaß, noch zu ihrer Plantage, den verkohlten Trümmern, die von Tagedieben bewohnt sein mochten und von den Geistern ihres Mannes und ihres Sohnes. Nein! Darauf konnte Nong E verzichten. Auf sie wartete ein Leben am Hof des persischen Königs. Genau das stand ihr zu.

Zwar ließ ihre Erscheinung etwas zu wünschen übrig – ein Schneider, ein Juwelier und ein Badehaus hätten ihr wohlgetan –, dennoch war sie gewiss, den Palast des Persers wie eine Königin betreten zu können. Und während der Herrscher der Barbaren sie sprachlos ansehen würde, bezaubert von ihrer Lieblichkeit, würde sie ihm die Seidenraupen zu Füßen legen, die mächtigste Waffe im Kampf gegen seine Erzfeinde, die Byzantiner. So jedenfalls hatte der Plan Ur-Atums gelautet, und da der niederträchtige Ägypter ihn nicht mehr ausführen konnte, würde sie, Nong E, es allein versuchen. Die Belohnung würde ihre kühnsten Erwartungen übertreffen. So musste es einfach sein. So und nicht anders.

Wie weit sie noch bis zur persischen Grenze reiten musste, wusste Nong E nicht. Sie konnte noch Jahre entfernt sein oder einen halben Tag. Irgendwo im Süden sollte das riesige Reich der Perser liegen, also folgte Nong E der Sonne, bis sie schließlich an einem der Brunnen auf eine Karawane traf. Ihr Anführer war ein Mann in Nong Es Alter. Er trug eine rote Jacke, und von seiner Pelzmütze ragte ein goldener Stiel in den Himmel. Gewiss kenne er den Weg nach Persien, gewiss habe er Proviant für Nong E, und gewiss dürfe die edle Dame die Karawane begleiten, beantwortete er ihre Fragen. Dabei blickte er verschmitzt auf sie herab. Ob sie dafür bezahlen könne, wollte er wie beiläufig wissen.

Nong E, die sich auf ihrem Esel neben dem Kamel des Händlers wie eine Bettlerin fühlte, hielt ihm ihre letzten Opiumvorräte hin. »Das ist alles, was ich habe«, presste sie zwischen den Zähnen hervor. »Alles, was von meinem Reichtum geblieben ist.«

Der Karawanenführer zuckte bedauernd mit den Schultern. Nong E strich über den Bambusstock, der auf ihren Knien lag.

»Vielleicht habe ich doch noch etwas.« Sie zögerte. »Ich gebe dir den größten Schatz, den ich je besessen habe.«

»Und was soll das für ein Schatz sein?«, fragte der Kaufmann und beugte sich zu ihr herab.

Mit flinken Fingern öffnete sie das Geheimfach des Stabs. Noch weiter rutschte der Händler aus seinem Sattel, um einen Blick in die kleine Kammer werfen zu können. Doch wenn er Gold und Geschmeide erwartet hatte, so wurde er enttäuscht.

»Was ist das?«, fragte er, und sein Grinsen zeigte erste Spuren von Unsicherheit.

»Seidenraupen«, sagte Nong E und blickte sehnsüchtig auf die Gespinste.

Die Insekten waren vollends verpuppt und träumten ihrer Verwandlung entgegen. Sieben Tiere hatten das kritische Stadium hinter sich gelassen, die Tage und Nächte unablässigen Fressens, Häutens und Wachsens. Jetzt steckten sie in ihren Kokons, und bald schon würden die Falter schlüpfen und Eier legen. Dann konnte der Zyklus von Neuem beginnen.

»Sehr bald schon«, sagte Nong E zu sich selbst.

Der Karawanenführer richtete sich wieder in seinem Sattel auf. »Ungeziefer«, sagte er. Das Grinsen war vollends aus seinem Gesicht gewichen. »Hast du kein Geld?«

»Wenn du mich mitnimmst, gebe ich dir zum Tausch einen der Kokons. Einen. Das ist großzügig. Versuche nicht, mit mir zu handeln.«

Statt zu antworten, schüttelte der Kaufmann den Kopf und deutete auf Nong Es Brust.

Dieses Schwein, dachte sie und sagte laut: »Ihr fahrenden Händler macht mich rasend.« Dabei hieb sie dem Esel mit der Faust auf den Rücken. Das Tier protestierte. »Wie konnte ich nur jahrelang mit Gesindel wie dir Handel treiben? Als ich noch Herrin der Plantage war, hätte ein schmutziges Angebot wie dieses dich den Kopf gekostet – nachdem du an deinem Gemächt erstickt wärst.«

Sie spie dem Händler die Worte auf Serind entgegen. Der aber schüttelte erneut den Kopf, jetzt wieder mit einem breiten Grinsen im Gesicht, und deutete noch einmal auf Nong Es Brust. Sie fasste sich an den Hals und begriff.

»Die Halskette?« Ihre Finger tasteten nach dem Drachen, der Schildkröte, dem Vogel und dem Tiger. Sie biss sich auf die Lippen. Die kleinen Jadetiere hatten ihr den Weg gewiesen, seit sie die Plantage verlassen hatte. Sie waren das letzte Stück Erinnerung an ihr altes Leben. Aber was nutzte das jetzt noch?

Mit zitternden Fingern löste Nong E die Kette von ihrem Hals. »Du machst ein schlechtes Geschäft. Die Raupen sind viel wertvoller«, sagte sie zu dem Rotgewandeten auf dem Kamel.

Der Händler streckte Nong E eine offene Hand entgegen. Kaum hatte sie die Kette hineingelegt, verschwanden die Jadetiere in der Tasche des roten Mantels. Der Händler pflückte sich die Mütze vom Kopf, hielt sie mit beiden Händen vor die Brust und deutet eine Verbeugung an, die sein hochwandiger Sattel kaum zuließ.

»Willkommen in meiner Karawane«, sagte er.

⚬⚬⚬

Baktra, das Goldene Pferd, tosende Handelsmetropole auf der Südroute nach Indien, empfing die Seidendiebe wie Hunde, die am Ende eines Festmahls nach Knochen suchen dürfen. Der Perserkönig war fort. Fünf Tage hatte er in der Stadt Hof gehalten. Ein ganzer Stadtteil war für seinen Aufenthalt umgebaut worden. Jetzt aber hingen die Blumengirlanden welk aus den Fenstern, die Betrunkenen hatten sich in finstere Winkel verkrochen, und die Straßen waren von Unrat verstopft und menschenleer.

Krähenauge war ebenso enttäuscht wie Taurus. Für sein Leben gern hätte der Artistenführer vor dem Herrscher der Perser eine Vorstellung gegeben. Auf dem Weg nach Baktra hatte er davon geschwärmt, wie Khosrau ihn zum Dank mit Smaragden und Saphiren überhäufen würde, wie er ihn gar zum Statthalter einer kleinen Provinz ernennen und ihm eine seiner Töchter zur Frau geben würde. In das Gelächter der anderen hatte einzig Taurus nicht miteingestimmt. Zwar hoffte er nicht minder, vor den Perserkönig treten zu können, doch waren seine Gedanken nicht von Gold und Edelsteinen erfüllt, sondern von Blut und Rache.

Baktra war satt. Khosrau hatte die Stadt zur Völlerei verurteilt, und jetzt lag sie im Krankenbett und atmete flach, während ihr der Dunst des Überflusses aus allen Poren stieg. Hier würde niemand Interesse an einer drittklassigen Artistengruppe zeigen, nachdem der König Persiens Sternenstaub auf die Straßen hatte regnen lassen.

Taurus aber wollte die Hoffnung nicht aufgeben. Khosrau musste noch in der Nähe sein. Wie der persische Krieger behauptet hatte, war der König wegen der Nomaden an die Grenze gekommen, und die standen noch immer vor den Pässen, plünderten Dörfer und stifteten Unfrieden. Keine Frage: Khosrau war hier in Baktrien, und so, wie der Regent auftrat, musste seine Spur einfacher zu verfolgen sein als der Lavastrom nach einem Vulkanausbruch.

Gemeinsam mit seinen Gefährten durchstreifte Taurus die

Straßen. Er hatte den Arm um Helian Cui gelegt, deren Augenlicht von Tag zu Tag abnahm. Ohne Geleit lief sie Gefahr, über den Unrat in den Straßen zu stolpern. Doch während es Taurus das Herz zu zerreißen drohte, das Ermatten ihres einst strahlend grünen Blickes mitansehen zu müssen, schien Helian selbst auf merkwürdige Weise davon unberührt. Seinem Vorschlag, einen Heiler oder Schamanen aufzusuchen, lehnte sie ohne Erklärung ab. Doch auch so wusste Taurus, dass Helian Cui auf Buddha vertraute. Sie glaubte, dass er ihre Schritte lenkte und ihren Weg vorherbestimmt hatte. Um diesen Glauben beneidete Taurus sie. Er selbst war von Unsicherheit erfüllt, einem Gefühl, das er nie zuvor so stark empfunden hatte. Die Seidenraupen waren nicht länger in seiner Reichweite. Dafür aber war es der Perserkönig. Wenn Taurus die Insekten schon nicht mehr in Händen hielt, so sollten sich seine Finger zumindest um den fetten Säuferhals des Feindes legen. Khosrau musste sterben – und wenn es Taurus das Leben kosten sollte. Niemals würde er es sich verzeihen können, seiner Heimat diesen Dienst nicht erwiesen zu haben.

Doch auf der anderen Seite schlug sein Herz für seine Gefährten, und er stellte einmal mehr mit Erstaunen fest, dass ihre Gesellschaft ihm ein neues Zuhause geworden war. Nichts war ihm wichtiger, als Olympiodorus, Wusun und vor allem Helian Cui in Sicherheit zu wissen.

Als sie zu einem kleinen Basar kamen, eilte Wusun voraus, um die Kaufleute an den Ständen nach dem Verbleib des Perserkönigs zu befragen. Während Taurus, Helian und Olympiodorus im Schatten einer Ölweide warteten, traten Kinder an sie heran und versuchten, den Fremden Brunnenwasser in Tonkrügen zu verkaufen. Bevor Taurus die Geduld mit den Quälgeistern verlor, tauchte ein altes Weib auf und verscheuchte sie mit einem Reisigbesen.

»Alexander der Große hat in dieser Stadt einst sein Hauptquartier aufgeschlagen, als er auf dem Weg nach Indien war«, erzählte Oympiodorus. Helian Cui hörte aufmerksam zu. »Deshalb«, fuhr der Byzantiner fort, »ist Baktra im Grunde eine griechische Stadt.«

»Sie gehört praktisch uns«, ergänzte Taurus. »Es hat nur noch niemand bemerkt.«

Helian umfasste seinen Arm mit beiden Händen. »Du würdest einen lausigen König abgeben«, urteilte sie. Dann wandte sie sich wieder Olympiodorus zu. »Wer war denn dieser Alexander?«

Dem Byzantiner verschlug die Frage fast die Sprache. »Du kennst Alexander den Großen nicht?« Mehrfach versuchte er, seine Begeisterung über die Taten des großen Feldherrn in Worte zu kleiden. Doch jedes Mal stockte er mitten im Satz.

Schließlich kam ihm Taurus zu Hilfe. »Alexander der Große eroberte in zwölf Jahren die gesamte ihm bekannte Welt. Dann soff er sich aus Freude darüber zu Tode. Da war er gerade mal zweiunddreißig Jahr alt.«

Olympiodorus fügte nichts hinzu.

»Und dafür bewundert ihr diesen Mann?«, fragte Helian.

»Ich bewundere ihn vor allem für eins: dafür, dass er uns den Weg weist. Denn wenn diese Stadt tatsächlich mit dem Baktra Alexanders identisch sein sollte, dann fließt der Oxus hier in der Nähe.«

»Na und?«, fragte Olympiodorus mit säuerlicher Miene.

»Ist das ein Strom, der Oxus?«, wollte Helian wissen.

»Einer der größten Ströme in diesem Teil der Welt. Alexander setzte darüber hinweg, als er von Baktra aus den Perserkönig Bessos jagte. Der Fluss müsste also hier in der Nähe sein.«

»Na und?«, wiederholte Olympiodorus.

Taurus verzog das Gesicht. »Wenn unsere Kartografen keine Narren sind, dann fließt der Oxus in Richtung Kaspisches Meer.«

Augenblicklich hellte sich Olympiodorus' Miene auf. »Du willst nach Hause? Was ist aus deinem Vorhaben geworden? ›Der Perserkönig in meiner Reichweite‹, hast du gesagt.«

Taurus schüttelte den Kopf. »Daran halte ich fest. Ihr aber werdet von hier verschwinden. Heute noch suchen wir ein Schiff, das nach Westen fährt. Ich werde den Kapitän schon davon überzeugen, dass er euch ohne Bezahlung mitnimmt. Das Versprechen eines Verwandten des Kaisers wird genügen.«

Olympiodorus und Helian starrten ihn schweigend an.

»Seid unbesorgt! Ich werde mir Khosrau allein vornehmen«, erklärte Taurus. »Ich habe einen Plan. Wenn er aufgeht, folge ich euch auf dem Fuß und werde euch einholen, noch bevor ihr das Kaspische Meer riechen könnt.«

»Und wenn dein Plan misslingt?«, fragte Helian.

»Was für ein Plan soll das überhaupt sein?«, wollte Olympiodorus wissen.

Taurus antwortete mit Schweigen.

Olympiodorus räusperte sich. »Während du noch überlegst, wie du an Khosraus berüchtigten Leibwächtern vorbeikommen willst, würde ich gern einen Vorschlag machen.«

»Der interessiert mich nicht. Ich habe euch bereits gesagt, was ich vorhabe«, schnappte Taurus.

»Und jetzt sage ich dir, was ich vorhabe.« Nie zuvor war

Olympiodorus' Stimme so fest gewesen. »Ich werde dem Perserkönig den Frieden anbieten.«

Taurus lachte schallend. »Darauf wird er gewartet haben! Zum ersten Mal seit Jahrzehnten liegt Byzanz vor seinen Füßen im Staub, schwach wie die Nacht, bevor der Tag sie verschlingt, und du bietest ihm den Frieden an. Er wird glauben, wir wären tatsächlich Schauspieler. Die schlechtesten der Welt.«

»Wir könnten uns als Fürstengeiseln in seine Gefangenschaft begeben und garantieren, dass Byzanz ihm künftig Tribut zollt«, erklärte Olympiodorus.

Jetzt verfinsterte sich Taurus' Miene. »Das ist ehrlos. Als Kettenhunde des Persers zu leben, während er unsere Heimat ausbluten lässt. Dann lieber ein Ende auf einer persischen Klinge finden und als letztes Geräusch dieser Welt das Knacken eines königlichen Genicks hören.«

»Ehrlos?« In Olympiodorus' Stirn hatten sich tiefe Falten gegraben. »Dieses Wort von dir zu hören ist wahrlich belustigend. Wer war es, der seine Freunde zurückgelassen hat, im Sand eingegraben bis zum Kinn, als Futter für die Schlangen? Während er selbst auf einem Wagen durch die Lande gezogen ist, um nach philosophischen Texten zu stöbern?«

»Derjenige, der seinen ungelenken Neffen unter eingestürzten Felswänden hervorzieht, aus brennenden Zelten rettet und durch Sandstürme führt«, rief Taurus. Die Alte mit dem Besen und die Kinder mit dem Brunnenwasser drehten sich nach ihm um.

»Verzeiht meine mangelnde Bescheidenheit«, warf Helian Cui ein, »aber diejenige, die euch aus dem Sandsturm geführt hat, war ich.«

Taurus wollte etwas erwidern, doch Helian legte eine Hand

auf seine bärtige Wange, und er verstummte. Dann fuhr sie fort: »Olympiodorus hat recht. Wir können dem Perserkönig folgen und ihm den Frieden anbieten. Warum sollten wir das nicht versuchen?«

»Weil es für euch zu gefährlich ist und ihr von hier verschwinden werdet«, wiederholte Taurus, den Blick zum Himmel gerichtet. »Ich gehe allein.«

»Ohne meine Verwandlung in den Büffel des wahren Selbst wirst du kaum in die Nähe des Königs gelangen«, warf Helian ein. »Oder glaubst du, statt einer schönen Frau, die ihm Erleuchtung und Einsicht bringt, verlangt es Khosrau nach einem grimmigen Riesen in einem alten Bärenfell, der ihm an die Kehle gehen will? Du brauchst mich, Taurus!«

Taurus schluckte. Sie hatte recht, in jeder Beziehung.

Bevor sie ihr Wortgefecht fortsetzen konnten, zupfte Helian Taurus am Ärmel. »Wusun kehrt zurück«, sagte sie.

Woher wusste sie das? Taurus ließ den Blick über den Basar schweifen, doch erst nach einiger Zeit tauchte der Alte zwischen den Ständen auf und hielt auf seine Gefährten unter der Ölweide zu. Taurus blieb keine Zeit, sich weiter über Helian zu wundern, denn Wusun hielt ihm eine Faust entgegen, in der etwas verborgen zu sein schien. Das schiefe Gesicht des Steppenreiters wirkte noch entstellter als sonst, und aus seiner Nase rann Blut. Er wischte es ungeduldig ab.

»Was bringst du da?«, fragte Taurus mit Blick auf die geschlossene Faust. »Was ist geschehen?«

Wusun öffnete die Finger. »Meine letzten Zähne«, sagte er und betrachtete die braunen Klumpen in seiner Hand. Das Blut daran begann bereits zu verkrusten.

»Wirst du verfolgt?«, wollte Taurus wissen. Doch hinter Wusun tauchte niemand auf.

»Willst du mich beleidigen?« Wusun zog das Blut die Nase hoch. »Derjenige, der das getan hat, wird erst beim nächsten Fest des Grünen Kakadu wieder gehen können.«

Taurus presste eine Hand gegen seine Stirn. Verzweiflung drohte ihn zu überschwemmen. Hatten denn alle um ihn herum den Verstand verloren? »Statt dich zu prügeln und Aufmerksamkeit auf uns zu ziehen, solltest du nach dem Weg fragen, den Khosrau eingeschlagen hat.«

Wusun verzog sein blutiges Ledergesicht zu der furchtbarsten und warmherzigsten Grimasse, die Taurus jemals gesehen hatte. »Zufälligerweise wusste meine Bekanntschaft davon. Er wollte nur nicht sofort mit der Sprache heraus.« Wusun streckte einen Arm gen Süden aus. »Der König ist da lang.«

Helian winkte eines der Kinder herbei, erstand mit einer halben Kupfermünze einen Krug Wasser und tauchte einen Zipfel ihres Gewands hinein. Dann begann sie, Wusun das Blut aus dem Gesicht zu waschen. Der Alte ließ es sich gefallen und richtete den Blick dabei auf Taurus, wohl um auf dessen Zügen die Flamme der Eifersucht zu erhaschen.

Als Helian Wusun anbot, seine letzten Zähne auf einen Faden zu ziehen, damit sie ihn als Talisman begleiteten, winkte er ab. Die Stummel hätten ihn ohnehin nur gestört, wenn er seinen Mund mit den prallen Brüsten der sogdischen Huren habe füllen wollen. In hohem Bogen warf er seine Zähne fort und traf einen Esel an der Flanke. Das Tier war an einen der Verkaufsstände angebunden. Von den Geschossen getroffen, ruckte es zur Seite und schnaubte.

»Traumtänzer!«, rief Helian Cui. Sie ließ das mit Blut verschmierte Gewand sinken und starrte in die Richtung, aus der das Geräusch gekommen war. »Das ist Traumtänzer«, sagte sie zu Taurus und griff nach seinem Arm.

»Wer ist Traumtänzer?«, fragte Wusun.

»Ihr Esel«, sagte Taurus.

»Und ich dachte, der hieße Taurus«, sagte der Alte, wobei ihm erneut ein Blutfaden aus dem Mundwinkel rann.

»Er ist es wirklich, Lao Wusun.« Helian ging auf den Basarstand zu, an den das Tier angebunden war. Die anderen folgten ihr.

Im Schatten eines Leinenzelts sortierte der Händler seine Waren. Während er etwas in eine Kiste stopfte, das zu Taurus' Bärenkostüm hätte gehören können, blickte er aus müden Augen zu der vermeintlichen Kundschaft herüber.

»Wieselfelle?«, fragte er träge. »Fünf Stück habe ich noch.«

»Der Esel hier.« Taurus deutete auf das Tier. »Seit wann hast du ihn?«

Der Kaufmann runzelte die Stirn. Er musterte die vier Kunden nun aufmerksamer. »Seit seiner Geburt. Warum willst du das wissen? He! Nicht anfassen!«

Helian hatte den Rücken des Esels gestreichelt. Jetzt schmiegte sie sich an den Hals des Tiers und strich ihm über die Ohren. Ihre Liebkosungen wurden mit einem sanften Nicken quittiert, dann begann Traumtänzer mit jenen rhythmischen Bewegungen zu schaukeln, denen er seinen Namen verdankte.

»Er ist es«, sagte Helian Cui noch einmal. »Es gibt keinen Zweifel.« Entschlossen schlug Taurus die Zeltplane beiseite und baute sich vor dem Händler auf. Geblendet vom grellen Licht der Mittagssonne hielt sich der Mann eine Hand vor die Augen. »He!«, rief er erneut.

»Woher hast du das Tier?«, brummte der Byzantiner.

Der Kaufmann wedelte mit den Händen durch die Luft. »Fort mit euch Gesindel! Wenn ihr nichts kaufen wollt, stehlt wenigstens nicht meine Zeit. Fort, oder ich rufe die Wachen!«

»Ein guter Einfall! Dann kann ich mir die Mühe sparen«, sagte Taurus. Auf das ratlose Gesicht des Mannes hin fügte er hinzu: »Diesen Esel haben wir zuletzt im Besitz der Nomaden gesehen. Sie haben ihn von uns gestohlen. Jetzt steht er hier auf einem persischen Basar. Das kann nur eines bedeuten: Du treibst Handel mit den Feinden deines Königs. Wache! Ist denn hier kein Wachposten in der Nähe?«

»Schscht!«, zischte der Kaufmann. »Das ist absurd.« Er senkte seine Stimme und blickte verstohlen über den Platz. »Ich bin ein treuer Untertan des Sohnes der ewigen Flamme und würde nie …«

»Spar dir den Atem! Wenn du uns nur verrätst, woher der Esel stammt, lassen wir dich weiter deine stinkenden Wieselfelle streicheln«, sagte Taurus.

Der Händler schluckte. »Eine durchziehende Karawane hat ihn mir verkauft. Sie sahen aber nicht aus wie Nomaden. Wenn ihr das Tier haben wollt: acht Drachmen ist es wert, achteinhalb mit Strick und Decke.«

»Den Strick nehme ich«, schaltete sich Wusun ein. »Damit ich deinen Hals damit verzieren kann.«

Taurus kramte in seinen Taschen nach Münzen. Gerade hatte er zwei Fäden hervorgezogen und wollte den Händler fragen, ob er auch sogdische Währung akzeptiere, da stieß Helian einen leisen Schrei aus. Taurus sah, dass sie etwas in den Händen hielt, etwas, das wie ein Schmuckstück aussah.

»Ah, die schöne Dame hat einen ausgezeichneten Geschmack«, sagte der Kaufmann. Nun war die Trägheit endgültig aus seinen Augen verschwunden. »Eine so schöne Halskette findet man sonst nur im Palast des Königs. Sie ist einer Prinzessin würdig. Sagen wir einhundert Drachmen, dann bekommt ihr den Esel dazu.«

Taurus achtete nicht auf die Worte des Mannes. Erstaunt beobachtete er, wie Helian Cui die Kette durch ihre Finger gleiten ließ und sanft über die daran befestigten Skulpturen strich, die aus Jade zu sein schienen. Nie zuvor hatte er Schmuck an der Gongzhu gesehen. Warum gefiel ihr ausgerechnet dieses Schmuckstück, und warum gerade jetzt?

»Diese Kette«, sagte Helian so leise, dass Taurus sich zu ihr hinunterbeugen musste, um die Worte verstehen zu können, »gab mir Feng. Ich habe sie gegen Traumtänzer eingetauscht. Jetzt sind beide wieder beisammen. Wie ist das geschehen? Buddha will mir ein Zeichen geben, aber ich kann es nicht lesen.«

»Vielleicht kann ich es«, sagte Olympiodorus. »Wem hast du den Esel abgekauft?«, wollte er von Helian wissen.

Als sie ihm den Eseltreiber beschrieb, der sie halb verdurstet aus dem Wüstensand gerettet hatte, nickte Olympiodorus. »Tokta Ahun«, sagte er. »Wir haben ihn ebenfalls getroffen, kurz bevor wir die Seidenplantage Feng erreichten, und auf dem Rückweg noch einmal.«

Wie lange mochte das her sein?, fragte sich Taurus. Ein Zeitalter hätte seither vergangen sein können oder eine einzige schlaflose Nacht.

Helian sah Olympiodorus erstaunt an. »Ihr kennt Tokta Ahun?«

»Wer auf der Kaiserstraße reist, ist immer unter alten Bekannten«, raunte Wusun und kratzte sich die Wange.

»Ja, wir sind ihm begegnet«, fuhr Olympiodorus fort. »Auch sein Ziel war die Plantage Feng.«

»So ist es«, bestätigte Helian. »Als ich ihm die Kette gab, war er nur wenige Tagesreisen von der Oase entfernt.«

»Und jetzt ist diese Kette hier?«, fragte Taurus. Er ahnte, worauf Olympiodorus hinauswollte, dennoch lag Skepsis in seiner Stimme. »Vielleicht ist es nur ein ähnliches Schmuckstück. Halsketten mit Jadetieren gibt es in diesem Land wohl häufiger als Feigen in Korinth.«

Sein Neffe schüttelte den Kopf. »Tokta Ahun ist mit der Kette zur Plantage gezogen. Als er dort ankam, kann er nur noch Nong E angetroffen haben. Und jetzt ist der Schmuck hier.«

»Also hat ihn Nong E bei sich gehabt«, ergänzte Taurus.

»Aber wieso liegt er dann jetzt hier, auf einem persischen Basar?«, wollte Helian wissen.

»Der schwarze Wind der Wüste«, murmelte Wusun.

»Was soll das sein?«, fragte Taurus.

»Er frisst dich auf, und was von dir übrigbleibt, spuckt er am anderen Ende der Welt wieder aus. Nong E ist tot. Jemand hat sie ausgeraubt und ihre Habseligkeiten verschachert. Das hier sind die Überreste dieser Hexe.«

Kapitel 24

DEM PERSERKÖNIG nach Süden zu folgen war so einfach wie mit einem Boot einen Fluss hinabzufahren. Im Kielwasser Khosraus zog der gesamte Hofstaat durch die Berge, beschützt von zehntausend Kriegern und gefolgt von einem Heer aus Marketendern, Kamelkarawanen und Beutelschneidern. Fahrende Bordelle gehörten ebenso dazu wie Schauspieler, Musiker und Artisten, und es kostete Taurus keine Mühe, Krähenauge und die Goldene Bo davon zu überzeugen, sich dem Zug anzuschließen.

Jetzt saß der Byzantiner auf einem Felsen, stemmte die Hände auf die Knie und hielt seinen Kopf so ruhig wie möglich, während Helian Cui ihm den Bart stutzte. Die Haare in seinem Gesicht waren bis über seine Brust gewuchert. Sie störten bei jeder Bewegung, und als Helian in der vergangenen Nacht auf ihm gehockt und seinen Bart gezaust hatte, hatten ihre Finger zwei Insekten daraus hervorgezogen.

Von hier oben mäanderte der Serpentinenweg die Flanke des Berges hinab. Er war gespickt mit Reisenden, die in Karren, auf Pferden, Eseln und Kamelen oder zu Fuß dem König der Perser hinterherzogen. Während sich die Spitze des Zugs zwischen den Pinien verlor, folgten immer neue Pilger nach, die mal lärmend und lachend, mal schweigend die am Wegrand rastenden Seidendiebe passierten. Irgendwo dort unten, dachte Taurus, wird sich unser Schicksal erfüllen, und vielleicht das von ganz Persien und Byzanz.

Helians Hände strichen um Taurus' Haupt wie feinste Seide, durch die der Wind fährt, und sie führte die Klinge mit Geschick. Nicht ein einziges Mal ritzte der scharfe Stahl, den sie vom Messerwerfer Gru entliehen hatte, seine Haut. Dennoch verspürte Taurus bei jedem Schnitt einen Schmerz. Sein Bart – er war die letzte Erinnerung an sein altes Leben, an Tage voller Dekadenz und Nächte voller Ausschweifungen, an das Gefühl von Genugtuung, wenn der Pöbel in den Kot des Rinnsteins sprang, um Platz zu schaffen für Flavius Sabbatius Taurus – oder Taurus Tremor Terrae, Taurus das Erdbeben, wie sie ihn in den Kampfbahnen und Tavernen genannt hatten. Sein Name mochte in Byzanz noch auf den Lippen der Zecher und Kämpfer leben. Mit allem anderen aber war es vorbei. Gewiss, er konnte sich Bart und Haar wieder wachsen lassen, konnte sich mit Öl und Salben einreiben und die kostbaren Gewänder tragen, die daheim auf ihn warteten. Aber der Geruch der Wüste würde für immer an ihm haften wie eine Tunika an einem schwülen Sommertag. Byzanz würde jenen Taurus, der vor fünf Monaten aus den Stadttoren geritten war, niemals wiedersehen. Ob ein anderer Taurus irgendwann einmal den Bosporus überqueren würde, das wussten nur die Götter.

Als das Messer an der empfindlichen Stelle zwischen Nase und Lippen zu Werke ging, packte er Helians Handgelenk.

Sie hielt inne. »Habe ich dich geschnitten?«, fragte sie. »Blutet es?«

Ihre Fingerspitzen tupften über sein Gesicht auf der Suche nach warmer Feuchtigkeit. Als sie die Tränen fand, die seine Wangen hinabliefen, zuckte sie zusammen. »Du bist verletzt«, stieß sie hervor. »Aber es lag nicht an meinem Ungeschick.« Sie runzelte die Stirn über ihren immer farbloser werdenden Augen.

»Nein«, erwiderte Taurus, von der Feuchtigkeit auf seinen Wangen ebenfalls überrascht. »Es ist dein Geschick, das mir zu schaffen macht.« Er wischte sich mit dem Rücken einer schmutzstarrenden Hand über die Augen.

»Schneide den Bart ganz weg!«, forderte er sie auf. »Lass kein Haar stehen! Er gehörte zu jemand anderem.«

Sie lächelte. »Wer du auch bist«, sagte sie. »Ich werde mit dir gemeinsam nach Byzanz gehen.« Dann setzte sie ihr Werk mit der Klinge fort, als hätte sie ihm nichts Wichtigeres mitgeteilt, als dass die Sonne scheint.

Taurus räusperte den Kloß aus seiner Kehle und blinzelte den Blick frei. Helians Gesicht hing über ihm, sie konzentrierte sich auf die Arbeit ihrer Hände und hatte den Unterkiefer vor Anspannung leicht vorgeschoben. »Aber ich werde vielleicht nie dorthin zurückkehren«, sagte er leise. »Du gehst besser ohne mich. Olympiodorus wird dich mitnehmen.«

»Davon ist der gute Olympiodorus noch nicht überzeugt, wenn ich ihn recht verstanden habe. Und was soll ich dort überhaupt ohne dich anfangen? Nachts in den Straßen deinen Namen rufen? Deinem Bruder, dem Kaiser, von Buddha erzählen?« Sie strich Barthaare von der Klinge, und augenblicklich griff der Wind danach.

Taurus sah den davonfliegenden Büscheln nach.

»Ich werde nachkommen. Sobald Khosrau tot ist«, sagte er und erhob sich. Seine Gesichtshaut brannte von der Rasur, und er hieß den kühlen Luftzug willkommen, der vom Berg herabwehte. »Hilf mir, Olympiodorus von seinem lächerlichen Friedensgespräch abzubringen, und dann verschwindet ihr aus diesem Tal. Euer Weg führt fort von hier.«

Helian säuberte die Klinge mit einem Tuch, schärfte sie an einem Stück Bimsstein und ließ sie schließlich in einem ledernen Futteral verschwinden, das auch die übrigen zwei Dutzend Messer des Artisten beherbergte. »Sind alle Angehörigen deines Volkes so anmaßend?«, fragte sie, während sie den Beutel mit einer Schnur verschloss und den Knoten energisch zuzog. »Zu wissen, wohin unser Weg führt, ist uns Menschen nicht gegeben.«

Taurus entgegnete: »Ja, ja, ich weiß: Es sei denn, Buddha flüstert es einem zu. Aber ich brauche keine Götter, um Entscheidungen zu treffen.« Helian presste ihm den Beutel gegen die Brust. Instinktiv griff er danach und spürte unter dem weichen Leder den Stahl der Klingen. Das Metall rasselte.

»Auf diesen Klang solltest du hören, wenn du nichts auf die Stimme des Erleuchteten gibst. Denn dies ist der Ton Maras, des Versuchers«, sagte Helian und wandte sich von ihm ab.

Taurus presste die Lippen zusammen. Diese Frau versengte ihm den Verstand! Im einen Moment schenkte sie ihm Trost und Liebe, im nächsten verwandelte sie sich in eine Tochter Discordias, der Göttin der Zwietracht und des Streits. Keine der vielen Frauen, mit denen er in Byzanz das Bett geteilt hatte, war ihm gegenüber jemals so widerspenstig gewesen. Daran war nur dieser Buddha schuld!

Taurus presste den Beutel mit beiden Händen gegen seine Brust und rief Helian hinterher: »Wenn es keinen Ort gibt, an dem du auf mich wartest, wohin soll ich dann zurückkehren?«

Ein altes Paar, das auf ebenso alten Eseln den Weg entlangritt, starrte den großen Fremden an, der sich in einer unbekannten Sprache das Herz aus dem Leib schrie. Dann steckten die beiden die Köpfe zusammen, tuschelten miteinander, schenkten Taurus noch einige mitleidige Blicke und setzten ihren Weg fort.

So eingenommen war Taurus von den Alten, dass er nicht

bemerkt hatte, dass Helian unversehens wieder vor ihm stand. Sie nahm ihm den Beutel mit den Messern aus dem Arm und legte eine warme Hand an seine Brust.

»Niemand muss irgendwohin zurückkehren«, sagte sie, »solange wir nur zusammen vorwärtsgehen. Ich bleibe bei dir. Daran wird niemand etwas ändern. Am allerwenigsten du selbst.«

Gerade als er den Reigen erneut beginnen wollte, kamen Wusun und Olympiodorus den Pfad hinauf. Die beiden keuchten um die Wette, und Olympiodorus stützte die Hände auf die Knie und rang nach Atem.

Wusun lehnte sich gegen Traumtänzer und stöhnte: »Das nächste Mal bin ich es, der sich von der schönen Prinzessin rasieren lässt, und du rennst den Berg auf und ab, um nach dem Weg zu fragen.«

Taurus bedauerte, dass Helian die Hand von seiner Brust nahm. »Was habt ihr herausgefunden? Welches Ziel steuert Khosrau an?«

Wusun räusperte sich und würgte etwas aus seiner Kehle hervor, das ein Menschenleben Zeit gehabt zu haben schien, sich dort zu sammeln. Doch zwischen seine schnellen Atemzüge passten keine Worte.

Schließlich war es Olympiodorus, der als Erster die Sprache wiederfand.

»Ein Fest«, sagte er. »Khosrau ist unterwegs zu einem Fest, zu irgendeiner religiösen Zeremonie.«

Wusun ergänzte: »Ein Gott. Soll dort erschienen sein. Im Tal. Groß wie ein Berg. Zwei Stunden Weg, dann können wir ihn sehen.« Er schluckte und spie dann erneut aus. »Es ist der Angebetete unserer kleinen Freundin. Dieser Buddha soll auf die Erde hinabgestiegen sein.«

Nicht einer, gleich zwei Buddhas waren im Tal von Bamiyan erschienen, auf das die Seidendiebe am selben Abend hinunterblickten. An einem Wagen der Artisten war ein Rad gebrochen, und die Gruppe musste am Wegesrand ausharren, bis es ausgetauscht war. Seite an Seite blickten die Gefährten staunend in die Tiefe.

Die beiden Statuen waren in eine Felswand am anderen Ende des Tales gehauen und so groß, dass selbst aus dieser Entfernung das Lächeln auf ihren Gesichtern zu erkennen war. Die Menschen im Tal reichten den Figuren nicht einmal bis zu den Zehen. Taurus erschauerte. Die Abendsonne schien auf den Fels und modellierte jede Gewandfalte der Riesen heraus. Der eine, karmesinrot, schien mit bemaltem Ton verkleidet zu sein. Der andere reflektierte das Sonnenlicht so stark, dass genaueres Hinsehen unmöglich war. Irgendeine Art von Metall, dachte Taurus, muss die Oberfläche des Kolosses schmücken. Die Buddhisten werden doch nicht so verrückt sein und dieses Ding mit Gold überzogen haben.

Auf Helians Gesicht lag ein Lächeln. »Beschreib sie mir!«, bat sie Taurus. »Meine Augen sind zu schwach für diese Entfernung.«

Doch es war Olympiodorus, der die Figuren vor Helians geistigem Auge zum Leben erweckte.

»Ich sehe eine Felswand, einst scheint es eine Klippe gewesen zu sein. Vor Urzeiten muss ein Meer gegen diese Felsen gebrandet sein. Zwei Figuren sind in den Stein gemeißelt. Sie stehen aufrecht. Das ist merkwürdig. Hattest du nicht behauptet, Buddha würde stets sitzen?«

»Selbst du stehst manchmal aufrecht, auch wenn du es lieber bequem hast, oder nicht?«, antwortete Helian Cui. »Sprich weiter!«

»Die Figuren sind gewaltig. Ich habe schon Kolossalstatuen gesehen, die sitzende Kaiser und thronende Götter zeigten, und ich habe mir das Genick verrenkt, um ihnen unter das Kinn blicken zu können. Aber neben diesen Riesen dort wären sie Spielzeuge. Beide haben eine Hand wie zum Gruß erhoben, die andere ist angewinkelt, so als würden sie erwarten, dass man etwas hineinlegt.«

Helian Cui legte die rechte Faust in die linke Handfläche und verbeugte sich vor Olympiodorus. »Danke«, sagte sie. »So werde ich die Figuren sehen, wenn wir näher herangekommen sind.«

»Das versuchen wohl noch andere.« Wusuns Zeigefinger deutete in das Tal hinab. Es war voller Menschen.

Wie sich der blaue Nil ins Meer ergießt, so strömten Perser, Serer und Sogdier den Pfad hinunter und verteilten sich auf dem Talgrund. Zwar beleuchteten die letzten Sonnenstrahlen noch die Sandsteinwand mit den beiden Figuren – gerade so, als hätte Buddha selbst sie nach der Sonne ausgerichtet –, doch der Rest des Tals lag bereits im Schatten und bereitete sich auf die Dunkelheit vor. Mehr und mehr Fackeln wurden entzündet, und während die Seidendiebe die Szenerie in sich aufnahmen, den Geruch nach Baumharz und Myrrhe, die Rufe und das Läuten der Kamelglocken, senkte sich die Nacht als violettes Tuch über das Tal.

»Es gibt hier keine Stadt«, stellte Olympiodorus fest. »Ich sehe auch keine Dörfer, nicht einmal vereinzelte Häuser.«

Jetzt war die Reihe an Taurus, den Arm auszustrecken. Er beugte sich zu seinem Neffen hinüber, um ihn auf die schwarzen Punkte aufmerksam zu machen, welche die ferne Felswand sprenkelten. »Die Löcher dort im Gestein. Kannst du die erkennen?«, fragte er.

»Ich bin ja nicht blind«, erwiderte Olympiodorus und biss sich gleich darauf auf die Lippen.

Wusun lachte hämisch und schüttelte den Kopf.

»Was, glaubst du wohl, ist das?«, fragte Taurus.

»Irgendein natürliches Phänomen. Auswaschungen vielleicht. Sandstein ist ein weiches Material. Sogar die Blattschneider-Ameise …«

»Es sind Wohnhöhlen«, unterbrach ihn Taurus. »Eine Art Kloster vermutlich. Wer auch immer auf die Idee gekommen ist, diese Giganten aus dem Fels zu meißeln – er oder seine Nachfahren leben in demselben Berg.«

»Wie es wohl erst im Innern der Höhlen aussehen mag, wenn sie ihre Häuser mit solch riesigen Statuen schmücken?«, fragte Olympiodorus.

»Das werden wir feststellen. Ich möchte das Kloster besuchen«, sagte Helian. »Was meinst du, Taurus?«

Doch der Byzantiner starrte schweigend ins Tal hinab. So beeindruckend die Buddha-Figuren auch waren, sie lieferten Helian Cui den letzten Grund dafür, mit ihm zu ziehen und nicht nach Byzanz zu reisen, wo sie in Sicherheit gewesen wäre. Dort unten aber wartete der Tod: der Khosraus vielleicht, aber es könnte ebenso gut ihr aller Ende sein.

Als die Goldene Bo kam, um das Zeichen zur Weiterfahrt zu geben, war es Taurus, als würde alles, was er liebte, einen Serpentinenweg hinab in den Hades getrieben werden.

Kapitel 25

TAURUS SPÜRTE DIE TROMMELN, lange bevor er sie hörte. Zunächst glaubte er, Helians Puls sende Wellen durch seinen Körper. Ihre Hand ruhte im Schlaf auf seiner bloßen Brust. Das Mondlicht sägte einen hellen Halbkreis aus der Dunkelheit, dort, wo der Eingang des Wagens war. Doch das Pochen war zu schwer und bedrohlich, als dass es von der federleichten Frau an seiner Seite hätte herrühren können. Vielmehr schien es aus dem Boden heraufzukommen, wie der Vorbote eines Erdbebens. Schließlich spürte er die Schläge sogar in seiner nur langsam verheilenden Nase.

»Der König naht«, flüsterte Helian Cui.

Taurus war nicht überrascht, dass auch sie wach war. Ihre Empfindsamkeit gegenüber Lauten, Stimmungen und Gerüchen war bereits außerordentlich gewesen, als er ihr zum ersten Mal begegnet war, in Lou-lan, der Stadt im Schilf. Doch seit Helians Augenlicht schwand, schienen ihre anderen Sinne mehr und mehr an Kraft zu gewinnen.

Sie wickelte sich in die Fransendecke, unter der sie beide geruht hatten, und stand bereits im Freien, als Taurus sich seinen Umhang übergeworfen hatte und aus dem Wagen trat. Die Nacht kam klamm von den Bergen herab, das Tal schlief, und selbst die großen Buddhas waren in den Schatten ihrer Felsnischen verschwunden und träumten vielleicht von einer Welt ohne Begierden.

Helian Cui bot ihr Gesicht den Sternen dar, und es schien

Taurus, als versuche sie, etwas zu wittern. Als er vom Wagen sprang und dicht an sie herantrat, sagte sie: »Spürst du es auch, das Dröhnen, die Tritte und Schläge?« Taurus nickte, und sie fuhr fort: »Es ist der Rhythmus der Furcht. Der Perser hat Angst, und seine Angst nährt seine Gewalt.«

»Aber wovor sollte Khosrau sich fürchten?«

Helian wandte ihr Gesicht den dunklen Nischen im Fels zu, in denen die Statuen vor der Welt verborgen waren. »Buddha ist es, der ihm Angst macht, Buddha mit seiner Friedfertigkeit, seiner Weisheit und seinen Worten, die mehr verändern, als es Macht jemals auszurichten vermag.«

Taurus fühlte sich an die Begeisterung der Kaiserin Theodora erinnert. Mit ähnlichen Attributen strich sie gern und oft die Vorzüge des Christentums heraus. Er selbst war nach wie vor ein Anhänger der Götter des Olymp mit ihren Ränken, Kriegen und Liebeleien. Friedfertige Götter! Taurus schüttelte den Kopf.

»Du glaubst mir nicht?«, fragte Helian flüsternd.

»Ich glaube, dass du weiter in die Zukunft blickst als ich – und tiefer in die Herzen der Menschen. Aber ein Mann, der so mächtig ist wie Khosrau, fürchtet sich nicht vor zwei Statuen, ganz gleich, wie groß sie sein mögen.«

»Wenn er sich nicht ängstigt, warum kommt der König dann hierher?«, fragte Helian.

»Vielleicht will er sehen, wie sich die schönste Blume Asiens vor seinen Augen in eine Kuh verwandelt.«

Obwohl sie sich oft auf seine Neckereien einließ und sie ihm Wort für Wort heimzahlte, erwiderte Helian diesmal nichts. Stattdessen drehte sie sich zu Taurus um, öffnete die Decke und umschloss ihn mit dem Stoff und beiden Armen wie ein Falter mit den Flügeln.

»Niemand kennt die Angst besser als die Herrscher dieser Welt, denn ihr Schicksal ist die Einsamkeit«, flüsterte sie. »Das hat mich mein Vater gelehrt. Wer sollte es besser wissen? Aber du, Taurus von Byzanz, kannst deine Furcht beiseitelegen, denn ich werde immer auf dich achtgeben.«

Ich habe keine Angst, wollte er sagen. Doch im kalten Licht der Sterne erkannte er, dass sie recht hatte. »Immer?«, fragte er, während seine Hände durch die Seide ihres Haars fuhren. »So etwas gibt es nicht.«

Statt einer Antwort Helians hörte Taurus das Schlagen von Trommeln. Das Vibrieren in der Luft war stärker geworden. Khosrau, der König der Perser, war da.

Der Zug wand sich ins Tal von Bamiyan hinein wie ein Drache mit einem Leib aus Gold und Silber. Zunächst hörte man seine Schritte, jene Trommeln, die erst Taurus und Helian Cui, bald aber jeden im Tal aus dem Schlaf gerissen hatten. Dann folgte die Stimme des Ungetüms. Seine gellenden Schreie drangen aus Hörnern, deren Bläser auf Elefanten ritten. Die Tiere stimmten in den Lärm mit ein, und bald war das Tal von einer Kakophonie der Furcht erfüllt.

Nach den Fanfarenbläsern erschien das Auge des Ungeheuers: eine mannshohe Scheibe aus Gold, eingeschlossen in einem Gefängnis aus Kristall – das Symbol der Sonne. Tatsächlich reflektierte das Kristall das geringste Funkeln der Goldplatte in seinem Innern und warf es tausendfach verstärkt in die Welt hinaus. Wer von diesem Anblick noch nicht geblendet war, dem fiel der strahlende Glanz des Altars aus Silber in die Augen, der nun folgte. Auf dem Altar loderte ein Feuer, das, so wusste Taurus, ein Symbol der persischen Religion darstellte.

Danach zog eine Gruppe von Männern an ihnen vorüber, deren Tracht sie als Priester oder Magier auswies. In monotonem Singsang wiederholten sie immer wieder dieselben Worte: »Groß ist der König, golden brennt Ahura Mazda.« Jedes Mal folgte ein vielstimmiger Aufschrei aus den Mündern ihrer Gefolgschaft, mehreren Hundert Männern in roten Roben, die gesenkten Hauptes hinter den Magiern einherschritten.

»Es sind dreihundertfünfundsechzig«, sagte Helian, nachdem der letzte Rotgewandete an ihnen vorübergeschritten war. »Ein Fleisch gewordener Sonnenkalender.«

Taurus blieb keine Zeit zu fragen, wie sie die Männer gezählt hatte, denn nun folgten Streitwagen, die von Pferden enormer Größe gezogen wurden. In den Wagen standen Männer mit goldenen Zeptern und weißen Kleidern. Die Wagen selbst waren mit Reliefs aus Gold und Silber überzogen. Hinter ihnen erschienen Reiter in zwölf verschiedenen Trachten aus zwölf verschiedenen Reichen.

Auf diese beeindruckende Vorhut folgte eine Streitmacht, die als eine der besten der Welt galt: persische Elitekrieger in barbarischem Prunk – die Unsterblichen nannten sie sich. Um ihre Hälse hingen Ketten, die bis zu den bloßen Brustwarzen reichten, ihre Umhänge waren mit Goldfäden durchwirkt und ihre weiten Hosen mit Rubinen und Smaragden besetzt. Zwar nannte Helian diesmal keine Zahl, aber Taurus schätzte, dass er in die Gesichter von zehntausend Kriegern schaute. Ihre zehntausend Pferde wirbelten Staub auf, der sich wohl in zehntausend Tagen nicht legen würde. Das schienen auch die Perser zu wissen, denn der nächste Abschnitt der Prozession hielt gebührenden Abstand, damit kein Körnchen Schmutz den Eindruck von Glanz und Reichtum trüben konnte.

Es waren die Verwandten des Königs, die als Nächste auf reich geschmückten Wagen ins Tal rollten. Ihre Zahl überstieg die der Unsterblichen noch, und Taurus fragte sich, ob die Legenden über Khosraus Fruchtbarkeit nicht doch der Wahrheit entsprachen.

Schließlich erschien der König selbst. Vor seinem Wagen eilten kahlköpfige Sklaven umher und wedelten mit Besen. Sie fegten den Weg frei vom Unrat der Pferde und von Steinen. Der Wagen, auf dem sich Khosrau präsentierte, wurde nicht von Rössern gezogen, sondern von Ochsen, jeder so groß, dass selbst Taurus ihnen nicht über den Rücken hätte blicken können. Mehr als zwanzig dieser Kolosse waren nötig, um das Gefährt von der Stelle zu bewegen. Es hatte die Ausmaße eines Hauses und war mit Säulen und Springbrunnen bestückt. Zwischen sechs goldenen Statuen, deren Ornat vermuten ließ, dass sie die Vorfahren des Herrschers darstellten, thronte Khosrau selbst.

Taurus kniff die Augen zusammen. Der Perserkönig, dessen Hände im Genick zweier steinerner Löwen ruhten, hatte die Figur eines Kämpfers. Seine bloße Brust schien ein Bildhauer geformt zu haben, die Muskeln und Sehnen, die sich um seine Arme und Beine wanden, hätten Praxiteles, den Meister der berühmten Hermesstatue, Hammer und Meißel ins Meer werfen lassen. Khosraus Proportionen schienen nur in der Fantasie eines Künstlers möglich zu sein – und doch war der König lebendig, ein Meisterwerk der Natur. Keine Schminke, kein Gold oder Geschmeide hätte die Pracht seiner Gestalt unterstreichen können.

In Byzanz nannte man Khosrau einen Säufer, einen Fettwanst, der seinen von Alkohol und Dekadenz aufgequollenen Leib nur durch den Palast zu bewegen vermochte, indem ihn seine Sklaven durch die Gänge rollten. Gerüchte wachsen wie Pilze auf dem Mist, dachte Taurus, und in diesem Fall befand sich die Brutstätte inmitten seiner geliebten Heimatstadt.

Als der Wagen des Königs an ihnen vorüberfuhr, erwachte einer der Löwen zum Leben, wandte seinen Kopf und brüllte sie an. Helian stieß einen Schrei aus, der wiederum die Aufmerksamkeit Khosraus weckte. Der König sah der Buddhistin ins Gesicht. Sein Haar quoll lang unter seiner Krone hervor und erinnerte Taurus ebenso an seine eigene vergangene Haartracht wie der Bart, der dem König, zu Locken gebrannt, bis auf die Brust hing. Aus der Nähe war erkennbar, dass Khosraus Augenbrauen entfernt worden waren. An ihrer Stelle loderten jetzt Flammen, von Tätowierern meisterhaft in die Haut gestochen, und verstärkten den feurigen Blick, den der Herrscher auf Helian Cui warf.

Der Wagen des Königs rollte weiter, gefolgt von der Nachhut, den Wagen des königlichen Harems und denen des Trosses.

»Der König hat ein Auge auf dich geworfen«, sagte Taurus zu Helian.

Sie erschauerte in seiner Umarmung. Das Trommeln und Keifen des persischen Drachen erfüllte das Tal.

Noch am selben Abend begann das Fest. Die Perser hatten ihr Lager zu Füßen der Buddhas aufgeschlagen. Entlang der Felswand war eine Zeltstadt aus dem Boden gewachsen, beherrscht von Betriebsamkeit und Lärm, und der Schein turmhoher Feuer kletterte die Felsen hinauf und tauchte die Statuen in gespenstisches Licht. Besonders die linke, glänzende Figur warf den Lichtschein intensiv zurück. Wie Taurus festgestellt hatte, war sie tatsächlich mit Blattgold verkleidet.

Aufgeregt fegte Krähenauge durch die Wagen und scheuchte seine Truppe hinaus. Khosrau, so berichtete er, würde eine Zeremonie vor den Statuen abhalten, sobald die Mondsichel über den Buddhas stehe. Danach sollten die Vorführungen beginnen. Jeder, der das Wohlwollen des Königs finde, solle mit einem Edelstein belohnt werden, und die Perser aus den Grenzlanden hätten dafür gesorgt, dass Helians Büffel zu den Sensationen zählte, die Khosrau unterhalten sollten.

»Glaub mir doch! Wir müssen unser Vorhaben überdenken«, raunte Taurus Helian zu, während um ihn herum die Artisten ihre besten Kleider zusammensuchten. Die Goldene Bo rieb sich einen Brei aus Honig und Zitrone ins Haar, um es so hell wie möglich aussehen zu lassen. »Ich werde derjenige sein, der vor dem König auftritt«, sagte er mit Nachdruck. »Nicht du.«

»Was ist das für ein Unsinn?« Helian tastete über den Knoten, zu dem sie ihr Haar aufgesteckt hatte. »Auch wenn man dich Taurus nennt, du wirst dich niemals in einen Büffel verwandeln.« Sie schüttelte den Kopf. »Wir haben nur diese eine Möglichkeit. Ich bin diejenige, die den König begeistern kann, und ich werde diejenige sein, die das Wort an ihn richtet.«

»Was sie sagt, stimmt«, mischte sich Wusun ein. »Obwohl sie eine Frau ist.«

»Also gut«, brummte Taurus. »Dann biete ihm den Frieden an. Aber sobald er mehr in dir sieht als einen Büffel, werde ich ihn töten.«

Gegen die Felswand brandete ein Sturm. Es war ein Gewitter aus Rufen, Trommeln und Trompeten, ein Lärm wie aus dem Gedärm eines verdauenden Gottes.

»Unser Prophet ist Ahura Mazda.« Die persischen Priester

sangen die Worte den versammelten Menschen im Tal vor,
und die Zuhörer wiederholten den Namen des Gottes wie
eine Formel, die den Buddhas in die Ohren dringen sollte.
Mehrere zehntausend Münder öffneten und schlossen sich,
jedoch nicht gleichzeitig. Hier sang kein eingespielter Chor
von Schauspielern, hier bellte, johlte und grölte eine gewaltige
Menschenmenge. Taurus musste sich beherrschen, um seine
Ohren nicht zu verschließen.

»Er ist die Inkarnation von Licht, Leben und Wahrheit«,
riefen die Priester. »Ahura Mazda!«

Die Seidendiebe und die Artisten waren Teil eines Krei-
ses, der sich vor dem Wagen des Perserkönigs gebildet hatte.
Das Rund erinnerte an eine römische Arena mit Mauern aus
menschlichen Leibern. Sie warteten auf Helians Auftritt.
Doch die Zeremonie zog sich in die Länge.

»Angra Mainyu aber ist die Inkarnation der Dunkelheit,
des Todes und des Bösen«, sangen die Priester. Das entsprach
schon eher Taurus' Vorstellungen eines persischen Gottes.

»Beide kämpfen seit ewigen Zeiten um die Vorherrschaft
auf der Welt. Ahura Mazda!« Alle Blicke waren den Buddha-Statuen zugewandt.

»Ahura Mazda schuf den Menschen und gab ihm den
freien Willen. Er kann wählen zwischen Gut und Böse. Sein
Zeichen ist das ewige Feuer. Ahura Mazda!«

Die Zeremonie lockte immer mehr Menschen aus dem gesamten Tal vor den Thron des Königs. Scheiterhaufen loderten
vor den Buddha-Statuen, so hoch, dass Gerüste hatten gezim-
mert werden müssen, um das Holz aufzustapeln. Ihr Licht
spiegelte sich in den Rüstungen und Juwelen der Perser.

»Der Mensch ist der Schatten des Gottes. Aber der König
ist sein Abbild. Ahura Mazda!«

»Ahura Mazda!«, echote Wusun spöttisch.

Khosrau selbst stand mit geballten Fäusten auf seinem Prunkwagen und stimmte in das vielstimmige Rufen seiner Untertanen mit ein.

»Niemals darf die Flamme sterben«, sangen die Priester. »Ahura Mazda!«

Rauchschwaden zogen an Taurus vorüber und bissen in seine Augen. Der Geruch brennenden Nadelholzes würzte die Luft.

Obwohl nur Helian vor dem König auftreten sollte, wartete die gesamte Truppe gemeinsam auf die Vorführung. Nervös spielte Gru mit seinen Messern, bis ein persischer Krieger herbeikam und ihm die Waffen abnahm. Taurus hielt den Messerwerfer davon ab zu protestieren.

»Ich glaube, die Zeremonie ist gleich vorüber«, raunte Krähenauge Taurus zu. Er sollte recht behalten. Das Trommeln erstarb und hinterließ einen hohen Ton in den Ohren.

»Was geschieht jetzt?«, fragte Helian Cui.

Taurus reckte den Kopf. »Das Festmahl beginnt. Ich sehe Bretter voller Brotlaibe. Und da kommen die Braten. Das da sieht aus wie … ja, es sind gebratene Gänse. Ein ganzer Karren voll. Das Fett läuft an den Seiten herunter wie ein Wasserfall.«

»Was ist mit den Buddhas?«, wollte Helian wissen. »Die Perser sind doch eigens wegen der Statuen hergekommen.«

»Die stehen immer noch herum, und wenn ich mir ihr Lächeln so ansehe, läuft ihnen das Wasser ebenso im Mund zusammen wie den Menschen rings um uns«, sagte Taurus. Dann fuhr er damit fort, die Köstlichkeiten aufzuzählen, die ein Heer von persischen Köchen den Tag über vorbereitet haben musste. Gebratene Hammel, Ochsen und Tauben zogen vorbei. Fässer voll gesottener Zwiebeln, Knoblauch und Flussknöterich. Die Flüssigkeiten, die aus hundert Fässern schwappten, konnte Taurus nicht identifizieren, aber er vermutete, dass es Most war.

»Ein Berg!«, rief jetzt Krähenauge. »All das gute Essen ist zu einem Berg zusammengetragen worden. Es ist wie in den Träumen, die mir im Winter kommen.« Tatsächlich war vor ihnen ein dampfendes Gebirge entstanden, dessen Grate und Gipfel aus heißem Fleisch und dessen Gletscher aus Reis bestanden. Über diesem Gebirge erhob sich jetzt die Gestalt des Königs.

»Fremde Götter sind in unser Land gekommen!«, rief er. »Geben sie euch zu essen und zu trinken?«

Ein Schrei aus vielen Tausend Kehlen fuhr durch die Nacht wie eine Axt.

»Gewähren sie euch Schutz vor euren Feinden?«

Der Schrei wiederholte sich mit jeder Frage Khosraus. Taurus musste Helian nicht schildern, dass niemand mehr Augen für die Bildnisse Buddhas hatte.

»Sie mögen euch wie Riesen erscheinen«, rief Khosrau, »wie sie da aufragen in ihrer steinernen Gestalt. Aber ihre Macht ist die von Zwergen.«

»Habt ihr gesehen?«, fragte Krähenauge. »Aus dem Finger des Königs ist ein Blitz gefahren und hat die Statuen getroffen.« Taurus sah ihn zornig an, und der Artistenführer lachte nervös. Dann deutete er auf die Gaukler, die gerade vor dem Wagen des Königs erschienen. »Da kommen die ersten Akrobaten«, rief er. »Wir sind als Dritte an der Reihe.«

Persische Knaben marschierten im Gleichschritt den Kreis der Zuschauer entlang und streckten den Neugierigen die Zungen heraus. Nun stellten sie ihre großen Körbe ab und präsentierten mannshohe Holzstangen. Einige der Knaben stiegen in die Körbe hinein, die Stangen wurden durch die Trageschlaufen geschoben, und die übrigen Artisten griffen nach den Enden der Stäbe. Dann begannen sie, die Körbe mit ihren Kameraden darin um die Stäbe rotieren zu lassen. Das Publikum stöhnte vor Aufregung. Begeisterte Rufe wurden laut, als die Artisten begannen, von einem kreiselnden Korb in den anderen zu springen. Cherubinen gleich flogen sie durch die Luft und landeten zielsicher im nächsten Behälter, der sich unablässig weiterdrehte. Die Menge spendete Beifall mit »Hatthatt«-Rufen und Pfiffen.

Taurus spürte den Kräuteratem Krähenauges im Gesicht. »Keine Sorge«, sagte der Artistenführer. »Gegenüber unserer Prinzessin werden die Tricks dieser Gassenjungen verblassen wie ein schlechter Traum.«

Nachdem die Knaben mit ihren Stangen und Körben wieder verschwunden waren, begannen die Perser, das Essen an die Menge zu verteilen. Gleichzeitig traten zwei Feuerschlucker auf.

Taurus nickte anerkennend. »Die Zeremonienmeister Khosraus verstehen ihr Handwerk«, sagte er zu Olympiodorus.

Der nickte. »Ja. Sie mästen die Untertanen mit dem vergifteten Fleisch des Glaubens und führen ihnen zugleich vor Augen, dass sie sich die Flammen des Ahura Mazda einverleiben können, ohne Schaden zu nehmen. Zugegeben: eine geschickte Vorstellung.«

Wusun riss einem vorbeikommenden Perser ein Stück Fleisch vom Brett und schaute es von allen Seiten an. »Wenn ihr mich fragt, ist das tatsächlich ein göttlicher Braten. Ich werde dem königlichen Wunsch folgen und ihn essen.«

Ein Perser, dessen Finger vor Bratenfett glänzten, deutete

auf Krähenauge, und der Artistenführer berührte Helian Cui sanft ander Schulter. Kurz drückte sie Taurus' Hand. Dann ging sie in das Rund hinein.

Ein Perser trat vor den König und fiel vor ihm auf die Knie. Hoffentlich erwarten sie von Helian nicht dasselbe, dachte Taurus. Dann kündigte der Mann mit schallender Stimme die Prinzessin an, aus der ein Büffel hervorkommt, und zog sich zurück. Allein blieb die kleine Sererin in dem weiten Kreis zurück.

Wusun ließ das Fleisch sinken. »Jetzt werden wir ja sehen, ob Khosrau diesen Büffel ebenfalls schlachten wird.«

Ihre Zeit war gekommen. Helian legte den Kopf auf die Brust und schluckte ihre Erregung hinunter. Dann legte sie eine wärmende Hand auf ihren Leib, unterhalb des Bauchnabels. Dieses Vibrieren unter der Haut, es war ihr vertraut. So hatte sie sich gefühlt, als sie den Palast ihres Vaters verlassen hatte, um ins Kloster zu gehen. So hatte sie sich gefühlt, als sie Jahre später die Klosterpforte durchschritten hatte, um nach den Asanga-Texten zu suchen. So fühlte sie sich jetzt, da sie aus der Gruppe hervorgetreten war, um dem Perserkönig die Stirn zu bieten. Sie hob den Blick und versuchte, Khosrau anzusehen. Doch alles was sie sah, waren verschwommene Umrisse.

»Eine Prinzessin?« Die Stimme des Königs war bis zum letzten Laut in Spott getaucht. »Die Zustände am Hof des serischen Kaisers müssen schlimm sein, wenn er seine Töchter in schmutzige Lumpen kleidet. Ihm scheint die Seide ausgegangen zu sein.«

Die Menge lachte, ohne die Hintergründigkeit von Khosraus Scherz zu erkennen.

Helian sah den Schemen an, der Khosrau für sie war. Sie schickte ihren Blick hinaus in die Welt, so wie sie es vor der Felswand gelernt hatte, vor der sie drei Jahre lang die Versenkung geübt hatte. Ihr Blick wurde klar. Sie sah, was hinter Khosrau auf seinem Wagen aufgebaut war, das Lager der Frauen und den Tross dahinter. Dann folgten Berge, Wälder und der Fluss, den Taurus sie hatte hinabschicken wollen. An der Grenze des Landes brauste das Meer, und dann kam das Ende der Welt. Sie sah das Universum mit seinen funkelnden Sternen, und hinter seiner Unendlichkeit wartete die Schönheit des erlösenden Nichtseins.

Mit einem kurzen Atemzug holte Helian Cui ihren Blick zurück in ihren Körper. Ihr Kopf ruckte unmerklich, als sie in ihren Leib zurückkehrte. Sie war bereit. Mit fließenden Bewegungen faltete sie sich im Lotossitz auf dem Boden zusammen, legte ihre Handrücken auf die Knie und bildete mit Daumen und kleinem Finger das Mudra des Prana. Sie schloss die Augen. Dann verwandelte sie sich.

Der Wind, der über die Ebene kam, war heiß und trocken. Er riss am Fell ihres Körpers und nahm Fetzen von Filz mit sich. Sie hörte das Gras flüstern, sie roch seine Keime im Erdreich, sie schmeckte den Wind und die Blätter in ihrem Maul. Sie öffnete, sehr langsam, eines ihrer Augen.

Dort unten lief die Herde, so viele Kühe, dass ihr Fortbestand über Generationen hinweg gesichert war. Mit der Ruhe der Wolken zogen sie dahin, die Kälber tanzten neben ihnen. Das Leben war im Fluss. Sie war ein Teil davon. Es war gut.

Mit der Ruhe der Zufriedenen schloss Helian das Auge wieder. Noch einige Male mahlte ihr Kiefer. Dann saß sie still da.

∞⟡∞

Taurus' Blicke schweiften über das Meer aus Gesichtern auf der Suche nach Gefahr. Aber selbst die persischen Wachen schienen ihre derben Scherze vergessen zu haben. Die Menschen hatten sich in Statuen verwandelt. Einige flüsterten, andere kauten gedankenverloren auf dem Fleisch herum, das sie sich kurz zuvor in den Mund gesteckt hatten. Niemand aber pfiff, rief oder johlte.

Sie hat es geschafft, dachte Taurus. Helian Cui hat ihnen gezeigt, dass der Mensch seinen Körper verlassen und alles sein kann, was er will. Eine Frau oder ein Büffel, ein Bettler oder ein König, ein Perser oder ein Sogdier. Und er dachte an seine eigenen Metamorphosen, die er während der Reise durchlebt hatte, das Mönchsgewand, das Bärenkostüm, dessen Gestank ihm noch am Leib klebte, den Bart, den er ebenso hergegeben hatte wie das lange Haupthaar. Leben bedeutet Veränderung, das hatte ihm Helian gezeigt, und wer heute groß und mächtig ist, der ist morgen klein und unbedeutend. Dies war die stille Antwort Buddhas auf die donnernde Zeremonie Khosraus. Und jeder, der Helian hatte sehen können, schien das zu begreifen – auch der König.

Reglos stand der Herrscher auf seinem Wagen und starrte die kleine Frau an. Er wirkte wie ein geschlagener Gigant. Helian saß noch immer auf dem Boden, ein zerbrechliches Insekt vor dem Stiefel eines Monstrums. Dies war der Moment, Persien zu schwächen. Taurus suchte nach einer Lücke zwischen den Wachmännern, durch die er sich stehlen konnte, um Khosrau zu erreichen und ihm das Genick zu brechen.

Da schob ihn eine schweißnasse Hand beiseite. Bevor Taurus reagieren konnte, drängte sich Olympiodorus an ihm vorbei und stolperte auf den Platz.

»Frieden!«, rief er zum König hinauf und zeigte seine leeren Handflächen.

Kapitel 26

OLYMPIODORUS' SCHULTERN verkrampften sich. Mühsam brachte er das Zittern unter Kontrolle, und der feuchte Film auf seiner Haut – das war bloß Gänsefett.

»Frieden!«, rief er noch einmal. Als er sah, dass drei persische Krieger auf ihn zukamen und die Säbel sirrend aus den Scheiden zogen, war er versucht, sich nach Taurus umzusehen und mit den Augen um Hilfe zu rufen. Stattdessen rief er zum Perserkönig hinauf: »Ich bin der Neffe des byzantinischen Kaisers und biete Frieden zwischen unseren Reichen an.«

Die Wachen hatten ihn erreicht und packten seine ausgestreckten Arme. Ihre Finger gruben sich in sein Fleisch, und er sog zischend die Luft ein.

»Es ist wahr!«, keuchte er.

Auf dem Wagen beugte sich Khosrau nach vorn. »Eine serische Prinzessin und ein byzantinischer Prinz. Wollt ihr vor unseren Augen einen Monarchen zeugen?«

Hitze stieg in Olympiodorus auf. Aber seine Blicke saugten sich wie Blutegel am Gesicht des Königs fest. »Du hörst mir besser zu, König der Perser! Denn das Geheimnis der Seide ist unterwegs nach Byzanz, und Justinian wird erstarken. Der Krieg, den du beginnen willst, wird in dein eigenes Reich getragen werden und deinen Palast verwüsten. Ich biete dir den Frieden an. Nimm ihn, solange du noch kannst!«

Khosrau wandte sich zu jemandem um, den Olympiodorus von seinem Platz unterhalb des Wagens aus nicht erkennen konnte. Dann sah der Herrscher wieder den Byzantiner an und sagte: »Du kennst dich in der großen Politik aus. Vielleicht kommst du tatsächlich aus dem Schweinepfuhl Justinians.« Der König legte eine Hand an sein Kinn. »Das Geheimnis der Seide, sagst du? Davon habe ich schon einmal gehört. Es kommt mir vor, als wäre das erst gestern gewesen.« Auf sein Zeichen hin stieg eine Gestalt langsam die Stufen des Wagens hinauf. Eine kunstvolle Frisur, ein weiß geschminktes Gesicht, die Fingernägel blau lackiert – es war Nong E. Sie war in prächtige Seide gekleidet, so wie damals auf der Plantage. Mit herrschaftlichem Blick inspizierte sie das Rund der Menschen. Über Helian Cui und Olympiodorus sah sie hinweg.

Olympiodorus konnte sein Zusammenzucken nicht verbergen. Wie hatte es Nong E geschafft, zum Perserkönig zu gelangen und ihm ihr Gift ins Ohr zu träufeln? Natürlich! Ihr Talent war das Verhandeln und ihre Waffe der Stock mit den Raupen. In diesem Moment hielt sie ihn in der Hand.

»Wer ist das?«, fragte Olympiodorus. »Deine Beraterin?«

Khosrau lachte. »Genug der Heuchelei. Die mir ergebene Nong E hat mir alles berichtet. Du hast tatsächlich versucht, das Geheimnis der Seide nach Byzanz zu schmuggeln. Du und deine Gehilfin. Jedoch: Ihr seid gescheitert.«

Nong E sagte etwas zu Khosrau, doch der brachte sie mit einer Handbewegung zum Schweigen. »Also bist du tatsächlich der, der du zu sein vorgibst. Aber das Geheimnis der Seide und die Raupen sind nicht unterwegs nach Byzanz, sondern hier bei mir. Byzanz ist am Boden und wird untergehen. Den Frieden diktiere ich, sobald Justinian auf dem Grund des Schwarzen Meeres liegt.«

Die Zuschauer verfolgten das Zwiegespräch mit dem

Schweigen der Unwissenden. Gelegentlich schepperte eine Rüstung.

Erneut trat Nong E an Khosrau heran und raunte ihm etwas zu. Diesmal hörte der König auf sie. Er deutete auf Helian Cui und rief mit lauter Stimme: »Die Prinzessin hat versucht, uns die Macht Buddhas vor Augen zu führen. Aber auf dem Boden zu sitzen und zu behaupten, man verwandle sich in einen Büffel – was ist das für eine Gabe? Wir haben ihr nur geglaubt, weil wir wussten, was sie uns zeigen wollte.« Jetzt kam wieder Bewegung ins Publikum. »Die Prinzessin wird uns jetzt demonstrieren, was Buddha wirklich auszurichten vermag. Sie wird sich in einen Vogel verwandeln.« Der König deutete zu der linken Buddha-Statue hinauf. »Sie wird vom Kopf ihres Gottes springen. Sobald sie wohlbehalten vor meinen Füßen gelandet ist, werden wir alle Buddha huldigen.«

Zwei Wachmänner rissen Helian Cui grob auf die Füße und führten sie ab. Ihnen schloss sich Nong E an. In der Hand hielt sie den Stock.

Olympiodorus sah, wie die ältere Frau der jüngeren zweimal ins Gesicht schlug. Dann zischte sie ihrer Widersacherin etwas zu und setzte sich an die Spitze der kleinen Prozession. Das Meer der Köpfe wogte, um der todgeweihten Prinzessin mit Blicken zu folgen. Dann war sie verschwunden.

Olympiodorus sah sich nach Taurus um. Er hoffte, dass sein Onkel nichts Unüberlegtes tat. Doch Taurus' Platz neben Krähenauge war leer.

Als ihn die Perser losließen, taumelte Olympiodorus und rieb sich die Arme. Wie gut haben es die Insekten mit ihrem Außenskelett, dachte er, hoffentlich erlebe ich eine Wiedergeburt als Hornisse.

»König der Perser!«, rief er. »Du begehst einen Fehler.«

Khosrau starrte auf ihn herab. »Du bist hartnäckig, schmutziger Prinz. Willst du auch fliegen lernen?«

Olympiodorus schauderte. Mit Mühe unterdrückte er den Wunsch, davonzulaufen und in der Menge zu verschwinden.

»Du bist derjenige, der etwas lernen muss«, sagte er stattdessen. »An drei Grenzen zur selben Zeit Krieg zu führen – das ist noch keinem König gelungen.«

»Die Flamme Ahura Mazdas wird Byzanz verschlingen«, erwiderte Khosrau.

»Vielleicht«, sagte Olympiodorus. »Aber verschlingt sie auch die Uighuren, die deine Nordgrenze berennen? Ihretwegen bist du doch hier, oder nicht? Und was ist mit dem Kaiser der Serer, dessen Tochter du gerade zum Tode verurteilt hast? Glaubst du etwa, er wird nur mit den Schultern zucken, sich eine Träne aus dem Augenwinkel wischen und dir vergeben?«

»Die da?« Khosrau deutete unbestimmt in Richtung der Statue. »Die ist keine Prinzessin. Niemals glaube ich das.«

Aber Olympiodorus hörte den Zweifel in Khosraus Stimme. Er hatte eine Tür gefunden. Jetzt musste er sie öffnen.

»Ich verhandele nicht mit Byzantinern«, sagte Khosrau. »Eure Stadt wird fallen. Und das kostet mich nur ein Fingerschnippen.«

Olympiodorus streckte dem Perser erneut die offenen Handflächen entgegen. Ganz wie Buddha, dachte er. »Wie wäre es damit: Wenn du keinen Frieden mit Byzanz willst, ist das nur verständlich. Immerhin sind wir deine ältesten Feinde.« Er wusste, ihm würde nur dieser Vorstoß bleiben, um das Reich, seine Gefährten und sich selbst zu retten. »Aber warum schließt du kein Bündnis mit den Nomaden? Deine Nordgrenze wäre dann sicher. Ein Gedanke, der dir gewiss schon selbst gekommen ist, kluger König. Und ich kann dir dabei helfen.«

»Du? Warum solltest du mir helfen wollen?«

»Weil du für meine Hilfe bezahlen wirst.« Olympiodorus deutete hinter sich auf die Buddha-Figuren. »Indem du die Prinzessin leben lässt. Damit erfüllst du mir einen Wunsch und hältst dir überdies ihren Vater vom Hals. Du kannst nur gewinnen, Khosrau, selbst ein Kind würde das erkennen.«

Diesmal schienen Khosraus Hände tatsächlich Blitze zu schleudern. »Wie willst du die Nomaden dazu bringen, Frieden mit mir zu schließen?«, fragte er. »Sie sind Tiere.«

Und der Neffe des Kaisers erzählte dem König der Perser eine Geschichte.

»Pferde?«, fragte Khosrau, als Olympiodorus seinen Bericht beendet hatte. Er spie das Wort aus, als hätte er eine Kröte in seinem Mund entdeckt.

»So ist es«, erwiderte Olympiodorus. »Die Uighuren versuchen, in dein Reich einzufallen, weil sie die größten und besten Pferde der Welt hier vermuten.«

»Dann sind die Nomaden verrückter nach Pferden als Justinian nach Seide.«

»Du bist weise«, sagte der Byzantiner und verbeugte sich.

»Und du verschlagen. Was also bietest du mir an? Soll ich diesen Barbaren etwa Pferde schenken, damit sie wieder in ihre stinkenden Zelte zurückkehren?«

»Ja, und zwar die besten, schnellsten und stärksten Rosse, die sie jemals gesehen haben. Und ich bin derjenige, der weiß, wie sich ein einfaches Pferd in ein Prachttier verwandeln lässt.«

Khosrau ließ sich auf seinem Thron nieder und kraulte den Löwen die Nacken. »Also zeige uns, welche Wunder du mit einer Schindmähre anzustellen weißt.« Er wandte sich an seine Leibwachen. »Bringt ihm ein Pferd!«

Das Tier, das herangeführt wurde, war alt. Unter seinen Augen lagen tiefe Schatten, sein Rücken hing durch, und der Widerrist trat hervor. Olympiodorus seufzte. Der Klepper würde die Prozedur vielleicht nicht überleben. In Byzanz hatte er kräftigen Jungtieren den Trank verabreicht. Er konnte nur hoffen, dass dieser Gaul erst dann zusammenbrach, wenn der König es nicht mehr sah.

Olympiodorus öffnete den Lederbeutel, der an seinem Gürtel hing. Seine Hand fand sofort, was sie suchte: zwei Phiolen. Darin schwappte das Gift des Yaktöters, jenes Elixier, das er in Aksu hatte sammeln können, um Nong Es Fuß damit zu behandeln. Zwar hatte er geahnt, dass es eine wirksame Waffe sein würde. Niemals aber hätte er sich träumen lassen, damit den König Persiens täuschen zu müssen.

Er ließ einen Eimer Wasser bringen und einige Tropfen des Elixiers hineinfallen. Dann stellte er das Behältnis vor das Tier und wartete, bis es getrunken hatte.

Eine Weile geschah nichts. Das Pferd tänzelte müde und schüttelte den Kopf. Dann blieb es wieder stehen, als warte es auf den Abdecker. Olympiodorus versuchte, ihm zuzureden. Gerne hätte er das alte Tier mit einer Berührung seiner Hände aufgemuntert. Aber er war Insektenforscher und verstand so wenig von Pferden wie dieser Gaul Griechisch konnte. Hilflos tapste Olympiodorus um das Pferd herum, rieb sich den Schweiß von der Stirn und suchte nach Anzeichen dafür, dass das Elixier endlich seine Wirkung zeigte.

»Tötet ihn!«, rief Khosrau vom Wagen herab. »Er langweilt uns.«

Verzweifelt legte Olympiodorus beide Hände auf den Rücken des Pferdes. »Bitte«, flüsterte er, »nur ein paar Schritte! Steig auf die Hinterbeine – oder was ihr Pferde sonst macht! Danach lassen sie dich wieder auf die Weide.«

Aber das Tier rührte sich nicht. Nur seine Ohren zuckten. Hinter sich hörte Olympiodorus die Schritte seiner Henker.

Als er die Hände vom Fell des Kleppers nahm, spürte er etwas Feuchtes. Er hielt die Handflächen ins Fackellicht und sah, dass sie rot glänzten. Es war Blut. Zugleich begannen die Muskeln unter der Haut des Pferdes zu beben. Das Tier stampfte mit den Vorderhufen, seine Ohren zuckten, und die Augen rollten. Dann sprang es in kurzen Sätzen umher.

Olympiodorus griff nach den Zügeln. »Einen Reiter!«, rief er. »Schnell!«

Auf Khosraus Kopfnicken hin hastete ein persischer Krieger herbei, nahm Olympiodorus die Zügel ab und sprang mit einem Satz auf den Rücken des Tiers. Die Menge teilte sich. Dann galoppierten Ross und Reiter davon.

Als sie zurückkehrten, war die Kleidung des Reiters blutbesudelt. Das Pferd trabte nur noch schlapp und hielt den Kopf gesenkt. Rötlicher Schaum bedeckte seinen Leib. Aufgeregt sprang der Perser vom Rücken des Tiers und kniete vor Khosraus Wagen nieder.

»Sprich!«, forderte der König ihn auf.

»Es stimmt«, sagte der Mann, dessen Blick immer wieder zu dem Pferd hinüberflog. »Es ist das schnellste Pferd, das ich je geritten habe. Seine Anstrengung ist so groß, dass es Blut schwitzt wie in den alten Legenden. Seht nur!« Er deutete auf seine rotgefärbten Kleider.

»Gut gemacht!«, lobte Khosrau. »Du darfst das Tier behalten.« Damit winkte er den Mann beiseite und wandte sich wieder Olympiodorus zu. »Was ist das für ein Trank, den du dem Pferd gegeben hast?«

Olympiodorus hielt die Phiole in die Luft. »Das Elixier stammt aus den Nestern einer Hornisse. Die Serer nennen sie Yaktöter.«

Jetzt sprang der König von seinem Wagen herab und kam auf Olympiodorus zu. Er streckte die Arme zur Seite, und zwei Sklaven eilten herbei, um ihm die goldenen Armreifen abzunehmen.

»Das Pferd hat uns beeindruckt. Aber was geschieht, wenn ein Mensch dieses Mittel zu sich nimmt?«, fragte Khosrau.

Olympiodorus schluckte. Wohin sollte das führen?

»Trink davon!«, befahl Khosrau. »Wenn es dir gelingt, mich im Kampf zu bezwingen, schenke ich dir die Freiheit und verhandle mit Justinian.«

»Und die Prinzessin?«, wagte Olympiodorus zu fragen. »Lässt du auch sie frei?«

»Nicht nötig«, sagte der König und ließ die Muskeln auf seinen Armen tanzen. »Sie wird von ihrem Gott beschützt und schon bald herbeigeflogen kommen. Oder zweifelst du etwa an Buddha?« Er warf den Kopf in den Nacken und lachte. »Jetzt trink!«, befahl er.

Das Elixier schmeckte bitter. Olympiodorus verdünnte die zähe Brühe mit Speichel, verzog das Gesicht und schluckte schließlich.

Mit zusammengekniffenen Augen beobachtete ihn der Perserkönig. So muss ich für all die Gliederfüßer ausgesehen haben, die ich studiert habe, dachte Olympiodorus. In seinem Magen schien etwas zu explodieren, dann stieg Hitze seine Speiseröhre hinauf und füllte seinen Mund wie nach dem Genuss eines kretischen Feigenbrandes. Augenblicke später schwindelte es ihn, dann folgte Übelkeit. Er erbrach sich auf seine Schuhe.

»Ist das die Art der Byzantiner, gegen ihre Feinde zu kämpfen?«, rief Khosrau, und die Menge lachte.

Olympiodorus stand vornübergebeugt da, die Hände auf die Knie gestützt. Seine Organe rebellierten. Vielleicht, dachte er hoffnungsvoll, hat mein Magen das gesamte Gift wieder abgegeben. Vielleicht sterbe ich einfach schnell durch eine persische Klinge. Dann sah er, wie sich der Schweiß auf seinen Händen rötlich färbte.

Olympiodorus war noch nie ein Kämpfer gewesen. Als Kind hatte er seinen Altersgenossen beim Rangeln zugesehen und sich amüsiert gefragt, warum sie sich so verhielten. Er hatte die anderen beobachtet, analysiert und sich Fragen gestellt. Oft genug war er selbst Opfer eines Angriffslustigen gewesen, aber was ihm jedes Mal die Haut gerettet hatte, waren nicht seine Fäuste gewesen, sondern seine Beine. Doch diesmal gab es kein Entrinnen. Khosrau schlug Olympiodorus in den Rücken und schien es zu genießen, seinen perfekt geformten Körper endlich in Bewegung bringen zu können.

»Seht her!«, rief der König. »So wird es Byzanz ergehen.« Seine Fäuste trommelten gegen Olympiodorus' Nieren, bis er in die Knie ging.

Rührten die Veränderungen von den Schlägen oder vom Gift her? Olympiodorus' Sinne gehorchten ihm nicht richtig. Schlieren tanzten vor seinen Augen. Sein Puls galoppierte, und die Haare an seinem Körper schienen sich aufzurichten. Überall auf der Haut spürte er Feuchtigkeit hinabrinnen.

Eine Maulschelle riss seinen Kopf zur Seite. Er spuckte zwei Zähne und einen Schwall Blut aus. Die Splitter auf seiner Zunge schluckte er hinunter. Wieder rief Khosrau etwas, aber er schien einige Schritte zurückgewichen zu sein.

Olympiodorus stemmte sich auf die Beine. Er ballte die Hände zu Fäusten, eine für ihn ungewohnte Geste. Niemals den Daumen zwischen die Finger klemmen, das hatte ihn Taurus gelehrt. Dass er sich jetzt daran erinnerte! Verwundert sah er seine Hände an. Sie schimmerten rot. Dann stapfte er auf Khosrau zu.

Sein erster Schlag verfehlte seinen Gegner nur um Haaresbreite. Der Perserkönig wich aus. Um den nächsten Hieb abzuwehren, musste Khosrau einen Arm schützend vor den Kopf nehmen. Augenblicklich krachte die Faust des Byzantiners gegen die königliche Elle. Etwas knirschte, und Khosrau schrie auf. Olympiodorus stieß ihn vor die Brust, und Khosrau landete im Staub.

Warum reagierte der Perser so langsam? Wollte er den Kampf spektakulärer erscheinen lassen? Olympiodorus schüttelte den Kopf, um die Benommenheit zu vertreiben. Khosrau war wieder auf den Beinen und hielt sich den Arm. Er taumelte zurück. Unbeirrt ging Olympiodorus ihm nach. Er sah die Überraschung in den Augen des Königs und dahinter die Angst, er sah den Wink Khosraus und wie sich ein halbes Dutzend Unsterblicher aus den Reihen der Krieger löste und auf ihn zukam. Dann hörte er ein Donnern.

Der Lärm kam aus Richtung der Buddha-Statuen. Doch Olympiodorus wollte sich nicht umwenden, um sein Ziel nicht aus den Augen zu lassen. Oder besser: sein Opfer. Khosrau war ein Schwächling, und er, Olympiodorus von Byzanz, Angehöriger des Kaiserhauses, würde der Bedrohung seiner Heimat durch diesen Scharlatan hier und jetzt ein Ende setzen. Taurus würde stolz auf ihn sein.

»Seht nur! Der Buddha! Er fällt auseinander!«, rief jemand aus der Menschenmenge. Khosrau und seine Krieger drehten die Köpfe und starrten zu den Statuen hinüber. Der Erleuchtete schenkt mir diesen Moment, dachte Olympiodorus und holte zum Schlag aus.

Im nächsten Augenblick lag der König der Perser wie tot am Boden. Über ihm ragte Olympiodorus auf und starrte auf seine Hand. Eben noch war sie eine Faust gewesen, eben noch hatte er einen König niedergeschlagen. Wo er Khosrau getroffen hatte, wie lange das her war und woher er die Kraft genommen hatte, all das wusste Olympiodorus nicht. Um ihn herum war ein Tumult losgebrochen. Aber der Grund dafür war nicht der Niedergestreckte, sondern ein Ereignis an der Felswand.

Olympiodorus wischte sich den Schaum vom Mund. Einige Männer von Khosraus Leibwache beugten sich jetzt über den König. Ob er sie auch würde schlagen können? Die Kraft, die er durch sich hindurchströmen fühlte, gefiel ihm. Noch einmal ballte Olympiodorus die Fäuste.

Da fühlte er, wie jemand an seinen Kleidern zerrte. »Komm fort von hier! Besser wir verschwinden, solange wir noch können.«

Benommen taumelte Olympiodorus hinter Krähenauge her.

Kapitel 27

ENDLICH STIRBST DU«, keifte Nong E in Helians Rücken. Die beiden Wachen führten sie durch ein Labyrinth von Gängen. Rechts und links zweigten Eingänge zu den Wohnhöhlen der Mönche ab, winzige Kammern, mühsam aus dem Fels gekratzt. Die Stiefel der Krieger durchbrachen die Stille dieses meditativen Ortes.

»Wenn Buddha es so will«, antwortete Helian Cui.

»Du fürchtest dich wohl nicht vor dem Tod.«

»Mein Leben liegt in der Hand des Erleuchteten. Es gibt keinen Anlass zur Furcht.«

Sie stiegen eine weitere Leiter hinauf. Hier oben roch es nach Weihrauch. Von Ferne hörte Helian das Rasseln einer Gebetstrommel. Ihre Glaubensbrüder schienen sich vor den Eindringlingen in die hinteren Bereiche des Felsenklosters zurückgezogen zu haben. Hoffentlich, dachte Helian, genügt das, damit sie vor den Persern in Sicherheit sind.

»Wenn du nicht um dein Leben fürchtest«, fuhr Nong E fort, »wie ist es dann mit diesen Schriften, die ich vor dem Palast des Großkhans gefunden habe? Bedeuten sie dir etwas?«

Jetzt blieb Helian stehen. »Ja«, gelang es ihr zu sagen, bevor sie von einer der Wachen weitergezogen wurde. »Sie sind wichtig, aber nicht für mich. Unsere Landsleute brauchen sie.«

»Auf dieser Welt gibt es kein ›uns‹. Und bald wird es auch diese Schriftrollen nicht mehr geben. Ich werde sie für dich auf einen der Scheiterhaufen des persischen Gottes werfen.«

»Das darf nicht geschehen.« Für einen Moment entwischte Helian dem Griff des Persers und bekam Nong Es Hände zu fassen. »Nimm die Texte mit nach Osten in die Heimat und bringe sie meinem Vater! Er wird dich fürstlicher belohnen, als es der Perserkönig jemals könnte.«

»Hilfe!«, rief Nong E. Sofort ergriffen die Krieger Helian und zogen sie mit sich fort.

⁓≈⁓

Niemand schien Notiz von der massigen Gestalt genommen zu haben, die der Gruppe mit Nong E und Helian dichtauf gefolgt war. Im Schutz der Finsternis war Taurus auf die Felswand zugeeilt.

Plötzlich verschwanden die Gestalten vor ihm in einem Loch im Felsen.

Natürlich, dachte Taurus. Das Höhlenkloster der Buddhisten! Die Wand war mit Löchern durchsetzt. Im Innern des Gesteins musste es Wege geben. Einer mochte bis zum Kopf des Buddha hinaufführen.

Doch er kam zu spät. Der Eingang war zwei Mannslängen über dem Boden angebracht und nur mit einer Leiter zu erreichen. Diese aber hatten die Perser hinaufgezogen. Taurus versuchte zu springen, um die Felskante mit den Fingern zu greifen. Aber trotz seiner Größe reichte er nur bis zur halben Höhe hinauf.

Taurus fluchte und tastete nach Vorsprüngen im Gestein, Spalten und Nasen, an denen er sich hätte festhalten und emporhangeln können. Doch die Mönche dieses eigenwilligen Klosters hatten den Stein geschliffen und dafür gesorgt, dass nicht einmal eine Spinne hinaufkam. Taurus lehnte seinen

Kopf gegen die Wand. Der grobe Sandstein bohrte sich in seine Stirn. Er musste dort hinauf, und zwar sofort.

Buddha, lass mir Flügel wachsen!, flehte Taurus im Stillen und stieß den Kopf dreimal gegen die Felswand. Über sich hörte er die Schritte der Perser und der beiden Frauen verklingen.

Ein Geräusch ließ Taurus herumfahren. Hinter ihm zeichnete sich eine Silhouette ab: ein Mann in einem langen Gewand. Selbst in der Dunkelheit erkannte Taurus den vertrauten Faltenwurf des Stoffes. Ihm gegenüber stand ein Buddhist, der ihm ungeduldig zuwinkte und in Richtung der Statue verschwand. Taurus folgte dem Fremden zu einem der gigantischen Zehen Buddhas. Stumm deutete der Mönch nach oben. Skeptisch musterte Taurus die Statue. In die Seite der Sandsteinfigur waren Löcher geschlagen worden, quadratische Nischen, groß genug, um eine Hand oder einen Fuß hineinzustellen, zweifellos alte Spuren der Baumeister. Es war keine Leiter, erst recht keine Treppe, denn die Steighilfen gingen steil nach oben. Aber es war eine Möglichkeit, zu Helian zu gelangen, bevor sie in die Tiefe gestoßen wurde. Die Frage war, ob Taurus rechtzeitig oben ankommen würde.

Als er den Mönch danach fragte, zuckte dieser lächelnd mit den Schultern, verbeugte sich mit aneinandergelegten Händen und verschwand in der Nacht. Er hatte Taurus den Weg nach oben gezeigt und damit Rache an den Persern geübt – auf jene stille Weise, die den Buddhisten eigen war.

Jetzt stand Taurus Buddha gegenüber. Der eine hatte alle Zeit der Welt, dem anderen blieben nur Augenblicke. Im Schatten der Figur blickte Taurus in den Himmel. Die Statue ragte direkt vor ihm auf und schien die Sterne zu berühren. Wie hoch mochte sie sein? Er verbot sich, über die Ausmaße nachzudenken. Wenn er an dem Giganten emporklettern wollte, würde es nicht helfen, die Angst zu nähren. Er streckte die Hände nach der höchsten Nische aus, die er erreichen konnte, und zog sich an einem der gigantischen Beine hoch.

Buddha hieß den Byzantiner willkommen. Mit Eisenfingern krallte sich Taurus in den Löchern der Statue fest und suchte mit den Zehen nach Halt. Um besser klettern zu können, hatte er seine Sandalen zurückgelassen, winzige Opfergaben neben den größten Füßen der Welt.

In den Nischen hatten Vögel ihre Nester gebaut. Taurus' Finger badeten in Vogelmist, bisweilen frisch und glitschig – sodass er die Hände immer wieder an den Kleidern säubern musste, um nicht abzurutschen –, bisweilen uralt und trocken. Dann flog Staub in sein Gesicht, und er musste einen Niesreiz unterdrücken.

Der Weg nach oben war weit. Auf halber Höhe bot ihm Buddha Rast. Der linke Arm des Erleuchteten war angewinkelt, und die offene Handfläche zeigte gen Himmel. Taurus zog sich am Ärmel empor und verschnaufte einen Moment. Unter ihm lag der Hexenkessel von Khosraus Fest. Er sah das Rund aus Menschen und darin ein Pferd und eine einsame Gestalt. Olympiodorus!

Er zwang sich, nach oben zu blicken. Die Steighilfen reichten noch bis zu Buddhas Haupt hinauf. Von dort hörte er Stimmen durch den Wind. Helian und Nong E hatten den Kopf erreicht. Er würde zu spät kommen.

Da tauchte, winzig über der gewaltigen Stirn des Erleuchteten, Helian Cui auf. Zwei Hände hatten von hinten ihre Schultern gepackt.

Die Hand eines Persers schob Helian Cui an den Rand von Buddhas Haartracht. »Jetzt?«, fragte der Krieger in ihrem Rücken.

Helian versuchte, die Welt noch einmal mit klarem Blick zu sehen. Wer wusste schon, wo sie in ihrem nächsten Leben erwachen würde. Tatsächlich klarte ihre Sicht ein wenig auf. Sie konnte die Mondsichel erkennen, die Berge in der Ferne, deren Grate sich vor dem Sternenhimmel abhoben. Ein kräftiger Wind schlug ihr ins Gesicht. Dann schaute sie nach unten, um den letzten Blick ihres Lebens Buddhas Gesicht zu widmen. Sie blinzelte. Aus dem Abgrund schauten sie zwei wohlbekannte, weit aufgerissene Augen an.

»Taurus!«, rief Helian.

»Stoßt sie hinab!«, zischte Nong E. Neben ihr beugten sich die Perser vor und sahen in die Tiefe hinab, wo Taurus an der Statue klebte. Sie ließen von ihrem Opfer ab, lasen Geröll auf und warfen es auf den Kletternden.

Helian hörte Stein gegen Stein prallen. Sie riskierte einen weiteren Blick auf Taurus. Noch immer hing er auf der Höhe von Buddhas Arm. Dann verschwamm die Welt vor Helians Augen, und sie trat von der Kante zurück.

»Hinab mit ihr! Gehorcht ihr mir nicht? Ich lasse euch häuten!«, schrie Nong E.

Doch die Perser schienen zunächst verhindern zu wollen, dass Taurus den Kopf der Statue erreichte. Während einer von ihnen noch immer Steine nach unten warf, schickte sich der andere jetzt an, selbst hinabzuklettern.

»So muss ich es selbst tun«, hörte Helian Nong E sagen. Sie spürte einen Stoß gegen die Brust und taumelte rückwärts. Als ihre Ferse ins Leere trat, warf sie sich nach vorn und prallte gegen Nong E. Beide Frauen stürzten zu Boden. Zwischen den Wellen von Buddhas Haar versuchte Helian, auf die Beine zu kommen. Doch sie fühlte, wie Nong Es Hände an ihrem Knöchel zerrten. Blind trat sie mit dem freien Bein um sich. Zwar traf sie nicht, aber die Hände verschwanden. Endlich stand sie wieder aufrecht. Aber wo war ihre Gegnerin? Helian lauschte auf das Keuchen Nong Es, hörte jedoch nur den Wind. Mit einer Hand schützte sie ihre Brust, mit der anderen ihre Stirn. Ein Geräusch kam von links. Als sie sich danach umwandte, traf sie ein Schlag von rechts. Ihre Widersacherin hatte sie getäuscht. Hände zerrten an ihrem Baumwollkleid. Sie verlor das Gleichgewicht, bekam eine Hand zu fassen, einen Arm, eine Schulter. Mit der Verzweiflung einer Ertrinkenden klammerte sie sich an Nong E. Dann fehlte der Boden unter ihren Füßen.

⁂

Ein Stein traf Taurus an der Stirn. Zunächst machte ihn der Schmerz blind, dann das Blut, das ihm in die Augen lief. Er schüttelte den Schwindel ab und erlaubte es sich, eine Hand schützend über den Kopf zu halten. Gesteinsbrocken regneten herab, rissen kleine Wunden in seine Arme und prallten gegen seine Schultern, die seine Ringermuskeln vor Verletzungen bewahrten.

Er wand sich hin und her, um den Geschossen kein Ziel zu bieten und nicht in die Tiefe geschleudert zu werden. Langsam stieg er weiter den Fels hinauf, den Rufen auf Buddhas Kopf entgegen.

Einer der Perser kam zu ihm herab. Taurus erwischte seinen Stiefel und zog daran. Der Krieger klammerte sich fest und stemmte sich gegen die Kraft, die ihn in die Tiefe zu reißen drohte. Als er versuchte, mit dem anderen Fuß nach Taurus zu treten, verlor er den Halt und hing nur noch an seinen Händen. Mit aller Macht riss Taurus an seinem Gegner.

Der Stiefel glitt vom Fuß, und der Byzantiner senkte seine Zähne in die Wade des Mannes. Ein Schrei ertönte über ihm. Er schmeckte Blut und zerrte noch einmal an dem Perser. Dann stürzte der Mann an ihm vorbei in die Tiefe.

»Jetzt wollen wir sehen, ob du wirklich ein Unsterblicher bist«, grunzte Taurus. In diesem Moment fiel noch etwas neben ihm in den Abgrund. Er hörte das Knattern von Stoff und den Schrei einer Frau.

Mit einer fahrigen Bewegung wischte sich Taurus das Blut von der Stirn und sah hinab. In der offenen Hand des Riesen lag eine Gestalt. Buddha hatte Helians Sturz aufgefangen.

Taurus änderte die Richtung und kletterte bis zum Unterarm der Statue hinab. Behutsam balancierte er diesen entlang, bis unter ihm nur noch die Nacht lag. Der Sandstein knackte bei jedem Schritt.

Helian Cuis Baumwollkleid leuchtete in der Finsternis und schien das Gold der Statue zu überstrahlen. Taurus' Knie zitterten, als er sie vor sich in der gewaltigen Hand liegen sah. Langsam tastete er sich voran, streckte eine Hand aus, um die Gestürzte so schnell wie möglich berühren zu können. Regte sie sich? Er legte den Kopf schief. Dann hörte er ein Geräusch. Ein leises Rufen. Das war nicht Helian Cui.

»Zieh mich hinauf!«

Taurus erkannte die Stimme Nong Es. Die Sererin hing an Buddhas Daumen wie eine überreife Frucht. Sie hielt den riesigen Finger mit beiden Händen umklammert. Der Wind zupfte an ihrem aufgelösten Haar und blähte ihr persisches Seidenkleid.

Erschrocken tastete sich Taurus einen Schritt rückwärts. Drei Menschen auf diesem Arm – das musste selbst für Buddha zu viel sein. Wenn er sich zu weit hinauswagte, würden sie alle drei in die Tiefe stürzen.

»Helian!«, rief er. »Helian Cui! Wach auf!« Aber das Bündel in Buddhas Hand regte sich nicht.

Von unten hörte Taurus jetzt die Menge johlen. Er balancierte noch immer auf Buddhas ausgestrecktem Unterarm, unentschlossen, ob er sich zu Helian vorwagen sollte. Wäre er doch so leicht wie Wusun! Mit seiner sehnigen Gestalt hätte der Steppenreiter im Nu über den Vorsprung huschen können.

Er hörte einen Ruf hinter sich. Der zweite Unsterbliche war nun ebenfalls vom Kopf der Statue auf den Arm geklettert. In seiner Hand blitzte ein blanker Säbel.

»Nicht!«, rief Taurus und machte abwehrende Handbewegungen.

Der Krieger grinste siegessicher. Taurus' Gesten schienen ihn zu ermuntern. Jetzt trat auch er auf den Ärmel aus Sandstein.

»Töte ihn!«, schrie Nong E von unten.

Der Perser stürzte nach vorn. Taurus warf sich ihm entgegen und umklammerte ihn mit beiden Armen, sodass dem Unsterblichen die Waffe nichts nutzte. Er ließ sie fallen. Auch sie fand still ihren Weg in die Tiefe.

Zwischen den Kontrahenten setzte nun ein Drängen und Ziehen ein. Jeder der beiden versuchte, den anderen über den Arm Buddhas hinauszuschieben, wohl wissend, dass damit nichts gewonnen wäre. Denn wenn einer fiel, würde er den anderen mit ins Verderben reißen.

Der Perser zeigte die Zähne und stieß Taurus heißen Atem ins Gesicht. Taurus duckte sich unter einem Kopfstoß hindurch. Dabei sah er, dass sein Gegner ebenfalls die Stiefel abgelegt hatte. Mit einem Ruck riss er dem Mann ein Büschel seines langen Bartes aus. Dann ließ er sich fallen, packte die Zehen am linken Fuß des Persers, bog sie nach oben und brach sie mit einem Ruck.

Der Krieger stürzte und verschwand wimmernd im Abgrund. Doch der Aufprall hatte Buddhas Arm die letzte Kraft genommen. Das Gestein gab nach. Wie ein schwarzer Blitz lief ein Riss zwischen Ellenbogen und Körper entlang. Taurus rannte auf Helian Cui zu. Als er die Hand Buddhas erreichte, senkte sich der Arm der Statue. Rechter Hand hing noch immer Nong E an Buddhas Daumen, aber Taurus schenkte der ehemaligen Herrin der Seidenplantage Feng keinen Blick. Mit zitternden Händen hob er Helian auf und sprang auf den rettenden Rumpf des Riesen zu.

Kapitel 28

GIB ES ZU: Ohne mich wärst du nie von dort oben heruntergekommen.« Wusuns Stimme war nur ein Flüstern.

Taurus sah ihn geistesabwesend an. Der Kamelführer hatte recht. Mit nur einer Hand hatte sich Taurus an der Statue festgehalten und mit der anderen Helian Cui umklammert. Entsetzt hatte er zugesehen, wie Buddhas Arm in die Tiefe gestürzt war – und mit ihm Nong E. Einmal noch hatte er ihr weiß geschminktes Gesicht in der Finsternis aufleuchten sehen. Dann war sie fort gewesen.

Zwei knotige Arme hatten sich Taurus von oben entgegengestreckt. Ein Seil war gefolgt, und kurz darauf hatten Taurus und Helian auf Buddhas Kopf gelegen. Einige Mönche hatten neugierig ihre Gesichter durch den Ausgang hinter dem Scheitel des Erleuchteten gestreckt.

Und jetzt waren sie hier, im Innern des Höhlenklosters. Helian Cui lag in einer der Wohnhöhlen im Fels, und ein Mönch tastete ihren Körper ab. Sie atmete. Das war alles, was im Augenblick zählte.

Der Mönch wandte sich zu Taurus um. Er machte ein sorgenvolles Gesicht. Aber er nickte. Taurus erlaubte sich, an der Höhlenwand hinab in die Knie zu rutschen. Wusuns Hände berührten seine Schulter, und nun nickte auch Taurus.

»Ja«, sagte er, »wo ich ohne dich wäre, weiß ich nicht.«

»Aber ich«, raunte Wusun. »Im feurigen Pfuhl, der mit Schwefel brennt.«

Früh am nächsten Morgen brachen sie auf. Sie ritten den ganzen Tag und ließen die Pferde erst in der Dämmerung rasten. Selbst dann blieb Olympiodorus senkrecht im Sattel sitzen und trieb sein Reittier erregt im Kreis herum. Noch immer lief ihm Blut über das Gesicht, und Taurus versuchte zum wohl hundertsten Mal, es mit seinem Mandili zu säubern. Doch sein Neffe schien es nicht einmal zu bemerken.

Taurus sah sich um. Die Finsternis der persischen Nacht lag zwischen ihnen und dem Tal von Bamiyan – und zwischen ihm und Helian Cui. Die Mönche im Höhlenkloster hatten ihm zu verstehen gegeben, dass ihre Glaubensschwester sich eine Weile nicht würde bewegen können. Von einem Gewaltritt auf gestohlenen Gäulen wollten sie nichts hören. Auch als Taurus vorschlug, eine Sänfte zu bauen oder Helian notfalls auf den Armen aus dem Tal zu tragen, schüttelten die Buddhisten die Köpfe. Erst, wenn der Mond zum dritten Mal voll werde, so erklärten sie mit Nachdruck und gesenkten Brauen, würden sie ihrer Schwester erlauben, wieder einen Fuß vor den anderen zu setzen. Taurus solle Buddha für ihr Leben danken. Und Taurus war dem Rat schweigend gefolgt.

Hatte er denn nicht alles, was er sich von der Reise erhofft hatte? Der Stab lag in seiner Hand, und darin schliefen noch immer die Seidenraupen ihrer Verwandlung entgegen. Er hatte den Bambusstock, um den seine Welt sich drehte, nur vom Scheitel Buddhas aufsammeln müssen.

Als sie aus dem Höhlenkloster getreten waren, hatte Nong E vor den Füßen der Statue gelegen. Ihr Leib war zerschmettert, und ihre toten Augen hatten zwischen Buddhas Fingern hindurchgeblickt. Wenn die Mönche nicht einige Anstrengungen unternahmen, um die Tote von dem Gewicht zu befreien, würde Nong E in einem Grabmal das Ende aller

Zeit abwarten, das sie sich in dieser Form wohl niemals hätte träumen lassen.

Noch einmal blickte Taurus sich um. Aber das Tal war bereits in der Ferne verschwunden, und mit ihm die Perser, der halbtote König, Krähenauges Zirkustruppe, die großen Statuen – und Helian Cui. Er schwor sich beim zahnlosen Schlund Wusuns, dass er zurückkehren würde. Und zum ersten Mal war es ihm gleichgültig, ob Byzanz dann eine Perle oder ein Trümmerhaufen am Bosporus war.

Olympiodorus starb in der Mittagsstunde. Er hatte nicht wieder aufgehört, Blut zu schwitzen, und alle Hoffnung, die Wirkung des Hornissengifts würde einfach abklingen, war vergebens. Als Taurus und Wusun beschlossen, an einem Fluss zu rasten, um die Tiere trinken zu lassen, legte sich Olympiodorus ins hohe Gras am Ufer, prustete wie ein Athlet nach langem Lauf und schloss die Augen. Taurus war mit einem Satz bei ihm.

Die Brust seines Neffen hob und senkte sich in raschen Zügen. Taurus goss ihm kaltes Flusswasser ins Gesicht. Tatsächlich blinzelte Olympiodorus, doch unter den Lidern kamen nicht die strahlenden Augen des Wissenssuchers zum Vorschein, der Byzanz verlassen hatte, um die Natur des Ostens zu erkunden. Stattdessen blickte Taurus in glühende Kohlen. Wusun tauchte eine Pferdedecke in den Fluss, um Olympiodorus zu kühlen. Dann saßen sie beide neben ihm und sprachen kein Wort.

Als die Sonne im Zenit stand, veränderte sich die Atmung des Erschöpften. Noch einige Male sog er die klare Bergluft ein. Dann erlebte Lazarus Iulius Olympiodorus von Byzanz seine letzte Verwandlung.

Sie begruben ihn, wo er gestorben war. Taurus stammelte ein Gebet, dann senkte sich erneut Schweigen über die beiden übriggebliebenen Reiter. Taurus sinnierte darüber, wer sich stärker verändert hatte, die Welt um ihn herum oder er selbst. Aber seine Gedanken rasten zu schnell, als dass er sie hätte einfangen können.

Es war Wusun, der schließlich zum Aufbruch drängte. Die Grenzlande zogen an ihnen vorüber, aber Taurus hätte sie nicht beschreiben können. Wusun brachte ihn in ein Dorf von Holzfällern, die Taurus stumpf anstierte. Der Steppenreiter vermittelte eine Fahrt für sie beide auf einem Floß. Taurus folgte den Verhandlungen mit den Ohren, aber nicht mit dem Geist. Und selbst als die eiskalten Fluten seine Stiefel umspülten und ihn das Floß den großen Oxus hinabtrug, blieb er stumm. Einmal jedoch, als sie auf einer Sandbank festsaßen, bückte er sich, nahm eine Handvoll Sand auf und begann, sich mit den groben Körnern den Schmutz von der Haut zu reiben.

Kapitel 29

JUSTINIAN HIEB MIT der gepanzerten Faust auf den Wall der Stadtmauer. Schnee flog auf und wurde vom Wind in Richtung Meerenge geweht.

»Jetzt haben wir endlich die Kuppel auf diese Kirche gepflanzt«, schrie der Kaiser über den Bosporus hinaus, »und was schickt uns Gott zum Dank? Die Perser!«

Auf der anderen Seite des Wasserarms standen sie. Das persische Heer mochte zweihunderttausend Krieger zählen. Die Lichter ihrer Fackeln spiegelten sich auf dem Eis, das den Bosporus bedeckte, und verstärkten den Eindruck, die halbe Welt warte dort drüben darauf, nach Byzanz zu stürmen und die Stadt einzunehmen. Der Angriff würde ein Spaziergang werden. Aber für viele würde es der letzte sein. Nur wussten die Perser noch nichts davon.

Justinian drehte sich zu Isodorus um. Selten hatte er seinen missmutigen Berater so zufrieden gesehen. »Glaubst du, sie haben verstanden, was ich geschrien habe, Isodorus?« Vor dem kaiserlichen Mund schwebten Wolken kristallisierender Atemluft.

»Ja – wenn Khosrau ihnen die Ohren noch nicht abgeschnitten hat, weil sie erst jetzt hier aufgekreuzt sind.«

Justinian klatschte in die Hände, doch durch Wolle und Rüstung war nur ein dumpfes Klopfen zu hören. »Und das Eis? Du hast doch die Keile dazwischen treiben lassen? Bist du sicher, dass es aufreißen wird?«

»So sicher, wie es stark genug ist, den gesamten persischen Kriegsapparat zu tragen. Die Schollen sind in diesem Jahr so mächtig wie die Mauer, auf der wir stehen.«

»Dann werden diese Narren also arglos in die Falle tappen.«

»So Gott will«, sagte Isodorus und beugte sein Haupt.

⁕

Der Wind kämmte das Zobelfell um Taurus' Schultern, und der Schnee schmolz ihm auf den Lippen. Schnee!, dachte er und ließ in seiner Erinnerung die Dünen der großen Wüste aufragen und die heißen Winde unter seine Kleider fahren. Wie sehr hatte er sich damals zurückgesehnt nach dem heimischen Gestade, nach den Wassern des Bosporus, nach der großen Stadt und der Silhouette ihrer Zinnen und Türme. Jetzt endlich war er am Ziel – und wünschte sich zurück in die Wüste. Zurück zu Helian Cui in das Höhlenkloster von Bamiyan, zu Olympiodorus, den ein Grab in Persien verschluckt hatte, und zu Wusun, der ihm den Weg durch die halbe Welt gewiesen hatte. In Abaskan hatte der Steppenreiter zurückbleiben wollen, in jener Stadt am Kaspischen Meer, in der die abenteuerliche Reise ihren Anfang genommen hatte. Taurus hingegen war endlich am Ziel, aber er war allein unter Tausenden.

Er war auf die Perser gestoßen, als er bei Sabail, am Westufer des Kaspischen Meeres, an Land gegangen war. Es war ihm leichtgefallen, sich unter das feindliche Heer zu mischen. Auf ihrem Weg von Persien in den Westen rekrutierten die Invasoren so viele Männer, wie sie nur konnten. So war Taurus mit dem Feind vor den Toren seiner Heimatstadt gelandet. Obendrein hatte er während der Reise die persischen Angriffspläne auskundschaften können.

König Khosrau, so ging das Gerücht, sei krank in der Hauptstadt zurückgeblieben. Zwar habe er den Marsch nach Westen befohlen, doch bevor der Herrscher nicht selbst bei seinen Truppen aufgetaucht war, würde niemand auch nur einen Stein gegen die Stadtmauern des Feindes schleudern. Insbesondere die Zwangsrekrutierten nährten die Mär, der Perserkönig liege im Sterben und der Zug würde auseinanderfallen, sobald die Nachricht von Khosraus Tod eingetroffen sei. Unter zweihunderttausend Menschen war Taurus der Einzige, der die Wahrheit kannte – und er behielt sie für sich.

Jetzt drängte sich das Heer am Bosporus. Die Krieger traten von einem Bein auf das andere, die einen, weil sie dem Angriff entgegenfieberten, die anderen, um die Kälte aus den Zehen zu vertreiben. Der Frost hatte die Meerenge in eine Brücke verwandelt, die man nur zu überqueren brauchte. Doch das Eis erschien so tückisch wie der Feind. Die persischen Kommandanten konnten ohne Khosrau ohnehin nichts ausrichten, und so beschlossen sie, die Zeit zu nutzen und einen Trupp Kundschafter auf die Meerenge hinauszuschicken, der die Tragfähigkeit des Eises prüfen sollte. Taurus hatte sich freiwillig gemeldet und wartete nun auf das Zeichen zum Aufbruch. Neben ihm froren die anderen Späher, die als Todgeweihte galten. Denn wenn der Bosporus sie nicht verschlang, würden sie unter den Pfeilen der byzantinischen Bogenschützen zugrunde gehen. Taurus spie die düsteren Gedanken in den Schnee. Mit leinenumwickelter Faust fasste er den Bambusstock fester. Das Plärren eines Signalhorns schallte über die Köpfe hinweg. Das war das Zeichen zum Aufbruch.

»Was soll das?«, fragte Justinian und schützte seine Augen mit einer Hand vor dem Schnee. »Wollen sie uns mit diesen kümmerlichen Gestalten aus der Stadt locken?«

»Sie prüfen das Eis, wie Ihr gewiss festgestellt habt«, sagte Isodorus.

Auf der gegenüberliegenden Seite der Meerenge war ein Dutzend Gestalten aus den Reihen der Krieger hervorgetreten. Sie trugen Stöcke und Speere und klopften damit auf dem Eis herum. Vorsichtig schoben sie sich über die Eisfläche vorwärts.

»Arme Teufel! Vermutlich sind es sogar Griechen, die von den Persern versklavt worden sind«, sagte Justinian.

»Möglich.« Isodorus verzog säuerlich den Mund. »Aber wir werden sie trotzdem erschießen müssen. Wer weiß, was geschieht, wenn sie erst die Mauer erreichen.«

Justinian deutete auf die Eisfläche hinaus. »Schau dort! Einer marschiert geradewegs auf uns zu. Er scheint den Tod nicht erwarten zu können.«

»Wenn er die Hälfte der Strecke hinter sich gebracht hat, stirbt er«, versuchte Isodorus seinen Herrn zu beruhigen.

»Ich werde selbst den ersten Pfeil in diesem Krieg abschießen. Ich, Justinian, der Herr der Welt. Und nicht irgendein stinkender Perser. Schaff mir Pfeil und Bogen herbei!«

ᘒᘒᘒ

Taurus' Sohlen rutschten über das Eis, aber der Stock gab ihm Halt. Darin schliefen die Raupen. Jedenfalls hoffte er das. Er hatte den Bambus in fünf Lagen Wolle, Hanf und Leinen gewickelt, aber dennoch konnte er nicht sagen, ob die Kälte die Kokons zerfressen würde. Derjenige, der das gewusst hätte, lag in Persien begraben. Taurus betete zu Christus und Jupiter, zu Buddha und Ahura Mazda, dass Olympiodorus' Geist über ihm schweben und das Leben der Insekten ebenso beschützen möge wie das seines Onkels.

Der Wind biss in seine Augen. Weit entfernt, zu seiner Rechten und seiner Linken, tasteten sich die anderen Männer des Stoßtrupps vorwärts. So vorsichtig, als befürchteten sie, jeder Schritt könne der letzte sein. Taurus dagegen wusste, das Eis würde ihn tragen. Seit seiner Kindheit hatte er die Winter an und auf diesen Wassern verbracht. Er kannte die Strömungen, wusste, wo warme Einflüsse das Eis unsicher machten und wo das kalte Herz der Meerenge pochte. Trotz des Wolltuchs, das er sich um den Kopf gewickelt hatte, hörte er, dass die Perser ihm etwas hinterherriefen. Unter seinen Schritten knirschte der Schnee, der das Eis bedeckte. Der Untergrund aber hielt.

Da prallte, weit vor ihm, etwas auf dem Eis auf. Sie schossen mit Pfeilen auf ihn, von der Mauer des Theodosius! Ein Ölzweig als Friedenszeichen in der Hand hätte ihm jetzt die Haut gerettet. Doch alles, was er bei sich führte, war der Bambusstab. Taurus winkte mit dem Stock, verlangsamte seine Schritte jedoch nicht.

～∂∂～

»Es scheint mir, als wolle der Kerl etwas von uns«, sagte Justinian und ließ den Bogen sinken. »Glaubst du, er ist ein Unterhändler?«

»Wohl kaum«, erwiderte Isodorus. »Wenn die Perser verhandeln wollten, würden sie eine Abordnung aussenden und darauf warten, dass wir ihnen auf halber Strecke entgegenkommen. Sie würden in ihren prächtigsten Gewändern auftreten und die Zähne fletschen wie Hunde. Der da sieht aus wie ein Deserteur. Vielleicht soll er eine Seuche in die Stadt tragen. Ich befehle den Bogenschützen, eine ganze Salve abzuschießen.«

Die Pfeile fielen dichter vom Himmel als der Schnee. Aber selbst für die gefürchteten Langbogen der byzantinischen Schützen war Taurus noch zu weit entfernt. Nutzlos schrammten die Eisenspitzen über das Eis, einige blieben stecken und ließen ein Labyrinth des Todes erwachsen. Taurus bahnte sich einen Weg zwischen den Pfeilen hindurch. Jetzt war er in der Schusslinie, aber auch nah genug an der Stadtmauer, dass ihn seine Landsleute hören konnten. »Justinian!«, brüllte Taurus so laut, dass seine Rippen vibrierten.

Den Stab hielt er jetzt über den Kopf, ein nutzloser Schutz gegen den todbringenden Regen, der jeden Augenblick über ihm niederzugehen drohte. Noch einmal sog er die eiskalte Luft in die Lunge, und die Kälte fraß sich schmerzend durch seinen Körper. Noch einmal schrie er den Namen des Kaisers, jenes Mannes, für den er bis ans Ende der Welt gereist war. Noch einmal dachte er an die Hitze der Wüste und an Helians Hände. Dann sah er, wie die nächste Salve auf ihn zuflog.

Immerhin, dachte Taurus, brauchen sie so viele Pfeile, wie es Sterne gibt, um mich zu töten.

»Seht! Das Eis hebt sich!« Der Ruf kam aus den Reihen der Bogenschützen.

Justinian kniff die Augen zusammen. Wie die Schwanzflosse eines Wals hob sich eine Eisscholle aus der weißen Fläche und klappte nach oben. Die Pfeile bohrten sich in die von schwarzem Wasser triefende Unterseite. Der Fremde, der zuletzt etwas Unverständliches geschrien hatte, war hinter der Eisplatte nicht mehr zu sehen.

»Bei allen Göttern des Olymp!«, rief Isodorus und ballte die Hände zu Fäusten. »Unsere Falle ist verraten. Die Perser werden nicht auf das Eis hinausgehen. Jetzt müssen wir in einer offenen Schlacht gegen sie kämpfen.«

»Das wird vielleicht nicht nötig sein«, sagte Justinian. »Sieh doch, die gesamte Meerenge ist in Bewegung geraten. Neptun sendet uns ein Zeichen.«

Auf dem Wasser tanzte die Eisscholle nun fast aufrecht. Ihre Bewegung hatte ein weiteres Stück von der Eisfläche gelöst, das wiederum ein anderes anstieß. Immer mehr eisige Kanten hoben sich aus dem Wasser. Es schien, als würde der gesamte Bosporus aus dem Winterschlaf erwachen.

»Neptun hat uns nicht vergessen. Er wird unseren Kampf gegen die Perser unterstützen. In Kriegsdingen habe ich diesem Christengott noch nie vertraut«, sagte der Kaiser und hoffte, niemand würde seiner Gemahlin von diesem heidnischen Ausbruch berichten. Isodorus wies mit dem Kinn in Richtung des Mahlstroms aus Eis. »Den Boten der Perser hat Neptun jedenfalls noch am Leben gelassen.«

Taurus setzte über die Abgründe hinweg, die zwischen den Schollen gähnten, klammerte sich mit der freien Hand an eisigen Kanten fest und näherte sich im Zickzack der Stadtmauer. Der Pfeilregen hatte aufgehört. Vermutlich wetteten die Bogenschützen ihren kargen Sold auf seinen Kopf: Würde es dem Eistänzer gelingen, durch den Hexenkessel zu kommen, oder würde er ein kaltes Ende im Bosporus finden?

Längst war das Leinen um Taurus' Hände durchtränkt und hing in nutzlosen Streifen herab. Er schleuderte den Stoff davon. Als er wieder nach dem Eis griff, blieb seine Haut daran haften, und er musste die Finger mit Gewalt davon losreißen. Was ihm im einen Augenblick wie eine Folter vorkam, rettete ihm im nächsten Moment das Leben. Die Scholle, auf die er sich soeben gerettet hatte, kippte, und Taurus wäre in ein nasses Grab gerutscht, hätte die Haut seiner Rechten ihn nicht am Eis gehalten. Er riss den Handteller wieder los. Die Haut löste sich, doch die Kälte überdeckte gnädig die Schmerzen. Dann warf er sich nach vorn, um an der oberen Kante der Scholle Halt zu finden.

Während die byzantinischen Bogenschützen ihre Waffen nachluden und auf den Schießbefehl warteten, während die Perser vom asiatischen Ufer aus zusahen, wie sich der Weg nach Byzanz vor ihren Augen auflöste, und während der Kaiser erkannte, dass er zwar Herr der Welt, aber nicht Meister der Natur war, schob sich die Scholle, auf der Taurus ritt, an die Theodosianische Stadtmauer heran und krachte gegen das Gestein.

Kapitel 30

ICHT VON MENSCHEN bist du erbaut worden, sondern durch den Willen Gottes allein.« Die Stimme des Priesters hallte durch die Kirche, von der es hieß, sie sei die größte der Welt. Der Innenraum war ein Fest der Sinne. Der Marmor war blank poliert, und noch hatte kein Fuß seinen Glanz gemindert. In ihm spiegelte sich das Gold der Kuppel. Boden und Decke, Erde und Himmel warfen sich gegenseitig ihren Widerschein zu.

Justinian kniete vor dem Altar, und neben ihm kniete Theodora. Seine Gemahlin hatte geschafft, wofür er selbst niemals die Ausdauer gehabt hätte: Die Hagia Sophia war fertiggestellt. Nachdem das Erdbeben den Vorgängerbau zerstört hatte, war nun dieser Prachtbau entstanden. Es war Theodora gewesen, die die Baumeister darauf hingewiesen hatte, dass der Mörtel nicht trockne, wenn die Mauern zu mächtig seien. Es war Theodora gewesen, die die Pläne für die Kuppel verbessert hatte, da das Dach andernfalls über ihren Häuptern eingestürzt wäre – vielleicht sogar in diesem Moment.

Justinian warf einen kritischen Blick nach oben, und nur die Frau neben ihm wusste, dass er dort nicht Gott suchte, sondern einen Riss im goldüberzogenen Zement. Er seufzte. Theodora war nur eine Frau, und die Geschichtsschreiber würden ihm, dem Kaiser, die Klugheit andichten, dieses Bauwerk entworfen zu haben. War unsterblicher Ruhm ein Ausgleich für eine leere Reichskasse?

Als die Zeremonie zu Ende war, führte Justinian die Prozession an, die aus den Toren der Hagia Sophia hinausschreiten sollte in das Licht des Winters, in eine Welt voller Sorgen. Noch immer lagerten die Perser auf der anderen Seite des Bosporus. Noch immer bewachten byzantinische Bogenschützen die Stadtmauern. Noch immer war Khosrau nicht aufgetaucht, um den Angriff zu befehlen.

Während Justinians Generäle auf einem Ausfall bestanden und nervös mit den Schwertern rasselten, übte sich der Kaiser in Geduld. Gerade erst hatte er dem Christengott eine riesenhafte Kirche geweiht. Ein wenig Beistand aus himmlischen Sphären würde er sich dafür wohl erhoffen dürfen.

Unter das Geräusch schlurfender Schuhe und raschelnder Gewänder mischte sich ein Flüstern. Isodorus war neben ihm aufgetaucht.

»Er ist aufgewacht«, raunte er dem Kaiser zu.

»Wann kann ich ihn sprechen?«

»Er ist …« Isodorus räusperte sich. »Er ist hier. Ich habe nicht vermocht, ihn aufzuhalten. Gleich nachdem er die Augen aufgeschlagen hat, ist er vom Lager aufgesprungen, hat herumgebrüllt und nach seinem Stock verlangt.«

»Dann ist es Taurus, kein Zweifel. Wenn ich ihn nicht schon auf der Mauer erkannt hätte, so wüsste ich spätestens jetzt, wer uns auf diese ungewöhnliche Weise seine Aufwartung gemacht hat.«

»Gewiss, Herr! Ich konnte nur mit Mühe verhindern, dass er in die Zeremonie platzt. Es wäre gut, wenn Ihr …«

Der Vorhang zwischen zwei Säulen wurde beiseitegerissen. Die Holzhaken klapperten in der andächtigen Stille. Dahinter tauchte Taurus auf.

Justinian schob Isodorus an die Spitze der Prozession.

»Vertritt mich einen Augenblick, mein Guter! Ich fürchte, die Einweihung unserer Heiligen Weisheit wird sonst mit dem Gebrüll meines Bruders enden.«

Unter dem zornigen Blick seiner Gemahlin wieselte der Kaiser zu Taurus hinüber.

～⁂～

Die Kirche leerte sich. Doch der Kaiser ging nicht mit hinaus. Theodora schickte nach ihm, aber der Führer der Leibgarde musste unverrichteter Dinge zurückkehren.

Als die Sonne den kurzen Tag beendete, schickte sie ihre letzten Strahlen ins Innere der Hagia Sophia. Das Licht fiel durch die nach Westen ausgerichteten Fensterreihen. Es fächerte durch den Raum und über den Boden, als würden Engel den Stein berühren.

Taurus und Justinian aber achteten nicht auf diese Pracht. Hinter einer mächtigen Säule aus pentelischem Marmor sprachen sie miteinander und waren nichts weiter als zwei Männer.

Schließlich hielt Taurus dem mächtigsten Herrscher am Mittelmeer den Stab aus Bambus entgegen, jenen Stecken, dessen Risse und Kratzer eine Geschichte erzählten. Fieberhaft nestelte der Kaiser an der verborgenen Klappe. Sie hakte, und in seiner Ungeduld brach Justinian einen Nagel ab. Taurus lachte. Dann öffnete er das Fach, und der verschmutzte und rissige Deckel fiel klappernd auf den jungfräulichen Marmorboden.

Der Kaiser sollte in dieser Nacht nicht mehr aus der Kirche kommen, und man erzählte sich später, er sei von der Schönheit des Bauwerks so überwältigt gewesen, dass er es niemals wieder habe verlassen wollen. Zwei Dutzend Krieger harrten vor dem Eichenholzportal der Kirche aus. Sie hatten die Wache schon dreimal gewechselt, aber noch immer war nichts von Justinian zu sehen. Die Leibgarde würde auf ihren Kaiser warten, bis ihnen die Zehen abfroren. Und länger.

Als die Sonne aufging, erschien auch Isodorus wieder vor der Hagia Sophia. Der Schlaf verklebte ihm die Augen, aber die Sorge um den Regenten hatte ihn früh aus den Laken getrieben. Was kein Krieger gewagt hätte – Isodorus tat es. Er öffnete die kleine Tür, die in die große Pforte eingearbeitet war – sie schwang lautlos in den frisch geölten Angeln – und huschte in die Kirche hinein.

Inmitten all der Pracht sah er zwei Gestalten auf dem kalten Boden liegen. Es waren Justinian und dessen Bruder Taurus. Zunächst hielt Isodorus sie für tot, Opfer eines Attentats. Dann sah er, dass die Männer mit ausgestreckten Armen nach oben zur Kuppel deuteten, mit den Fingern Arabesken in die Luft malten und miteinander flüsterten. Er hob den Blick zur Decke. Und als die ersten Sonnenstrahlen an der goldenen Kuppel leckten, sah er, wie hoch oben etwas durch das Licht flatterte.

Epilog

DER WINTER HATTE BESCHLOSSEN, Abaskan noch einen Tag Sonne zu schenken. Das Licht kitzelte die Wellen des Kaspischen Meeres, und im Hafenbecken gluckste das Wasser vor Freude. Wusun saß auf der Hafenmauer und knotete einen Strick zusammen, den seine neuen Kamele zerrissen hatten. Vor ihm saßen vier schmutzige Kinder und sahen ihm aus zusammengekniffenen Augen zu.

»Wie ist denn die Seide nun in die Welt gekommen?«, fragte ein Mädchen in einem Kleid aus bunten Flicken. »Das wolltest du uns heute verraten.«

Der Alte lutschte mit seinem zahnlosen Mund an den Fasern des Stricks. Dann ließ er ihn sinken. »Ihr Quälgeister! Diese Geschichte habe ich euch schon dreimal erzählt. Entweder ist euer Gedächtnis löchriger als mein Kaftan, oder ihr hört überhaupt nicht zu. Also, jetzt zum vierten Mal, aber dann verschwindet ihr!«

Die Kinder nickten und sperrten die Münder auf.

»Es war so«, begann der Alte und schaute gedankenverloren in die Ferne. »Eine Tochter vermisste ihren Vater, der auf Reisen war. Während sie ihr Pferd auf die Weide führte, sagte sie, sie werde jeden heiraten, der ihr den Vater zurückbrächte. Als das Pferd das hörte, galoppierte es los, um den Vater zu finden. Denn das Pferd liebte das Mädchen über alles. Tatsächlich fand es den Vater und brachte ihn nach Hause. Doch als die Tochter von ihrem Schwur berichtete, geriet der Vater in Zorn. Wer will seine Tochter schon mit einem Pferd verheiraten? Deshalb tötete der Vater das Pferd und legte dessen Fell zum Trocknen in die Sonne. Als die Tochter am nächsten Morgen aus dem Haus trat, erwachte das Fell zum Leben, flog auf sie zu und wickelte sie ein. Dann flog es mit dem Mädchen auf und davon. Der Vater fand es im Wipfel eines Maulbeerbaums: ein seltsames Wesen mit einem Pferdekopf, aus dessen Leib sich ein Faden wand. Das Mädchen und das Pferd hatten sich in eine Seidenraupengöttin verwandelt.«

Wusun schwieg einen Moment. »So war es. Ich habe es selbst erlebt.«

Die Zuhörer staunten. Wusun nahm die Arbeit an seinem Strick wieder auf.

»Es kommt ein Schiff!«, rief da eines der Kinder. Alle sprangen auf.

»Ihr geht besser nachsehen, wen es bringt. Schiffe zu dieser Jahreszeit sind selten«, sagte Wusun und verscheuchte sein Publikum.

Dann blickte er selbst auf das Meer hinaus und auf die Dromone, deren Gestalt sich allmählich vor dem Horizont abzeichnete. Das ist nicht einmal gelogen, dachte er. Wenn jetzt noch ein Schiff in Abaskan anlegt, muss es dringenden Geschäften nachgehen.

Er erhob sich und tätschelte einem der Kamele die Flanke. »Wir bekommen Arbeit, meine Schöne. Ich will Taurus heißen, wenn wir nicht heute noch nach Bamiyan aufbrechen.«

〰️

Im Palast in der persischen Hauptstadt Ktesiphon waren alle Kohlenbecken entzündet. Der Wind blies über die Ebene und machte auch vor den Privatgemächern des Perserkönigs nicht halt. Khosrau fror. Der Schlag des verfluchten Byzantiners hätte ihn fast getötet. Seit Wochen war der stolze Regent an sein Lager gefesselt. Er fieberte, sein Kopf schmerzte, seine Augen brannten, und sein Gleichgewichtssinn schien im Tal von Bamiyan verloren gegangen zu sein. Kaum dass er sich erhob, musste er sich auch schon übergeben.

Der Kriegszug nach Byzanz war abgeblasen worden. Die Truppen standen nach wie vor in Wartestellung, allerdings nicht mehr vor den Mauern der Kaiserstadt, sondern in Sicherheit, hinter der persischen Grenze. Wäre er im Besitz seiner Kräfte gewesen, Khosrau hätte in Byzanz keinen Stein auf dem anderen gelassen, um sich für die Schmach von Bamiyan zu rächen. Doch er stöhnte nur und wälzte sich auf den Rücken. Der Perserkönig betrachtete die Phiole in seiner Hand. Es war das Elixier des verfluchten Byzantiners. Die Flüssigkeit hatte die Farbe von altem Urin, und doch waren Zauberkräfte darin verborgen. Hatte sie nicht einen weibischen Griechen in eine Bestie mit stahlharten Fäusten verwandelt? Er, Khosrau, trug die Beweise noch immer am Leib.

Es war Zeit, wieder zu Kräften zu kommen. Es war Zeit, Byzanz zu vernichten. Es war Zeit, wieder ein König zu sein. Mit einem leisen Geräusch zog Khosrau den Korken aus der Phiole. Er hielt kurz die Nase über die Öffnung, dann trank er.

Nachwort

Die Spione im Dienst des byzantinischen Kaisers hat es tatsächlich gegeben. Über sie schreibt der byzantinische Gelehrte Prokopius (etwa 500 bis 562 n.Chr.) in seinen Historien. Demnach brachten zwei als Mönche verkleidete Männer das Geheimnis der Seidenherstellung an den byzantinischen Hof. Überdies soll es ihnen gelungen sein, Eier der Seidenraupe an den Bosporus zu schmuggeln. Wer diese Männer waren, ist nicht überliefert. Bekannt ist hingegen, dass Byzanz seit diesem Ereignis selbst Seide herstellen und damit seinen Reichtum mehren und seine Macht festigen konnte. Ein Resultat mit nachhaltiger Wirkung: Die »Perle am Bosporus« beherrschte Teile der damals bekannten Welt noch neunhundert Jahre lang.

Im 6. Jahrhundert kannte allerdings noch niemand, weder Chinesen noch Byzantiner oder Perser, den Begriff »Seidenstraße«. Dieses Wort gibt es erst seit dem 19. Jahrhundert. Es wird dem deutschen Forschungsreisenden Ferdinand Freiherr von Richthofen zugeschrieben. Im vorliegenden Roman reisen die Seidendiebe deshalb über die »Kaiserstraße«.

Der Name mag sich verändert haben, die Route ist noch heute weitgehend dieselbe. Eigentlich müsste man von »Routen« sprechen, denn die Seidenstraße ist keine Strecke, die zwei Punkte miteinander verbindet, sondern ein Wegenetz von gewaltiger Dimension zwischen dem Chinesischen Meer und dem Bosporus. Es liegt wohl an modernen Transportmitteln, dass die Bedeutung dieser einst wichtigen Handelsroute und ihrer Karawanen abgenommen hat. Aber die Spuren, die ungezählte Kamelfüße in das Gestein getreten haben, sind noch immer zu finden.

Andere Spuren liegen längst unter Sand begraben. Im ausgehenden 19. Jahrhundert unternahmen Forschungsreisende mehrere Expeditionen durch das Tarimbecken. Wer diese Region heute bereist, der findet dort nur noch Reste der damals dokumentierten Orte vor. Verschwunden sind auch viele Orte, die im Roman eine Rolle spielen, allen voran Lou-lan und der Lop-See. Über die ehemalige Stadt sind Sanddünen gewachsen. Heute liegt dort eine Ausgrabungsstätte. Das Gewässer, einst der größte abflusslose Salzsee der Erde, ist ausgetrocknet. In seinem Becken wird heute Kali-Dünger abgebaut.

Ganz Asien erlebte im 6. Jahrhundert eine einschneidende Veränderung. Von Indien her breitete sich der Buddhismus nach Norden und nach Osten aus. Dabei halfen die Kaiser der Liang-Dynastie, die als erste Herrscher im Reich der Mitte buddhistische Glaubensbekenntnisse ablegten. Nach und nach erhielt der Buddhismus einen höheren Stellenwert, bis er schließlich neben dem Daoismus und dem Konfuzianismus zu den »Drei Lehren« gezählt wurde, die sich nach Ansicht der Chinesen gegenseitig ergänzen. Die zweite der beiden Buddha-Statuen im Tal von Bamiyan ist tatsächlich zur Zeit der Romanhandlung fertiggestellt worden. Die beiden riesigen Figuren lockten etwa 1500 Jahre lang Pilger an, bis sie von den radikal-islamischen Taliban im März 2001 gesprengt wurden. Derzeit arbeiten die Unesco und die afghanische Regierung daran, die nun leeren Felsnischen vor dem Einsturz zu bewahren. Ob die Buddhas jemals wieder aufgebaut werden, steht noch nicht fest.

Ein weiteres historisches Monument des Romans ist christlichen Charakters: die Hagia Sophia. Heute beherbergt das Gebäude eine Moschee. Errichtet wurde die Hagia Sophia jedoch als christliche Kirche, nachdem ein Erdbeben den Vorgängerbau hatte einstürzen lassen. Der Rohbau der neuen Kirche soll im Jahr 537 fertiggestellt worden sein. Wann das Gotteshaus seine Goldkuppel und die Marmorböden erhielt, ist nicht genau überliefert. Im Dienst der Dramaturgie habe ich mir erlaubt, die Einweihung der Kirche um etwa fünfzehn Jahre nach hinten zu verlegen. Damit hat die Hagia Sophia im Wortsinn eine bewegte Geschichte.

Das gilt auch für Byzanz und vor allem für den Namen der berühmten Stadt am Bosporus. Gegründet wurde sie als Byzantion. Seit der römische Kaiser Konstantin der Große sie im 4. Jahrhundert n. Chr. zu seiner Hauptstadt erwählte, trug sie den Namen Konstantinopel. Etwa zur Zeit des Romans setzte im Reich eine Hinwendung zum Griechischen ein, die dazu führte, dass der Begriff »Byzantion« wieder in Gebrauch kam. Mit ihm wurden sowohl die Stadt als auch das Reich bezeichnet. Diese Tendenz setzte sich später fort. Etwa fünfzig Jahre nach Justinians Tod gräzisierte Kaiser Herakleios das Reich auch offiziell: Griechisch wurde statt Latein Amtssprache, die griechischen Götternamen lösten die römischen ab. Als die Osmanen die Stadt am Bosporus 1453 einnahmen, erhielt sie ihren bis dato letzten Namen: Istanbul.

In diesen Wildwuchs von Namen galt es für den vorliegenden Roman etwas Einheitlichkeit zu bringen. Um nicht ständig zwischen Byzanz und Konstantinopel wechseln zu müssen, bot es sich an, für Stadt und Reich den Namen »Byzanz« zu wählen, eine heute in der Forschung übliche Vorgehensweise. Der ein oder andere Zeitreisende mag sich darüber wundern, dass er »Konstantinopel« nicht wiederfindet. Doch bin ich sicher, dass er sich in »Byzanz« ebenso zu Hause fühlen wird wie Taurus und Olympiodorus.

Danksagung

Viele Menschen begleiteten den Roman durch Wüsten, Oasen und Steppen. Lukas Redemann vermittelte viele Einblicke in seine Reisen durch Asien. Sie halfen, manche Szene mit Absonderlichkeiten auszumalen, wie sie nur die Wirklichkeit hervorbringen kann. Herwig Kenzler lichtete als frühchristlicher Archäologe das Dickicht der byzantinischen Geschichte. Caroline Draeger überprüfte die Schreibweisen chinesischer Namen und Begriffe. Markus Weber gestaltete die schönen Landkarten. Lena Schäfer vom Lektorat des Bastei Lübbe Verlags widmete jedem Sandkorn im Manuskript ihre Aufmerksamkeit und knüpfte lose Fäden in der Geschichte zu einem festen Gewebe zusammen. Jutta Wieloch, Leitstern meiner Karawane, begleitete die Seidendiebe vom ersten Augenblick an und wies zielsicher den Weg durch die Textwüste – insbesondere dann, wenn der Autor zwischen turmhohen Sanddünen, störrischen Kamelen und dem Lebensalltag im Münsterland die Orientierung verloren hatte.

Danke!

Bote des Friedens oder Ausgeburt der Hölle?

Dirk Husemann
EIN ELEFANT FÜR
KARL DEN GROSSEN
Historischer Roman
480 Seiten
ISBN 978-3-404-17236-8

Wir schreiben das Jahr 802. Franken und Sarazenen kämpfen unerbittlich um die politische und religiöse Vormachtstellung. In dieser angespannten Lage schickt der Kalif von Bagdad seinem Widersacher Karl dem Großen ein gewaltiges Geschenk als Zeichen des Friedens: einen Elefanten. Der Jude Isaak und sein sächsischer Sklave Thankmar sollen das Tier unversehrt nach Aachen bringen. Eine heikle Mission, denn die Menschen, denen sie auf ihrem langen Weg durch das Frankenreich begegnen, halten den Elefanten für eine Ausgeburt der Hölle. Sein Tod aber würde die Großreiche der Franken und der Sarazenen in einen schrecklichen Krieg stürzen ...

Bastei Lübbe

Die Community für alle, die Bücher lieben

Das Gefühl, wenn man ein Buch in einer einzigen Nacht verschlingt – teile es mit der Community

In der Lesejury kannst du
- ★ Bücher lesen und rezensieren, die noch nicht erschienen sind
- ★ Gemeinsam mit anderen buchbegeisterten Menschen in Leserunden diskutieren
- ★ Autoren persönlich kennenlernen
- ★ An exklusiven Gewinnspielen und Aktionen teilnehmen
- ★ Bonuspunkte sammeln und diese gegen tolle Prämien eintauschen

Jetzt kostenlos registrieren: www.lesejury.de
Folge uns auf Facebook:
www.facebook.com/lesejury